流水行云

李法运 著

中原出版传媒集团
中原传媒股份公司

大象出版社
·郑州·

图书在版编目(CIP)数据

流水行云／李法运著.— 郑州：大象出版社，2019.10
ISBN 978-7-5711-0152-7

Ⅰ.①流… Ⅱ.①李… Ⅲ.①游记-作品集-中国-当代 Ⅳ.①I267.4

中国版本图书馆 CIP 数据核字(2019)第 038384 号

流水行云
LIUSHUI XINGYUN

李法运 著

出 版 人	王刘纯
责任编辑	李建平
责任校对	李婧慧　万冬辉
装帧设计	王莉娟

出版发行 大象出版社（郑州市郑东新区祥盛街27号 邮政编码450016）
　　　　 发行科 0371-63863551 总编室 0371-65597936
网　　址 www.daxiang.cn
印　　刷 河南文华印务有限公司
经　　销 各地新华书店经销
开　　本 720 mm×1020 mm 1/16
印　　张 19.75
字　　数 311 千字
版　　次 2019 年 10 月第 1 版 2019 年 10 月第 1 次印刷
定　　价 65.00 元

若发现印、装质量问题，影响阅读，请与承印厂联系调换。
印厂地址 新乡市获嘉县亢村镇工业园
邮政编码 453800　　电话 0373-5969992　5961789

序 言

2004年7月1日傍晚，伴随着发动机巨大的轰鸣声，我和我北大的老同学李永忠乘坐的飞机从武汉天河国际机场的跑道上一跃而起，飞向蓝天。江城辉煌的灯火在机翼两侧时隐时现，飞机前往的目的地是我未来的工作地福州。美丽的武汉三镇渐渐淹没在黑暗之中，正式宣告我在武汉大学信息管理学院三年的博士生涯已经结束，一个崭新的未来在等待着我。

在福州大学从事教学工作十年有余。在这十余年间，我的工作和生活环境发生了翻天覆地的变化。酸苦甘辛咸五味杂陈，东西南北中八方游历。虽事业上成绩平平，无大建树，但业余生活却舒展有加。来到福大不久就认识了北大校友黄玉生老师，跟他学会了游泳，爱上了爬山，如此才有了这本心得的形成。福建山清水秀人美，横贯福建全境的闽江是养育八闽儿女的母亲河。三面环山、一面环水的福州正像她的名字一样，是一块名副其实的福地。这山这水这份情已经深深地刻印在我的记忆之中。

故乡河南获嘉，是我日思夜想的地方。在那片贫瘠的土地上，我度过了快乐的童年和充满无限憧憬的少年，那是我无法割舍的根。从大新庄那个像扁担一样东西细长的村落里飘出一根细绳，她的另一端紧紧地系在我这个在异乡飘浮的风筝上。如今，尽管她的上空时常滚动着挥之不去的雾霾，尽管她依然贫瘠，可她是我的故乡啊！我没有不爱她的道理。那里有我的亲人、朋友、同学、乡亲，还有安息在黄土之下的我的父母和祖先。

在这十数年当中，利用出差、探亲和其他旅游的机会，也到过祖国除河南、福建以外的其他一些地方，祖国的大好河山和人文景观可谓是赞之不尽、歌之不绝。在祖国这块广袤无垠的土地上，汇聚着无与伦比、异彩纷呈的文化和风貌迥异的美景。也许我的脚步显得过于稀疏，我的思想显得过于贫乏，只有在这里掬一抔芬芳献给可爱的祖国，撷一片彩霞送给可敬的人们。

有幸走出国门，踏进神奇的异域。最早去的地方是越南，可惜没有留下文字。后来先后到了韩国、泰国和美国，记下了所观、所想。陌生、奇特、美丽……这种种感受都融入了我的记忆之河。

回忆像啜饮美酒一样幸福，思念像闽江一样悠长。断然无法留住过往，只有将这份缱绻的情愫浸润在这本薄薄的集子中。

感谢为本书的出版付出辛劳的王新明先生、李建平先生和孙波女士。

感谢我的夫人朱晓玲女士，没有她的鼓励和帮助，我也没有勇气出这本书。

感谢我的恩师戴天恩老师，他的反复催促和热情提醒使我更加坚定了出这本集子的信心。

感谢这本书中出现的所有的人，他们才是这本书的主人公。没有他们，这本书也就失去了出版的意义。

2017 年 10 月 4 日于福州

目 录

第一辑　八闽走透透

2005 年

爬鼓岭 / 002

去晋安日溪爬山 / 002

随望龙台冬泳队去闽江漂流 / 002

登福清石竹山，访石竹寺 / 003

游永泰方广寺 / 003

游永泰方壶岩 / 004

爬闽侯瑁口大化山 / 004

爬长乐古槐董凤山 / 004

2006 年

爬永泰姬岩 / 006

永泰天门山游记 / 006

爬旗山棋盘石 / 006

永泰青云山游玩 / 007

爬鼓岭白云洞 / 007

爬旗山森林公园 / 008

爬永泰名山室和暗亭寺 / 008

北峰升山寺爬山 / 009

重游旗山森林公园 / 010

重游大化山 / 010

去荔园度假村闽江漂流 / 011

走鳝溪—鼓岭—千年登山古道—分
　路—牛头寨—白眉水库 / 011

十八重溪遇险记 / 012

连江琯头青芝山游记 / 016

爬旗山 / 016

2007 年

游长乐三溪 / 018

游仙游九鲤湖 / 018

长乐下沙海滩游玩 / 019

爬五虎山 / 019

永泰赤壁游记 / 020

长乐鹿屏（六平）山爬山 / 020

闽江漂流记 / 021

爬旗山 / 021

北峰北斗洋游玩 / 021

爬福州古驿道 / 022

雨中爬旗山 / 022

爬琯口大化山 / 022

游北峰北斗洋 / 023

林阳寺爬山 / 023

爬福清镜洋山 / 024

2008 年

游长乐天池山 / 025

永泰兔耳山爬山 / 025

覆釜山爬山 / 026

爬大化山 / 026

去罗源双贵山爬山 / 027

三都澳游记 / 027

去长乐九坑山爬山 / 029

岐安旗山爬山 / 029

上街庄南村六路山爬山 / 030

乌龙江和闽江分汊处游玩 / 030

去小旗山爬山 / 030

爬闽侯五门荇 / 031

闽侯下洋爬山 / 031

闽侯上洋天池顶爬山 / 032

2009 年

再去山洋爬山 / 033

闽侯连炉山爬山 / 033

再爬大化山 / 034

大化山露营 / 034

雨夜游金山公园 / 035

马尾状元墓爬山 / 036

再去马尾爬山 / 037

去土溪爬山 / 037

再爬旗山 / 038

再爬鼓岭 / 038

闽侯连炉山爬山 / 039

马尾磨溪—鼓岭爬山 / 039

爬鼓山—马尾龙门一线 / 039

爬五门荇未果 / 040

游升山寺—叶洋—森林公园一线 / 040

重爬五虎山 / 041

长乐登天池山，下沙下海游泳 / 041

去闽侯上街光明楼爬山 / 041

马尾爬山 / 042

走溪源宫—可溪村—溪坪村—善恩小学—光明楼—鼋潭口—南屿一线 / 042

与野猪狭路相逢 / 042

登岐头山 / 044

探旗山蝙蝠洞 / 046

2010 年

穿越金鸡山公园—登云水库—蛇
　　山—园中村一线 / 047
穿越溪源宫—春风村一线 / 048
穿越国家森林公园南门—岭头一
　　线 / 049
憾走鳝溪—东山一线 / 050
走鳝溪—鼓岭宜夏—柯坪水库—白云
　　洞—积翠庵—埠兴村一线 / 051
巧遇桃源洞 / 052
从鳝溪到鼓岭 / 053
游东山村—恩顶—登云水库 / 054
重游桃源洞—舍利院—般若庵—魁
　　岐一线 / 055
苜溪戏水 / 056
独自穿越埠兴—积翠庵—鼓岭—农
　　业大观园—桃园洞一线 / 057
再次穿越覆釜山—青芝山一线 / 060
永定纪行 / 061
厦门一日游 / 062
闽江长漂 / 063
望龙台冬泳队建队十周年队庆 / 064
穿越溪源宫—岐头村一线 / 065
秋游皇帝洞 / 066
三游蝙蝠洞 / 068
登鼓山绝顶峰 / 069
游长乐芦际潭森林公园 / 070

森林公园休闲游 / 072
重游旗山森林公园 / 073
登笔架山 / 074
溯溪鼓山情人谷 / 075

2011 年

倒走森林公园—叶洋—升山寺一
　　线 / 077
穿越马尾小桂林 / 078
找寻古寺西来院 / 080
穿越龙门—鼓山绝顶峰—十八景一
　　线 / 082
再走磜下—五都林场小屋—状元帽
　　一线 / 083
三探绝顶峰：走龙门—般若庵—涌
　　泉寺—绝顶峰一线 / 085
拜谒柯洋仙峰 / 086
走马尾任氏宗祠—娘娘髻—旺岐
　　水库—清娘洞—盖源景一线 / 087
重走情人谷—白云洞一线 / 088
重走溪源宫—可溪—溪坪—光明楼—
　　五都一线 / 090
爬溪源宫—可溪村—溪坪—养马场—
　　光明楼—五都—蝙蝠洞—万佛寺一
　　线 / 092
登鼓山游十八景 / 093
勇攀鹰猫山 / 094

重游青云山 / 095

潇潇雨中游检察官学院—宦溪—降
　　虎寨—贵安一线 / 096

憾走一片瓦 / 097

穿越闽安—白眉—莲花山—知青点
　　—东联一线 / 099

穿越君竹村—乌猪—娘娘髻——片
　　瓦—珍珠潭—倒流溪—小桂林—举
　　重基地 / 101

独行叶洋 / 103

再探五门荇 / 104

游白水洋和鸳鸯溪 / 105

游漳浦火山岛、东山岛、风动石、关
　　公庙 / 107

探旗山蝙蝠洞遇阻 / 109

重走五虎山 / 111

溯溪鹰猫山 / 113

重走鼓山绝顶峰 / 115

再走五虎山 / 116

信步漫游上坂魁岐一线 / 118

茶洋山游记 / 119

再闯鹰猫山 / 120

走象山村—状元岭—宦溪—降虎寨—
　　贵安一线 / 122

游长乐凤洞山 / 123

圣诞节大化山出游记 / 124

2012 年

塘前—古崖山尾—东关寨穿越 / 126

走龙门—般若庵—涌泉寺—鼓山
　　一线 / 127

重走鳝溪—鼓岭登山古道—分路—
　　宜夏—鳝溪一线 / 128

游览宏琳厝、黄楮林泡温泉 / 129

登顶旗山主峰 / 130

永泰千江月游 / 131

清明正日走李峰 / 132

永安之行 / 134

国庆长假走上坂—魁岐一线 / 135

茶乡安溪茶韵氤氲之一 / 136

茶乡安溪茶韵氤氲之二 / 137

再访长乐下沙 / 139

尤溪行 / 140

跟当地人一起过"拌当" / 143

走溪源宫—雷头一线 / 144

再走长乐六平山 / 146

乌龙江畔撷趣 / 147

2013 年

重走旗山主峰 / 149

德化岱仙瀑布游 / 150

连城冠豸山游记 / 152

走磨溪—深坑里—茶洋山—登山协会
　　一线 / 154

我是福建山地救援队员 / 156
再爬旗山 / 157
云顶游记 / 159
重走樟林村—积翠庵—白云洞—柯坪—鼓岭—鳝溪一线 / 161
亭江新店一游 / 162
游日溪、桃源溪 / 163
游三叠井记 / 165
游闽清白云山 / 166
又走旗山主峰 / 167
跟晴天队去十八重溪外围穿越 / 169
徜徉情人谷 / 170
重走东联—磨溪—深坑里—龙门一线 / 172
雨中乱走五虎山 / 173
千江月游玩 / 175
情人谷那点事 / 176
走南屿—磜下—水巷—鼋潭口一线 / 178

2014 年

走溪源宫—善恩小学—养马场一线 / 180
跟老毕一起错走福州森林公园—叶洋 / 181
走检察官学院—千年古道—文昌阁—宦溪—黄土岗一线 / 182

叶洋纪行 / 183
漫行六路山 / 184
闽侯县石山文化遗址和闽都民俗园参观记 / 186
泰宁大金湖、尚书第、寨下大峡谷，将乐玉华洞游记之一 / 187
泰宁大金湖、尚书第、寨下大峡谷，将乐玉华洞游记之二 / 189
穿越磨溪—七丘田—鼓岭一线 / 191
走鼓山中学—老鼓山一线 / 193
独行快安—红竹林—深坑里—磨溪—龙门一线 / 194
到德化参加南翔婚礼 / 196
从快安到快安 / 197
倒店戏水 / 198
磨溪戏水 / 200
走登云水库—象山—恩顶—鼓岭—鳝溪一线 / 201
艰难翻越五虎山 / 203
随学生去大樟溪游玩 / 204
游摩尼教草庵、海底古森林公园和黄金海岸 / 205
游永泰百漈沟 / 208
土溪在哪里 / 210
穿越磨溪到南洋 / 211
去雷头买蜂蜜 / 213
短行桃源洞 / 214

2015 年

成功穿越五虎山 / 216

问路土溪 / 217

寻访金鸡岭未果 / 219

游长乐大象山 / 220

再游云顶 / 222

再访永安 / 223

走森林公园—叶洋—森林公园 / 225

重访永泰方广岩 / 226

第二辑　祖国好河山

游黄山 / 230

延安五日游 / 230

张家界游玩 / 232

北京之行 / 233

杭州、乌镇、绍兴游 / 236

嘉兴—南浔—上海世博会中国馆三日游 / 237

合肥掠影之一 / 239

合肥掠影之二 / 240

合肥掠影之三 / 240

合肥掠影之四 / 241

登泰山 / 242

上海之行 / 245

甘肃之行之一 / 246

甘肃之行之二 / 248

甘肃之行之三 / 249

呼伦贝尔之行之一 / 251

呼伦贝尔之行之二 / 253

呼伦贝尔之行之三 / 256

呼伦贝尔之行之四 / 258

呼伦贝尔之行之五 / 260

第三辑　异域风情录

韩国六日游之一 / 262

韩国六日游之二 / 263

韩国六日游之三 / 264

韩国六日游之四 / 265

韩国六日游之五 / 266

韩国六日游之六 / 267

泰国六日游 / 268

美国之行——旧金山 / 271

美国之行——洛杉矶 / 276

美国之行——纽约、波士顿、华盛顿 / 276

第四辑　故乡这般情

殷殷故乡情 / 280

重回河南 / 284

过年 / 286

东园载酒西园醉——故乡行 / 287

跟随父亲的脚步：忆我的父亲
之一 / 289

跟随父亲的脚步：忆我的父亲
之二 / 291

跟随父亲的脚步：忆我的父亲
之三 / 294

跟随父亲的脚步：忆我的父亲
之四 / 297

跟随父亲的脚步：忆我的父亲
之五 / 299

回河南过春节之一 / 301

回河南过春节之二 / 302

第一辑

八闽走透透

※ 2005 年 ※

爬鼓岭

2005 年 5 月 1 日

同行人员有黄老师和老冯。从福大东门坐 27 路车到终点站警官教育学院下。前行，右转，过马路，直走，可走入寿山石市场。右转可入鼓岭。鼓岭山陡，有积翠庵、白云洞、摩崖石刻。至鼓岭镇前遇暴雨，浑身湿透。晚在祥坂用餐。

去晋安日溪爬山

2005 年 9 月 17 日

早 8 点 30 分去福大东门集合，同行人员有黄老师、老冯和李笑天，乘 811 路至新店。从新店出发，坐 38 公里路程的汽车到日溪。穿过日溪，路左侧有一小山，顺一条小路爬上去，很险。台风"龙王"刚过，竹林里到处是横七竖八的竹子。我们 4 人都有摔跤的经历。老冯抓住一根折断的树枝往下滑，结果连人带树枝滚了下来。后来到路对面的水库中游泳。那时候笑天还小，我是千叮咛万嘱咐，一定不要到水边去。他比较听话，坐在水库边，看我们游泳。之后，找车，难，挨宰，花 80 元车费到福州，晚上在我家吃饭。

随望龙台冬泳队去闽江漂流

2005 年 9 月 25 日

晨 6 点 30 分在祥坂路口集合，约 25 人。7 点 24 分从闽侯富豪山庄处下水，有小船护送。经 3 小时漂流后，于 11 点整到金山大桥处上岸，总游程 18 公里。

洪山桥头上游提水泵处比较危险，应游向右侧。洪山桥旧桥处也有风险，一要避船，二要略靠左侧桥墩，顺主流方向向右前方游，再用力冲出几个漩涡即可到达安全地带。很累，膝盖痛，眼睛发红，泳镜脱落于江中不可得。途中大部分人上岸休息，老冯和我未休息，一直坚持从头游到尾。

登福清石竹山，访石竹寺

2005 年 10 月 7 日

早 7 点 30 分从福大东门出发，随行人员有黄老师和老冯。坐 813 路至白湖亭，从白湖亭转乘福州到宏路的汽车到宏路下，从宏路镇政府坐 1 路到石竹山。天早人稀，越墙进院，拜谒石竹寺，然后去东张水库游泳。湖大，水清，感觉不错。我们把衣服装入塑料袋中，随身携带，拖在水中游。下午 5 点 30 分左右在宏路用餐，晚 8 点左右到家。

游永泰方广寺

2005 年 10 月 23 日

晨 6 点 30 分在福大南门集合，由西客站乘往永泰中巴至葛岭下车。路上见几处路段因"龙王"台风引发的暴雨被冲断，有一座桥被冲塌，暂由下方的临时路通过。据说永泰盛产柿子和李子。由葛岭镇步行约 3 公里到方广岩景区。途中遇盘古庙，有一九旬老翁杨氏，福州人，日本入侵时逃出福州，后又躲避国民党抓壮丁，现耳聪目明，心地善良，负责庙宇修建，庙前数株松树，为老翁 28 年前所栽。

方广寺最大的特点是，从一进山门直到寺庙前，路两旁约有千棵 150 年左右树龄的松树，高大雄伟。山路修缮得很好，游人较少。途中有一从山顶滚落下来的巨石，砸断了几棵巨松后，停留在山道边上。

方广寺就坐落在一座大山的奇特的凹陷中，上面有巨大的突出的山岩遮风挡雨，故方广寺又号称一片瓦。由山路上抬眼望去，方广寺好像由几根木柱子支撑在岩石上，险不可言。庙内群僧正在做法事，歌声洪亮悦耳。一片瓦上的小路更险。山下有一小溪汇入一水库。一路上有不少的摩崖石刻，多为明清之作。

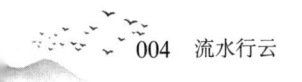

游永泰方壶岩

2005 年 10 月 14 日

晨 6 点从福大东门出发，至西客站，由西客站乘往永泰汽车至永泰县城，约 8 点由永泰坐车至盘谷。用过早餐后去方壶寺游玩。方壶寺为儒、佛、道三教合一的寺庙。山上有池子，俗称天池。天池中淤泥很深，我们在里边游泳很困难。我们登上山顶，用餐，照相。返回盘谷后各买番鸭一只，共 90 元。后经大洋返回永泰，在福州用晚餐。

爬闽侯琯口大化山

2005 年 11 月 27 日

晨 6 点 30 分与黄老师、老冯在福大东门集合。至白湖亭，换乘福州到福清的汽车到琯口下车。用过早餐，由右侧一胡同进入上山之路。顺着撒有细石砂的小路，来到一个叫西山寺的地方。由于搞不清方向，我们走错了（左边），正确的方向应在西山寺的右边上山。那里山势险要、荆棘满布、杂草丛生，是野猪出没的地方，几乎无路可走，身上多处被荆棘划伤。下午两点多才到山顶，站在光秃秃的山脊上，一边是胜利的喜悦，一边是对无法下山的担忧。我们已经做好了在山上过夜的准备。后来我们终于找到了下山的路，大约在 5 点到达琯口。这天很累、很惨、很险。7 点多回到福州，在天然居用餐。

爬长乐古槐董凤山

2005 年 12 月 18 日

和黄老师、老冯、李笑天于晨 6 点 30 分在福大东门会面，乘 813 路至白湖亭，再换乘往长乐的汽车到长乐市区下车（4 元），从长乐坐车到古槐（3 元）。用过早餐，8 点开始上山。右转，直走，到玫瑰山庄。穿过山庄，一直沿左侧石板路上行。上了山冈后遇分岔，依然选大路走。至溪边休息，喝水，吃东西。后沿溪左侧上山，至一坟丘，发现无路可走，后退。在密集的野竹林中穿行，攀登悬崖峭壁，最后到达山顶。自山顶向电视塔方向前进，找到了通向电视塔的小路，容易走些，走到大路上，约走一小时，找到一个通向青桥的小路。到达青桥后，坐车（2元）到达长乐。爬山途中，前脚伤犯，走路困难。晚上我请吃饭。

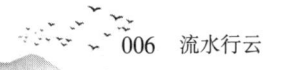

✲ 2006 年 ✲

爬永泰姬岩

2006 年 4 月 15 日

晨 5 点醒，有雨。7 点在福大东门集合。与冯、黄到西客站，转车至永泰县城，用早餐，不小心丢失雨伞。后乘车去白云乡，从白云乡坐摩托车（每人 8 元）到姬岩入口处。这里的主要景点有普陀岩、仙人第一家、姬岩寺、一片瓦等。在山上寺内用午餐，下午 3 点半坐车返回永泰。7 点左右返回福州，到天然居用晚餐。

永泰天门山游记

2006 年 4 月 16 日

早 8 点从福大新校区二区门口出发，约 2 小时到达天门山山门处，里边景点主要有三叠飞瀑、葫芦瀑布、天门洞、天门寺等。天门洞高 83 米，宽 23 米；天门寺洞深、宽和高均为 10 米。天门洞上有洞，景点虽不多，但瀑布很多、很美，到处都是水，山溪飞流而下，轰然作响。

爬旗山棋盘石

2006 年 4 月 22 日

由棋盘寨上山，上山前跟望龙台冬泳队的成员在棋盘寨聚餐，物美价廉，每人 30 元，可以吃到许多平时人少的时候吃不到的大菜。饭后上山，路不熟，沿小路上山，遇路左边一巨石，从巨石处左拐上山为正路，可爬到蛤蟆岩上，与上次由万佛寺上山的路会合。万佛寺段已有开发，有台阶，棋盘寨段未开发，路上有砂石，很滑。

同路者有老黄、老冯、江队、江夫人、肖女士、郭明、老耿、老陈等。

永泰青云山游玩

2006 年 5 月 14 日

　　随福大公共管理学院 20 多位老师一道去青云山九天瀑布游玩，从福州至青云山约 2 小时。九天瀑布是青云山景区景点之一，一带细水，聚则成溪，散则为瀑，飞瀑跌宕，飞流直下。从上向下观之，九条瀑布依序首尾相衔接，自上而下，其中珍珠瀑布，沿崖壁滚落，似串串珍珠直落玉盘。在山对面的一座小亭旁可一览九层瀑布全貌。下午 1 点半吃饭，饭后即返回福州。约 4 点到福州，结束一天愉快的行程。

爬鼓岭白云洞

2006 年 6 月 18 日

　　晨起，雷阵雨，雨过天晴。在福大东门与黄、冯、小宾会合，坐 957 路至鼓山下院。买了一些食品后上山，山高约 600 米，到达十八景入口处。之后，沿右侧盘山公路上行向鼓岭方向走。至部队封锁线后，左拐入一条由碎石铺成的小路。至两个石狮处，左拐，穿过一片苗圃及民宅，来到一小庙前。用餐，粉干每份 5 元。饭后沿右侧上山路至观音洞，出观音洞来到白云洞，这是我第三次来到白云洞。

　　洞内有寺庙一个、小吃店一个。洞高不足 3 米，洞顶光滑如板，是一块自然形成的完整且向外伸出的岩石。再往下，来到凡圣庵。据《海峡都市报》称，该庙一和尚在去年"龙王"台风来时，被落石砸伤，恰好被养犬所救。进庙，神像依旧，香火大衰。绕到其住室内，3 块 30 多斤的巨石散落于床前。床上有一洞，其景凄惨。和尚真是命大，难道真是修炼积来的福分才免于一死吗？出凡圣庵，蜿蜒来到积翠庵入口，未进。下山，在山脚下休息。后到一车站上车，穿过两个街区，至第三街区左拐到警官教育学院，坐 27 路车返回福大东门，到天然居用餐。

爬旗山森林公园

2006年7月1日

晨5点起床，5点35分到福大东门。坐813路至西客站，换乘到南屿的汽车（4元）到达南屿镇。在村里用餐，每人3元。买草帽，然后在通往旗山森林公园的路口（和通向永泰县城公路的交叉处）等车。因得知旗山森林公园收20元门票，我们决定从别处上山，绕过森林公园入口。我们3个分坐两辆摩托车（共11元），到达磜下村，从一农家新房旁边拾级而上，顺左边直走，直到一山沟处。其实已经走过头了，回返约50米，有一路，沿路直上，约半小时后到达一通向双峰村的废弃的机耕道上（注意是向上走而不是向下走）。

路上空气清新，阴凉多于日照。因老冯前时感冒未愈，一路上休息了十余次，用餐，喝水。下午1点半左右到达水巷。有一养蜂场，在养蜂场稍歇。参观一座守林员小屋，买蜂蜜，黄老师买了11斤，老冯买了7斤，我买了9斤，蜂蜜纯正无假。然后顺着养蜂场右前方一条山路沿左侧一路前行。不久遇水库，游泳，然后从水库上面的桥上走过，顺柏油路到双峰村。双峰山就在我们面前，一峰名曰状元帽，另一峰名曰旗峰。出森林公园大门，等返回南屿的汽车。如要包车，要70元，最后以每人10元乘车下山。晚7点左右到天然居用餐，结束行程。

爬永泰名山室和暗亭寺

2006年7月23—24日

7月23日晨5点出发，到融信第一城等福州到永泰的汽车。约6点30分，黄、冯乘车到融信第一城。我上车，与其会合，7点40分到永泰县城，用早餐。早餐后乘坐永泰至大洋的汽车到旗杆村下车，坐摩托车（5元）到名山室山脚下。山势险峻，由石阶铺成的山路非常陡峭。据介绍，名山室建于宋代，石阶上雕刻着的捐款人的名字已变得模糊不清。中间经过两个亭子就来到了山顶的一块平地上。这块平地的右侧，有一从山顶飘下的瀑布，下边有一小水潭，附近有两个神像。向左走，就是名山室。名山室是建于宋代的道家尼姑庵，庵子在原有基础上进行了扩建，主要是增加了两边的客房。正中间的大厅后边石壁上雕刻的图像已显得模糊，据说是当时白莲教的圣地。中间大厅顶壁上龙嘴里的滴水刚好滴落在下边的水槽里。我们在庵内吃了一碗面条，清淡无味。中午在庵内过廊内休息片刻即下山，以便赶回永泰，再从永泰出发去暗亭寺。

约下午4点钟到达永泰。永泰到长庆的车一天只有一趟，是下午1点40分发车，车已经走过。我们坐永泰至嵩口的车，走50多公里到达嵩口。在嵩口吃过晚饭，坐摩托车（每人8元）到达下磜寺，大约是晚上7点40分。我们从下磜寺出发连夜步行上山，路上经过上磜村。刚开始时，天较亮，渐渐山深、天黑、路窄、难行。我们打开手电筒，艰难地向山上前进。老冯脚走痛了，实在走不动了。我们走一走，停一停，终于在晚上11点到达暗亭寺。夜深人静，寺庙二楼的一间房子里还亮着灯光。为了不打搅师傅们的休息，我们决定在院子里的一个六角亭中过夜。我们先在庙内的一个小池子里洗澡、洗衣服，约12点钟睡觉。晚上好冷啊，我从背包里掏出3元钱刚买的塑料雨衣，将自己紧紧地裹住，但无济于事，一晚上被冻醒无数次，冷风不时地吹来，我的雨衣在风中发出噼噼啪啪的声音。

第二天早上和庙里的住持取得了联系，他们欢迎我们跟他们一起用早餐。早餐是稀饭和咸菜，我们三个人都猛吃三大碗稀饭，受了一夜凉气侵袭的胃里也渐渐升起了温热之感。之后跟一位叫常戒的和尚喝茶、聊天。从和尚的嘴里我们得知，他们这个寺庙条件非常差，每天只有有限的大米和咸菜吃。后来我们参观庙内结构。之后，又去了山后的尼姑庵。据说，尼姑庵10年前已经破败，现在空无一人，庵内家什已丢失不少。参观完尼姑庵我们就下山了，步行5公里到达上磜村，在上磜村坐摩托车到达嵩口镇。大约10点半用餐。之后，坐嵩口至永泰的汽车来到永泰，再换乘永泰至福州的汽车返回福州。

北峰升山寺爬山

2006年7月30日

晨6点30分到黎明永辉，用早餐。7点到老耿家。7点30分左右坐947路往森林公园方向到屏南西路处下车，往升山寺方向步行。由右侧一石阶路上行，至升山寺后，沿升山寺右侧上山。至山顶羊圈处，进入羊圈，沿山顶最左侧路前行，从一坟墓的路中间穿过，前行，右拐，有几户人家。继续行进到一池塘，再前行即到叶洋村。在叶洋用午餐，后在老人馆休息。约下午4点钟顺原路返回约100米，左侧有一小路，可一直走到森林公园。

重游旗山森林公园

2006年8月27日

晨6点接黄老师电话准备东西，出发，在融信第一城和黄老师会合。到南屿后山车站下车，用早餐。然后二人坐一辆摩托车（6元）于7点35分到达磜下。然后上山，尽管去过一次，还是有些迷路。现在要掌握的原则：一是要尽量走左侧，二是尽量走大路、平路，三是走向主路的路是在竹林深处的一个三岔路口。选择最右侧直接爬上高坡的路，才是正确的道路。原计划在五都林场买蜂蜜，到蜂场得知，现在不是产蜜季节。产蜜高峰期一年有两次，每次40天左右，第一次在小暑，第二次在立冬。10点钟到蜂场，在蜂场处用午餐，10元，还免费得到了一个造型很特别的藤制拐杖。然后，上双峰村。下午1点05分到达水库，游泳。之后顺路向双峰村走去，路上看见路边林中有猴子嬉戏。后又发现有几个学生在路上交谈，原来一个学生被猴子咬了一口，被养猴人送医院打破伤风去了，过后这件事还上了《海峡都市报》。我们也感到很紧张，不一会儿，有一大群猴子从林子里来到路中间，其中领头的就是那个断了一条前臂的咬人的猴王。那猴王很高，令人不寒而栗，我们赶紧逃离。后来我们去一家吴姓人家家里买蜂蜜。我们每人买了4瓶，共14斤，1瓶100元，看样子蜂蜜不错。之后，就坐车回到福州。

重游大化山

2006年9月3日

晨6点在福大东门集合，坐813路到白湖亭下车，由此坐到福清的车到琯口下车。用早餐，买水和食品，然后顺一条胡同准备上山。该胡同正对面有一个高压线杆。进入胡同口，左侧墙壁上有"禁毒，建立和谐社会"字样，若直接前行，沿大路走，就是走石子路，也可以到神钟。右拐，到西山寺，沿其左侧上山，因久无人走，野草丛生，把路遮蔽，刚下过雨，湿漉漉的。约 8 点启程，下午 6 点返回琯口，共耗时 10 小时。上山后，如遇分岔沿右侧走，或根据红布条指示行走。中午 12 点用午餐后，1 点开始走，来到一片很大的开阔地，名曰神钟。有福清武警训练基地，有一个登山队正在煮饭，再往前走就是大化。我们沿路而下，后顺溪前行，现出一奇美的景色，溪水清澈见底，溪流潺潺，有的地方飞瀑急下，石头光滑无苔，遂脱衣洗澡，爽！据说，离大化还有一段距离，天色已晚，决定顺大路返回琯口以保证安全。有人说，爬山到中午 12 点必须返回，否则就有可能滞留在山上。

去荔园度假村闽江漂流

2006 年 9 月 17 日

晨 6 点 30 分在祥坂路口集合，坐到闽侯县委去的 38 路车到徐家村下车。步行 30 分钟左右，从富豪山庄对面的路口下去到江边。约 9 点开始漂流，参加漂流的有我们望龙台队、闽水园队，还有长乐开心队、电视台队，共约 150 人。中午 12 点 55 分到达望龙台，然后在天然居用餐，每人租船费 10 元，餐费 30 元。有四五条船随行。闽江和乌龙江分岔处过后，拐过弯，有几个大的漩涡。过洪山桥最险，正好有一船通过，掀起的巨浪能把人托起两三米高。游泳中泳镜又出了问题，差点落入水中，眼睛红了好几天，现基本痊愈，肩背部晒得很严重，到现在还有些痛。这项运动可锻炼人的身体和意志。

走鳝溪—鼓岭—千年登山古道—分路—牛头寨—白眉水库

2006 年 9 月 24 日

9 月 24 日晨 6 点半在祥坂路天然居门口会合后，望龙台冬游队一行 9 人乘坐 973 路向鼓岭千年古道入口处进发。途中因车辆发生故障，转车，耽搁了大约 40 分钟，约 8 点钟到达鼓岭登山入口处，横匾上几个烫金大字"鼓岭登山古道"赫然映入眼帘。山门高大恢宏，修葺一新。队伍稍事休整后，即拾级而上，沿着蜿蜒崎岖的山路向山顶攀登。登鼓岭有几条途径：一条是从鼓山下院上去，顺公路走一段路后，再从鼓岭经白云洞、积翠庵下去；另一个即是坐 27 路或 722 路到警官教育学院下车，再走一段路到新建温福铁路附近的一个村庄上山；再一条就是从这条千年古道上山。相对来说，千年古道坡度稍显平缓，开发较好，安全度更高，景色宜人，另外游人也不像鼓山那么摩肩接踵，人流如潮。

信步登上层层石阶，山风徐来，晨曦飞泻，杉林扶摇，令游人如醉如痴。抬眼四望，山色青黛，绿意横流，高屋点缀其间，乃人间仙境一般。

不一会儿，我们便来到半山腰的一个小村庄，山路正好从村中心穿过。小村中心有一个不大的市场，几个农妇沿街叫卖着各种时鲜食品、蔬菜、水果等。周围坐落着山庄、农家乐、小商店等，仿佛来到了世外桃源。

稍作休息后，继续顺路上行，不一会儿便来到了牛头寨，大约是 9 点 40 分。据说，牛头寨的千年古道是过去福州人奋起抗倭的要道，牛头山上的牛头目睹了榕城人的英勇与顽强。从牛头寨出发，开始下山，途经南洋村。南洋村位于一个盆地内，四面环山，一溪清流，淙淙而下，澄澈见底，纯可即饮。村庄建筑古色古香，独具福建特色。

大约下午 1 点钟我们来到了白眉水库。据说白眉水库是马尾区的饮用水源，在一条狭长的山沟里，一带绿水，绵延数公里，水体庞大，水质清纯，碧波荡漾，好不惬意。我们迅速换上了泳装，捆绑好行囊，迫不及待地纵身跃入那诱人的去处。一边游泳，一边欣赏湖边的风景，还不时地喝上几口甘甜的湖水，沁人心脾，飘然欲仙。

约 2 点半，从水库大坝右侧登岸，愉快地结束了一天的行程。虽然在一天的行程中，经历了爬山、走路、游泳，但大家都不觉得累。当一个人完全与大自然融为一体的时候，人的一切痛苦和烦恼都会烟消云散。随我们一同前行吧，美丽在向你召唤，让我们张开双臂去尽情地拥抱这天赐的美景吧！

十八重溪遇险记

2006 年 10 月 21—23 日

10 月 21 日上午 9 点半左右，从福大东门出发，到西客站，乘福州至永泰汽车（8 元），到塘前下车。下车后，乘摩托车（3 人共 17 元），过桥至北溪村一小庙处下车。

沿溪而上，一路上摘柿子，吃柑子，边走边玩，到达金瓜寺时已是下午三四点钟。眼前出现了一座土墙砌成的小庙，房门紧闭，旁边的厨房也锁得严严实实。我们进入殿内，正对面是一个神龛，里头有两尊塑像，桌子上有木鱼以及香烛等敬神之物。大厅两侧有木板做成的简易床铺，大厅右侧还堆放了一些杂物。出门观看，门上头有一牌匾，写着"金瓜寺仙君殿"歪歪扭扭六个大字，没有什么院子。出门看，屋子右侧有羊圈、鸡舍，左侧有一片菜地，种有丝瓜、青菜，养有狗和猫。当我们刚进入金瓜石领地时，第一个欢迎我们的就是狗叫声。后来我们确认老道士不在庙内，想起路上曾遇见二人抬着一个大桶下山，估计就是老道。本来计划着让老道为我们做一顿饱饭，看来要泡汤了。眼看天快要黑了，我们只好自己埋锅造饭。还好，老道的锅在外面，我们用石头搭起锅台，黄老师带了四包方便面，也够我们小吃一顿了。当时觉得方便面远胜过大饭店的盛宴大菜，美不言表。

饭后，把老道的破棉絮抱到门口的金瓜石上。金瓜石为一个近圆形的巨石，上面和四周都留下不知是水冲的还是什么原因形成的深沟，看上去，像是一个巨大的南瓜，福州人叫金瓜。紧贴金瓜石旁有一棵树，连接处被人放上一些木板，树枝弯过来，就像一只带扶手的沙发，坐上去又舒服又安全。

天黑之前我们察看了周围的地形，小庙后面的那座山峰就是有名的古崖山尾，据说高度在 1000 多米，是福州附近最高的山峰。那天下午我们还看见有人在古崖山尾上向我们招手、呼唤。金瓜石的右前方还有一个颇似金瓜石的巨型圆石，上有题字"观景石"。这块巨石，高有 5 米，直径约 15 米，圆周上有很多深沟，远看既像金瓜，又像一朵盛开的莲花。听黄老师说，十八重溪就是沿着前边的山沟，一直向下走，估计一小时后就可以走到，可就是这句话使我们"误入歧途"。

一顿美餐后我们便去石床上睡觉。我们三人并排而卧，每个人躺在一个小沟里，尽管一个小沟容不下一个人，但凑合着也能睡。遥望满天繁星，耳听从远处传来的淙淙流水声，脸上感觉到有阵阵凉风吹过，诗意涌上心头。我建议三人吟诗答对，大家很是开心。后来睡意渐浓，大家进入了梦乡。半夜时分，老冯听到有一种奇怪的声音向我们睡觉的巨石逼近，而且声音越来越大。他想，会不会是群狼来袭，到近处才看清是一群羊在金瓜石附近的草丛中觅食，一场虚惊！时睡时醒一直到了天亮，心想，要是能再吃上一顿热饭热菜该有多好！我建议做点东西吃，他们二位都同意了，但老道的厨房还是打不开，只好摘了几个丝瓜，拔一把青菜，把剩下的方便面调料、咸菜等能食之物放入锅内煮。后来我们发现厨房门尽管锁上了,但一块门板是活的,移动后可以挤进一个瘦子。我们就从厨房里找到了食用油和盐巴,有了这两样东西我们的早餐就有味道了。我们每个人都喝了好几碗菜汤,加上黄老师带的烧鸡,吃得很饱。饭后喂了喂狗和猫,留下10元钱菜资便离开了久负盛名却又破败不堪的金瓜寺,离开的时间大约是早上9点半。

我们顺原来探过的路在齐腰深的茅草丛中找到了下山的路,后即沿路而下,找到溪流的源头,那里也许就是十八重溪的源头。之后,我们差不多一直在顺溪而下,只是一路上历尽艰辛。本来猜想一个小时就可以到达景区,可怎么也走不到景区。后来我们突然发现登山队员留下的路标:红布条和黄布条。黄布条上写的是"绿缘登山队",我们就跟着布条指引的方向走。有时找不到布条就可能是走错了方向,有时并没有走错方向,却找不到布条,像是在梦中,但大体的方向不会错,即顺溪而下就是景区。黄老师也懂得等高线图,可还是遇到很多麻烦。本来想早点到达景区,在天黑之前赶回福州。我们顺溪而下时,遇到的麻烦主要是溪流中的路时断时续,有10米左右的巨大落差,人根本无法过去。还好,一般是遇到这种情况时都会碰巧看到布条,我们就不断地翻越一座又一座陡峭的山峰。这样的路不同于景区的路,大多没有台阶,又陡又滑,非常危险,一不留神就会跌入万丈深渊;稍不留神就会迷失方向,怎么找也找不到布条。我们拼命赶,还是到不了景区,我很着急,因为第二天早上一、二节还有课呢!看看天色已晚,我们仍看不到胜利的希望,只好跟家里联系,今晚夜宿沟里,明天早上早点回去。

天黑了,我们赶忙选择晚上安顿的地方,害怕天黑下来,什么都看不见了,行动会更危险。最后我们选择了一个地点,往下6米左右就是一个有10米落差的深潭,上头1米左右也有一个一人深的水坑。旁边有个山洞,真要下雨,可以进去躲上一躲。大家心情都不是很好,随便吃点东西就开始睡觉了。睡觉的时候大约是晚上7点50分。这一晚可不好过了,身上没有御寒之物,没有厚衣,没有被褥,全身酸痛,心中烦恼,就这样稀里糊涂地时睡时醒。我把雨衣穿在身上,希望能保住一点体温,半夜被冻醒时雨衣里积聚了不少水汽。实在受不了,我建议找柴引火,烤火取暖。还算不错,大家一呼即应,迅速分头行动,找来了许多干柴,那堆火一直燃烧到第二天天亮。有了火大家就暖和多了,我因为找柴、砍柴又湿透了衣服。这样我们又坚持到凌晨3点,太困了,又接着睡觉,估计5点多天亮，我们吃下了仅剩的最后一点食品，于6点出发，继续沿溪而下。

其实没有走多久，就到了这一段溪的尽头，再往前就是一个近百米的落差，远远望去，已经看到远处有景区内水泥修的路面了。我们高兴万分，但高兴之余，怎么也找不到小布条，不知道该从哪里绕过这个落差。后来我们3人便决定勇闯一条生路，但却付出了极高的代价。从6点10分开始直到下午3点3分才走出了大山，来到十八重溪景区。中间我们数上数下，来回折腾，在陡峭的崖壁上攀岩，在溪流中穿行，翻越数不清的沟沟坎坎。希望来临又瞬间消失，遇到陡壁就绕行，遇到断路就返回。我们曾经失望、气馁。我说，我们再爬最后一道山峰，如果还是下不去，就打110。可是我们知道，大山里头，几乎没有手机信号，呼救信号也很难出去，只能靠自救。后来还听到山下有人呐喊的声音，再后来老冯说，不如回去算了，这样下去，何处有出路？何时到尽头？最后还是少数服从多数，继续前行。大家体力透支很厉害，两顿饭没吃了，腹中饥饿难耐，全身乏力，虚汗直出。我们遇到一干涸的水沟，黄老师说这是一条路，其实这儿哪里会有路，都是洪水留下的杰作。但我们已下定决心，一定要顺着这条干沟下去，再也没有体力往上爬了。我说，死活就是这条路了，一直往下走，看看会怎么样。中间遇到了两个五六米高的落差，我们就用刀砍断藤，再加上我带的绳子，沿绳而下。还算不错，第一道悬崖过去了，可遗憾的是把刀落在上面了。在遇到第二个悬崖时，只能单用绳子了。还好，我们还是连滚带爬地下来了。我们终于又听到了那熟悉的流水声，猜想离十八重溪不远了，可是又担心会不会还没有进入景区或者会不会遇到数米或百米的陡崖，我们还是下不去？可老天有眼，终于让我们看到了真正的希望。我们看到了清澈见底的溪水，看到了溪旁的水泥路面，特别是看到了在通向地面的途中再也没有可怕的陡坡。出门的时候穿的是一条长裤子，当时裤腿上有一个小的三角洞，当我们走出景区时，那条裤子已经变成了短裤；上身本来是一件赭红色的短袖，后来也变成了土黄色，根本看不出来原本的颜色了。

我们终于胜利了，下到地面的时间大约是3点3分，黄老师光着屁股在景区的"龙泉"里游泳。我和老冯只顾着灌水喝水，我也没有力气游泳了。我们又走了一个小时，才走到了十八重溪景区大门口。我妻子开车来接我们回福州，3天的惊险之旅总算是画上了一个句号。

想想那天晚上我吟的几段诗，现记于下：

静卧金瓜望星空，远闻淙淙流水声。
仙君殿前仙风起，古崖山尾秋虫鸣。

古崖山尾万仞高，银汉阑干千般好。
抛却人世仙为伴，我辈童心永不老。

溪水淙淙流，蛙声几时休。
遥望满天星，妻儿在心头。
细数星辰因睡晚，寒露侵被醒来迟。
游人离家音讯绝，妻儿老母愁不眠。

连江琯头青芝山游记

2006 年 11 月 18 日

早 7 点 40 分在福大新校区生活一区门口（西门集合），一个小时左右到达青芝山。青芝山海拔高度约 200 米，是千洞之山。据说，山洞是由地质演变如地震等造成山顶岩石塌方滚落于谷底而形成。在导游的指引下，我们看了不少景点，其意全在导游的诠释和游客的想象。其中有一棵枝叶横生的榕树，据说是当年拍摄《西游记》时猪八戒被珍珠衫所缚并被吊上去的那棵榕树。约 11 点开始吃烧烤，一直持续到下午两点多。同学们分成三组，各组自带烤具、食品和炭等。大家都吃得很饱，最后还剩下一些东西，惹得过路人直流口水。最后，我们将现场打扫干净，乘车返回，回到福州大约是下午 4 点钟。

爬旗山

2006 年 12 月 17 日

早 7 点和黄老师、老冯 3 人在福大东门集合，到西客站，乘福州到南屿的车到南屿下车，用早餐，然后坐面的（共 15 元）到五溪下车。去五溪的路和去磜下的路是在一个小村子分开的，直走就是五溪，左拐就是磜下。入五溪，右行，至水库。沿水库边前行，至对面山脚下，沿山脚下小路前行。基本上是沿溪而上，至一断桥处，从其前方穿过小溪，直上而行。上至200米处，左转上行，很快就能到达水巷（养蜂场）。见到林场老吴，黄老师买蜂蜜6瓶，我和老冯每人买3瓶，一瓶30元，是冬蜜。在养蜂场吃自带食品，下午两点左右下山。下山路线是另一条路线，是我们以前从磜下上山的路线，这次是逆向而行。一路上听护林员老吴讲解他是如何捕猎山上的野生动物的。他还告诉我们怎样识别山上一种剧毒的野草——断肠草。约下午4点多到福州，用晚餐，一天每人共花费33元，不觉得太累。

✱ 2007 年 ✱

游长乐三溪

2007 年 4 月 8 日

早 7 点 30 分在福大东门集合，8 点 30 分到达白湖亭。一行共 6 人，我、黄老师、刘碧强及其夫人、何老师及其女伴。8 点 30 分从白湖亭坐去长乐江田的汽车，每人车费 13 元。9 点 30 分到达三溪，途中经过我们曾爬过的董凤山所在地古槐镇。

三溪由北溪、南溪和潼溪交汇于破石潭而得名。三溪名胜古迹很多，三溪水库也很有名。我们大约 10 点钟开始爬山，那座山应该叫作石人山。我们没有选对路，只好在野竹林、纠缠在一起的藤蔓、杂草和巨石之间穿行，手被挂破了，裤子被挂破了，最后还是有惊无险地到达了山顶。当我们到达山顶准备返回时，时间是下午 1 点 20 分。后来我们又参观了屏山上的许多景点，如天龙井、朝天观、五百罗汉、天仙府等。这里不管是人文景观还是自然景观都很有特色，都值得一看。最后，还到村子里参观了几座老屋，尽管那些老屋残破不全，但依稀可以想象以前设计的庄严、肃穆、合理。5 点 30 分左右在一家海鲜楼用餐，感觉还不错，就是有些累，脚酸。

游仙游九鲤湖

2007 年 4 月 14 日

和至诚学院 2003 级行政管理班的同学 40 余人去仙游九鲤湖旅游。晨 7 点 30 分在福大休闲广场集合，约 8 点钟出发，经青口、莆田，至仙游，11 点多到达九鲤湖。观看旅游线路是从山上沿水流由上而下来到最低处，再沿原路返回，所以是先下山再上山。九鲤湖景区有很多寺庙。相传在汉武帝时，有何氏九兄弟在此炼丹济世，丹成跨鲤成仙，九鲤湖因此而得名。九鲤湖景区沿溪而上有9个落差，共有9个瀑布，目前已开发的有5个。第一个叫雷轰漈，后边还有珍珠漈等，还有一棵蟒松，据说这棵松树的底部盘根错节，酷似一条蟒蛇。第一个落差不算很大，流水潺潺而下，看到河底的表面有许多大坑，可以想象水流曾经有多急。第二个落差有100米，瀑布飞流而下，如珠玉飞落玉盘。正前方有一缕细瀑沿石滚落而下，像珍珠滑落，滑滑的，黏黏的，接连不断。3点30分左右开始返回，6点30分返回福州。返回福州后应约和小朱去黄老师家吃饭。

长乐下沙海滩游玩

2007 年 4 月 22 日

跟福大校本部2004级行政班同学一起去下沙游玩。7点30分在新校区一区门口集合，到达下沙后，穿着泳衣下海游泳两次。中间吃烧烤，照相。回来后，只觉得脖子后面和面部热辣辣地痛。尽管太阳没那么毒，紫外线还是不放过任何一个敢于面对它的人。约下午4点返回福州，在洪湾路金山公园处下车。

爬五虎山

2007 年 5 月 13 日

晨7点30分在西客站与碧强、黄老师、何老师等6人会面。我们决定弃黄褚林转而去五虎山爬山。

坐813路到白湖亭，坐30路到尚干，然后步行来到山前村。中间因路线错误，途经几个小庙，如左灵宫等。顺一细石子路上行，方向偏右，向左调整，后找到正路上行，一直爬到山顶。开始登山的时间约为11点30分，到达山顶的时间约为12点45分。在山垭处休息，吃饭。下行至方山水库，结识水库管理员陈秀华，在他家吃鸡、喝酒（地瓜烧）；之后，随其妻子、女儿下山。他家在凤溪村的住房是一家有水塔的红砖房子，留了联系方式。后步行至大路上，右转到南通镇，再右转至医院附近，等车未果，坐三轮车至南港大桥，遂乘永泰—福州车返回福州。

永泰赤壁游记

2007年5月18日

早8点和晓玲赶到师大老校区集合。8点30分出发，因福州展览城5月18日有活动，金山大道实行交通管制，司机又不熟悉道路，在金山工业区里足足绕了1个小时，10点多才走上了去永泰的路。据导游说，到永泰要1小时20分。我以前去过赤壁，可都忘记得差不多了，而到跟前一看，全都能想起来。先从右侧上行，走栈道看了两个瀑布。在赤壁大瀑布前休息、照相。之后，爬山，在光光的山脊背上照相，接着爬五指峰、看石柱。然后沿下山路返回，在休息处吃东西，喝水。下午2点多上车，途中停车看猴子。之后，返回福州。晚上去宝龙广场品尝来自全国各地的风味小吃，有鹿肉，有北京的糖葫芦，还喝了地道的椰子汁。

长乐鹿屏（六平）山爬山

2007年6月3日

骑车到白湖亭集合（7点30分），8点出发，车费8元。到长乐后顺胜利路走到市政府门口，前行右拐，过市一中，前行来到太平桥。太平桥建于宋朝，有千年历史。过桥左拐，直上就是鹿屏（六平）山（或称北涧山），山标高570米左右。山上有二洞："第一小有洞天"和"别有洞天"，有一些摩崖石刻，照不少照片。石阶较平坦，因下雨，较湿滑。山顶处有土路，因刚下过雨，未登顶。

中午12点左右下山，1点左右到一小饭店用餐。餐后爬另一小山，方向从长乐市一中左侧，有一敬老院，沿路而上。经教师进修学校，过高速公路，看到一新建亭子，爬不高，路两侧有许多鬼针草。据说鬼针草可降火，调整血压，夏暑饮用适宜。我们采了一大捆，交由黄老师带回处理。（其处理过程是：去老叶、针，洗净根须、枝叶，放阳台上晾干，切碎后即可冲茶饮用）到白湖亭，骑车途中遇雨，浑身湿透，回到家吃10个饺子。特困，休息。

闽江漂流记

2007 年 9 月 16 日

晨 6 点 30 分在祥坂路口集合，8 点左右到达荆溪荔园度假村。望龙台队、长乐开心队和福视队会合后，开始漂流。中间上岸休息约 10 分钟，吃东西，喝水；然后接着游泳。当到达洪山桥时，江水开始涨潮，经常出现的大漩涡——被江队长称为酒窝的漩涡不见了。游了一阵子后因阻力太大就游向西河岸边，后被小船接送到金山大桥下的望龙台处，有部分队员从闽江南侧上岸。

我们上岸时约为 11 点 40 分，后去农家乐用餐，喝了不少啤酒，下午睡到 4 点多，还觉得头昏沉沉的。

爬旗山

2007 年 9 月 23 日

和黄老师、成全、王远云、陈至杉、陈云呈、小宾一行 7 人登旗山。由磜下上，在水巷买蜂蜜一瓶，30 元。后至双峰村旗峰，完成数年来五次登旗山均未能登上旗峰的夙愿。晚上在农家乐用餐。

北峰北斗洋游玩

2007 年 10 月 21 日

随至诚学院 2005 级行管班同学（王梦栩班）去北峰北斗洋游玩。早 8 点从大学生活动中心出发，9 点半左右到达目的地，一路山路弯弯曲曲，两旁美景闪过。我坐什么车一般都不会晕车，可这次却感到很不舒服，像要晕车的样子，车子晃得太厉害了。到了景区后，先攀爬黑木崖，约 70 米高，很陡，有七八十度。两人一组同时进行，中间不休息，有点累，后在滑草场旁吃烧烤。用完午餐后，去滑草。我坐车滑了两次，第一次因没掌握好重心，滑草车滑向一侧的田埂上，摔倒，左前臂擦伤；第二次顺利。后穿滑草鞋滑草，没少摔跤，不过没再摔伤。下

午3点左右返福州,4点半到福州,感觉不错。

爬福州古驿道

2007年11月10日

晨7点30分和黄老师、碧强、成全4人在福大东门集合,坐810路至新店下车,然后换乘19路到检察官学院下车。下车后前行不足百米,从中间小胡同进入,从一个小门中穿过,即进入古驿道(注意不能走现在铺的石子路)。路上经过一个牌坊,上写"三山觉路"。据说这条路是古代福州进京赶考的学子们必走的山路。粗看,这条路是由不规则的石头铺成的,宽度不窄于2米,应该是当时的官道。到达山顶后下行,至宦溪镇。右拐,步行,中间右侧有一厕所。从厕所前头上去,仍然是公路,坡度渐增,后到达降虎寨,有两牌坊,很古老。降虎寨为宋代村庄,解放福州时,解放军曾由此攻入福州。顺路而下数十米,在山坳间用餐。后下行来到贵安,买鸡和鸭各一只。贵安有温泉,热度可烫鸡。约下午4点赶上返回福州的汽车。返回福州后在福大东门外桥亭活鱼小镇用餐,结束行程。

雨中爬旗山

2007年11月18日

王泽东、成全、黄玉生和我,从快活林旁鼋潭口村开始登山。中间基本上是沿溪而行,曾两度过溪。在林中守林员小屋用餐,买蜂蜜3瓶,共105元。后随守林员一同下山,沿路多往前走一段,路面被倒伏的竹子阻挡,难走。但对雨中行走来说,因降低了坡度,也就没那么滑。晚上去鼓屏路(屏山站)食尚楼参加牡丹冬泳队俱乐部会餐。

爬瑁口大化山

2007年11月25日

晨7点福大东门集合,和黄老师、王泽东、远云、至杉等一行6人乘813路至白湖亭，换乘到福清的汽车，每人 8 元，到达琯口下车。穿过马路，由一小胡同出村，顺石子路一路上山，到达神钟后，曾选择两条路，想到达溪底，都未成功。第一次是被一项爆破工程所挡，第二次是到达了修电线杆的工地，第三次是到达了一个悬崖。那里景色还不错，约三五十米高处，有一细瀑流下，蔚为壮观。后从爆破工程左侧一山路上行，找到了登山队留下的红布条。天开始下雨，路滑，大家都有滑倒的经历。走了约两个小时，还是找不到路的尽头，时间大约是下午两点多，只好沿原路返回。返回基本顺利，约 6 点到达福州祥坂路友谊饭店用餐，180 元，每人费用共 48 元。

游北峰北斗洋

2007 年 12 月 1 日

跟公管院的部分老师一起去北峰北斗洋游玩。以前曾去过一次，这次去了野人谷，玩了攀岩、滑草，后来又去摘橘子 15 斤（每斤 1.5 元），中午在景区用餐。下午 4 点返回福州。

林阳寺爬山

2007 年 12 月 8 日

张忠、冯杰、黄玉生、碧强、远云、君胜和我，坐 811 路到新店，换乘 955 路到检察官学院下车，遇三岔路口选中间路口穿过一个院墙上山。顺石子路上行，不久即是新铺的石条路，到山顶后下行到宦溪。出胡同口，左转，穿过马路，顺一条大路上行到一条铺满煤渣的上山路。本来听说有一条石板路，可未能找到。继续顺煤渣路下行，到中间一拐弯处，顺电杆线下行，难走，至沟底，约 11 点 40 分，用餐。接着上行，数分钟后到高速公路工地，一直打听去桂湖的路。走过头，回头顺一小路拾级而上，行数十米，被工地截断。穿工地，再行，路很好，景色很美。不久到达林阳寺，寺院宏伟宽大。步行 2.5 公里至石牌村，继续走 3 公里至北峰岭头，搭乘林阳寺到福州客车，下午 5 点左右到福州。在友谊饭店用餐，餐费 38 元。走路较多，有点累。

爬福清镜洋山

2007 年 12 月 15 日

晨 7 点福大东门集合，有云呈、君胜、文华、远云、张彬、志山、叶坤、谢老师、成全、泽东、冯杰、张忠、黄老师和我，共 14 人。乘 813 路至白湖亭，由此换乘到福清的车（每人 9 元）到镜洋的甘厝口下车。穿过公路到对面一条往西的水泥路，一直西行，由石料场左侧上行，沿大路至水库管理处，上百余台阶。至平台处从左侧沿水沟至尽头，用餐。返回至平台，从右侧小路上行，至十八重水库，有人家，为夫妻二人。他们说无路，我们就从其房后至沟底，上山，至沟底，向下走，找到一条好路。顺路走，遇烧炭点。前行百余米，右转爬山，翻越山脊，下山。有枇杷林，沿路出山，到普社村至大路坐一都往福清的车。至甘厝口下车，坐返福州的汽车，到天然居用餐，每人 45 元。爬山途中遇滚石，差点伤人，幸无碍。

✲ 2008 年 ✲

游长乐天池山

2008 年 2 月 21 日

晨 7 点福大东门与黄老师会合，坐 813 路到白湖亭，换乘福州到长乐江田的长途汽车（14 元），9 点 30 分左右到达江田。下车后到路对面，走二三十米到华光寺。寺内香火很旺，香客众多，烟雾缭绕。沿路直行约 100 米，为灵峰寺，沿灵峰寺左侧上山路上山。长乐天池山为花岗岩，山石裸露，浑圆巨大，或重叠，或散布。11 点多到达山顶，用餐，在山顶上午休。在山顶上可以看到远方缥缈的大海，水天一色，一带白练在海边依稀可见，应该是海浪。下午 2 点多下山坐三轮车（6 元）去下沙海滩，脱衣下海游泳。水很冷，海水又咸又涩，约 20 分钟上岸。6 点返回福州，天然居用餐，结束一天之行。

永泰兔耳山爬山

2008 年 3 月 1 日

早 8 点在天然居门口集合出发，9 点左右到达永泰兔耳山景区。坐轮渡过大樟溪，有两人是游过去的。上岸后，一残狗与我们相随，并一直跟到我们离开此山。我们一行共 19 人，有四五个人没爬山。平时运动量不够，所以还是觉得有点累。一路上有时平缓，有时陡峭。因为是景区，所以安全没有问题。兔耳山主峰高 600 米左右。我们到达顶峰时，可以看到不远处兔耳山主峰酷似一双兔耳的样子。我们在山顶上稍作休息，享受一位胖姐携带上山的美食：荸荠、花生和油饼，真是美不胜收，喜从心生。下山还是比上山容易多了，除了膝盖有些软，那种心跳加速、气喘吁吁的情况再也没有发生。约 12 点多到山下用餐，吃得很不错，一桌 200 元，共两桌。餐后，稍事休息，2 点左右出发去大樟溪对面的龙泉山庄泡温泉，每人 20 元。过大樟溪时，有七八个人是游过去的，我也游过去了，感觉很爽。龙泉山庄温泉是露天的，较高处一小池水最热，下池由上池水溢出，就不那么热了。旁边还有两个游泳池，上池水稍热些，下池稍凉些。约下午 4 点返福州，6 点去景江饭店吃饭，为毛队长庆贺生日。一日共花去游费 84 元，晚餐份钱是 60 元。

覆釜山爬山

2008 年 3 月 8 日

晨 7 点福大东门集合，有黄老师、成全、远云、张忠、冯杰和我共 6 人。坐 14 路车到南站（安淡）下车，换福州至连江的汽车（每人 14 元）至南湖下车。穿过马路至对面，顺一水泥路上行至山上一寺庙，香火旺盛，据说是因为该日是二月初一。之后，沿路上至山顶，在山顶小路上用餐。可惜，因为匆忙，我和成全均未带午餐，只好跟黄老师共享。餐后，到达山顶，回头沿左侧一小路下行，去青芝山方向。在青芝山景区看了很多景点，先是看了青芝寺，又来到插有红旗的山顶，后又去林森公馆参观。出大门回福州，下午 5 点 20 分到福州。由东焕等同学请吃饭，故未和登山者一起用餐。

爬大化山

2008 年 3 月 15 日

晨 7 点，福大东门集合，有黄玉生、冯杰、张忠、王泽东和我共 5 人。坐 813 路至白湖亭。我是坐 42 路车由滨洲路北到白湖亭，约用 30 分钟。由此坐去福清的车，每人 14 元。到琯口下车，买砍刀一把，16 元。走小路上山，遇到第一座房子，从左侧上行，到第二座房子，由右侧上行，很累。过神钟，沿左侧山路到达溪底，大约是中午 11 点 50 分。后出溪，沿溪上向左侧方向前行，到一悬崖处失去方向。实际上应该从悬崖处下去就可以找到路，但我们是第一次爬此山。从悬崖处返回，向右侧山顶进发，失败后顺右侧在山林中穿行，无路，但可见先人以前留下的梯田。不一会儿碰见了山民，获得了正确的路线，是在离我们不远处一个干涸的山溪里。沿干溪一路走来，到一陡坡处，回头，上右侧崖壁，过陡坎。前行一段时间后，从一片竹林处穿过，在山溪左侧有一小路，出溪。上山不一会儿来到较宽的山间小路。问当地村民得知到一都约有5公里，其实不止。我们实在是太累了，几乎抬不起双脚，约傍晚6点钟到达一都，坐车（5元）到甘厝口，换乘去福州的车。到福州后，友谊饭店用餐，每人花费65元。

去罗源双贵山爬山

2008年3月28日

晨6点30分在福大东门等黄老师，至宝龙广场和何老师会合，去罗源（每人24元）。到罗源县城，转乘去碧里的乡间小汽车。到达碧里镇后，步行约半小时到碧岩寺，沿途可以看到大海。从碧里镇出发，沿途看到只有少量农作物、蔬菜之类的，两边是高山，较贫瘠，听当地人说他们主要是做海产品。到达碧岩寺山下，沿右侧台阶可以一直走到碧岩寺门口。

在碧岩寺内参观，听热心人士介绍，碧岩寺始建于宋，中间有一藤自石穿处落下，千年常青，不长不枯。左侧有一仙果树，据说是吕洞宾所栽；右侧龙眼树为铁拐李所栽。碧岩寺坐落于山顶下一凹陷处，宽30米，高30米，深30米。沿大佛右侧一台阶上行不远，休息，用餐，时间约12点。12点半上山，爬完了双贵山，部分路段很陡，特别是在双峰间的山脊上坡度很大，无树。返回途中，下雨，路面湿滑，行进缓慢，黄老师至少摔倒两次。下午3点左右到达碧岩寺，沿原路返回，4点半到罗源。到福州后，在桥亭活鱼小镇用餐。

三都澳游记

2008年4月13日

望龙台冬泳队一行42人，早上7点从福州出发前去宁德三都澳游玩。出发不久，即开始下雨。约1小时40分，旅游大巴来到了三都澳。

正值退潮的时候，黑色的滩涂地一望无际，偶可看到里面一块块整齐的草地。

据导游小姐说，古时候，有一位地方官员为降低海水涨潮对海岸及附近渔村的冲击危害，引进一种草种在滩涂上种植，收到了较好的效果。却没想到，数百年后，此种草疯狂蔓延，导致这片滩涂上再也无法养殖渔民常年为生的海产品。

雨中，我们登上了一艘豪华游轮。这种游轮舱内约有百余座位，除了我们冬泳队外，再加上一个浙江来的旅游团，船里面还有很多空座位，甲板上也可以站人。不过，登岛的时候，因为雨大，大家都在舱内就座。当游轮离开海岸后，海水渐渐变清，漂浮物也少了许多。右侧是云雾缭绕的青山，左侧是著名的十里渔排。渔排掩映在海天之间的浓浓雨雾中，神秘莫测。据导游小姐介绍，渔排已形成了独具风格的行政村。村里渔户错落有致，大小街道纵横交织，渔民常年在水上生活、养鱼、捕鱼、繁衍生息。渔排上还建起了海上110、120等，真是一个地地道道的海上渔村。

不一会儿，游轮来到了斗姥岛。波涛汹涌的海水不停地冲刷着巨大的山石，卷起层层白色的泡沫，向我们展示着大海的威力。据说，斗姥为当地渔民的守护神，和妈祖文化有某种渊源关系，是母性崇拜的象征，说不定是原始母系社会时期的文化遗留。沿着蜿蜒曲折的山间小路，我们登上了斗姥山。一路上看到了许多景点，如斗姥像、人生四大全景等。最富有刺激性的还是斗姥迷宫。斗姥迷宫是一个自然形成的山洞，上下崎岖不平，险象环生，或明或暗。雨中，山陡，洞暗，路滑。据说，此洞有三个出口，有的出口路途较短，适合于老人、儿童出去，而我们选择了路途最长的出口。洞内怪石嶙峋，时而宽大如室，时而窄不容身。这条最长的出口，约有1公里长。我们队里，多半是年过半百的老人，行进中的困难可想而知。出了洞口，沿着滨海栈道前行，可以看到宽阔的海面上有一些大大小小的轮船，还可以看到远处由两山合抱而成的唯一的出海口。听导游讲，退潮时，出海口内外最大可形成1米的落差。出了栈道，就是三都澳最有名的自然景观螺壳岩。螺壳岩是一个有数米宽的椭圆形巨石匍匐在倾角60度的海边岩壁上，巨石内部因常年海水侵蚀呈现出中空的奇景。据载，抗战期间日本侵略者曾设法把螺壳岩运回日本，但因螺壳岩太大太重无法搬动而作罢。

离开螺壳岩后，即沿下山的路离开斗姥岛。这时候，已是雨住风停，云破天开，能见度大增。离开斗姥岛乘坐游轮直奔渔排而去，此时，我们才有可能近距离领略十里渔排的奇美风景。接着在渔排上用餐，一阵狼吞虎咽，便风扫残云般结束了一顿简单而有风味的午餐。

后来，我们还游览了位于宁德市内的南漈山。

三都澳，一片神秘的海域。她是一则童话，是一首诗。关于她的美丽的传说使我们陶醉，她的神秘给我们留下了无比丰富的想象空间。

去长乐九坑山爬山

2008 年 4 月 19 日

早7点，我和黄老师、王泽东、冯杰、张忠共5人，从福大东门坐14路车到安淡，换乘福州开往江田的汽车（17元）。到江田后，购买食品，出发前往松下，每人两元。在进入村子前，沿路左侧有一路，进入百米，右拐，走一段路再左转上山，到高压线杆处，山上有很多野韭菜。此后路难寻，过山坳，沿对面山脊上爬。风大，山陡，不滑。到达山顶，穿过另一个山坳，下行遇阻，右转，出野竹林。在一山坡的石头上用餐。后前行，找不到下山的路，在树林和野草中前行。王泽东和冯杰两个人都是撅着屁股，背对深草，开路前行。终于来到一个废石料场，沿路下山。来到松下村，坐三轮车去松下码头附近海滩，游泳，捡贝。在海滩上我们还看到了一条小海豚的尸体，黄老师还拍到了一个伸入海滩的排污口，后来还发表在《海峡都市报》上，得稿费100元。返回福州用晚餐，每人费用66元。

岐安旗山爬山

2008 年 5 月 11 日

黄老师、王泽东、王远云、陈至杉和我，坐606路到终点站下车，过高速公路左转到岐安村。至村头右转，过小桥，再右转，顺村边走约300米，穿高速公路。左转上山，遇一石头砌的断墙，右侧前行，到达一电线杆下。一直顺一水管前行，至水管尽头再上行数百米，即到达一林间小屋。然后，顺大路来到林场，中间要选择左侧分岔路。在返回途中，迷失方向，后又找到路。下午2点左右到达工程学院，吃饭，3点多到达家里。

上街庄南村六路山爬山

2008 年 5 月 17 日

我和黄老师、张忠、黄华荣等三个学生，坐 41 路车到庄南村下车。本来应从左侧过洋村穿过可走到正路，我们走错了路，一路上先从博士后缘墅穿过，直到山坡上住户旁，一直上行，没有路了就劈开草丛，爬上山顶。过了山顶，走不远即找到了正路，沿直路右行，到林中一农户门口和老农攀谈（这个地方可能就是黄老师说的下南贝）。后上行，遇一农家，本想买几只鸡回去，农家说，现在鸡子都从笼里放出去了，很难捉到。我们七八个人就拼命在屋前屋后捉鸡，把大家累得气喘吁吁，筋疲力尽，结果只抓到一把鸡毛。前行遇又一农家，休息，问土鸡每斤 22 元，记下电话。前行，到一村庄，沿林中水泥路左行，至高速公路穿过，至路旁，为苏洋村，步行到上街庄南村，坐车回福州。

乌龙江和闽江分汊处游玩

2008 年 6 月 14 日

上午 8 点 40 分从金山吉苑家里出发，顺金祥路左拐，直行，到乌龙江边。沿乌龙江右拐直行，穿过橘园洲大桥底下，再从洪塘大桥旁的林子里穿过，继续前行，来到农大后门。从左侧一小路来到江边，一直顺土路走，途经淮安窑址，一破败寺庙，到达乌龙江与闽江分汊处，照相。继续前行，过普觉寺，来到农大前门，用餐。到空军总院坐 15 路车到金山住宅区站下车，步行回家，到家时间为下午 2 点 26 分。一路景色不错，僻静幽绿，有山有水，路程也合适。

去小旗山爬山

2008 年 10 月 12 日

黄老师、蔡永保和我共 3 人，早 7 点半多一点在 606 路终点站会合。沿高速公路朝右行，到步行街路口，穿过高速公路，经由岐安村、岐头村到瓦窑村。再次穿越高速公路后，向左分岔处上行，沿梯田边上行，穿过被枝叶覆盖的小路，来到一个由砖石垒成的石墙旁。向左转，前行数十米，路上有一小水坑，继续上行来到一横路上。右转，可来到一高压线杆下休息。后顺水管前行，中间失去方向，来到小溪旁，休息后向山上走找到了正路。沿路走，走到林中小屋旁，休息。前行，从第二分岔处下行，到接近尽头右侧有一个小路，沿小路一路下行，路边有许多接松脂的装置。如遇分岔，向右行，最后到达可溪旁的溪源宫圆通寺。参观后，步行来到福州职业技术学院门口，乘41路公交车回家。

爬闽侯五门荐

2008年12月6日

坐西客站到鸿尾的汽车（4元）在榕岸下车。穿过省道，再穿过高速公路隧道，顺水泥路前行，有1700个台阶到小庙，后来到山洋村，用餐。经水库旁，先走大路，再顺小路下撤，返回到地面的地方叫岩城水泥公司。

闽侯下洋爬山

2008年12月13日

林娌娌、刘美平、蔡永保、黄玉生、冯杰、张忠和我共7人，晨7点30分左右在福大新区永辉超市门口集合。坐福州西客站到鸿尾中巴（4元）至中城下车。向回走，穿公路和高速公路隧道，过蘑菇培养基地，到龙王宫。前行，经柿子林，上行至水库。不知路，沿公路前行，看见左侧有新修土路，实为下埋水管，前行，又逢原公路。沿路边道行走，路已走错，在山中辗转数小时，最后找到下山之路，在一小溪旁埋锅造饭。后顺路而上，出来时竟是原来曾看到的养鸡场。然后沿水库旁原来熟悉的山路下山。到中城坐中巴返回福州。山中草深林密，残枝败叶遍地，手被划伤不提，关键是找不到路，着急！

闽侯上洋天池顶爬山

2008 年 12 月 20 日

冯杰、黄老师、蔡永保、刘美平、陈至山、我和另外一个同学，一起去爬山。还是在中城前不远处下车，穿过高速公路隧道，沿路两旁有很多的养菇户，约有30分钟到达水库。顺大路走，到养鸡场。进养鸡场，上山，走错路，又返折回养鸡场入口处，继续沿大路走。在一个小的分岔进入小路，沿着此路前行，遇到泥沼阻拦，硬闯，结果每个人鞋子里都灌满了水。12点左右到达下洋。本来打算直接顺公路去山洋并下山，后来总觉得时间尚早可以登上天池顶，最后由我提议，决定去天池顶。这一去可就糟了。走了很远的一段路，直到路的尽头，天池顶就在眼前，但找不到登顶的路，我们就决定开路上山。快到山顶的时候，美平第一个踏上了夹动物用的铁夹子。还好，只夹住了鞋子，并没有夹住脚。先把脚抽出来，之后用了将近40分钟时间，才用砍刀把铁夹子砍坏，把鞋子拔出来。后来终于登上了山顶，山顶上草很深，看样子很少有人来过。在下山的时候我又看到了山路上有一个圆圆的凹陷，就怀疑下面可能又是一个兽夹。我用棍子捅了一下，结果，一个兽夹就跳了出来。冯杰正在走路的时候，感觉踩到了一只兽夹就猛地跳了起来，结果兽夹还是夹住了裤脚，后来我就用砍刀把裤脚割破，把兽夹去掉。黄老师是在休息的时候，屁股刚坐在地上，脚就被夹住了，还好这个兽夹劲不大，用手就掰开了。后来不知道还有谁也发现了铁夹子，反正总共踩上了五个铁夹子，真是可怕！还好，都没有受伤。下山的路也异常难走。

下午3点14分到达山脚下，沿着原路返回。真是又累又饿，又惊又怕。大山真美，但是也很可怕，但这种可怕部分原因是人为造成的。

✳ 2009 年 ✳

再去山洋爬山

2009 年 1 月 10 日

冯杰、张忠、朱兴昌和我共4人，7点30分在大学城永辉超市门口集合，坐福州到鸿尾的汽车，到岩城水泥厂下车；过高速公路隧道，沿山路上山。这一段路是我们以前曾经下山走过的路，所以较熟悉。一路上行，至卖蜂蜜的地方，再往上走，约10点半到达原来吃饭的地方（一家农户）。继续前行，过水库到达山洋村。上行，出现两个分岔，顺左边前行，路遇红豆杉、大石头，再往前走，穿过一段较荒芜的山路就到了观音宫。在观音宫休息用餐。之后，沿1700级台阶下行，出山来到大路旁，坐车回福州，到达家里时不到下午4点。

闽侯连炉山爬山

2009 年 2 月 14 日

晨7点半左右在福州职业技术学院门口集合。41路车已无支线，经庄南村博士后缘墅小区后到达职业技术学院。结识市新华书店老齐。一同爬山的有黄老师、张忠、林娌娌、林贻源、蔡永保、林刚健和我共7人。从技术学院步行至可溪村，左边是往土溪方向去的，右边是往连炉峰方向去的。我们右拐，不远处就到了一家饭店，饭店前有一条路。我们沿路上山，从一座山的山腰间跨过，进入另一座峰。渐渐路很难走，休息一会儿沿原路返回，到一个等高线上，右拐，到达一个到处都是竹子皮的地方。继续前行，不通，后退至左侧一石路，在对面山间爬行。后碰到一条从山上延伸而下的沟，估计是农人以前用于滑行竹木的滑道。往上走，在接近第三座主峰约100米处，找不到路了，开始返回的路程，沿右侧一条特别陡峭的山路下行。这一段山路好像也是用于滑行竹子的，很陡，很滑，到最低处还有一个约50米的悬崖。从左侧走，不一会儿就到了底部。沿公路向左侧出行，到达原来的那一家饭店，用餐，共280元，有野猪肉、土鸡，很好吃。回到家的时候已经傍晚7点了。好久没爬山了，很累。

再爬大化山

2009年2月21日

林娌娌、黄老师和我3人，晨8点在白湖亭会合，坐福州到福清大巴，走高速到甘厝口下车，费用每人15元。再换乘由甘厝口到琯口的汽车，每人2元，到琯口下车。买柴刀、食品，然后再上山。穿过琯口右侧一路口，到一小桥右拐，穿过一个小村子。上山，一开始找不到正路，后来找到正路后，顺利上山。一路走来，且走且停，且食且饮。过山顶，遇分岔口，直走，到达神钟。观察地形，然后顺右侧大路下行，至谷底一溪内，基本选定下次露营的地点就在这里。休息一下继续前行，越往里走，环境越好，约下午3点返回。从琯口到白湖亭，每人15元。

大化山露营

2009年2月27—28日

晨8点，福大老校区东门集合。有11人参加：我、林娌娌、蔡永保、刘美平、胡丽香、饶丽红、邱晓茜、林韶、孙超然、薛文静、林刚健。坐813路到白湖亭，从白湖亭转福州到福清大巴，到琯口下车。

沿上山小路到达山顶，路上休息若干次，之后约下午1点到达神钟。初选在野外的一个草坪上露营，捡柴，垒锅灶。后下雨，遂转移至一草棚下。大量捡柴，在棚下建锅灶，煮面条两锅，好吃。雨时下时停，天黑，砍数根树枝以防身之用。晚上用旧门板、草苫和床板把棚子三面围起来。大家围着火，边烤火取暖边吃烧烤，自我介绍，做游戏，唱歌。至凌晨1点左右，天气更冷，困顿难熬。我裹衣而卧，睡着不到一小时就被冻醒。棚外伸手不见五指，棚内火星闪闪，但寒气逼人，真所谓漫地烤火———一面热。我们期盼着天放晴的时刻。约5点30分天刚亮,树木依稀可辨,天渐渐大亮,做稀饭两锅。用餐毕,同学们觉得太累,不想再去别的地方玩,即沿大路下山,至瑁口坐车到青口(5元),再坐到白湖亭(3元),后回到家里。困死了,睡觉。屁股痛了两天,原来是一晚上都坐在一根木头上惹的祸。

雨夜游金山公园

2009年3月8日

华灯初上,夜色阑珊。冬去春来,初暖乍寒。多日来阴雨连绵不绝,不见阳光,心情格外不爽,有好几天没有去金山公园散步了。今天狠了狠心,毅然穿上久未穿过的高筒雨靴,沿街向金山公园方向走去。

进了公园,小心翼翼地下了木制的台阶。灰暗的天光中,无法看得很真切,只觉得那一个个台阶好像是连在一起似的,分不清上下。在木桥的中间驻步,向两侧的水面上望去,雨雾蒙蒙,千万水滴击打着水面,泛起无数细小的漩涡。远方的水面上不知是什么东西从水中露出来,远远望去好像是个巨大的青蛙将头部伸在水面上呼吸。湾边的水草黑乎乎的,就像山水画里用浓浓的墨水抹过的一样,只可以看到黑色的轮廓和模糊的一片。

过了木桥,拾级而上,便来到金山公园里的主道上。

金山公园位于金山住宅区、金祥路和浦上大道之间,依洪湾路而建,是一个极不规则的狭长区域。与这片绿色区域相伴而行的是一溪细流,也许这就是所谓的流花溪吧。这条狭长的区域像风中的彩带随意舒卷,在公园中行走,有时你会觉得挺宽阔的,两侧几乎看不到边,有时却细得像饿扁了的肚子一样前腔贴后腔,洪湾路几乎和流花溪粘在一起了。

如果我们假定金山公园是一条飘扬的彩带,那么,公园里的那条主道就是缝制在彩带上的一条长长的饰物了。在主道上走,可是要有点技术的,不小心就会扭脚。灰黄的灯光下,你可以看到主道上那些整齐的石块的缝隙里长出嫩绿的青草。也许是雨下久了,走的人少了,那绿草齐刷刷的,一根根直立着,挺精神的。

沿着主道走,雨雾中向两侧观望,平时在白天看上去争芳斗艳的花草,现在却都失去了往日的欢颜。雨水尽情地冲刷着叶间的泥土，也无情地摧折着花间蕊和叶底花。你只会看到那长长的不知名的叶子在灯光的照耀下泛起刺眼的光芒。

记得有一天，天气很热，我突然有兴想去看看金山公园的花草。那天我走得很慢，几乎把公园里的那些花呀、草呀、树呀什么的都看了一遍，还有意把旁边刻在石头上的名称一一记了一下，尽管现在有一半都忘掉了，可还是有一半印在了脑海里。以前我是不爱花儿的，究其原因，谁都不会相信，我不爱花儿是因为可怜花儿生命的短暂。我受不了那种刺激，干脆就不养花不看花了。现在想开了，其实人在历史的长河中也是沧海一粟。花儿虽无情，却冬枯春生，演绎生命的不朽，而人虽代代相袭，而延续的早已不是你自己了。

公园里主道旁、大树下、花丛中的石凳上早已是人去影空，平日的浪漫情趣早已随着潺潺的流水潜入密匝匝的草根里。偶尔碰上一两个人，还会把各自都吓一跳。在寂静的雨夜中，在黑暗的屋檐下有依然在守卫着这片宁静的年轻的保安们。

金山公园中那棵最高最大的树可不是真的。它看上去很漂亮，很壮观，就是在近处看，也像是真的一样。它矗立在公园的正中央，应该是水杉或松树之类的。而其他的那些又粗又壮的真树，我想可能在金山公园建立以前应该就有了，要不然的话，怎么会在短短几年里长那么大呢？那么大的树，如果是从别的地方移栽过来的，也恐怕很难成活。

公园里静得出奇，你只会听到，旁边的洪湾路上急速行驶的汽车挟裹着路面的积水发出刷刷的响声。我穿着雨靴不用担心脚会湿掉，可当我从路面上积水中走过去的时候，仍会感觉到积水漫过脚面，好像水进了靴里边一样湿湿的、凉凉的。

大约一个小时光景，我便走出了公园。雨依然在下着，似乎比刚来的时候小了一些。刚来的时候还有点冷，现在已经是汗津津的了。

马尾状元墓爬山

2009 年 3 月 21 日

早 6 点坐 26 路车到于山下车。前行至新权路南门站，坐 73 路车直达东联站下车。跟登山队的人会合后，于 8 点左右出发，穿过马路到对面，左行 100 米，右拐，经磨溪管理站签字后在溪里上行，后沿溪右侧山路前行。到一村庄，有狗、羊，右侧有一山路，前行，到一个沟底，出沟到达一个废弃的村庄，上行，选有石条的那条路出发。到达一分岔口左转，上行。穿过正在修的土路，不是顺石路走。据说从石路下行是清凉洞，从清凉洞也可绕到状元墓。我们未下行，直接穿过去，直到一个山脊上，光光的，休息。然后左行上去，不久就到达状元墓。约行进 4 小时，中午 12 点到达，休息，吃饭。下午 2 点半下山，进入到马尾区君竹环岛，上 73 路车回福州。

再去马尾爬山

2009 年 3 月 28 日

福大师生 11 人在福大东门坐 957 路到达于山，换乘 73 路（南门），至东联站下车。走磨溪上山，中间有几段路出错，最后也没走到状元墓，而是从福大阳光学院处下山。吃了一点便饭后，去鞋店买两双鞋，然后坐 73 路车返回福州。一路上，前半程都是在雨中行进的，衣服、裤子和鞋子全湿透了，后来就在一个石屋内引火烤火。随着室内温度的升高，大家都像蒸笼一样，身上热气腾腾。之后，离马尾越近，天气渐渐晴朗。极目四望，闽江和乌龙江就在眼前汇流，马尾尽现眼底。

去土溪爬山

2009 年 4 月 4 日

今天是清明节，一行 27 人去土溪爬山。刚开始时，天气晴朗，太阳很大，热得出汗，脸都晒红了。这条路以前是去过的。到可溪村左转，过善恩小学，前行，到达水泥路终端，右侧小路上行。不走大路，途中有两三个同学受不了，半路折返了。人多，速度稍慢，下午 1 点左右到达内土溪，寻找水源，做饭。煮面五锅，每个人都能吃到面。2 点左右返程。不断有人摔倒，还好，均无大碍。下午 5 点左右，全部安全返回。

再爬旗山

2009 年 4 月 11 日

我、林贻源、蔡永保、浮肖肖、李小青、冯杰、张忠、焦素琴等共12人，早8点多，从职业技术学院门口出发，过溪源口右转。到溪源宫村直行，到可溪村左转，过善恩小学，前行。不走水泥路，走底下的平路，顺溪一路前行，到溪坪村，过小溪，小溪上游有一小庙。继续前行，到养马场。右侧田埂上有一小路，入口不是很清晰，上去后，可看到一棵大橄榄树和树下的木房子，从木房子右侧上行，即可上山。路陡峭，在竹林中遇到第一个分岔处，不要往山上走，继续往前走，走到第二个分岔口，不要往前走，要往山上走。路越来越陡，一直爬到山顶，有左、右两条分岔口，沿左侧分支走，下行，过小溪，不久就来到光明楼。有两座土房，旁边有很多蜂箱。沿右侧小路下行，走到大路上，一直下行，不要往上走。往上走是上旗山的，往下往右走是去五都的。顺大路一路下行，来到五都。顺水泥路前行，走约1公里，左侧有一片草莓地，还有一家养蘑菇的房子。我们在这里摘草莓，在蘑菇房内做饭、吃饭，然后向旗山走去。上山，爬上山顶，通过一个很狭窄的地方，就可以看到山下福州的景色。沿山路前行，到达旗杆。再往前走到达棋盘石。穿过棋盘石，下行，过万佛寺，来到南屿大路上。坐942路车回福州，到宝龙广场，换乘26路车回到家里。

路上野草莓很多，酸甜可口，非常解渴。山里山高林密，山清水秀，清幽凉爽。

再爬鼓岭

2009 年 4 月 18 日

晨7点半集合，8点出发，坐812路到祥坂路口下车。换乘973路，到鳝溪下车，穿过公路，再过立交桥，前行，左拐，看到登山古道牌坊，已变成工地，难走。沿台阶上行，很陡。过关爱女子公园，过知止亭，上行顺公路走，遇左右分岔下行。一路上可看到有去牛头寨的标志，浓云密布，能见度很低，最后走到牛头寨，用餐；顺牛头寨抗倭寨门下行，沿四季青标志来到南洋。原计划从南洋经白眉水库返福州，当走出南洋半小时路程，约莫到了林果坊时，下起了大雨，路上一片泥泞。刚好碰到当地人，他说到白眉水库要两小时。从白眉水库到福州还需要不少时间，我们只好重返南洋，花100元租面包车下山到鳝溪，坐973路返宝龙，再转26路到家。好累，一觉睡到大天亮。

闽侯连炉山爬山

2009年5月2日

我、黄老师、冯杰、吴江、傅翠翠、陈月静，还有2006级一男一女共8人，早8点从职业技术学院出发，到溪源宫。过桥，直到溪源宫另一个院子。穿过院子，直到老庙下边。沿大路走，再左拐，穿过一些农家，向左拐，上山，一直往山上走。穿过两个溪水处，直到无路可走。我和黄老师再往上爬，然后下山到第一个溪水处埋锅造饭。饭后下山，在山上发现一棵怪树，砍下带回。

马尾磨溪—鼓岭爬山

2009年5月10日

我、张忠、蔡永保、熊向明及其男朋友、刘美平、饶丽红、胡丽香共8人，早7点半东门集合，坐97路到于山，到新权南路坐73路车到东联下。到龙泉寺登记，沿磨溪右侧上行，不久所遇即磨房。出磨房，前行，中间如有分岔寻找红布条或地上散落的扑克牌。过石板桥，经过林中小屋旁，向山上走，一直顺大路即可走到鼓宦公路。在公路旁休息，然后沿公路下行，路较长，最后来到鼓山涌泉寺。休息，从鼓山左侧道下行到山下，坐7路车到宝龙广场，换乘26路车回家。

爬鼓山—马尾龙门一线

2009年5月17日

晨7点半福大老校区东门集合，有我、李小青、蔡永保、刘美平4人。坐97路车到鼓山下车，沿鼓山中间道上行。过第一亭到半山亭，出半山亭上行，右侧有一小路。路中间有一小亭,过小亭,顺土路上行至通向鼓岭的公路,沿公路下行。走数百米,路左侧有一小道,走山道,经杨树庄墓,前行至海会塔古墓至舍利院。下行,顺大路走到般若庵。从大石圈一侧下行,即可到龙门水库。经龙门水库,顺小路,经坟墓至一大路。左行,顺高压线走,至一疑似水库,正在修。过坎上行,至一干沟,沟旁休息,午餐后返回。龙门村附近坐马尾到福州车到鼓山下车,坐97 路到福大,再坐 701 路返回家中。约下午 3 点半到家。晚上 6 点跟成全、昕竹、黄榕一块儿到桥亭活鱼小镇吃饭。

爬五门荐未果

2009 年 5 月 24 日

我、李小青、刘美平、林娌娌、林贻源,本计划爬五门荐,但因天下雨,除大部分时间沿原来走过的去连炉山的路以外,未能到达五门荐。几位同学大都摔过跤,有人受了些轻伤。中午在山上可溪的尽头煮饭,晚上回来拉肚子,究其原因估计是面条没有煮熟。

游升山寺—叶洋—森林公园一线

2009 年 5 月 31 日

我、李小青、刘美平,早 7 点来福大东门集合,坐 701 路到新店下车,穿过对面,往爱民医院方向走,向右拐。路泥泞,不好走。找到工地,左侧有登山道,上山,捡到一副墨镜。过升山寺,上行。路上吃到黑蛋、桃子,摘了不少栀子花。到下山处休息,用餐。到叶洋,到老乡家里加水后,沿田埂下行。在山沟里碰见三棵杨梅树,杨梅很多,又酸又甜,摘了不少。后沿路来到森林公园,休息。出公园,坐公交车到新店下车,转 701 路回家。

重爬五虎山

2009 年 6 月 6 日

早9点半出发，坐113路到三叉街，转31路到尚干。坐三轮车到后山村，开始上山。一路变化很大，路大都拓宽并修成水泥路。山上也有很大变化，原来的路不见了，草很深，路边的小树也长高了。还好，最后还是找到了正确的路线。翻过垭口，碰见杨梅树，又是一次大丰收。后到水库，最后到山底下。小路要被两旁的小树遮住了。走到尽头坐三轮车（5元）到南通，后坐汽车到福州，晚上去于山堂旁阿拉木罕吃烤全羊，满意而归。

长乐登天池山，下沙下海游泳

2009 年 6 月 14 日

小青、美平和我于晨7点30分在福大东门集合。坐113路到白湖亭下车。换乘福州到江田的汽车（每人17元），9点10分到达江田。购买食品，穿马路，到对面一分岔路。走50米，左转，为华光寺，拜谒华光寺。后上行，右转拜谒灵峰寺。出寺，上山，路不滑。雨渐急，雾重，重峦叠嶂，山色奇美。几次小休，到山顶，雾大，20米开外不见踪影。雨中用餐，全身湿透。下山，下午2点左右到达江田。坐三轮车，7元，到下沙。风大，雨大，下江游泳，快乐无比。4点左右，上岸，全部行囊被海水灌湿。坐三轮车（6元），到江田用餐，后坐车返回福州。

去闽侯上街光明楼爬山

2009 年 6 月 19 日

叶腾晟、刘圣娟、邵其安、蔡永保、胡晓云、黄健、刘美平、林贻源和我共9人一起爬山。天太热，天上有几片云闲散地飘荡，还没有上山，身上衣服都已湿透。开始上山后就觉得手脚酸软无力，举步维艰。有几个女生也都觉得累，只好要求减慢速度，增加休息次数，最后还是爬上了山顶。那时，我的行李全由学生代劳了，翻过了山就轻松多了。先生火做饭，煮了三锅面，我只吃了两碗。之后，就是下山。到了村子里雇车，坐车到723路南屿站，转723路到橘园洲回家。

马尾爬山

2009年10月24日

我、于萍、黄老师、张忠、陈南翔、罗智共6人，早7点半福大东门集合，坐97路车到于山下，走到新权路换乘73路，到东联站下车。到磨溪龙泉寺登记处登记，沿磨溪右侧上行，遇分岔处，左行，即烧烤处，右行上山，是马尾方向。随当地一老农到达一废弃的村庄，休息，右转，上行。路走错，在快安村上方，徘徊不前。后找到大路，下到沟底，去看了一下清凉洞。上山，沿山顶前行，一路均是熟路。经由阳光学院、举重中心到达马尾。沿路前行左转，找到73路车，坐车返回下院，换97路车到福大东门。去桥亭吃饭，大家都觉得有些累，晚9点回到家里。

走溪源宫—可溪村—溪坪村—善恩小学—光明楼—鼋潭口—南屿一线

2009年11月8日

跟吕琳、陆月兰、廖秋萍去爬山，走的路线是溪源宫—可溪村—溪坪村—善恩小学—荔枝树木屋—山顶—小溪—光明楼—鼋潭口—南屿—82路—宝龙。这几个女孩，走路速度较快，中午也没有在山上煮饭，下午2点回到家里。

与野猪狭路相逢

2009年11月29日

今天是周日，风和日丽，和黄老师、永保相约去爬旗山。这一次是骑车子去，到黄老师家会合后，骑车到旗山脚下，把车停到鼋潭口老范家的院子里。老范刚好喝喜酒去了，不在家，他80多岁的老母亲在家门口迎接我们。她家里存有两种蜂蜜，一种是普通的，一种是冬蜜。普通的那种，35元一瓶，冬蜜50元一瓶。

一瓶大约装有3斤半。老太太还会用蜂蜜酿造蜜酒。大约10点，离开范家，上山。

路都是熟路，一般不会迷路，就是走错了一段，拐回来就是了。一走进大山，那种亲切、熟悉的感觉迎面而来。山路弯弯，时隐时现，有不规则的台阶，有时是土路，山道上飘落了厚厚一层树叶。当三人都不说话时，走在松软的树叶上，只可以听得见窸窸窣窣的脚步声。越往山里面走，越觉得原始，景色也越美。一路上，大多是沿着那条溪水而行，若即若离，大部分时候看不见溪水，只可听见潺潺的流水声。对面的山峰看上去似乎更为雄险、美丽，好像从来没有人去过似的，充满了原生态。

羊肠小道的两侧，不时可以看到八叶五加树，所谓八叶五加就是差不多每个树枝上都有八片叶子。现在在南方已然是冬季了，这种树依然绿油油的，树上半数结着花骨朵，半数开放。花骨朵的颜色跟树叶的颜色差不多，开出的那种小花的颜色要略微淡一些。每当鼻中嗅到我曾经熟悉的蜜香时，那就是碰到了开了花的八叶五加树，那种味道真是又甜又香。山上老范养的蜜蜂所产的蜂蜜就是这个味道，我永远都不会忘记。

走着走着，黄老师突然说，他看见老蛇了。我找了好久才看见，永保也看见了，那是一条只有二三十厘米长的黑色小蛇，跟暗黑色的树叶混在一起，真的很难辨认。阳光暖煦煦的，也许它是误判了季节，觉得春天已经来了，才出来晒太阳。

再往前走不多远，就到了那座断桥，那是我们经常休息的地方。也是跨越小溪，爬向对面那座山的接合部。在那里休息了较长一段时间，照了几张相，喝点水，然后接着爬山，因为在一个地方坐久了，身上会发冷，说不定会感冒。后边的这段路较陡峭，中间又休息了一下，才一口气爬到了平路上。之后，很快就到了目的地——林中小屋，也就是老范养蜂的地方。知道他不在，但还是想，他的同事老吴要是在，我们就可以到他屋里煮面吃，因为今天我们是带了东西的。可遗憾的是，老吴也不在。所幸我带了锅，我们只好在小屋的旁边搭起了锅台，开始埋锅造饭。炊烟袅袅升起，水在锅里发出吱吱的声音，肚子里也在咕噜咕噜地乱叫，真的是饿了。不一会儿，一锅面煮好了，三个人很快就把它干光了。又煮了一锅，还是吃完了，不过最后吃得撑得不得了。手里捧着热气腾腾的面条，坐在门口的石头上，眼望着面前的山沟和远处的山峰，那种感觉只能用一个字来形容：爽！饭后，饭困来了，大家就在小屋旁边的平地上就地卧倒睡觉。我躺在门口干干的竹枝上，尽管觉得硌得慌，可还是睡着了，但很快就被冻醒了，因为太阳已经被树挡住了，冷风悄然升起。

大约下午3点钟，我们开始到对面的那个山边上沿路下山。因为是下山，不会感到有多累。路倒是比较宽，只是路上树叶间夹杂着不少的小石头，会觉得硌脚。另外，也许是好久没有人走了，路面湿滑湿滑的。走着走着，突然前面大约有30米开外的地方听到野猪的叫声。因为来得突然，又是那么近，同时，又是第一次听见野猪叫，着实有些害怕。我们都停下了脚步，高声说话，试图把野猪赶走。野猪也受到了惊吓，又怒吼了几声，就消失到茫茫的大山中了。

之后的路就更难走了，又陡又滑，尽管是下山，还是累得满头大汗，主要是紧张的，怕摔跤。大约一个半小时，我们便来到了山脚下的磜下村。绕过一个弯，约20分钟，便来到老范家。这时老范也喝喜酒回来了，我看见老范穿着一身崭新的服装，和以前见过的模样大不一样，好像胡子也刮得干干净净的。我们在他家买了蜂蜜和蜜酒；后来，又去棋盘寨吃饭，点了野味、野菜、杂烩汤、河虾，还有一条鱼。三个人美美地吃了一顿，最后骑上车回到了福州，一天就这样结束了。

尽管有点累，但还是觉得今天过得很有意思。这是我五年来第一次看到蛇，也是我五年来第一次听到野猪的叫声，尽管没有亲眼看到野猪到底长什么样（最好不要让我碰上，那我可就小命难保了，哈哈）。所以，我把这篇短文的题目叫作"与野猪狭路相逢"，也许不为过吧。

登岐头山

2009年12月6日

其实我都叫不出来山的名字，因为上山的地点离岐头最近，所以就权且叫作岐头山吧。我们爬的这个山峰是老旗山的一部分，所谓东鼓西旗当中的西旗就是指的老旗山。鼓山位于福州的东部，而旗山位于福州的西部，从远处望去，旗山真的像一面迎风招展的旗帜，似乎还可以听到西风漫卷、红旗猎猎的声音。

我们一行5人，有福平、于萍、泽仁、义鹏和我，早7点左右在福大新区606路公交终点站集合后，便走出车站，沿高速公路向步行街方向走。走到步行街，顺着麒安旁边的水泥路（步行街向左侧的延伸），走到一个十字路口，右转，前行，进入岐头村。走到要出村子的时候，向右有一条小路，进去，向左拐，从农家穿过，走湖边。最后又绕到右侧的一条水泥路上，顺水泥路前行，穿过隧道，右拐，顺高速公路前行数百米，来到另一个高速公路隧道口。左转，上行，到达一个自然村，向一个老依姆打听后，从一个鸭棚前向左转，上山。上山的路基本上是沿着靠近城市这一侧的小路上山，中间经过几个高压线杆，站在高压线杆的位置，回首俯视，福州大学城尽收眼底。当走到一条横向的小路时，向左转，前行。不远处又有一高压线杆，从高压线杆下穿过，顺着山崖边的与一根水管相伴而行的山路前进。这一段路，大部分是在一人深的草甸中穿行，经常看不到脚下的路，不小心就会一脚踏空，摔跤是经常的事，好在两边有厚厚的草，绝对不会摔伤。越往前走，头顶上横七竖八的藤蔓直压下来，很多时候你要弯着腰走。不一会儿，我们便来到那根水管的尽头。村里的人们在那个地方修了一个小水池，然后把蓄积的水引到山底下作为饮用水使用。我们就在水池旁边的这块空地上休息，吃点东西，喝口水。用清澈的泉水洗把脸，冬天的泉水好冰呀！

接着，我们继续拾级而上。前面的路好像更加陡峭了，我们只好不断地休息，来缓解怦怦的心跳。很快，我们就来到了一处守林人的住所，人还没到，就听见狗的叫声，似乎它不欢迎我们这些不速之客。走过那座石屋，前面基本上都是平路了。前行，右拐，来到一片较为开阔的地方。那个地方可以领略到朦胧之中远方的群山及面前的深壑浅滩，被泽温暖的阳光，还可以感知不时从山那边飘逸而来的丝丝凉风。

休息了好一阵子，感觉到有点冷了，我们就决定下山。下山的路就是右边那条最好的路。一路下行，松涛阵阵，松香扑鼻，金黄色的松针铺满路面，稍不留神，就会滑倒。看着左侧的村镇，不知道是到了什么地方，我们担心是不是走错了方向，但也找不到别的更好的路，只好凭感觉沿路下行。之后，就来到了机耕道上。到前面的村子里问一下我们到底到了什么地方，原来我们已经到了溪源宫。抬头一看，可不是咋的，这个地方就是溪源宫旁边的那座大桥，再往外走一点，就可以看见巍峨的溪源宫矗立在河的对岸。那一面面红墙，向人们昭示着它的庄严肃穆。

再往后的路，都是我们熟悉的路，走出溪源宫来到福州职业技术学院，坐41路车回家。到家的时候，大约是下午2点钟，也不觉得有多累，脑子中装满了山的俊美、水的清丽，满眼的绿色是永远的记忆。清新的空气仿佛为你的思想做了

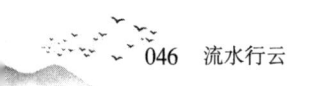

一次大扫除，你的烦恼呀、痛苦呀、压力呀都随风飘去，明天我们又可以以崭新的姿态开始新的人生旅程。

探旗山蝙蝠洞

2009 年 12 月 20 日

今天（周日）爬旗山探蝙蝠洞的共 13 人，有王涛、王璘、春秋、南翔、罗智、娌娌、泽仁、义鹏、陈翔、罗锋、青松、永保和我。

晨 8 点半，宝龙广场集合，乘 82 路车到后山站下车，顺行 50 米左右，来到旗山路口处的牌坊前，等永保和罗峰到来。人到齐后，顺旗山路进入万佛寺参观。后从其左侧出，经厕所前向左拐，有一上山路，沿路上行，有工地，路断。从工地左侧上行，顺上山路上行，路边草深林美，阳光明媚。过亭，上行到棋盘石、小一线天，攀爬游玩后，绕石下至对面旗杆石，下来顺原路前行，看见对面山上有一摩崖石刻。直行到达，发现是一小庙，好像就叫作旗山寺。用钱换供品，休息，已犯方向性错误。下行，找到一分岔路口，右拐。这段路，路面常常被深草掩埋、遮盖，走出这段路，来到两山的分界线。下行，找蝙蝠洞，颇费工夫，走了不少冤枉路。最后，永保找到了蝙蝠洞入口。其实，在距离蝙蝠洞较近处，大石上均画有指向蝙蝠洞的箭头，只要找到箭头，顺着箭头所指方向走，就能找到蝙蝠洞所在。来到洞口附近，见洞就钻，发现这边并无传说中的深不可测的深洞，只是洞连洞，洞套洞，旁边还有一线天。我们就选择在最下边的洞内埋锅造饭。炊烟袅袅升起，面香四溢，一共煮了四锅饭。当然还是娌娌主厨，我只是偶尔加点柴而已。酒足饭饱之后，已是下午 4 点半左右，开始灭火环保，整理行囊。穿一线天，一路下行，到达地面，顺水泥路来到通往南屿的大水泥路上。因半路上没车，我们只好徒步前行，走完约 5 公里的路程，来到南屿车站，坐 82 路车至宝龙广场。自此，大家作鸟兽散。

因为多走了一些路，所以还是会觉得有点累。洞虽不为奇却是天作之景，山上空气清新，阳光飞泻，山路弯弯，笑声连绵，气氛极佳。这是一种宣泄，一种洗礼，一种陶冶。尽管回来的路上也曾尘土飞扬，为建设美好家园，哪能没有一点建筑垃圾？愿明天有个好心情。

── ❋ 2010 年 ❋ ──

穿越金鸡山公园—登云水库—蛇山—园中村一线

2010年1月9日

今天我们一行7人（过登云水库后，3位同学返回）早8点半在福大东门集合，穿福大东门，出西门，到融桥锦江坐61路车到终点站汽贸修理厂（金鸡山公园）下车，回头就看到金鸡山公园的大门。进门约50米右拐，有一条通向索桥的路，路旁有指向索桥的标识。公园打扫得很干净，两旁的树非常漂亮，是福州市内留下来的难得的野生资源了。沿路而上，不一会儿就到了索桥。上了索桥，先到魏氏民居看了一下，听黄老师说这是一所典型的福州民居，保留了所有福州民居的风格和传统。从魏氏民居出来，从桥上返回，向相反方向走，向左前方下行，基本上一直沿右侧的山脊行走，估计是在称作"炮山"的山头上行走。穿过一片坟区，就到了一条乡间公路上。我们向上走，到双龙寺外边瞻仰了一下寺庙外面的佛像，因为寺庙没开门，就没进去。然后，折返下行，走不多远，有一条路横在面前。问过人后，我们向上行，说是通向登云水库的，走不远，就可以看见登云水库的大坝了。到了大坝，休息了片刻，喝点水，吃点东西，看到绕着水库有几十个人在耐心地垂钓。我们走大坝的右端，下来，沿大坝的右侧绕水库而行，路不是太好走，略显湿滑。不一会儿，就出了水库，顺大路上行，旁边就是一个很大的高尔夫球场，人还不少。三个同学说太累了，实在走不动了，只好打道回府。

我们四个老师继续前行，不一会儿就到了一个桥旁，桥下有一溪，奔腾而下。我们沿溪旁一上山路前行，在半路上休息了一下，再往上走，就是一个小型水力发电站。来到发电站，从发电站的对面上山，遇一亭，前行，顺一条很不错的登山古道走，草很深，很多时候要猫着腰从草丛中钻过去。路边又经过两个亭，再往后的路就难走了，基本上不像是路，我们就沿着水流经过的石头路艰难前行。眼看着快到山顶的公路了，路愈加难行，只好用我带的绳子把人往上拉。最后，终于来到了大路上，看看路旁的标志，说我们来到了恩顶村。顺着公路走，遇到分岔的地方，顺着往下走的路下行，后来找到了一条小路，看样子也是以前的登山古道，我们就沿小路下行，走到山下的园中村。穿过工地，转了几道弯，就来到了80路公交车的终点车站。这时，这一天的旅行就基本结束了。

今天对我们来说算是开辟了一个新的路线，无论从时间和运动量上说都是比较理想的。真的有点累了，膝盖还被碰了一下，有点疼，我想过两天就会好的。

穿越溪源宫—春风村一线

2010 年 1 月 16 日

今天周六，冯杰、老翟和我 3 人，从溪源宫旁边桥底下的小路上走过去，顺机耕道走到头就是溪源宫的另一个寺庙。从寺庙中穿过去，从一线天里出来，顺山路走，走到大路上。向左拐，顺机耕道一直走，直到一片橄榄林，沿林中的小路走，右边就是一个大山沟，右前方有一座房屋，基本上向左侧方向走。小路走不通，上去，走大路，之后，又走小路，小路就在废弃的田埂上，好像是刚下过雨似的，路颇湿滑，还有许多牛蹄子印。走着走着，突然从草丛中飞出一只野鸡，灰色的羽毛，看上去很肥硕。大家都说要是能把它抓住，肯定是一顿极好的野味。

路上又碰见黄老师提到的那种滴水观音，看样子，这山里头滴水观音挺多的，它适合的环境是少阳、阴暗、潮湿。它的根部较粗大，根系不是很发达，叶子很大，很绿，叶柄长长的，展示着更多的绿色。再往后的路，差不多都是一路下行，很快就到了一个不知名的村子。这村子里，盖了好多套别墅，出了村子，来到通向闽清的省道旁边，路对面有一个写着"春风村"的指路牌。这就算出了山了。之后，就是沿公路向市区方向走，约 1 公里有一家"简便餐馆"，冯杰请客，3 个人花了 60 来块钱，吃得很舒服。饭后，坐鸿尾至福州的汽车到永辉下车（每人 3 元），再转 96 路回家。到家的时候，大约是下午 2 点 40 分。今天算是回家最早的一次了，因为路途较短，感觉不会有多累。

穿越国家森林公园南门—岭头一线

2010年2月7日

今天周日,我和黄老师二人早8点半福大老校区东门集合,坐91路车到终点站动物园站下车。下车后再向前走两站,途中经过翠湖山庄,就到了国家森林公园南门。如果不想走路的话,坐84路或87路也可到达国家森林公园南门。过了翠湖山庄,到八一水库的大坝后,要向左拐,或走到大坝顶,向左拐,走到头,就是翠湖山庄,沿着那条公路很快就可走到国家森林公园南大门。

进大门,右拐,过桥,沿溪右边的水泥路走。森林公园里边非常漂亮,逛公园的人真不少。经过昨夜雨水的侵袭,一些开放的花已经败落,而桃花园里的桃花却在含苞待放。再往前走就是樱花园,樱花园里的樱花好像有两种:一种是红花,散发出浓浓的芳香;一种是粉白色的,是我在武汉大学樱花节上见过的那种,好像没什么香味。到了龙潭风景区的门口,我们选择了右侧的宋古驿道。这条路是通向寿山方向的。也许是刚下过雨吧,路面尽管是台阶,却黏黏的,有些滑,要小心行走才不至于摔跤。路上要经过一个叫作白鹭亭的地方,旁边有"南无阿弥陀佛"的摩崖石刻。在这个地方有个分岔,往右前方是通向寿山方向(也就是岭头方向)的,往左后方是通向龙潭风景区尽头的。我们选择了寿山方向,不一会儿就到了石阶路的尽头,出来就是通向岭头的公路,向左前方行走不到10分钟就到了岭头。我们在岭头用了午饭,很便宜,两人才花了三十几块钱。看见几个人手里提着白果,我们也买了一些,10块钱5斤。原计划在这个地方等车,坐车回福州,后来觉得时间还早,完全可以沿原路返回,我们就决定沿原路返回。到达白鹭亭时,朝通向龙潭风景区尽头的方向前进。没想到这一段路会有那么长,我们还走错了一段路,到了一个亭,没看见有什么名字,可能就是揽碧亭。在这个地方我们试图沿着一个土路下去,可走了一程却发现,这个路越来越陡,最后竟通向一个悬崖。我们只好重新上来,走到正确的路上去。走了好久,才到了龙潭风景区的尽头刻字潭。那里有个瀑布,很多人就是冲着那个瀑布才去那个景区的。之后沿溪边的路一路下行,中间经过翠竹亭、留芳亭,接着就回到了龙潭风景区的出口。之后的路都是来时的路了,回到家的时候已是下午5点了。

国家森林公园的这条登山道值得一玩，主要是道路开发得较好，自然景色美丽，一路上都可以听到潺潺的流水声，雨后的阳光喷薄而出，明媚无比，空气异常清新，流逸着百花的芬芳。另外，对我们来说，这又是一条新开辟的路，以后还可以再来。朋友，你喜欢美吗？那么请与我同行吧。

憾走鳝溪—东山一线

2010年2月21日

今天周日，原计划走的线路是鼓岭—石柱山：由鼓岭避暑山庄出发，经柳杉王公园边上的公路登山，走机耕路到小水池向右（向东）边小路至观石柱山景点（观日台、皇帝点江山、高僧望江等）。下山经石柱峥嵘，到南洋村。循古道下山至东山。实际在走的过程中，由于多种原因未能如愿。

早上跟黄老师约好8点半在福大东门集合（这个时间本来就不早了），黄老师因等车，约9点才到福大东门。商量好路线后，遂乘113路到祥坂路口，换乘93路车到鳝溪下车，这前后的路都是熟悉的。下车后不远的地方就是过溪境的一座庙宇，进庙里参观照相。后出庙门，右拐，顺大路走，走到三环工地，有一"往鼓岭方向"标志，从三环路下穿过，到对面，在护坡上有土台阶。上去，左拐，到头，再右拐，顺脚印，到小屋旁，就可以看到原来的鼓岭登山古道。登山古道的出口处有一个小村子叫"分路"，其实爬鼓岭最艰难的就是这一段。这一段爬上去，别的就没什么了，因为再往上，基本上都是平的。出分路，沿公路上行不远，路右边有一条较平的石条路，这个路是通向鼓岭村的。这条路是我们第一次走，原来我们走这条路是沿大路直行，去往牛头寨方向，最后也到达了南洋村。我们沿这条石阶路到达了鼓岭，已经是中午12点多了，感到腹中饥饿。光找饭店就找了快两个小时，不知什么原因，路边的饭店全被拆掉了。直到我们经过鼓岭、前屿避暑山庄、柳杉王公园，到了63路车的终点站时，才找到了吃饭的地方。我们两个猛吃猛塞，再加上打碎了一个饭碗，一共花了75元。

按行程，下一步应该去石柱山了。老乡说，顺着饭店对面的那个路15分钟就可以到。我们依计而行，中间有分岔，顺最右边比较平直的那条路走，走到小水池，向东有一条土路，走进去，有一个小的停车场，左拐，不远就到了石柱山。

站在有"石柱山"标志的地方极目四望，眼前不远的地方是两个小山丘，说不定就是观日台呀、皇帝点江山呀这样的景点。也许是刚过完年的缘故，山上除了守摊位的老人和一群汪汪乱叫的狗，竟没有一个登山的人。老人向我们讲述了这面前的景观都是什么地方。正前方，那个山坳里就是我们以前去过的南洋村。从南洋村要想出去，只有两条路，一条是上山从牛头寨方向出来，另一条是走亭江，这一条是平的，或者从白眉水库的旁边出去也可以。右前方有两座山峰的背后就是琅岐岛。正前方有两片发白的地方是一座庙宇，据说香火很旺盛。左前方有两座由近及远的山峰都有人开发过，有房子，有人在那里种果树。当时已是下午3点，我们已经没有足够的时间到南洋村去了，只好原路返回。当到达鼓岭的汽车站时，我们还是不甘心就这样原路返回。经打听，说有三条古道可以到达山下。其中有一条是经过柯坪水库，我们就选择了这条路。当到达柯坪水库时，我们尝试了两条路都未能找到正确的路，不是走到水库里去了，就是被简单的柴门挡住了，身体也多显疲惫，看看时间，已经是下午4点了，只好原路返回。到鼓岭，坐63路车沿公路到警官学院下车，换乘722路到祥坂路口，再换14路到福大东门。晚上在黄老师家里吃的饭。

值得一提的是，石柱山的景色实在是太美了，给人以登高望远、心旷神怡的感觉。第二就是柯坪水库的水实在是太干净了，干净得发绿，绿得发蓝。从大坝上往下看，会眼晕，总觉得不够结实。

走鳝溪—鼓岭宜夏—柯坪水库—白云洞—积翠庵—埠兴村一线

2010年2月27日

今天周六，冯杰、张忠、老翟和我4人，早8点福大东门集合，坐27路车到祥坂路口，换乘93路车到鳝溪下车。找到鼓岭登山古道（本来想从东山村外一登山古道上山，从一摩的师傅那里打听到，我们已坐过了一站，要回去，要花费很多时间，只好作罢，仍沿上周我和黄老师走过的那条线路走）。经分路，到鼓岭，在柳杉王公园用餐。休息片刻，去石柱山，沿石柱山左侧小路下行，去看对面的山峰，因为正在下雨，路很不好走，就上来找到好一点的路，最后又绕到了63路车的三叉路站。回到柳杉王公园，确认好要从白云洞线路下山后，就顺着上周我跟黄老师走过的线路走。上次没走通是因为我们没有从水库大坝的上面穿过，这次我们穿过水库的大坝，左拐就是一条很好的古道，基本上都是由石头铺砌而成。路面上落满了松针杂草，两边是各种各样的松树或水杉什么的。这一段比较长，也是最好走的一段，基本上是平的。中间经过一个房子，可能就是柯坪村吧。不要走房子的方向，顺着左边的石头路一直走，很快就会走到一条水泥路上。不要顺水泥路走，继续沿着原来小路的方向下行，就会看到白云洞。我们走的这条路到不了白云洞，从白云洞下山和从鼓岭下山走的是两条并行的路。这段路就很难走了。说它难走是因为我们已经很累了，下山的时候膝盖酸痛，另外刚下过雨，不小心就会摔跤。太阳时不时地穿出云层，他们说有点热，我觉得没什么。再往后，经过积翠庵，出了埠兴村，我们向左拐，前行，就到了大路上。再往左走一段路就到了从鼓山到市区的福马路上，坐上97路车就到了福大东门了。

这条路很早以前我跟黄老师是走过的，只不过时间久远，都记不清楚了。那时候我们是从积翠庵那边上去的，到鼓岭前还被暴雨浇了个透，而这次是从鼓岭上下来的。尽管很累，但大家都感到很快乐。大自然赠予我们的要比我们回报给它的要多得多。

巧遇桃源洞

2010年3月6日

今天周六，黄老师、张忠、老翟和我4人，早上8点半福大老校区东门集合，约9点坐97路车去鼓山。昨天就得知，今天的天气是阵雨转雷阵雨，所以就决定走近一点的路。一出门的时候，那种蒙蒙细雨就如期而至，一直到我们从山上下来，也没有怎么变化。只是在我们刚要上车回来的时候，雨好像大了起来。尽管带了雨伞，也没有撑开过。我们是从鼓山下院靠里边一点、鼓岭公路小桥的外边上去的。后来还是走到了鼓山上，据说是爬鼓山的第四条道路。快到山顶的时候向右侧拐出就到了公路上。在公路边上的亭子里休息了一下，就走到了十八景那边。我们觉得时间还早，运动量不是很够，就决定再往前走一走。

我们沿公路走，突然发现路的左侧有一个通向桃源洞和华藏洞的标志，出于好奇就想从这里看看能不能走下山。有人担心路会不会很滑，最后还是决定从这里试一下，说不定是条不错的路子。还真的不错，我们一路下行，很快就到了桃源洞和华藏洞,这两个洞基本上是在一起的。桃源洞在下层,华藏洞在上层,它们都是依山而建的小庙,里边有神像,地面很整洁。我们在桃源洞前面的空地上用餐。山上的雾好大呀,20米开外什么都看不见。这条道应该也是条登山古道,路不是很滑,全由石头铺砌而成,只要小心一点是不会摔跤的。两边的树上、草上挂满了水珠,一不小心蹭到路旁的小树,水珠就会像雨水一样倾泻而下。有的朋友鞋里已经灌进了水,还好,四个人都没有摔跤。当我们来到山脚下的时候,看到那个小区叫鼓山1号,从鼓山1号出来就到了鼓山中学站,这时才知道我们并没有走太远,只离开鼓山下院一站的路程。这条路挺不错的,以后还可以从这条路上去,如能再找到一条更好的路下来,那就更令人满意了。

今天的运动量虽不如以前那么大,也基本上够了,不会觉得很累,只是衣服湿透了,混合着雨水和汗水,感觉有点冷。雨中爬山别有一番情趣,雨也一直没有下大,真是万幸,老天保佑。其实,很多时候,困难本来并没有那么大,而是你想象出来的,如果你不怕困难的话,结果往往比想象的要好。

从鳝溪到鼓岭

2010年4月18日

今天去鳝溪爬山,随行的师生朋友共有15人,有一部分叫不出来名字。约好早上8点福大老校区东门集合,约9点出发,坐113路到祥坂路口下车,换乘93路到鳝溪下。本来计划去东山村爬山,经与老乡打听,我们已坐过站了。后来问出来,从鳝溪村中穿过,也有一条路可以到达鼓岭,我们就决定走这条路。其实只要是新路我都会喜欢的,而不管是哪条路。刚走到村里时,有人拦住去路,说里边是景区,要收费买票,我们不是很乐意这样做。为了不影响我们的兴致,跟那个人谈了一下,每个人出了2元钱,由我和黄老师垫付。

一路走来,景色非常漂亮。也许是刚刚下了几天的雨,鳝溪水面宽阔,水流湍急,远远地就能听见,从山间传来轰轰隆隆的咆哮声。沿途可以看到许多当地市民挑着担子去一个叫作岩泉的地方挑水。同学们欢快地在那些所谓的景点前照相留念,好像一群出笼的鸟儿,欢笑声不绝于耳,到处都充满了新鲜、喜庆的气氛。我们至少有两次穿越鳝溪:第一次是在刚进景点不久,一些当地妇女在溪里洗衣,同学们也走到溪边戏水、照相。第二次大概是行程的前三分之一处，那个地方的水非常急，大家相互搀扶着过溪才会安全些，又是照相、合影。一路上，有两个向左上方拐行的路，我们没有选择，只是沿着向前的路前进。路上休息了三四次，这条路对新手比较合适，基本上比较平缓，没有长而陡的坡，可以看见对面的宁静的绿色和裸露的石头上涓涓而下的细瀑。大约11点，我们到达通向鼓岭的公路，从公路上回头看时发现，这个出口刚好是我们以前曾经想从此下去却不敢确认的地方。我们还说，这个出口上方的那一段建筑很像是一段栈道。沿公路走了一程，来到柳杉王公园，大家在此休息、用餐。

约下午1点多，下山。原打算从从来就没有走通的东山村下去，经了解，去往东山村的路早已荒无人迹。尽管我不大相信，可看到眼前这群年轻的新手，也有几分担心，最后只得顺我们走过的"分路"走鼓岭登山古道下山。此后的路就不用说了。

今天这条路的特点就是水多，景色更美。其实，许多的美要靠你用行动去感受，用心去体验。

游东山村—恩顶—登云水库

2010年5月2日

今天，肖肖、李婵、月兰、黄老师和我一行5人去恩顶爬山。8点多在福大东门集合，到祥坂路口下车换乘93路到福光路前一站下车，再换80路到日立公司下车。今天的行程是我们以前走过的，只不过上次是从登云水库到东山村，而这次正好相反。出日立公司左拐，前行，过桥，就是东山村了。顺一条破旧的水泥路上行，可以一直通向山脚下。路边可看到一家工艺美术厂，门口有两尊雕像做得还不错。到达一片房子的地方，不要再往前走，向右拐，有一条古道，就是通向山上的路。今天天气有些热，没有树的遮挡，太阳光直泻而下，你会感到脸上热辣辣地难受。而在绿树和草丛之中，你会感到山风阵阵，凉爽无比。从这条古道出来，就是通向恩顶的公路。公路两旁没有一棵树，所有人都处在阳光的包围之中，虽感到有些热，但毕竟是在山上，还是不断有风袭来，尽管是一阵阵的热风。用大约半小时多的时间，我们就到了味霸公司的牌子前，再往前一点，就找到了通向登云水库的路。这条路已大半掩映在荒草之中，很多时候要猫着腰才能穿过去，不小心手上脸上就会被茅草尖利的叶边划破。还有两三处要经过穿过古道的溪水，很滑，不小心就有可能摔下山谷。一开始先顺由乱石形成的沟底前行，走约200米时，要注意搜寻右侧的小路，不能一直顺沟底走。走上小路，很快就到了还愿亭，在还愿亭里休息了一下，再往前走就到了发电站。上一次，我们是从发电站上来的，这一次，我们沿路直行，竟绕过了发电站。沿溪的右侧一路下行，很快就到了一个村子，出村子就是通向登云水库的路。路的右侧是有名的全球通高尔夫球场，又是一段漫长而又难熬的阳光下长行。出了登云水库到亭下站牌，是64路车，刚好它的终点站是福大东门，所以就坐上车，很快就回到了今天的起点。

今天感觉不太累，只是阳光太强了一点。其实，美也是一种感觉，你用美的心情去感知，你就会发现一切都是美的。

重游桃源洞—舍利院—般若庵—魁岐一线

2010 年 5 月 8 日

今天，罗锋、于萍和我3人在福大东门集合，坐97路车到鼓山中学站下车，顺半山支路，找到鼓山1号，左侧有一台阶路就是通往桃源洞的路。

虽然昨天刚下过雨，但山路并不是很滑。只是感到天空阴沉沉的，湿度很大，好像一拧就能拧出水来一样，有人感到呼吸有一点闷。这条路以前是走过的，只不过上一次是从鼓山通往鼓岭的公路上，沿通往桃源洞的路一路而下，而这次却是逆向而行罢了。路上休息了两三次，前一段路程要经过一些住户，有些家里还养着狗，接着的一段路程就是大片的坟墓，过了那片坟墓就进入了绿色环抱的林区。这种登山古道走起来就是比较舒服，不像鼓山之类的开发得比较好的景点，那些台阶往往都是等距等高的，走起来容易烦，容易累。而这种古道，高低不同，坡度有时舒缓，有时陡峭。台阶的高度和距离也不一样，走起来不会觉得太累。另外，在古道每个台阶的边上都会有一个稍微突起的石头，可以起到防滑的作用。也许有人会说，这种路因为不是太平整，可能没有鼓山的台阶那样安全，但我们所欣赏的正是这种自然的美丽。过分的雕琢会使人觉得司空见惯、千篇一律，而产生厌烦的情绪。很快我们就到了桃源洞，拜谒了桃源洞，稍事休息之后，接着上行，不一会儿就到了公路边上。然后，就顺着公路下行，很快就到了鼓山和涌泉寺的交会处。在鼓山景区的边上休息了一下，再往下行，看到了右侧一块较大的平台，再往下走不到200米就是往舍利院去的入口了。顺着台阶下去，首先看到的是一位海军将军杨树庄的墓碑，再往里走就是接连的两三个佛教高僧的墓地。这一次本来是想去看看般若庵，可路没走对。我们看到对面好像有一条路，沿路有好几个亭子，但觉得那条路的出口应该很远。我们穿过一座桥，叫云峰桥，后来又原路顺桥回来了。走到了一处庙田，有一义工在种田，我们在旁边摘了一些没人要的枇杷。沿着老和尚指引的路一路下行，就来到了魁岐。从魁岐坐73路车，到鼓山下院下车，换乘97路车到福大东门下车。然后到桥亭小酌数杯，即各自打道回府。

莒溪戏水

2010年5月15日

今天，跟黄老师、于萍、罗锋、莉莉、梅莺一行6人去永泰莒溪参观。早8点在福大北门等车，旅游车约8点半从农大过来到达福大北门。在福大北门还碰见了至诚政管系2008级、2009级的部分同学，他们也跟我们同车去莒溪，真是巧遇。约1个半小时到达莒溪景点的西区，后因协调出问题，车又调头回到东区入口处。在东区乘轮渡过大樟溪，对面就是莒口村。本来游览说明上还有两个景点，说是龙山堂和尺五楼，可一直没有找到，到将要离开时，才打听出来就在大樟溪边上，因为没时间了，也没来得及看。出了村子，本来想走一走龙山步道，我们就走进了一条小路，这条路应是当地老百姓平时进山走的路，加上正下着雨，路越来越不好走。有人说，这不是龙山步道。谁知道呢？走到最后，好像都没有路了，不过离下一个景点也不远了。说是下一个景点，也差不多是我们今天去莒溪的唯一的景点了。这个地方，有竹林、竹林餐厅、烧烤区，最主要的还是莒溪了。在莒溪的这一段，水面宽阔，溪水澄澈见底，水流不急不缓，仔细往水里看去还可看到小鱼悠闲地徜徉其中。竹林烧烤缭绕的香气已扑面而来，我们也觉得肚子饿了，就在竹林餐厅的外边吃了些干粮，休息了一下，又去了溪边。溪里，学生们已经把仅有的几只竹筏抢去了，我们只好在溪边观看。后来，我们也找到一只，再后来，是两只竹筏。我们在溪里撑了两个半来回，6个人分成两组展开水中大战。最后反正衣服都湿了，我跟黄老师就跳进水里游泳。水不是很凉，应该说是很舒服的。很多学生也都纷纷跳进水里，喊杀声四起，水柱四溅，战意正酣。大约下午2点半，我们离开了莒溪，返回福州。

年轻人就是喜欢玩，这是他们的天性。报纸上说，成年人的健康也是玩出来的。还是回到自然吧，那里有天性的回归，那里有自然的乐园，那里有欢乐的天堂。

独自穿越埠兴—积翠庵—鼓岭—农业大观园—桃园洞一线

2010年5月29日

今天，因天气预报说这两天有中雨，所以就没有通知大家。但我已经习惯于周末的野外生活了，如果不出去的话，我会感到不自在。所以，今天只好老哥一个人独行了，这样的情况，我还是第一次。以前听黄老师说过，他经常一个人去爬山。那时候，我还真替他担心，因为总是觉得一个人无法处理太多的意外。

直到早上9点才决定去爬山。先坐K3路到福祥社区站，再换乘7路车到硫酸厂站下车。下车后，前行200米左右，左拐，是埠兴路，顺埠兴路走1公里左右，向右转，穿过铁路隧道，顺三环路左行，有路口，右拐，进入埠兴村，买了点吃的，就开始上山了。如果找不到路的话，只要尽量往右边靠，就能找到上山的路。其实，一出家门，天就开始下雨了，只是下得不么大。从埠兴村走积翠庵这条路，我已走过了好几回了，本来我计划今天去找一找古寺西来院，因为这个地方从来没有去过，只在积翠庵的上头看到过去往西来院的路标。我今天就是冲着这个西来院去的。一路上，爬山的人不多，但稀稀拉拉还是可以碰见几个人。山上的空气异常清新、凉爽，湿气很重，云雾被风吹下山坡的样子令人惊奇。当被云雾环抱的时候，我感觉到无数细小的雨滴迎面而来，脸上更是感觉到更多的凉意。从积翠庵上行，一路上只碰到一对夫妻，其他再也没有碰到别的什么人。昨天因QQ聊天，1点左右才休息，早上醒得又比较早，所以感觉有点累，一路上休息了好几次。一个人的时候，英语是alone，如果你感到孤独，那是lonely。一个人最可怕的是孤独，很多时候我们是一个人，但却很快乐、幸福、自在，特别是当你用心做事情的时候，你不会感到孤独。身体和思想上的孤独是经常的，它能让我们应对各种变化，处理各种困难，解决各种问题。当你是一个人的时候，如果你感觉到了你是一个人，那你会感到孤独，孤独是一种可怕的感觉，它会诱发你的恐惧感，恐惧感又会让你止步不前。因为休息不好，所以感到非常累。当我往右边远处的白云洞眺望时，白云洞和它下面的那个小庙时隐时现，我是以白云洞作标高的，觉得如果能登到跟白云洞等高的地方就表明距离山顶不远了。快接近山顶的时候，雨下得越来越大了，我不得不撑开了雨伞，但我觉得这还不能算是中雨吧。

又到了那个十字路口，一边是通往白云洞的，一边是通向鼓岭的，一边是通向古寺西来院的，还有一个方向不知通向哪里。我在这个路口休息了一下，刚好有人来，我就问了一下，他说，通向古寺西来院的路很难走。我一着急，竟忘记问人家西来院离此有多远、有什么标记。我就顺着那条通往西来院的路走，山上雾实在是太大了，10 米开外，你就什么也看不清了。这条路走到头了，才发现有一个大牌子，上面写着"电台重地，游人止步"，别的什么也看不见。很快就听见狗叫，我还以为闯进了什么禁区，就赶紧后退。看样子，前面是走不通了，往回走一走，看看哪里可能是通向西来院的路。往回走的时候，看见左边有一条路，很像是一条人走过的路，就顺路下去，谁知道，这条路越走越小，越走越荒，而且到处是牛蹄印和牛粪，还有很多小水坑，像是进了沼泽。我赶紧后撤，觉得我好像不是进了西来院，而是要进了小西天。刚走回大路上，向后 30 米开外，有 3 条大狗突然向我走来，看样子来者不善，它们紧盯着我，并一步步向我逼近，我顿时觉得紧张起来。我挥舞着砍刀，它们不再前进了，但却没有后退的意思，甚至有一条钻进了路旁的树林，好像要从背后袭击我似的。我弯腰、摸地，貌似捡物状，都没有用。我退一步，它们就往前进一步，最后，我就冲着它们紧追几步，那几条狗反而被我吓跑了。我赶紧趁此机会，猛跑几步，摆脱了困境。这正好应验了我前一段时间看到的一句话：面对狗和面对困难一样，你退，它就进，你进，它就退。后来，我感觉时间还不会很晚，就决定走鼓岭。通向鼓岭的路是很熟的，路也很好走，只是天上下着雨，小路上已有了不少积水，雨伞也很难撑起来，只好收了雨伞，任凭天雨尽情地洗礼。一路狂奔，不久就到了鼓岭宜夏。

到柳杉王公园一个亭子底下吃了些东西，休息了约半个小时。我决定从鼓岭往鼓山走一下，因为以前从来没有走通过这条路，鼓山离鼓岭到底有多远，好像觉得挺远的，只有走一走才知道了。柳杉王公园那个千年柳杉，我都来不及多看几眼，就匆匆离开了，离开的时候是下午1点50分。有一个当地卖菜的依姆看见我拿着柴刀，就开玩笑说，你爬山为什么还拿着刀？是不是想偷东西？后来快到白云洞入口的地方碰见了一个学生，他也问我这刀有什么用，我告诉他，刀有四用：防坏人、防动物、砍棍子、开路。

在鼓岭通往鼓山的路上，从出发开始直到离白云洞入口的地方（我是下午3点20分到达那个地方的），在这么长的时间里，路上除碰见了一部小车，连个鬼影都没有。从鼓岭到鼓山，感觉是一路在微微上坡。刚出鼓岭时，路两边都是整整齐齐的柳杉；到了中间路段，大部分都是松树了，路边还种植了不少的花草。离开鼓岭不远（约半小时路程），在路的左侧有一个分岔，进去看看像个垃圾场，如果没错的话，这个地方就是以前我们从磨溪进山，从鼓岭通向鼓山的公路上的那个出口。因为雾色浓重，我不敢完全肯定。再往前走，我在想是不是可以找到一条通往鼓山的捷径。最后，真的在公路的右侧找到了一条路，我就顺着路下去。谁知道，这条路也是越走越差，原来里头是一个废弃的采石场，最后找不见路了，又一次面临失败。只好上来，这一下又耽误了20多分钟。之后，再也不敢胡思乱想了，还是老老实实、规规矩矩地顺大路走吧。后来，就碰见了那个上山的同学，他告诉我，白云洞入口的地方离我们碰面的地方只有2公里了。等到了白云洞入口处，上山下山的人就多了起来。我感觉到今天体力消耗得已经差不多了，就决定走桃源洞下去，因为鼓山的台阶我真的不想走。走桃源洞那条路下去的时候，也不是那么好走。天上依然下着雨，那些不规则的台阶，有的有一定的斜度，真的担心会不小心摔跤。尽管膝盖酸痛得不得了，侥幸的是没有摔跤，一切平安。在穿过那片坟区的时候，还是觉得有些瘆人，一个坟头接着一个坟头，墓碑上的红字清晰可辨。那些新建的坟头上，残破的花圈在风雨中飘摆，发出沙沙的响声，油桐花落满山坡。一路上在想，这上上下下的衣服都湿透了，怎么去坐公交车呢？

当我走出鼓山1号，来到鼓山中学站时，大约是下午5点10分。还是坐的7路车，在宝龙转K3路，回到家里。感觉雨比先前更大了，这才有点中雨的意思。哈哈，所有的困难，就像那挡道的狗一样，只要你前进，它就会后退的。没错的。

再次穿越覆釜山—青芝山一线

2010年6月5日

　　今天周六，黄老师、罗锋和我共3人早8点在福大老校区东门集合，坐112路到汽车南站。这是犯的第一个错误。原计划今天是想到马尾亭江的鹰猫山登顶，到亭江去，须坐36路或40路去琅岐的公交车。这两趟车根本不是从汽车南站出发的，应该是从公交仁德站出发才对。到了汽车南站，只好临时决定坐去连江的长途车。

　　上车的时候还想着到亭江下，上了车之后又决定与其花13元到亭江，还不如花15元到连江去爬青芝山。黄老师说覆釜山离连江县城不远，估计是县城前一站，可我们却一直坐到连江汽车站才下车。这是我们犯的第二个错误。这样，势必多花费了时间。下了车之后就被一群摩的司机包围，说覆釜山离此很远，一辆车要10元，我们需要两辆车才行。我一看这场景就很生气，死活都不愿意再坐什么车了。我说，不管怎样，我们走也要走回覆釜山。后来我们就决定走回去，回去的路程大约有三四公里。过了那个大桥，再走2.5公里，就到了南湖（我们本来应该在南湖下车的）。到了南湖的时候大约是11点钟，接着就是漫长的盘山公路。

　　从通向南湖的村道走进去几十米，就要从左侧的登山道上去，不一会儿就又回到了公路上。这跟我们以前走的路线完全不同，我记得以前全是走的小路，看来，小路全都被改造成了公路。路上没碰见什么行人，倒是遇见了两棵杨梅树，枝头上挂满了杨梅，大部分都红了，果实压弯了树枝。我顺手摘了一个，咬了一口，好酸啊！黄老师他们摘了有三四斤，说要回家用白糖水泡一周，会很好吃。盘山公路实在是太多的弯曲了，我们曾选择了一段爆破留下的石坡，手脚并用直接爬到了上一层弯道，这样更觉得刺激，那才叫真正的爬山，最后来到了覆釜山。现在的覆釜山可不同于几年前我们来这里的样子了，那时候好像只有一两座庙宇。覆釜山的最高处可能就是拜天石了，通向青芝山的路就在拜天石的脚下。这条路以前都走过的，现在看上去却很陌生。

　　顺着那条台阶小路下去，遇见一个三岔路口，不要向右转，而是直行，左侧有个亭子，一路上可以看到很多野竹子的败叶铺满山道。再往前走，路越来越陡，好像以前没走过一样,后来碰见了一座小庙,经打听才知道路是走对了。他们告诉我们,再有 5 里地就可以到达青芝山景区了。这一次我们走的路跟上一次有所不同,后来发现,原来我们走的是山脊上的一条路,可以走到插红旗的地方;这一次我们走的是山腰,根本到不了那个地方。因为今天我们很累了,只好一路下山了。后来就来到了景区,经过青芝寺,还钻进了蝙蝠洞。在董公祠门前的停车场外,我们又犯了一个错。我们顺公路走了一段,发现这条路越走越远,跟我们以前走的不一样。最后又返回头,走到停车场,才发现停车场旁有一条路可以下去,直到山门。我们出了大门,坐三轮车(7 元)到了一个叫作下塘的车站边等车,三人打的(40 元)回到福州鼓山,再坐 7 路车到福大东门,完成一次大循环。

今天着实有些累,脚都跑酸了,我们 3 人在天然居小酌几杯,就回家休息了。我总觉得,办事情是要有点主意的,不能经常变化。另外,办什么事情都要认真地去做,否则,就有可能出现失误,丧失机会,浪费金钱。

永定纪行

2010 年 8 月 24 日

今晚 9 点 15 分,从福州火车站北站出发,坐由福州开往深圳的火车去永定。只是座位,没有卧铺,好几年没坐过座位了,估摸着又将是一个难熬的夜晚。在车上吃东西,跟同学们打扑克消磨时间,都凌晨两三点了,还很精神。大概 4 点左右,没人玩了我才渐入梦乡。很快天就亮了,火车早上 8 点多到永定。

慧敏家里雇车把我们接到她爸爸所在的工作单位金城水电站,在她家用了早餐,其实她家里已经为我们准备好了住的地方,尽管可能会稍微挤了一点,此心可嘉。但我觉得,我们的主要目的是来实习,所以要以实习任务为重,吃呀住呀什么的应以工作为轴心。

饭后,马上跟刘总联系,还算不错。上午先到刘总的虹盛金店,接着,赖总和陈总就带我们去永定县行政服务中心参观,在行政服务中心的会议室里举行了短暂的小型座谈会,由副主任作了介绍,参观了办公现场和浏览了几个重要的网站。中午由虹盛老板请客。下午原计划去县政府办公室信息中心调研,后因县政府大部分人马都去下洋开会了,我们就临时改为去土楼参观。

大概是下午 5 点左右去的，路程约为 1 个小时，山路弯弯，绿树青青。我们去参观的是永定土楼群之一洪坑土楼群，因为时间已晚，我们只参观了圆形的振成楼和方形的玉成楼。振成楼很有特色，很经典。据说振成楼由两兄弟所建。上下有三四层高，圆形封闭，上下均等分隔。外墙底部由卵石砌成，高约 1 米，再往上就是夯土所建，底部厚度约为 1 米多，最高处约为七八十厘米厚。大门上包有铁皮，防火防盗。底层无窗，有排水系统，还有沉淀池。土楼内仍有居民居住，楼里楼外，弥漫着浓郁的客家文化气息。

　　我在方形玉成楼买了一坛米酒，三年的，6 斤装，130 元，样品味道极佳。据说，永定大部分都是客家人，土楼里居住的全是客家人。我以前听说，客家人大都来自河南。我冒昧地问导游小姐，客家人是不是来自河南。当她告诉我，他们是来自河南新乡时，我感到非常吃惊。老乡啊！我给她讲述了流传在新乡的无心草的故事，她听得津津有味。

　　晚上，还是由陈总请吃饭，喝米酒，微醉，回宾馆休息，一夜无话。第二天上午去县政府数字办参观，跟数字办梁主任座谈，了解永定电子政务的现状，效果不错。中午回宾馆休息，起来之后，到街上对市民发放问卷表进行调研。下午 5 点 40 分的汽车，后推至 7 点多才走。中间去品尝了一下客家风味的凉茶，买了一点牛肉丸子和煮花生。一夜颠簸，27 日凌晨 4 点多到家，顺利结束永定之行。

厦门一日游

2010 年 9 月 13 日

　　今晚 8 点多，我和贝贝坐动车到厦门，在火车站附近找到一家叫金安旅馆的住处，一个房间一晚 90 元，不贵，我们就订下了。然后去街上小逛，品尝厦门小吃，一盘是炒鱿鱼，一盘是炒蛏，味道做得不错，价钱在 50 元左右，后回旅馆休息。在旅馆里，订了第二天也就是 14 日的厦门一日游，一个人是 150 元。第二天约 8 点起床，退了房，在楼下的饭店用了早餐，刚准备去买点中午吃的东西，导游打来电话，说车已经到了，我们只好马上返回。本来说好，上午去远眺金门，可因为有军事演习，就改成上午先去参观鼓浪屿，中午再去参观金门。

　　坐轮渡到鼓浪屿，由导游带领，参观民居，不能上日光岩。我们选择了两个景点，一个是海天堂构，一个是怀旧鼓浪屿。怀旧鼓浪屿主要是保存和鼓浪屿有关的文物，也挺有意思的，什么都有，老式的唱盘，各种各样的钟表、信件、娱乐用品等。海天堂构是一个华侨的别墅，非常漂亮。出了海天堂构，就准备去吃午餐。因为没有买到零食，只好由导游领着去一家饭店吃饭，我们四个人合伙，四个菜，200元，很明显是上当了，但没有办法。中午1点多，坐游船去参观金门的大担岛，来回要100分钟。去的时候，船上的导游向我们介绍了沿途的厦门大学，还有两个炮台，很快就来到了大担岛的旁边。在这个地方照了一些照片，就原路返回了。游船把大海犁出一条深深的沟壑，激起的浪花随风飘扬，船体似乎大部分潜入水中。

回到码头后，去一个茶庄品茶，导游的意思当然是要你买茶，我们还是顶住了诱惑，而同行的另外两个人却经不住诱惑，一下子买了几百块钱的茶叶。之后，我们又去参观了南普陀寺。从寺里出来，时间都下午6点左右了，我们赶紧返回火车站，先把回福州的车票买了，再去旁边的小吃城吃饭。在小吃城吃了大约50元的东西，真过瘾！好吃，合我口味！7点上车，9点左右到福州，坐K3路回家，结束厦门之行。

厦门我已经去过多次了，有的时候是顾不上转，有的时候是没有安排。也许每次去厦门，都有新的收获吧。

闽江长漂

2010年9月18日

今天周六，响应福州市冬泳协会的号召，参加"福州市无线电杯千人闽江泳渡"活动。早7点到了西河上沙滩。西河园上红旗招展，喇叭轰鸣，人头攒动。虽烈日当头，泳友们却热情不减。9点半左右下水，一直穿过金山大桥、尤溪洲大桥，大部分是在闽水园上岸。我因不知道上岸的确切地点，随少数人在闽风园处上岸。绵延8公里的江面上，近2000名游泳队员拖着各队的队旗和这次活动赞助单位发放的礼品双气囊安全游泳浮漂，在滔滔的江水中上下浮沉。保证安全的小船穿行其中，突突突地响个不停。一支龙舟队也赶来助威，有节奏的锣鼓声和口号声与江中游泳队员的号子声此起彼伏，遥相呼应。

我从闽风园上岸的时候，已然找不到同队队员的身影了。我一个人到江滨路对面的永辉超市买了两瓶水，差不多一口气就喝光了，实在是太渴了。已经有一段时间没有好好游泳了，多多少少感觉有点累。坐29路车到金牛山公园（终点站）下车，当我重返西河园时，那个地方已经看不到人影。太阳热辣辣地照在滚烫的水泥路上，实在让人无法忍受。赶紧撤离！这种被迫的锻炼其实也是有益的。可爱的闽江，我永远属于你！

望龙台冬泳队建队十周年队庆

2010年9月23日

今天是望龙台冬泳队的队庆日。这是很早以前就拟定好了的，队里也做了充分的准备。早上6点到金山大桥下的望龙台冬泳队基地集合，等我赶到的时候，那里已经聚集了很多人。我领到了小黄旗，并把它绑在我带来的浮漂上。

大家步行从金山大桥走到西河一个应该是叫作下沙滩的地方，列队，照相，下水。一只小船跟随着，一是确保安全，二是方便照相。下沙滩那个地方，感觉水很浅的样子，有很长一段时间，脚都可以挨着地，被江水冲着往前走。江水暖暖的，润润的，滑滑的。我游泳的速度显然赶不上那些经常游泳的高手，主要原因有两个：一是体力不如他们，二是估计游泳的姿势也不是太正规。贵在参与，不是吗？

到金山大桥底下上岸，跟熟人们简单地聊聊天，回家。中午12点到望龙台基地旁的天水酒家吃午饭，午饭比较简单。饭后就没有再回家，说是下午4点就开始主要的队庆活动。中间的这一段时间真是难熬，没什么事情可做，只是唱了几首歌，大部分时间都在看他们搓麻将，但直到最后还是没有完全看懂。大概4点多的样子，队庆开始了。福州市冬泳协会的会长杨镇和队里的领导轮番讲话，后边就开始吃饭，抽奖，颁奖，发放纪念品。我自然没那么好的运气，只是拿到了纪念品，在冬泳队里，我本来就不是什么积极分子嘛！电视里一直播放着十年来望龙台队外出旅行、参加各种活动的照片，不时地也可以找到我的尊荣。

我也不记得我是哪一年加入望龙台队的了。以前跟他们一起出去玩得多，现在少了些。现在出去爬山什么的，都是我自己组织。现在冬泳队的规模也比以前大得多了，有一百多号人，本来就认不全，现在更是增添了不少陌生的面孔。队长说，准备分成三个支队，名字都起好了，可那种福州腔我实在是听不大清楚。

领了纪念品就可以走人了，哈哈，今天又是一个难得的聚会，愿望龙台队越来越庞大，越办越红火。

穿越溪源宫—岐头村一线

2010 年 10 月 6 日

今天是国庆长假的第六天，明天就要开学了。刚刚查了一下，我们是 2009 年的 12 月 6 日走过这条山路，其实这条路以前我们不止走过一次，去年走过的那次应该是最顺当的一次，以日志为证。以前曾经走过数次，还有一次迷了路，至少在里头耽误了一个多小时，还担心出不来呢，而这次是沿着相反的方向走。这次的同行人员有罗锋、黄老师、王涛、李福平、丽红和春秋，共 7 人。约好早上 8 点在福州职业技术学院门口集合，黄老师最后一个到，大概是 8 点 35 分。随即出发，到溪源宫大桥左侧的小商店旁，向左转，拐入一条小胡同，一路上行，不要一直沿大路走，遇到大路向左拐陡弯处，不要拐弯，顺土路向上走。

不一会儿就会碰到一个小水库，以前我没怎么注意这个小水库，只记得这边是一片沼泽。经与当地老乡打听，顺右侧机耕道上行，路有点滑，不记得是什么时候下过雨了。又看到了路边大片的松树被刮去了树皮。人们为了获取松脂，将松树的皮部分刮去。如果松树也像人一样，有灵魂，有痛感，它该有多么痛苦呀！

很快，我们来到了一个分岔处，因为旁边有登山队留下的布条，我们没有判错方向，再往前没几步远，碰到有人把馒头、水瓶什么的遗留在那里。我们在这里休息了一下，却没有注意到这里有一个分岔。我们沿着一条采松脂人踩出的路前行，走了好长一段时间，发现路越来越难走，最后都没路可走了。我先让两个同学上下搜索了一下路线，没有找到正确的路线，只好沿原路返回。走到有馒头的地方，才发现旁边有个岔路，登山队的人也留下了布条，我们竟然没有看见，真是遗憾呢！路走对了，又走了一阵子，我们就到了这条山路的出口。前两年我们来的时候，这里还有新开出来的几条大路。看样子，这几条大路都被废掉了，路面上种上了树，还长出了齐腰深的草。我们还碰见了那座被火烧光了的山，现在又被种上了树，草也长上来了，看上去郁郁葱葱，一点儿也看不出当年的模样。

不一会儿,我们碰见了一个守林的工人,他跟我们说,烧山是故意的,烧了之后,才能重新造林。这是什么理论啊,不懂。大约下午1点我们来到了林中石屋。在石屋前面的溪边用餐、休息。在这里我们又犯了一个大错,本来应该从溪的左侧下去,可我不记得原来走过的路线了,选择了从溪的右侧过去,结果,路越来越高,越来越陡。那时,我们已经知道路走错了,可总想着,会不会是一条新路,通过这条路也能下山呢。我们筋疲力尽地爬到这条路的尽头时,才发现我们来到了一个山顶,再也找不到别的能够下山的路,因为那里是附近最高的一座山头了。山头上的风景真的很不错,大家在那里照了相,觉得时间不早了,就决定沿原路返回到石屋,再顺正确的路下山。重返石屋时,已是下午2点多了。下山的路比想象的要难走得多。很多路段都荒掉了,我们不时地停下来,用刀砍去拦在路上的横枝,很多时候要弯腰前行,不小心就要摔跤。有的路段都不记得原来的模样,还好,那条粗大的水管才是唯一的标记。只要沿着这条水管走,就一定能够走出深山。当弯腰前行的那段路走完了以后,按记忆前面应该是齐腰深的草地,可现在的情景已和以前大不相同,那些野草已经一人多深,脚底下根本看不见是什么东西。还好,希望在前,我们很快来到了第一座高压线杆旁,在高压线杆旁的空地上休息,大家都觉得脚酸膝软,但见天色已晚,此地不宜久留呀。顺小路穿过第二座、第三座高压线杆,再穿过一个个臭气熏天的猪圈、鸭圈、狗圈什么的,出了岐头村,才拖着疲惫的双腿来到福大学生街。我和黄老师请客,大家伙吃了个酒足饭饱,才各自回家的回家,回宿舍的回宿舍。

  这是两个多月来第一次恢复性爬山,可运动量却超出了我们的预期。其实,远行者的每一次出征都是壮举,英雄的每一次征战都可能是最后一次。而对我们来说,每一次爬山都将孕育和萌生崭新的、与以往完全不同的人生的意义。

秋游皇帝洞

2010年10月16日

  今天星期六。晴,无阳,无雨,非常适合爬山。依约跟学院部分老师和家属去皇帝洞游玩。早8点福大东门集合,坐旅游大巴出发,途经新店、贵新隧道、桂湖,在贵安收费站(潘渡)驶入山道。路面开始变窄,基本上是水泥路面,偶尔会有土路或石子路。车顺路行，溪随峰转，山路缠绕在半山腰间，溪水潺潺溪溪奔流而下。两岸满目绿色，层层叠叠，翠艳欲滴，犹如绿墨从山上倾泻而下，煞是壮观。

约1个半小时后，我们来到了皇帝洞所在的小沧村。据说，当地百姓大多为畲族，祖祖辈辈久居山中。村前就是十数里长的水库，真可谓山清水秀。我们在水库码头边稍事休息后就乘船向皇帝洞方向进发。在水库的水面上穿行，微风轻抚人们的面颊，浪花不时地溅上船头，十里水库，两岸重峦叠嶂，畲寨密布于其间，蓝色的瓦，蓝色的砖，倍添苍劲、厚重的历史感。

约1个小时后，我们来到了皇帝洞景区的入口处，大约是上午11点钟，根据导游安排，先吃饭。饭菜倒还可口，有十几个菜，有土鸡、鱼、青菜等，米饭也挺好吃的，菜还没上桌，有人已经吃了两碗米饭了。不是因为饿，估计是因为稀罕。饭后即开始登山。导游讲，从入口处到皇帝洞需要1个半小时的时间，如果再到龟山，就要用更多的时间。因为考虑到时间不是很早了，就决定不去龟山了。一路上坡，坡度倒不是很大。路边的一些石头呀、水坑啊，都被起了名字，什么心潭啊、菩萨岩啊、龙啸天啊，俯拾皆是。景区的路是沿着一条溪延伸的，溯溪而上，溪中卵石堆垒，突兀而起，千形万状。岸上奇峰林立，绿树千顷。约1个半小时，我们就来到了该景区的终点皇帝洞。听导游讲了好几遍，还是没搞懂皇帝洞的来历，可能跟本地的地主、大户或土匪有关，跟真正的皇帝好像不大沾边。皇帝洞大约百米长，洞内奇黑无比，什么也看不见，必须借助手电的帮助。基本上在一个平面上，地面上有一些积水，高度也有一人多高，不弯腰也不会碰头，好像是天然的，后被人修理过。走到洞尽头的时候，是一个瀑布，流水会一直溅入洞内，洞内的积水也可能就是这样形成的。那个瀑布来自哪里，因雾气太大根本看不见，就不得而知了。

后面就是沿原路返回了，回去的速度应该会比来的时候快一些。等我们到达小沧村时，大约是下午4点钟，等到了福大东门时，天已经黑下来了。还好，今天不是很累。福建真是山好水好，人也好。

三游蝙蝠洞

2010 年 10 月 30 日

又逢周六。虽通过 QQ 和短信通知了不少朋友，可最后成行的，只有我和黄老师两个人。因为黄老师没去过蝙蝠洞，就决定今天去蝙蝠洞看看。蝙蝠洞我以前去过两次了，一次是跟学院的老师一块儿去的，一次是带了十几个学生一起去的。第一次通过那个一线天，到了蝙蝠洞附近，根本就没有找到洞在哪里。那天，跟我们同行的当地人还重重地摔了一跤，听说肩膀受了重伤。第二次去的时候，我们自以为找到了蝙蝠洞，还在洞里煮了几锅面。蝙蝠洞上边的"勾漏洞天"四个大字都看见了，但觉得很高，根本没想到可以上去到摩崖石刻近处看看。

这次我们两个人在宝龙广场见面后，就坐 82 路车到后山下车。先到万佛寺参观了一下，万佛寺里又增加了几座庙堂，有人在打扫卫生，好像要举行什么重大的活动。想起来了，是如来佛祖佛像安放仪式。从万佛寺出来，沿原路返回到右侧那两个新建庙宇的前面，有一条上山的土路。沿路上行，就可以到达旗杆的地方。路上碰见三位老人：两个依姆，一个依爸。他们说，他们以前也来过旗山，只是到了旗杆的地方就不敢往前走了，怕迷路。今天他们要随同我们一块儿去，我们就答应了，这样就是一行五人的队伍了。等上了山顶，过了几个景点，就到了旗杆处。过了旗杆，再往前走就是一个缓下坡。遇到一个向右侧的分岔，不要走，那是通向右侧山峰小庙的小路，而是应当直走。这一次可不同以往，只有我一个人走过这条路，小路几乎被疯长的芦苇掩埋住了。很多地方几乎看不到路，有时候要从干枯的芦苇底下钻过去。他们怀疑是不是走错了地方，我也不敢确定了，但因为路还是有的，所以就没有放弃。穿过了几百米的杂草丛生的山道，终于来到了那片熟悉的竹林，其实只是还有一点点印象而已。我们决定，如果这条路是下山的，如能顺利下山也可以，如能到蝙蝠洞看看当然更好，因为他们三个更想看看蝙蝠洞。还好，我们突然就来到了蝙蝠洞附近，听见有人说话，见面后，才知道他们是市电业局的老郑二位，他们是"户外结伴休闲游"群出来探路的。我们一块沿指路的标志去寻找蝙蝠洞的所在。进入洞口外围的时候，是没有路的。黄老师跟那几个依姆、依爸都选择了退却，我跟老郑他们两个上去了。不错，不说蝙蝠洞里头，就是蝙蝠洞的外头都是洞连洞，洞套洞，一不小心，就会找不到路。当顺着那根竹竿爬上一块巨石时，原来我已经来到了"勾漏洞天"四个大字的面前。从这块巨石的背后绕过去，有几个不甚清晰的小字告诉我们，这里才是真正的蝙蝠洞。这个洞口宽有1米左右，高度只有50厘米左右，里头黑洞洞的，只有一点点亮光。以前早就听人家说，洞内有数百米长，进到洞里要用手电筒。后来老郑他们两个也来到了洞口，他们说不敢进去，我也没有进去。黄老师打电话来，他们在外边等急了，要我抓紧回去。我只好回去，但我心里已经萌生了再次光临蝙蝠洞的想法，并且要在近日实现。谁要是害怕，就不要跟我去了，哈哈。此后，老郑他们两个顺我们来时的路向万佛寺方向走去了，而我们五人则向山下走了。路有点滑，有个依姆摔了一跤，而且还擦伤了皮肤，还好没有大碍。

不一会儿，我们就下了山，来到通向南屿的水泥路的路边，刚好有一辆三轮车在那里等候，五个人12元。我们坐三轮车到了南屿路口，换乘82路回到市内，大约下午3点半回到了家中。

今天的唯一收获是收获了希望，那个看似不大却别有洞天的真正的蝙蝠洞吸引着我，我一定会在不久的将来去欣赏上天所赐予人们的神奇和美丽。

登鼓山绝顶峰

2010年11月14日

今日接到老郑"户外结伴休闲游"通知，说要去鼓山绝顶峰爬山。据说绝顶峰为鼓山最高峰，海拔969米，这个高度吸引着我，令我心驰神往。正如公告中所说的那样，在乍寒还暖的秋日，感受周末休闲的惬意，放飞思绪，绽放心情，探访绝顶峰，恰是一桩妙事。"海到无边天作岸，山登绝顶我为峰。"绝顶峰像一道黛青色的屏风，竖立在鼓山之巅。

赶忙给几个老师和同学留言并发短信，邀约他们一同去领略这大自然的神圣与美丽。可回复者甚少，最后在鼓山下院集中时，只有肖肖按时到达，小玲和张忠老师来晚了一步，当他们到达鼓山下院时，我们已经出发了。

我们一行8人（另8个人从马尾出发，约定在般若庵会合）先顺鼓宦公路上行，100米左右，到达小桥处，由小桥左侧上山，到达一分岔处，向右下方行。之后上行到达一个平台，他们多在平台上换衣。之后，上行，已经没有了台阶，多是我们最喜欢的那种登山道。几乎没有什么分岔，高高下下的，爬鼓山还是要走这样的路，景色秀丽，清静无声，恍如天外。不一会儿，便到了鼓宦公路上。出山道口，回头看，有一标牌，上写"禁坟区"，并无别的标志。稍事休息，沿公路上行，右侧有通向森林的小路，到第三条小路下行，就是通往杨树庄墓的路。一路要经过的景点有杨树庄墓（舍利院）、海会塔等。快到般若庵时，因为正在修路，要通过一段很难走的路；等到了般若庵，便可看到般若庵新建的双塔，听说还有孔雀什么的。就在双塔处，离开新建的公路，朝双塔面对的方向上山，就可以到达绝顶峰。

在通向绝顶峰的山坡上，树和草都很少，风却比较大。再往上走，就是山脊，更显几分荒凉。在山脊的最上头，有一块巨型岩石，岩石上有一个大脚印一样的小水坑，人们称之为"仙人足印"。从仙人足印处，仰望绝顶峰，那些标志性的建筑物——三个圆球、两个大锅赫然映入眼帘。我们从山脊上下到连接两山的山沟里，再朝向绝顶峰爬去。基本上找不到什么路，很多时候需要手脚并用，有时大家还要相互拉一下手。这才叫爬山。这样，时而在草丛中穿行，时而在光秃秃的岩石上攀爬，时而在迷惘中搜寻前行的道路，时而在高耸的巨石上歇足……那个巨大的圆球和铁锅就在眼前，但靠近它却是异常艰难。云雾缭绕中，如雨似烟，最后终于爬了上去，我们一边等人，一边休息、吃东西。在离大圆球不远的地面上，写着"886.2"的字样，估计是这里的海拔高度，估计一下，大锅的位置应该有900多米高。我们便顺着那段通向鼓宦公路的石块路下行，不一会儿便到了公路上。之后，我们时而沿公路走，时而走公路旁的小路，累了就休息。后来，一部分年长者坐车下山，我们是从鼓山景区下山的。昨天的醉酒尚未完全恢复，胃里觉得不舒服，早饭也没吃什么，腿脚酸软无力，但我还是硬撑下来了。

鼓山很美，绝顶峰更美。绝顶峰美在她的神秘、峻峭、巍峨和秀丽。

游长乐芦际潭森林公园

2010 年 11 月 20 日

今天跟183去游览芦际潭森林公园。183是一个比较专业的登山队，不过看样子人员构成也是参差不齐，老少不一，男女不论。前几天，看到"户外结伴休闲游"成员传智发的公告，还以为是他们的活动，就决定参加。其实只要是爬山、游泳，如果我有时间，都会去的。我这边联络上3个同学，包括我共有4个人。我最担心的就是在约定的时间赶不到约定的地点，因为我们这几个人大都住在城西，就是能赶上第一班车，也不一定能按时赶到指定地点。

我早上5点40分起床，6点下楼，6点7分就赶上了K3路，倒是挺顺。到了福祥社区等他们3个，大概在7点之前，几位都赶到了。我们就决定，如果能赶上就跟183一起去，要是赶不上的话，就自己另寻新路。在福祥社区换乘7路到鼓山下院下车，再换36路到闽安，还好，一路风驰电掣，8点20分左右，我们准时到达了约定地点。又等了大约半个小时，人到齐了，我们就坐船到对岸去。这个地方的闽江跟福州市内的闽江不同，江水浑浊，波浪翻滚，最大的浪头会有两三米高。坐在船头的人不小心就被激起的浪花打湿了衣服，船公也嘱咐人们回到船舱内。20分钟左右，我们就来到了对岸。在轮渡中，我们可以看到闽江左侧的一个景点金刚腿——一条中空的山岩一头伸向江水中，像一条巨人的腿，真是天造奇观。

到了对岸，坐4路观光车（金刚腿这里就是起点站）到芦际潭站下车。以后都有路标，先是顺着一条公路上行，到一个停车场的位置，右侧有一条由石条砌成的小路，那正是我们上山的路。芦际潭森林公园里的山路开发得很好，需要爬坡的路大都是用三角铁焊接而成的，像是新建的。山路紧贴一条小溪，路随溪转，溪引路行，曲折回环，绵延不绝，时而平缓如坦途，时而陡峭如绝壁。不绝于耳的是潺潺湲湲的流水声，还有队友关切的嘱托和鼓励。

总觉路到最顶峰，更有新阶在高处。

行歇缓急常有度，入出世间终在悟。

紧追慢赶，终于在一个叫作仙君宝殿的寺庙旁，跟先期到达的队友碰面了。在这之前，先是从登山古道下到公路上，然后很快从右侧的小路上行，不能顺公路走。在仙君宝殿处休息良久，之后就是顺台阶走，差不多一路下行。要经过登云寺，出登云寺，从村中穿过，走一段公路，出"大石爱乡"牌坊，往右拐，经后洋乡礼堂，不要一直顺土路走，往右侧拐，顺一条石阶路下行，就可看见来时的渡口。之后，就顺公路走到渡口。

从渡口坐船回到闽安，坐36路到鼓山下院，转7路车到宝龙，再转K3路回家。不能言累，求的就是这个效果。下周去的地方也许是鹰猫山。

　　昨日无期待，热望渐内生。
　　若悔在当初，般同照明灯。

森林公园休闲游

2010 年 11 月 27 日

今天星期六。我的研究生约定今天去森林公园游玩，最后成行的有罗锋、春秋、于萍和我4个人。早上8点在宝龙广场万象城一侧87路车站旁集合。今天的人好多啊，我们硬是挤不上87路车，只好乘4路到总院换乘91路，到动物园后再坐87路到森林公园南门。

森林公园的人也是很多，另外森林公园里头在进行大规模的重建，许多路都用绳子围起来了。我们进了公园后，就在那片桃林里穿行，后来找到了一片比较开阔平坦的草坪，就坐下来了，4个人刚好够一桌牌，我们就打起了扑克。刚开始的时候，没有太阳，天阴沉沉的，后来，太阳出来了，我们就沐浴在阳光下，觉得有点热，但还可以受得了，就这样打到11点半左右。

后来我们就去另外一个门口去找吃的，可找来找去，没有找到很合适的饭店，最后在门口外边的一家小店要了一些粉和面，凑合着吃了。饭后，就在花草中穿行，去辨识那些以前未曾谋面或叫不上名字的花草树木，又找到了一块地方，继续打牌，大约下午3点半回家。

今天发生的一件事情，使我心神不安，坐卧不宁。就在动物园等车的时候，我外甥打来电话说我妹妹早上晕倒在家里，现在正在县医院里抢救，说是颅内大出血，人处于昏迷状态，正准备做开颅手术。我外甥哭得话都说不成了，而我远在他乡，也爱莫能助，泪水在眼眶里打转。我妹妹只比我小一岁，她太胖了，我前几年就担心她早晚会出问题，可不曾想到会这么早。她处在昏迷当中，生命危在旦夕，可我这个当哥哥的却一筹莫展，只能在远方为她祈祷，保佑我妹妹能渡过这一难关。晚上我打电话过去，我外甥说，手术很成功，命是保住了，人还处在昏迷当中。我一颗悬着的心总算落了地，但我还是一直担心，她最终能不能扛过去，转危为安。妹妹呀，你怎么那么命苦呢？冥冥之中，我觉得她的苦日子才刚刚开始，我只能从内心深处祝愿她早日康复。

当我快要走进家门的时候，我终于忍不住流下了泪水。我父母双亡，关系最近的只有我和妹妹、弟弟了。她要是有个三长两短的，还会有谁念起我这个异乡客啊！

重游旗山森林公园

2010 年 11 月 28 日

今天周日，和黄老师以及他的外甥女、外甥女婿去旗山森林公园爬山。我们乘车从黄老师家里出发，先到南通果蔬批发市场转了一下，后去磜下上山。刚上山的时候，天空阴沉沉、湿漉漉的，像要下雨的样子，后来真的下起了小雨。路面上飘落的树叶都被打湿了，显得有些湿滑。旗山不知道爬过多少次了，每一次爬这条线路都有一种新鲜和陌生的感觉，总觉得路走错了似的。其实是草木山水在变，路在变，而人的记忆也在变。经过几次似曾相识的陡坡之后，终于来到了那条熟悉的平路上，黄老师的两个亲戚早就想打退堂鼓了，但他们最终还是坚持了下来。他们之前去过很多地方游玩，但只是游览景区，很少爬山。

经过两个小时左右的攀爬，最后到达了守林员的小屋，我们的老朋友——五峰林场的守林员老吴刚好在门口站着。我们在这里休息了一下，吃了点东西，大约11点半，老吴说要陪我们下去，并带我们走一条新路。这条路会近一些，也会好走一些。这时候，雨越来越大，要选择一条不是那么滑的路才好。

回去的路上，我们看到了一亿年前恐龙时代的植物——桫椤，还有火山岩，还欣赏到了剧毒的断肠草。老吴带我们走的这条路真的没那么陡，也不是那么滑，可黄老师还是摔了两三跤，可把老吴吓坏了，这些我们都司空见惯了。我们在郁郁葱葱的茂林修竹中穿行，空气异常清新，似乎在清洗你的肺并颐养你的眼睛。这条路的入口处有登山队留下的红布条标志。最后我们走到了磜下的另外一个入口，路上我们还挖了几棵滴水观音。滴水观音柄大叶阔，绿色盈盈。据说这种花极易成活，只要有水，即使没有土也行。尽管听学生说，这种植物可能有毒，可老吴却说这种花是无毒的，它的块茎可以食用。后来，我们就乘车返回南通批发市场，买了一些水果，之后，就回到了家里。

这一次一点也没有感到累，运动量显然是小了一点，贵在坚持嘛。

登笔架山

2010 年 12 月 12 日

今天周日。依约于早上 8 点来到宝龙广场，准备去南屿笔架山爬山。想着去的人不会多，估计顶多有三四个人。结果，我到达宝龙广场时，数一数共有 12 个人，还真是一个庞大的队伍，有至诚学院的赵立强，公管学院的马永祥、潘思钰、海燕、陈雪芬等同学。远水带多少人，我就不得而知了。我们立即从东南眼科医院坐 82 路车去南屿。这时候，已经是小雨霏霏了。当我们到达南屿时，还不到 8 点半，远水他们还未到。不一会儿，远水他们就陆续到达了。他们当中有开心、欣、宅鱼等，和我们加起来共 18 个人。

从南屿口到笔架山山脚下，还有相当远的一段路程，我们选择步行。穿过福州通往永泰的公路，有一条去芝田的小路，这个地方是城乡接合部，到处都是养鸡、养鸭、养猪的，臭烘烘的。路途中经过两个驴友的家门，他们都是当地人，由他们带路就好多了。路上还看到有两家种的仙人柱，有好几米高，从来没有见过这么高的仙人柱，还看见了一棵古老的榕树。之后，顺着一条弯弯曲曲的盘山公路继续走，最后来到了攀登笔架山的登山古道前。途中有分岔的地方，第一个分岔是向右拐，第二个分岔是左拐。山路不算很陡，由于天下着小雨，我们行走的速度也不是很快，大多数人都能跟得上，反而是那几个驴友被落在了后头。

四周是密密的竹林，飘落的竹叶和厚实的竹皮将登山的台阶遮盖得严严实实，还有飘忽不定的小雨，如丝如织，缠缠绵绵，到处是湿漉漉的空气、浓浓的山雾。望着远方忽隐忽现层层叠叠的山峦，我们犹如进入到人间仙境一般，每个人身上似乎都沾着一股仙气儿。一路走来，一路休息，远水为我们照了很多难得的照片，希望能把这种美好的回忆保留得更久一点。

当我们来到山顶时，时间大约是 11 点多。一边是通往山下的公路，一边是通往山头的山路。我们考虑到现在时间还早，完全可以冲击更高的山峰。此后的路就非常艰难了，说是路又不像路，说不是路却像有人走过的样子。还好，前一段路程还算不错，基本上是走对了，后来我们还发现了登山队留下的红布条。这使我突然想起数年前，我们在十八重溪遇险时也是被这种红布条引导的，最后却无路可走了。而这一次会怎么样呢？后来，布条真的找不见了，怎么找都找不见。我们还是不死心，有一部分队友想再去探探路，而另一部分队友却想打道回府。我最后同意，再去探探路，如果一个小时后还找不到路，就必须返回。这是老经验，爬山超过下午2点就必须沿原路返回，否则，就有可能会遇到危险。

后来，经过多次努力，还是失败了。那似乎是条绝路，也许登山队到了那个地方也没有再往前走了。周围都是树林，再往外就是一眼看不到头的深草，进到里头根本出不来。我的手也被那几厘米长的刺给扎破了，血直往手心里流，我只觉得黏乎乎的，得空儿一看才知道是出血了。

之后，我们决定立即返回。一路上，学生们没少摔跤，还好，因为都是土路，顺坡坐在地上，也不会摔伤。大家一路欢歌，一路笑语，奔下了山。回到原来有公路的地方，后面就是漫长的盘山公路。到了山下，雾也散了，天也不下雨了，可我们也累得够呛。

笔架山真的很美，美得如仙境一般，特别是雨雾中的笔架山。

溯溪鼓山情人谷

2010年12月18日

今天周六。早就听说鼓山有个情人谷，就是不知道具体在什么地方。今天由远水他们陪同一起在情人谷溯溪，真是难得的好机会。福大这边有张老师、黄老师和我，休闲游群那边有远水、宅鱼、星雨、兰茜、羊肠小道和另外三位年过花甲的老人。昨天下午专门去户外店购买了燃气灶和一个登山用的背包，今天刚好派上用场。

早上6点30分左右起床，准备一下，弄点吃的，坐上车的时候已经是7点22分了。之后，经过了多次转车，还算不错，终于8点30分在约定的时间赶到了鼓山下院游览图前。又等了一二十分钟，张老师和黄老师他们陆续赶到。人齐了，我们就沿着鼓山最左侧的登山道（也就是传说中的松之恋）上行。大约在第

500个台阶（有标志）处，旁边的电线杆上的编号是"026"，向左侧的小道拐进。这一段路的特点是山上所有的树长得细高，并且都一溜儿地向山下倾斜。穿出这条小道就到了情人谷了，不必说，以后的路都是顺着情人谷穿行了。

情人谷是一条穿行于鼓山之中的山溪。据说，雨水偏多的季节，比如说七八月份的时候，溪水会非常大，在溪旁行走会更危险。那时候，许多本来可以踩的石头被掩埋在水下，人们只能顺着崖边攀爬。而现在是枯水期，情人谷里只可以看到一丝细流沿溪而下，时而聚合成水潭，时而钻入地下，不见了踪影。情人谷里是没有什么路可走的，只能沿着人们留下的依稀可辨的足迹摸索着前行，时而在沟底蹒跚而行，时而绕到溪旁的山上。最令人担心的还是那几位老人，劝他们走更好走的路返回，他们不肯，他们克服困难的勇气令人赞佩，但他们行走的速度影响了整个队伍的行程。我们找到了写有"情人谷"三个字的那块石头，用带来的笔和油漆把"情人谷"三个字认真地重新描了描。此后，有两三处很难走，绳子也用上了，但效果不是很好，年轻人几乎没有什么问题，女同胞和三位老人困难就大了。我们要想办法把他们一个个拉上来，有的时候实在不行，就从旁边的山上绕过去。大约11点半的时候，在离"情人谷"三字不远的一块非常大而平整的石头上用餐，有肉吃，有地瓜烧喝，还有方便面吃，感觉不错，最后大家都吃了个肚圆。然后呢，还有茶喝，真是一派休闲气象。这条情人谷也许长不过3公里，我们却走了几个小时。到达终点的时候，估计是下午3点钟左右，从鼓山上的台阶走下鼓山，坐上公交车的时候已经是下午4点了。

听他们说，经常有成双成对的情人走进情人谷，在大自然宁静温柔的怀里尽享美丽的爱情。情人谷沟底那些裸露的奇形怪状的石头和两岸绿意融融的丛林形成鲜明的对比，俨然一幅美不胜收的山水画，而汗湿衣襟的你我恰好是她不可或缺的点缀。正如诗人卞之琳一首诗中所说的那样："你站在桥上看风景／看风景人在楼上看你／明月装饰了你的窗子／你装饰了别人的梦。"

☀ 2011 年 ☀

倒走森林公园—叶洋—升山寺一线

2011 年 1 月 9 日

今天，依约于晨 8 点在新店浮村集合，按远水安排，今天取消原定的去贵安泡温泉的路线，改为走森林公园—叶洋—升山寺一线。随行人员有远水、羊肠小道、宅鱼、老黄、陈枫和我 6 人。

先顺新店永辉超市右侧的大路直走，出村就是动物园，过翠湖山庄，就到了森林公园南门。进南门，顺溪右侧柏油路前行，到公厕处，向左转，有一小桥，过桥就是通往叶洋的土路。这条路像是被改造过，路底下好像埋了什么电缆。最初的一段不如以前好走。在接近森林公园的地方，可以看到右侧有很多的荔枝树，还有几棵杨梅。再往前走就是一眼望不到头的竹林。这时候路就好走多了，还可听到来自右侧那即将干涸的溪底发出的潺潺湲湲的流水声，那声音跟竹林里微风吹动的声音混合在一起，便分辨不清哪个是流水声，哪个是风吹竹林的声音，那是大自然最动人的二重奏。到了前面小桥的地方，我们在那里休息、拍照。过了小桥，再往上走就是那个小屋，屋前有几棵大树，还有一块平整的空地，我们又休息了一下，再往上走差不多就是平的了。我们顺着山路走出了山沟，来到了叶洋村。在一农户家里休息、煮饭、喝茶。大约午后 1 点开始出发，一直顺大路上山，不用走小路就可到升山寺和叶洋的分水岭。翻过分水岭的一段路好像也被修整过，比以前宽了许多，但我还是觉得以前的羊肠小道好走。此后就是一溜儿的下坡路，很快就到了升山寺。我们在升山寺内转了一下，就顺台阶路下去了。我们对台阶路左侧的铁丝网围墙产生了兴趣，后来想到可能是动物园，就试着从一个缺口处钻了进去，不小心我的裤子被挂破了。在遍布荆棘的杂草中摸索着前行，最后终于来到了大路上，确认就是动物园。我们就在动物园里到处游逛，看到了狼、老虎、狮子、野猪、蛇等动物。最后我们出了动物园，大家分头坐方便的车回到了自己的家里。我到家的时候大约是下午5点。

大自然是如此美好，可是我感觉到那些美好的自然环境正在渐渐减少，渐渐消失，渐渐地远离我们。我们怎么样才能延缓或阻止这一进程呢？我思索着。

穿越马尾小桂林

2011 年 1 月 16 日

今天周日。早上 5 点 40 分左右起床，做饭，吃饭，6 点 16 分坐上 K3 路到于山下车，6 点 46 分在新权南路换乘 73 路，到达马尾君竹环岛时，还不到 7 点半。一边打听一边走，找到了阳光部落的集合地点任氏祠堂。这时候离他们约定的最后集结时间 8 点半还早，我们就在附近闲逛，参观了一下旁边的老人馆，还有有名的任氏祠堂。根据福建省所授的牌子上记载，这座祠堂是福建尚存的著名祠堂之一。门口有两个石狮，祠堂内空间很大，前面是一个戏台，后面应该是个很大的观众席。祠堂内雕梁画栋，墙壁上挂着国内外任氏名人的照片，其中有一幅任氏后人与美国前总统卡特的合影，我想应该是蓬荜生辉了吧。

差不多 8 点半的时候，登山的人们已陆续来到。阳光部落的主要成员照相，我们就在旁边看。接着，就从任氏祠堂左侧的胡同进去，往右侧前行，从两条高速公路底下穿过，顺着石砌的台阶，一路上行，很快就可在左前方看到一座山顶上的巨石——娘娘髻，所以也有人把这个景点叫作娘娘髻景区。此后的一段路好像被破坏掉了，断断续续的样子，有时候要顺土路走。接着就来到了一块很陡的石坡上，下面就是一个小水库，石坡上有两块巨石，感觉快要滚落下来似的。在石坡上稍作休息，就从左前方的小路走，最后来到了被称作君竹溪的地方。到这个地方路很难走，改向上的方向。后面的大队人马没有跟上来，他们走错了方向，最后比我们晚到目的地 40 分钟。但听他们说，也算因祸得福，他们开辟了一条新路，他们当中的部分人还登上了一片瓦。我们在矮树丛中穿行，在一个石头与另一个石头之间跳跃，很快娘娘髻巨石就出现在我们的眼前。石头下面还有个洞，我们没有时间去洞内参观，就害怕跟领队的走散了，走不到目的地。后面还可以看到正前方的卧狮，右侧的一片瓦，左侧的莲花盘，还会经过棺材盖——其实是一块大石头而已。有时候路会很陡，还好，旁边有很多树，可以抓住树，往下滑行，就是摔一跤也无大碍。阳光不时地会照进来，越往上走风越大。到达一个山头时，要选择往左侧的方向，不一会儿就到了一个废弃的村子——珍珠村。有两排石屋，看上去以前应该是很漂亮高大的，现在都没有了房顶。我们就在这里休息，烧水，煮茶，吃东西，等人。这里尽管有太阳，但风还是很大。大约20分钟后，听说后边的人快要追上来了，我们就出发朝旺岐水库方向走去。很快就到了旺岐水库，水库的水很清，风也很大。不一会儿，大部队都跟上来了，有六七十个人，都在水库旁边埋锅造饭，下午1点半左右分批出发。因为大家的兴趣不同，就选择了不同的方向。我们原打算去小桂林，就朝小桂林方向走。可是，带队的人对这条路线并不熟，所以我们只好摸索着前进。我们来到另一个山头时，就可以看到左侧的小桂林了，但听孟伯说，现在是枯水期，小桂林没有水，不会很好看。我们只好作罢，改变原定的方向，并随大部队前行。以后，我们就找不见路了，但大致方向不会错，就硬闯出一条路来，并留下了红布条作为标记。不一会儿，我们就找到了通往马尾的那条熟悉的小路，后来有个分岔，一条是通向马尾的，一条是通向下德的。我们选择了去往下德的路。最后走到下德，坐58路车到下院下车，大家伙儿分手。我接着坐97路到于山下，有一辆K3路刚走。好冷啊，因为身上出过汗，感觉要感冒了。还好，顶过去了，没有感冒，哈哈。回到金山赶紧吃了碗拌面、扁肉，就感觉暖和了许多。

以前听人家讲，马尾有300多条路可走，今天总算是领略了一番。山上分岔的路很多，另外马尾的山跟旗山又有不同，会有一些巨石突兀而起，有的山非常陡峭，可谓怪石嶙峋，重峦叠嶂。除秀丽外，增加了几分险峻。听说下周日的登山线路还是马尾，我期待着、期待着。我相信，只有将一个人的生命与这秀丽的山川紧紧融合在一起的时候，才能真正明白人生的真谛。

找寻古寺西来院

2011 年 1 月 29 日

今天周六，阴。原来跟朋友们约好去旗山森林公园，可天气预报说这几天天气不好，可能有雨，所以只好取消了。可今天早上 8 点起来的时候，觉得特别想动一动，看看外边的天气，好像也没有要下雨的样子，我就打定主意出去走走。一边收拾行李，一边想着今天要去哪里呢，最后决定再去找寻一下古寺西来院，它像一块魔石一样吸引着我。

9 点钟出门，吃早饭，坐 K3 路到祥坂路口下车，换 93 路车，刚上车时的时间是 9 点 46 分。到了鳝溪站下车，感觉不大对劲，现在的站点好像跟以前不大一样。在旁边探索了一下，发现是往鳝溪公园（以前去过的）的方向。到对面看看也不是原来的样子，只好顺着公路向相反的方向走。方向是没有错的，可惜的是我右拐得早了一点，抓着钢管焊的栏杆，登上了好像刚刚着过火的山头，到处都是黑黑的，没有一棵树、一根草。我估计我的左侧不远的地方就是以前我们常登山的鳝溪登山古道，所以并不担心会走错方向。结果，很快就找到了正确的路，这条路是我非常熟悉的。按照远水给我的材料上记载的，应该是到了 3000 米处再向右拐，就可以到达西来院。

这一段路就不用怎么描述了。先过那两棵大榕树，好像叫什么山庄，接着就是一个亭子，估计就叫作半山亭。再往前就是风秀亭，很快就到了知止亭，可传说中的武圣庵却一直未曾看到。到达知止亭时，大约是 2200 米。说得这么轻松，可我走得却没有那么轻松，一是一个人走路，没有同伴，没有人鼓励，没有同伴的欢笑，另外也是因为有一段时间没有走路了，觉得累得不行。可我还是听到我身后有一个女的，手里拿着一大包吃的，她低声说了一句：从部队里出来的就是不一样。咳，谁说我是部队出来的？就算是吧，其实我也是硬撑着呢。到了分路村本来是可以直接右转去鼓岭的，可我没走过，没有把握，还是像以前一样沿着向上的路走到公路上，再折回去鼓岭的古道。后面的路就好走多了，一路上都在找 3000 米的那个标志，可等到了鼓岭，上公路时才看到路边有个 3000 米的标志。可所谓的菜地着实不好找，我就向当地的依爸打听。这个依爸真是不错，他告诉我，到西来院有好几条路，一条是以前我们走过的从柯坪水库上去再右转，另一条是刚从鳝溪上来时那条刚修建的石阶路，再一条就是往上走50米左右，有一段铁栏杆的尽头有一条小路也可以通向西来院。菜地那个地方本来也有一条路，但可能现在已经荒掉了。

谢过依爸后，我就朝着那段铁栏杆走去，下去之后，有很多分岔，根本分不清哪条是正确的路，最后可以断定沿着右侧的路走就对了。中间要不断地穿过一条小溪，回头还可以看到鼓岭上面的楼群建筑。不一会儿就到了一条更大的小溪，向右侧看，可以看到有新修的石阶路，估计就是从分路那边延伸过来的，到这个地方就到头了。顺溪左侧向上走，基本上不离开溪，很快就要过溪，向山上走，通往山上的路还是不错的，就是估计前几天刚下过雨，有些湿滑。又走了很长一段时间，感觉又饿又累，但这里前不着村后不着店，到处湿漉漉的，也找不到一个坐的地方，只好坚持着向前走，想着到了西来院再吃东西也可以。

再往前走，像是一片开阔地，没有什么树了，到处都是茅草，好像到了山顶一样，头上的天似乎也大了许多。路也不怎么容易找到了，到处都是牛粪。我顺着左侧的小路上行，可以看到右边到处是小水坑，像是到了沼泽地一样。我走到尽头的时候，发现前面是一片沼泽，无法再往前走了，只好退回来，再往上走。路上有很多泥巴，有人的脚印，但更多的是牛蹄子印。正走着，猛然抬头，一个庞然大物挡住了我的去路，一双惊恐的大眼睛直勾勾地瞪着我，着实把我吓了一跳。原来是一头老牛，老牛的脖子上还挂着一根缰绳。我只好小心翼翼地从它旁边绕过，就担心它那又长又尖的牛角会向我冲过来。我觉得西来寺应该就在附近。正想着，抬头一看，看见前面有一个泥塘，有一些鸭子在里边游动，泥塘旁边有一间破房子。再往前走又看见几间破房子，有几个人在房子前面坐着，其中有个身着黄色僧衣的人，我想那个地方可能就是西来院了。因为听别人讲，西来院早已不复存在。正想着走着，突然一群狗向我冲来，尽管那边的人一直在叫他们的狗回去，但这群狗似乎对我这个陌生人很感兴趣，一直紧追不放，我只好不停地挥动柴刀，且战且退。真让人扫兴，到底是不是西来院也无法确认。后面是一条机耕道，不久，就是一个三岔路口，一个向下，一个向前，一个向右。向前的那个，是通向一个农庄的（上写"宜夏树容吉农庄"），应该不适合进去，我选择了向右走。往上走了大约300米，看到前面的山头上有一处建筑物，还没有弄清是什么地方，又是一阵狗叫声，不一会儿就顺路追了上来。我赶紧回头走，又回到了那个三岔路口，狗群倒是没再追过来。我就在"容吉农庄"破旧的大门口坐下来休息，吃东西。填饱了肚子，我想着再从"容吉农庄"里穿行看看能不能走过去，现在的目的就是返回福州。这个农庄几乎空无一人。我先顺路走，差不多走到最里头的时候，向右转，有一条不错的山路，峰回路转，不一会儿感觉到了一条我很熟悉的路上，可能就是从柯坪水库通向鼓山的那条小路。最后我顺着这条路走出了鼓岭，到了最高处的通向积翠庵、白云洞、鼓山、鼓岭的会合处。因为我还没有从这个地方走到过白云洞，这次就想试一下，看看怎么走。就按照指示牌指示的方向走，没错。先经过观音洞，接着是白云洞，后面是金刚石，再往后就是积翠庵。出埠兴村，穿过三环路、高铁，再走到福兴路上，向鼓山方向走，就可以找到7路车的站牌。坐7路车到宝龙下，换K3路回家，到家的时候刚好是下午5点10分。

在车上休息一下，感觉不那么累了，只是感到非常冷，可能是出汗的缘故，另外身上穿的衣服也比较少。这应该是我第二次独自一人出行了，胆子倒是大了不少，但那种孤独感还是明显的，特别是遇到这种阴冷潮湿灰暗的天气。我喜欢有更多的朋友。漫漫人生路上，有朋友做伴，一定会给你带来无限的欢笑与快乐。

穿越龙门—鼓山绝顶峰—十八景一线

2011年2月7日

今天是阴历正月初五，晴。早上7点26分坐上K3路，到于山换乘73路车，到达龙门站的时候才8点20分，比约定时间9点整整提前了40分钟。也许因为今天是正月初五吧，外出的人不是很多，公交车上空空的，找个座位不成问题。汽车飞速地前进着，你可以看到，没有人拉的拉手在跳着有节奏的、欢快的舞蹈。等到了龙门，看到心雨跟她老公已经在那里等着了。在龙门站等着的还有别的登山队的人，我跟他们并不认识。又等了一会儿，远水他们到了。到9点多一点，大家基本上到齐了。只有兰茜她们几个人因为出来得太迟了尚未赶到，远水留下来等他们，我们就先出发了。

横穿公路到对面龙门村的小街道里买了吃的东西，顺着街道向前走，可以看到村民在菜市场外边的空地上悠闲地聊天，晒着太阳。我们穿过人群，向街道的另一头走去，走到街道的尽头就是一条上山的路，第一个分岔是向右走，之后的两个分岔是向左拐。其实听他们说，无论走哪条道都能走到龙门水库。路很好走，有的地方有台阶，有的地方就是走在裸露的石头上，两边的景色还算不错。我们不时地看到左侧远方的绝顶峰上面的标志性建筑物——大圆球和大锅，差不多也是我们今天的目的地。水库里没有多少水，过了水库，顺着水库左侧的路往上走，用不了多久就到了有名的般若庵。我们在般若庵里休息了一下，又一次参观了庵内的一些景点，还看到了一只孔雀在塔顶上悠闲地漫步，不时发出嘎嘎的叫声。

从般若庵后面的山坡上往鼓山绝顶峰走，都是以前走过的老路了，不用再做重复记述。只是感觉这一次走得比较轻松一些，因为上一次是酒醉之后爬山的，觉得腿都是软的。到了接近绝顶峰的时候，好像走的路跟上一次不太一样，这一次好像没看到有什么便衣在值守。我们在那些大锅和大圆球旁边逛来逛去，我就是不敢动手摸一摸，害怕上面有电，哈哈。到了大门口，大门却被锁上了，我们只好顺着一垛矮墙，由另外一个生锈的铁门上爬了下来。之后，就是沿着公路和公路边的山道下山，等到了情人谷尽头的那个小桥处，开始埋锅造饭，又是吃饭，又是喝茶，好一番热闹景象。大约下午3点钟继续出发，到涌泉寺前的军嫂饭店门前向右拐，就进了十八景。十八景的这一段围墙倒塌了，也没人维修，这样出来进去就没人管了。十八景我以前从来没有进去过，听说要买门票，从这里进去就免票了，哈哈。跟着大家一起走，就顾不上去欣赏那么多的景点了，只是顺路看了几个景点，很快就出了十八景景区，沿着松之恋山道出了鼓山。到达鼓山下院的时候大概是下午5点，腿都走酸掉了，坐上6路车到宝龙换乘K3路回到了家里。

今天的收获主要是走了两段新的路，一是从龙门到般若庵这段路是以前没走过的，另外一个是十八景的这个入口也是以前没走过的。立春已过，春暖花开，朋友们，打开你紧掩的房门，拥抱这美丽的春天吧。

再走磜下—五都林场小屋—状元帽一线

2011年2月13日

今天周日，阴历正月十一，阴有小雨。大约早上7点10分出门，7点半左右吃过早餐，到金山公园北门坐47路到金山公交停车场站下车，到路对面的葛屿村换乘82路到南屿口下车，其实到旗山路口会更近一些。刚离开金山的时候，只看到地面上有一片片被雨水打湿的地方，但是没有积水，天上飘下丝丝的细雨。当到了南屿的时候，天阴得很重，小雨一阵紧似一阵地扑向路面，扑向路上的行人。我到南屿的时候还不到8点，就站在小商店的门口等，冷风穿透我两层单衣，感觉到老天实在不够意思。不一会儿高山来了，他年龄和我差不多，但长得结实，比我身上的肥肉少。再后来是马尾的两个驴友，其中一个女中豪杰是平淡是真（网名，下同），她在今天的爬山过程当中一直冲锋在前。再过了一会儿，远水、宅鱼、羊肠小道，还有一个光头大叔不知道叫什么名字，都到齐了。我们就租车（每人5元）到磜下，之后就开始冒雨登山了。

今天来登山的人走过这条路的应该只有我一人了，平淡是真也走过这个山，但不是这条线路。远水让我领队，我真担心如果把路带错了，那多对不起大家呀。还好，因为此前我在此路上已经走过六七趟了，大体上还记得有好几个分岔，差不多选择向上的分岔就对了。每一次走这一段路都是最累人的，因为海拔高度是在迅速地增高，当到了机耕道时，最困难的路程基本上已经走完了，之后，基本上都是缓坡。这时雨下得越来越大，大家都拿出了雨衣呀、雨伞什么的，我懒得从背包的底部拿出雨伞，结果到了守林员小屋的时候，上衣几乎全湿透了，但因为一直在走路，也不会感觉到冷，只是休息的时候才觉得全身快要冻透了。守林员老吴不在，房门锁上了，我们只好在屋子前面埋锅造饭，稍作休整。11点45分开始出发，20分钟后到了水库，过桥后在路的右侧找到一条通向壮元帽的小路，但不敢肯定，方向基本不错，结果还好，使我们至少节省了半个小时，就到达了壮元帽。先走那条小路，再走机耕道向上，很快就到了指向壮元帽的台阶路。那个台阶太陡了，走起来实在是累人。我们终于来到了壮元帽，也许官方的名称就叫作"大岩顶"。壮元帽上有一个三层的亭子，我们来到最高处，稍作休息，风大太冷，赶紧下到一楼，并迅速离开此地。之后，一直顺台阶走下去。一路上，我们一会儿被浓雾环抱，看不清前行的路，一会儿云破天开，亮丽有加。更远的地方是看不到的，你最多只能看到百米之内的山头上、山腰间紫烟乱渡，缭绕回环。壮元帽高大挺拔的峰顶以及峰顶上的小亭时隐时现，招引着我们奋力向前。

我们很快就来到了双峰村旁边的一个小自然村，远水跟当地的朋友联系了一辆车，每人15元就可以到南屿口了。雨还在不停地下着，似乎并没有停下来的意思。

在雨中等待着车的到来，好冷啊，里边的汗水跟外边的雨水结合在一起，被风吹透了，浑身上下似乎结了一层冰。很快车来了，我们就出了双峰村，出了景区大门。车子晃悠了1个小时，我们终于来到了南屿口。大家坐上了82路车，之后如鸟兽散，各自回到了自己的家里。

太多的雨中风景，太多的爱的回忆，让这冷冷的雨永驻吧！

三探绝顶峰：走龙门—般若庵—涌泉寺—绝顶峰一线

2011年3月5日

今天周六，阴。早上6点40分左右起床，外出吃早饭，7点20分坐上K3路车，到于山站下车，刚好碰见黄老师。我们一同去新权路南门站坐73路车，8点左右到达龙门站，远水已在此等候。

等人到齐后，就出发了。从公路下面的隧道里穿过，就是龙门村。龙门村里已经是非常热闹，卖菜的，卖饭的，挤满了道路两旁。我们穿过街道，直走，从一个小胡同里穿过(要是往左右拐都是错的)，顺台阶上山。这条路已经是第二次走了，第一个分岔处选择向右的方向，后边两个分岔都选择向左的方向。很快就到了龙门水库，没有休息，直接往上走，到了般若庵。般若庵内的孔雀真多啊，刚好看到一只孔雀正在开屏，煞是漂亮，还可以听见其他孔雀的叫声。

从般若庵左侧绕上去，就到了刚修好的水泥路上。以前我们是从右侧的山脊登上绝顶峰的，这次我们选择的是走涌泉寺一线，所以沿水泥路往下走。走数百米远，看到右侧有上山的栈道，这就是有名的涌泉寺栈道。栈道修得不错，只是个别台阶上的木板因年久失修有些腐朽了。黄老师说，这个栈道是沿着一个断裂带上行的，还挺长的，并且还很陡。栈道的顶端就是早就听人说过的喝水岩。这个地方到处都是摩崖石刻，还有一个老和尚修炼的画像。再往上一点有一个茶楼，问喝水岩在什么地方，说在隔壁。隔壁是一座小庙，没看见哪里有喝水岩，可能是被那些幢幔给挡住了。我们来不及细看，就跟着大部队出发了。中间在一个石亭子里边休息了一下，吃了一点东西，接着走，很快就出了涌泉寺。这个地方有两条路，一条是向右平行的，远水说是另一条通向绝顶峰的路，但只是到达绝顶峰的山腰间，这条路的另一头我是知道的。另一条路就是我们今天要爬的路，直直向前走，路迹不是很明显，因为都是石头，要仔细辨认才行。反正不会走错，因为头顶上就是绝顶峰上的大圆球和大锅。

这一段路好陡啊，我跟黄老师被落在了后边。一是黄老师有一段时间没爬山了，可能体力尚未恢复。我也感到有点虚，可能是跟这段时间的减肥计划有关，早上也没有吃什么主食，因为担心时间来不及，随便吃了几口菜，所以胃里没货，心里没底，腿上无力，总觉得腿软、心慌。在那些草丛、矮树丛、石丛中艰难地攀爬，后来，在接近绝顶峰的一个大石头上休息，吃东西。再后来就来到了山顶，这次我们更可以近距离地接近大圆球、大锅，还看到了林则徐等名人留下的摩崖石刻，有照片为证，这是我们第三次探顶的最大收获，绝顶峰的神秘面纱将被我们揭开殆尽。我们在绝顶峰上转来转去，觉得十分新奇，照了不少照片，可我也累得够呛。后来就是沿公路下行，经过三段小路，到达情人谷上顶端的小水库处，煮饭，吃东西，喝茶。再之后，我跟黄老师等人穿过十八景景区，下鼓山，坐7路车，到宝龙下，转K3路回到家里。

我不知道还有没有更多的攀登绝顶峰的路了。绝顶峰真的不错。海到无涯天作岸，山登绝顶我为峰，在人生的道路上，我们应该爬得更高，走得更远。

拜谒柯洋仙峰

2011年3月12日

今天周六，阴。晨6点20分左右起床，在大门外面吃早餐。坐95路到福大新校区北门前一站（招呼站）下车，到永辉超市前的汽车站坐去往闽清的长途车（15元），8点左右到达闽清梅花园站，买吃的喝的东西。在此地换乘通往池园的汽车，到池园下车，租摩托车到柯洋仙峰，半路上下车，步行，一个半小时到达柯洋仙峰。池园盛产一种特殊的土，叫陶瓷土，所以是福建有名的瓷器产地。一路上可以看到很多大卡车，车上装载着这种泥巴，灰白色，质地细腻。这种土跟一般的土就是不一样，用途大了，当地人就是靠这种资源发财的。从池园到柯洋仙峰，一路上坡，摩托车在陡峭、弯曲的山路上蜿蜒而行，心里着实有几分害怕。靠近山下的地方，山坡上光秃秃的，就是一些野草，也种了一些小树苗，有的只有几寸高，但还是种上了，有的是松树，有的是桉树——就是那种看上去好像没有树皮的树，马尾的一些地方这种树比较多，长得很高大，树干上像糊了一层水泥一样光溜溜的，没有分叉。越往上，感觉山上的树多了起来，看上去绿油油的。路两旁，可以看到一座座废弃的祖屋，又高又大，有的有些破败，可大部分还是非常完好的。听当地人说，这里原来住的人大都搬到山下去了。年轻人去打工，老人老了，也不能干了，没人种田，田都荒了。

刚开始的时候，担心天会下雨，到了山上，天渐渐放晴，后来竟露出了太阳，心情也好了许多。柯洋仙峰上有一座小庙，看来香火还不错。这个地方应该是附近最高的地方了，站在小庙的院子里可以看到四周的景色，可以看到坂东等村镇，道路四通八达，在雾蒙蒙的视野中伸向远方。我在小庙前后照了几张相，吃了点东西就招呼摩托司机上来接我了。下午3点回到池园，4点到达闽清，5点就回到了福州。今天一点都不感到累，只是中午习惯于午休，不睡觉感觉有点困而已。我以前曾跟黄老师一起去过白岩山，那还是从永泰的姬岩穿过去的，都是很不错的景点。闽清还有一个不错的去处是白云山，只能再找时间去了。

走马尾任氏宗祠—娘娘髻—旺岐水库—清娘洞—盖源景一线

2011年3月13日

今天周日，阴转晴。早6点20分起床，来不及吃饭，6点53分坐上K3路车，到于山站下车，因为73路临时改线，差点找不到73路的站点。新权路南门站暂取消，最近的一站是五一广场（协和医院）站，还好，没花多长时间就找到了五一广场站。车几乎是空的，座位很多。黄老师、福平、美平先后到达，我们一行4人坐上73路车，8点19分到达君竹环岛站。在路旁的商店里买了一些食品，就向任氏宗祠方向走，路上碰到霜叶二人；到了任氏宗祠，远水他们已经先期到达。大约9点40分开始出发，前一段路是走过的，基本没有什么大的变化；上来后，沿水管走，再下到左边的工地，这一段路跟以前的不同，这次不经过那个水库旁，只是从水库左侧的小路上山，娘娘髻位于我们的右侧。可以说通向珍珠潭的路至少有两条，一条是我们上次走过的，要经过娘娘髻，还有我们这次走的，还有一条，不是很确切，就是一片瓦那条路。

途中可以看到娘娘髻就在我们的右侧，还有那个山脊上的棺材石，还可以看到右侧远方的一片瓦。周围的景色非常漂亮，绿树成荫，草色青青，奇形怪状的石头星罗棋布。游人们都在发挥着自己的想象力，给它们取各种各样的名字。脚底下的石头都是那种表面很粗糙的石头，很防滑。遇到不好走的地方，大家都会相互照顾一下，拉一拉，扶一扶。后来就来到了我们以前走过的路上了。到达了珍珠潭后，几乎没有休息，就直接去了旺岐水库。到了旺岐水库，看到水库里的水几乎枯竭了，跟上次来的时候大不一样。阳光群带队的说不在这里煮饭了。后边有两条路可以选择，如果走小桂林，很快就可以下山，如果走清娘洞还需要一个半小时左右的路程。我们在水库边的草地上迅速地吃了一些东西，就跟着大部队出发了。去清娘洞的路就在水库旁边一个相反的方向，路很好走，就是有些长，一路上可以看到被砍伐过的树桩、沼泽、废弃的石屋、养鸭的水塘，最后穿过几个高压线杆，顺石阶下行，就来到了清娘洞。大家伙儿陆续赶到，我们就在这里埋锅造饭，按往常的习惯还会休息一段时间，喝点茶什么的。今天霜叶家里有急事，我们一行7人，由平淡带路提前返回。由清娘洞下行，到山沟对面，向公路方向走，不走公路，在左侧乱石中找到上行的路，一路上行。后来还遇到了一个分岔，不选择往下的分岔，走往上的石阶，最后来到了公路上。到公路对面，找到下行的小路，一路下行，来到了本次爬山的出口——盖源景。出盖源景，顺公路向右侧走，找到站牌，坐上73路，到达鼓山下院，各奔东西。我仍在于山站下车，转K3路回家。到家时间还早，大约是下午3点30分。

今天的路程是够远的了，但也不会觉得太累。可喜的是，今天走的路大部分是我以前没有走过的，所以感到新奇刺激，应该说收获颇丰，希望以后多走些没有走过的路。

重走情人谷—白云洞一线

2011年3月26日

今天周六，阴。约好早上9点在鼓山下院集合，所以早上不用起得那么早。大约7点起床，弄点吃的，收拾一下东西，约8点上K3路车，到福祥社区换112路，可112路太慢了，绕得也很远，先走工业路，再走国货路，再拐到鳌峰路，最后来到福马路。当我到达下院的时候已经是9点6分了。阳光学院的吴婷婷已经先期到达，公管学院的几位同学随后也来到了。黄老师发来短信说，今天有朋友相约不来了。我们一行8人就出发了，其中有吴婷婷、郑增良、曾雪姣、谢萍、谢锦刚、汤惠龙、界文涛和我。

　　从鼓山左侧登山道上去，找到26号电杆，从左侧的小路横穿过去，就可以走到情人谷，中间仍然要穿过那片神秘的斜林，路上还要小心不时出现的"臭粑粑雷"。到达小桥的位置，也就是情人谷的开端了。在情人谷里走，路是很多的，你不用太在意哪条道是对的，哪条道是错的，只要不离开这个美丽的山沟沟就不会出错。一进入情人谷，大家都在赞叹情人谷的美了。情人谷里静静的，安静得像天堂上的伊甸园。那些裸露的巨大的石头向上延伸着，不知伸向何处去了。一袭细水，如丝如织，清澈晶莹，如飘忽于山间的丝带，你会担心它会不会被一阵突如其来的山风吹得不见了踪影。往两侧望去，灌木丛铺满山冈，野草簇拥着、纠缠着，绿意融融，翠艳欲滴，装点着这画中的人们，守候着永恒的信念。爬情人谷，是要手脚并用的。有人说，世上本无路，走的人多了就形成了路。这话自然容易理解。可一个同学说，世上本有路，走的人多了，路就没了。这话却令人费解。后来他解释了一下才明白，其中真有几分哲理。情人谷里的路是时隐时现的，有时要靠直觉，有时要碰运气。走了情人谷，你就明白了摸着石头过河的真正含义。走了一段路，果真头顶飘起了雨丝，那雨滴轻盈盈的，只会在你的目光和绿色的山林间闪现，一如情人的心思，随之飘向远方，恰如一首乐章中的美丽的点缀。它曾经照亮你的人生，之后却永远消失在纷繁的记忆里。

　　不久，大家来到了"情人谷"三个字跟前，照相留念。后面的路依然漫长而艰辛，一不小心就会摔跤。大家相互帮扶着，向更高更远的地方前进。汗湿衣襟，气喘吁吁，腿脚酸软，休息肯定是需要的。11点多的时候开始休息，用餐。不过时间久了，就会觉得身上有些冷。今天的情人谷里，气候真是特别，中间曾看到了几次暖洋洋的太阳，明丽的阳光照在这如梦一般的情人谷里。这变幻莫测的奇观，这不期而遇的缘分，你难道还说这不是仙境吗？

　　后边还要继续赶路，我们上次来情人谷的时候所经历过的那几个难点，对这些年轻人来说，几乎是小菜一碟。他们不费吹灰之力，都一个个如蛟龙猛虎一般，冲在了前面，把我这个半大老头甩在了后头，真是后生可畏呀。你不得不承认，年轻就是一种最有力的资本。我们很快就到了情人谷的另一端，有个同学说，我要留下这最后一口气，冲上去。出口处，有许多人在围观我们，好像我们是不小心从动物园里偷跑出来的野兽。同学们调皮地说：我们被众人围观了一次。

　　从情人谷出来，我问他们是要打道回府，还是再去别的地方看看。他们大部分人觉得还不过瘾，还想再走走，我就说那就去白云洞。我知道他们已经累了，只是出来一次不容易，另外，现在时间的确还早，大概是中午12点多一些。去往白云洞可以走三段山路，这样可以节约大量时间，可我们只走了一段山路，部分人就受不了了，最后我们还是选择走公路，走公路尽管慢一点，可不用那么吃力。路上结识了一位老先生，今年都70岁了，皓首苍颜，身体瘦小而灵巧，走路健步如飞。他说，他没有去过白云洞，想跟我们一起去，我们就搭伴而行。白云洞我已经去过无数次了，就不想再写什么了。我们大约下午3点到达公交车站，婷婷到对面去乘往马尾方向的车，其他人都坐上了112路，我到宝龙下车，他们几个继续前行到福大老校区下车。回到家里的时候是4点20分左右。

　　情人谷的美丽是无法形容的，情人谷的静谧是无以言表的。她像一只巨大的酒杯，谁人去来谁人醉。其实只要你能与大自然热情相拥，还有哪个不如痴如醉呢？

重走溪源宫—可溪—溪坪—光明楼—五都一线

2011年4月4日

　　今天周一，阴有阵雨。跟远水、老王(好吃好玩群3人)、小鱼共6人，于早上9点在福州职业技术学院站(41路终点站)集合后就出发了。

　　先走到溪源村，路边有了不少的变化：那个石子场比以前更庞大了，石料堆积如山，旁边又增加了一个练车场，那一片湿地已然荡然无存。这个地方以前也是学生们经常来烧烤的地方。远水依然用相机去捕捉着一切的奇异和美丽，经常被落在队伍的后边。过了可溪村，又经过了善恩小学和善恩园。这里边应该是封闭式管理，看不到有学生在外边游逛。还听说，福大的学生也曾到这里跟这里的学生一起过节什么的。过了善恩小学，再往前走，我想着应该很快就到了该过溪的那座小桥了，可左走右走还是没到。另外在我的印象当中，在将要到达这条水泥路的尽头的时候，右侧有一条通往山上的台阶路，可我们走到了尽头，也未能找到那个入口，后来我才明白，这条水泥路应该是已经向前延伸了。我们一直沿溪的右侧前行，我还记得，左侧应该有一座小庙，可这次也未能找到。不过，过溪的那座小桥还是找到了，与我们随行的那几名学生也给了我信心。过了小桥，离左侧的大山就越来越近了，山上云雾缭绕，一阵山风吹来，那细细的雾滴便会将人整个笼罩起来。空气里潮湿得可以拧出水来，天上应该是下雨了，我们纷纷拿出了雨具。本计划直走光明楼，可远水对寻找"草原牧场"情有独钟，甚至说，只要能找到"草原牧场"就算不虚此行。我这个人喜欢成人之美，不想打扰他的雅兴，就决定先放下去光明楼的想法，去找寻"草原牧场"。首先是穿过善恩园，再往里走，就是我不曾去过的地方了，远水和小鱼他们曾经到里边走过，也没有走到头。雨在不停地下着，碰到一个小溪，往右侧有一条山路，旁边有登山队留下的标记。我们不敢肯定哪条路是对的，就径直往正前方走了。路越走越远，路越来越窄，天越来越暗，路越来越难走。我们就尽量选足迹最清晰的路走，可走到最后还是走不通了。路上到处都是散落的竹皮，无法分辨脚底下踩到的是石头、树叶还是空地，一不留神就会摔倒。看看时间，大概是中午1点多了，按照常规我们必须返回了。我们就返回到曾经经过的一片开阔地，那个地方是当地人铺的一条较宽的机耕道的尽头，旁边有一条小溪流过，我们正好可在那里取水，煮饭。一边吃饭，一边说着笑话，这个说我摔了四次，那个说我摔了两次。哈哈，老李我竟然安然无恙，谢天谢地！

　　吃过饭大约是午后2点。大家觉得还不过瘾，就决定去光明楼。在返回的途中，我们进一步确认了可能走到从土溪下山那条路的出口，就是登山队留下标记的地方，想到以后有机会再访此地。穿出善恩园，再往前走不远，有一个向右的分岔，这才是通往光明楼的正途。走不远，可看到一农庄，不要走过去，就在我们的左侧有一条不是很清晰的登山道，顺这条道上去就能到达光明楼，又看到了久违的那棵大柑榄树和树下的木屋。可往上走，突然发现路断掉了，迎面而来的是一条新建的机耕道，以前的印象全被破坏掉了。我们就凭着感觉，先顺机耕道走，一边走一边找小路，找到小路就走小路，总共走了两段机耕道。第二段机耕道的尽头就是我比较熟悉的登山道了，这一段路我一直在最前头探路，我一直担心会不会走错了。还好，终于找到了那个熟悉的山垭口，在山垭口等他们全都上来后，就顺着左侧的小路走。这条路走得人少了，有些地方已经荒了，找到第一条下行的路不要下去，再往前走，找到第二条下行的路后，再下，不要继续在等高线上走。下去后就是那个小溪，以前我们曾经在此煮过面，可现在看上去，却显得异常地破败和荒凉。过了小溪，顺着那条等高线的山路前行，很快就到了光明楼。远水和小鱼从光明楼前经过却不知道那就是光明楼。我们很快就又来到机耕道上，顺着漫长、泥泞的机耕道一路下行来到了五都，这个出山的地方叫元潭口，也有人称作溪口。大家都累了，就决定坐车出去，一个人4元。来到了82路车站，之后，我到半路下车，转99路到金山公园北门下车，回家洗个热水澡后，赶紧去黄老师家吃饭。

今天也不算太累，可一个个像个泥人似的，有些狼狈。天气变化无常，刮风下雨是难免的。人生路上艰难困苦经常会有的，重要的是坚持信念，鼓足勇气，排除万难，不达目的，誓不罢休。

爬溪源宫—可溪村—溪坪—养马场—光明楼—五都—蝙蝠洞—万佛寺一线

2011年4月11日

今天爬山的人员有我、林贻源、蔡永保、浮肖肖、李小青、冯杰、张忠、焦素琴共8人。早上8点多从职业技术学院门口出发，过溪源口右转，到溪源宫村直行。到可溪村左转，过善恩小学，前行。不走水泥路，走底下的平路，顺小溪一路前行。到溪坪村，过小溪，小溪上游有一小庙。继续前行到养马场，右侧田埂上有一小路，入口不是很清晰。上去后，可看到一棵大橄榄树和树下的木屋。从木屋右侧上行，即可上山，路十分陡峭。在竹林中，遇到第一个分岔处，不要往山上走，继续往前走，路更陡，一直爬到山顶，有左右两条分岔，沿左侧分支走，下行，过小溪，可在小溪处做饭。不久就来到光明楼，有两座土房，旁边有很多蜂箱。沿右侧小路下行，走到大路上。一直下行，不要往上走，往上走是上旗山的，往下往右是去五都的。顺大路一路下行，来到五都。顺水泥路前行，左侧有一片草莓地，还有一座养蘑菇的房子。在这里摘草莓，在蘑菇房内做饭、吃饭。然后，向旗山走去，爬上山顶，通过一个很狭窄的地方，就可以看到山下福州的景色。沿山路前行，到达旗杆，再往前走到棋盘石，下行。过万佛寺，来到南屿大路上，坐942（或82）路，回福州到宝龙广场，换乘26路车回到家里。路上野草莓很多，酸甜可口，非常解渴。山里山高林密，山清水秀，清幽凉爽。

登鼓山游十八景

2011年4月20日

  今天周三。上午去阳光学院上课，中午接黄老师电话，约我去鼓山爬山，没意见。在阳光学院吃过午饭后，坐校车到江滨路的一个什么站下车，往前走了一站，到鳌峰大桥站找到112路去鼓山。到鼓山下院时，估计已经是中午2点了，黄老师也刚到。我们从鼓山右路，可能是所谓的"勇敢者之路"上去。今天，阳光明媚，天气极好，山上仙风微拂，树影婆娑，行人寥若晨星，几个光膀子的大汉喘着粗气，旁若无人地从我们身边经过。我是最不喜欢爬鼓山的，主要原因是不喜欢那千篇一律的台阶，走这样的台阶是无比乏味的。另外一个原因就是大部分时候都是人满满的，可谓摩肩接踵，川流不息。

  因为今天是正常工作日，上山的人就少了许多。我们经过几次休息就到了十八景。之后，我跟黄老师提出了几个建议，一个是走杨树庄墓一线，从魁岐返回，另一个是从桃园洞下去，再一个就是从十八景穿出。黄老师说，好久没有去过十八景了，他还是以前小时候去过。我尽管以前曾从十八景穿过两次，但都未能驻足欣赏。这次因时间尚早，到十八景转悠一下也不错。我们从鼓宦公路旁边的一条小路插入十八景景区，参观了大约十个景点，什么达摩洞、刘海台、望州亭、登高台、伏虎洞、降龙洞、古月墓、天台岩等。景区里到处都是文人墨客留下的摩崖石刻，洋溢着浓浓的文化气氛，仿佛是各代文人墨客都在这里聚会一样。站在登高台上，远望福州，福州大半个城市尽在眼中。薄雾轻云中高楼林立，江河泛起耀眼的光芒，高高的立交桥展示着福州的风采，四通八达的道路伸向远方。

  我们走的这条路应该离我们去过的情人谷不会很远，估计会有小路通向那里。不过情人谷里易上难下，我们还是决定顺鼓山左侧的这条台阶路下去，晚上就在福大旁边的煲鼎记用餐。

  今天爬山难度并不大，可还是感觉有点人困马乏的，主要是凌晨2点才睡觉，早上6点不到就又起床了，中午又不能休息。可对运动我是从来都不会拒绝的，人为自然所生，我自然地去贴近自然又有什么不妥的呢？

勇攀鹰猫山

2011年4月23日

今天周六。有的人说，今天可能会有雨。不管那么多了，鹰猫山是我向往已久的地方了，又有时间，就是下雨也要去。早5点30分起床，6点25分坐上315路车，到汽车站下车，转乘36路车（6元）到终点站东岐下车。一路顺利，几乎不用等，来不及购物和吃早饭，到东岐后，大约是8点，离约定的8点20分还有20分钟。谢天谢地，总算是没有耽误大家的时间。一边等罗锋和婷婷到来，一边寻找小卖部，到路对面的商店里买了吃的喝的，又在车站旁边的煎饼摊上买了煎饼、鸡蛋和油饼等食品。婷婷和罗锋来到，不一会儿孟伯赶到，他是我们这次爬山的领队。据说，老人家是马尾一带的活地图，年约70，却从未间断过爬山。他小个不高，倍儿精神，身体健壮结实，性格开朗。大约9点人基本到齐，准备出发。

过马路，回走数百米，有一交通银行取款机，就在这个路口右拐，直走，穿过高铁底下，右行，再穿过限高的铁架子，右前方就是登山的入口处了。入口处不是太明显，听孟伯说应该还有一个入口处，在这个位置的左侧，因路陡，雨后可能会滑，故不选。路上，有时有不规则的台阶，有时是土路，一路上是右前方斜行，并且途中至少碰到三个小屋。走到机耕道上，行数米，右拐，有一小屋，小屋旁边有一个模糊不清的小路，不易分辨。从小屋旁边的土坎上去，在草丛中穿行，基本方向是右前方，到达一山顶时，有蜂箱，蜂箱里有蜜蜂飞出。左前方，有巨石，石上蚂蚁乱爬。爬过前面的山峰，下到沟底，再上去。下了这个山峰，就又来到了机耕道上，起初找不到路，后来在左上方找到路，入口不明显，继续上行。站在机耕道上可以看到右前方鹰猫山山峰上的那个铁架子了。记住这个方位，就不怕找不到鹰猫山。这时已经感到疲惫和饥饿，后边还有两座山峰要爬。太阳出来了，一下子热度也上来了，顺着依稀可辨的路在或深或浅、或高或矮的草丛、野竹、矮树丛中前行，最后终于攀上了鹰猫山——我仰慕已久的神秘之地。看到了山顶上那只仰望蓝天的巨龟和那个锈迹斑斑的铁架子。我们在这里照相，休息，吃东西。山顶上方圆不过百米，能站人的地方不多。这时大约是中午1点。

休息片刻，就顺原路返回。到达机耕道时，向右侧下，到分岔处，有一条往右的机耕道，不走，直走小路，路口有小树，下去，就是我们原来上山时走过的路，估计旁边应该有我们上山时经过的最后一个小屋，只是没有注意看。约下午3点30分到达出发地点东岐汽车站，约5点30分到家。

鹰猫山是一座神奇的山峰，据说可以通过好几条道路登顶，走溪里溪溯溪而上最为刺激，而今天我们走的是山路，一路上几乎看不到一滴水。鹰猫山山貌奇特，山上长满野草、野竹、矮树，高不掩人，远望却也郁郁葱葱，翠艳欲滴。山风阵阵，树影摇曳，空气清新，沁人心脾，赏心悦目。我期待着溪里溪溯溪的美景和感受，相信不久的将来一定能实现。

重游青云山

2011年4月24日

今天周日。早上8点10分福大新区生活三区门口集合，坐旅游大巴去永泰青云山游玩，我是带队老师。经过约两个小时的颠簸，终于来到了青云山景区的大门口。一路上大部分时间是在沿大樟溪逆向而行，过了永泰县城，就搞不清方向了。山路更加难走，你会不时地听到汽车发出的吱吱吱的刹车声。

进了景区，从浏览图上似乎可以看到景区大体可分为左、右两部分，主线以西和主线以东。碰巧的是，青云山西区我已经去过了，而这次学生们选择的这条路正好是我以前没有去过的。我是不大喜欢走熟路的，所以这次选择正合我意。主线大部分是石头铺砌而成的台阶路，有些地方是土路，路程坡度不大，基本上是平的，略有起伏。主线依一条山沟而建，缘溪而行。今天天气很好，阳光明媚。还好，沿路山高林密，藤萝四布，太阳直射到头顶上的情况并不多。因为近段时间天气干旱，溪中水并不多，却还干净，清可见底，时而潺潺溪溪，时而奔涌而下。经常看到的是各式各样精彩纷呈的瀑布，有的细如独流，飘忽而来，飘忽而去，有的散如珠玑，滚落玉盘，有的如风中雨滴，如雾霭般散于空中，不见了踪影。隐约还记得几个景点：青龙出水、水帘洞、观音洞和红军洞等。水帘洞是一个较大的景点，周边皆是悬崖峭壁，有一细流从高处的缺口处飞泻而下，好像从天而降一般，中间似乎看不到了，最后落到地面上形成了雨，天长日久地面上形成了水池。旁边的崖壁上还有一个洞，洞中有一小庙，从小庙不断传来鞭炮声，说明这个小庙香火很旺。

红军洞和观音洞是这个景区靠近顶端的两个自然形成的山洞。两洞差不多大小，高约30米，洞深有30米，宽度也有30米左右，从洞内向外看，如井蛙观天一般。红军洞里已经是一家饭店的天下了，大家都在那里休息，吃东西。景区的最顶端还有一个瀑布，真的很漂亮。旁边有一条山路可以通向更远的地方，有几个学生上去了。他们回来的时候说，大部分人都没有爬到最高处，很远，听说上面就是叫作天池的地方，有人说要收80元，他们就返回了。

大约下午2点开始返回，到学校的时候大概是3点30分。感觉不错，一点都不会累。如果有一点累的话，也是昨天去爬鹰猫山累的。没事，不耽误做事情。

潇潇雨中游检察官学院—宦溪—降虎寨—贵安一线

2011年5月16日

一柄柄忽上忽下的雨伞，一片片飘扬的雨披，一辆辆雨中飞驰的汽车，一位位用自行车载着儿女的母亲，一群生生不息的生命，一个流动的城市，他、她、他们、她们，奔向哪里？走向何方？是拥挤的城市公园、温暖的小家、雨中的警亭，还是能为爱情遮风挡雨的檐廊？……公交车上那首首洋歌我听不懂一句，却已让我心酸至极。一边体会着，一边记下这种种感觉，不觉得车已来到新店。我以前去贵安都是坐91路车到新店下车，慌慌张张下了车，感觉不大对，好像是91路车什么时候改了线路。下车后，绕着一个街区转了一大圈，就是找不到68路车的站牌。眼看着离8点30分的集合时间不远了，只好选择打的，刚上车就看到了68路车站牌。唉，事先路线没弄清！到了检察官学院站，看到远水他们已经到了，高山一行3人跟我们不一路，我们4个人是决然要去贵安的。霜叶临时班上有事，不能来了。人已到齐，可以出发了。

回想一下，好像离上一次走贵安一线已经有两三年的光景了。雨时下时停，那条千年古道似乎比以前又宽了一些，前一两年就在报纸上看到福州市要把这条路修缮成福州市的一条观光山道。有一个传说中说，这条千年古道又叫状元道。据说福州考上状元的都要走这一条路途经贵安、连江、温州等地方最后到达京城，所以这条路修得比较宽，估计可容四抬大轿过去。不一会儿就到了那块刻有"三山觉路"牌坊的地方。这地方也得到了修缮，原来只有一段墙，现在盖成了一个大大的亭子，亭子里有木椅子供游人歇脚。这几天一直在下雨，估计福州地区的旱情应该是解除了。山上流下来的水从路面上漫过，消失在路边的草丛中不见了踪影。路上碰见三三两两的登山者已经返回来了，他们不知道走到了哪里，也不知道他们是什么时候上来的。有的人还拎着一袋袋的竹笋，看上去兴高采烈的样子。我们到达了这条路的最高处，这个地方正好是一个山垭口，旁边建起了一座房子，"状元岭"三个大大的字赫然出现在面向山下的墙面上，对面的山壁上还刻着"南无阿弥陀佛"几个大字。再往后就该下山了，路比以前好走多了，路面都是用条石新砌成的。不用说，远水、宅鱼都是一路照相，捕获着美丽的自然和自然的美丽。很快我们就来到了宦溪。出宦溪往降虎寨方向走的时候，可是花了不少时间，另外也有点坡度。降虎寨可是个有名的地方，据记载，明清时期在这里打过倭寇。这个地方只有一个小寨门，易守难攻。我们在小寨门旁老人院的房檐下用餐，之后，一路下行奔向贵安。下行的路可不大好走，羊肠小道不小心还来了个前滚翻，还好，只是手腕压了一下，并无大碍。估计是他一直瞅着路边的竹笋不留心脚下惹的祸。

离贵安越来越近，我想来到贵安，如不去泡泡温泉多可惜呀，大家都有同感。最后达成一致意见，争取泡泡温泉。出了贵安村，村口外有不计其数的温泉点。我们找到了一家叫"汤岭温泉"的地方，经打听，只有这一家有一个较大的游泳池，在游泳池里泡澡每人15元，房间里的木盆是每人20元。我们大约从下午2点20分下水，1小时后出来，舒服！之后，抓紧去潘渡坐汽车，4点从潘渡出发（最后一班车是4点半），约一个小时到福州。雨仍在不停地下。梦一般的天气，梦一般的日子，梦一般的感觉，但愿美梦长梦不醒。

憾走一片瓦

2011 年 5 月 21 日

今天早上起来的时候，是 6 点 40 分，闹钟响过了，可是没有起来，好像有点来不及了。跟远水联系了一下，远水嘱我去。抓紧收拾东西，出发，带了燃气灶和气，可忘记带小锅了，吃的东西也未来得及买，赶时间要紧。一出门，就看见

K3路车迎面而来，我一阵狂奔，赶上了，时间是6点58分。到于山下车，换73路，73路可没有那么幸运，眼睁睁地看着它远我而去。到了马尾君竹环岛的时候，估计有8点20分左右，看样子要迟到个10多分钟。还好，宅鱼跟我做伴，也没觉得多不好意思。

还是往任氏祠堂那个方向，只不过是到了那条路上就穿过去，到对面，穿过高铁大桥，从君竹村里走过去，就到了登山的石阶路。这条路以前已经走过两次了，今天说是去一片瓦，前两次去的时候都看到过，只是并不是一条路，没有爬上去。一片瓦从下面看上去，像是一大片突起的石头，觉得它的位置要比娘娘髻高一些，所以今天的标志性对照物就是娘娘髻。今天的目标很明确，就是爬上一片瓦。过了水库，在那两个风动石下的凉荫里休息。接着，往上走，有一小段路跟以前走过的一样，很快我们就碰到了两个分岔。没有走右边，还是直行，从此我们走上了一条颇为艰难的路，说是路其实根本就没有路。大家在一人多深的野草中穿行，不过我们走的路好像以前也曾有人走过。这次去的人共有14个，有我们户外休闲群的，有好吃好玩群的，还有两个是马尾的本地人，他们对这边比较熟悉，由他们做向导。因为没有很好的路，所以走得也比较慢，我的砍刀也派上了用场，绳子也掏出来了，只是没怎么用。尽管路不好走，却又一次体验到了穿越山林的感觉。步步为营，稳扎稳打，手脚并用，不是登山，而是实实在在的爬山，不时地还会被突然冒出的荆棘刺破了手指。我基本上是接应者，负责前后呼应，不时地用砍刀在树皮上留下一些标记，这样才不至于让后边的人找不到前行的路。有时候路会非常好走，又宽又光，大部分时间是无路可走。离山顶上那块大石头已经很近了，突然看到了有台阶路通向那里，是那种新砌的石头台阶。我们来到这条路的尽头，也就是这座山峰的最高处，这里有一个标志就是他们称作"叠石"的地方，这个地方风大、凉快。分析了一下，觉得一片瓦就在前方不远的地方，直线距离可能不足300米，可是中间隔了一座山峰。大部分人都已经觉得今天的行动已经够劲了，要求下山，我们只好下山。

下山的时候就是顺着那条石头台阶路下行，一开始的时候基本上没有分岔。到了一个叫作"君山横路祖庙"的地方，他们说从这里往左侧走就可以到清娘洞，从下德出山，从右侧可以到我们原来上山的地方。有4个人选择了走清娘洞，我们一行8人选择走状元墓方向。没几分钟就到了"君山境"，一看，原来我以前曾经到过这个地方，以前是跟着另外一个登山队来过这里，这样我就辨清了方位。我们在这里吃饭，休息，喝茶。约一个小时后，顺石阶下行。这条路是马尾在国外的任氏宗亲捐资修建的。一路经过了鲤鱼亭、光明楼等三四个亭子，两座石屋。当遇到一条土路时，穿过土路，继续下行，这条路就是我们上山时没有选择的那条台阶路。我们很快就来到了我们上山时走过的那段台阶路上，不久就来到了地面上。坐37路到安淡下车，换315路到家，时间刚好是下午5点。

今天天气有点热，估计过一段时间再爬山就有点不合适了。听远水说，他们一直是坚持着的，我可能会改去游泳，他们那种过于休闲的方式我可能接受不了。

穿越闽安—白眉—莲花山—知青点—东联一线

2011年5月28日

今天周六，阴。早6点起床，6点半出发，6点45分坐上K3路，到于山换97路，到紫阳下车，想着36路车会在这里停留，下车后不见站牌，36路车呼啸而过，只好向回走。走到古田路口，坐上36路车。上车后，碰到之前爬旗山认识的几位老者。当然是他们先认出了我，我只记得有这回事，却想不起来碰见的人长什么样，我这个人有个毛病就是不大容易记住人的貌相。他们跟我们一条路，也是去闽安，只不过他们担心会跟不上我们。

大约早上8点10分到达闽安，抬眼远望，很容易就可以找到那棵位于路对面的大榕树。我来到大榕树下，一会儿，婷婷、娜婷（阳光学院的）她们两个到了，大树底下已经聚集了不少人。有几个人又认出了我，有的是在去芦际潭时认识的，有的是在爬鹰猫山时认识的，我对他们一概不知，他们知道我是老师，每次都会带几个学生来爬山。今天师大、农大来了二三十个学生，队伍迅速庞大起来，还有一个来自福大的学生。在学生当中，也有几个认识的，他们向我打招呼，我对他们也有一点印象。今天来爬山的人加起来恐怕有六七十个，我不是领队，我不用管有多少人。

队伍出发了，先是坐那种中巴去白眉。他们问我是去溯溪还是去穿越，一下子把我问蒙了，想了想还是去穿越吧。我担心溯溪安全性可能会差些，因为这几天一直在下雨。十几个人被塞进了小车，一路飞奔，很快就到了白眉村。上洗手间的时候，雨伞忘记拿了，一不小心给白眉村留下了一件纪念品。人哪，一过四十，这个记忆力就明显下降，丢三落四、丢东落西的现象经常发生，也很着急，但就是找不到更好的办法。我想，一是在每次要出发之时，想几秒钟，看看有什么东西落下没有，二是最好把要带的东西集中在一起，打包。还好，我有良好的回想能力，我的东西找不见了，我能想起来丢到哪里了。要想找的话，大多还能找回来，除非不想要那就算了。

下了车，向上走，很快就到了有名的白眉水库。这个地方我以前是来过的，只不过那次是从另一头游泳游过来的，时间也比较久了。水库里的水非常干净，水体庞大，一眼望不到头，以前就听人说，这是马尾重要的饮水来源。人还没有到齐，我们就出发了。这是183、阳光群的习惯，因为人太多，没办法等人都到齐了再出发。登山的入口就是大坝旁边的一条小路，此时穿越开始了。一种上走的路大部分都是那种土路，没有台阶，很多还都是羊肠小道，还有几段路是临时开出来的，因为找不到路了。路上经过了几个典型的景点，有的已经记不清楚了，有两个分岔的地方，我们都做了标记，大部分的分岔处都有以前的老驴做了标记。途经的路线先是到达白眉村水库，从底下看不是很大，到水库处往右拐，再往后就到了一条小溪旁。大家就在这里休息，吃东西。接着再走，就到了莲花山，在这个地方遇到了点麻烦，漫山遍野都是我们的人，找不到路了，我一脚踏空，摔了个四仰八叉，还好，身下全是草，没有一点感觉。其实路就在我们左边的山边上，路是很好的，只是没有找到而已。再往后，我们又来到了一块巨石处，这个巨石像一个蛤蟆的大嘴巴，大家都在那里照相留念，当然也少不了我。再往后的路，我们实际上都是在山顶上走了，翻过一个个小山头，很快就到了下山的地方，经过了一些荒废的房屋，不知道这是不是所谓的知青点。前头不远处就是一个小水库，我们就在水库旁吃干粮。

今天婷婷、娜婷她们两个都表现得很好，婷婷一直冲锋在前，从未离开过第一梯队，真是后生可畏。娜婷今天是第一次跟我们爬山，可是吃了不少苦头，没穿长裤子，腿上被划了很多小口子，累也是不言而喻的了。还好，她也走过来了，特别是到了下山的时候，也一直跑在前面。经验总在痛苦之后，欢乐也在痛苦之后。

今天老天爷还比较给面子，大部分时间是阴天的样子，也有一段时间感觉太阳挺毒的。有的时候，当我们在浓密的野竹林中穿行时，那丝丝凉意，就像是进了空调房间一样舒服。绿意包围着我们，追随着我们，无比清新的空气时刻都在清洗着你的心肺，让你感到心旷神怡。山野中，树叶下，那些流动着的年轻的生命，那种不甘落后、奋力抗争的精神，那种互帮互助、团结一心的精神，那种不论远近回归人性、回归自然的精神，滋生着、蔓延着、升腾着、凝聚着——这就是登山者的精神。

从水库旁小屋那一侧的小路出发，基本上都是在下行，后来山上不时飘过来阵阵轻雾，煞是好看。人在山中，山在雾中，若云若雾，若人若仙。后来到了正在修建的公路上，走一小段，到了桥的地方，从右侧的小路下行，还要走相当长的一段时间才到达一个村子。这个村子的名字没有搞清楚，可出去的时候，知道就是东联，就是以前我们去磨溪的入口处。这时大约是下午4点，出去坐上73路车，到五一广场下，换K3路，在街上吃了个卤肉套餐，回到家里刚好是6点。

今天的运动量是大了一些，最大的喜悦是又走了一条新路。对新奇的追求是我的一大乐趣。朋友们，赶快走出你的家门，和我们一起走向那美丽的大自然的怀抱，那是我们最美的去处，不是吗？

穿越君竹村—乌猪—娘娘髻——一片瓦—珍珠潭—倒流溪—小桂林—举重基地
2011年6月4日

今天周六，阴。早5点50分起床，6点30分坐上K3路，7点到宝龙广场。等10分钟左右，雪涵、苑薰和珍珊赶到。忘记了坐什么车到安淡下车，反正可坐的车很多，换乘37路奔马尾。到达马尾君竹环岛时大约是8点20分，正是原来约定的时间。远水他们已经到了，有小张（本次的带路人）、小李、小余、老玩及夫人，大部分都认识，铁杆老杨没来，让人感到有些意外。又等了一会儿，黄老师来了，还有几个老人没到齐，我们就分批出发了。

前一段路以前曾走过好几次了，无须再多笔，经过护林检查站时，还是由我来签字。一共有19个人，也算是个较大的队伍了。先到下德水库，来到水库上方的两个大圆石旁休息。接着，向上走，走到上次拐弯的地方，不拐，直往前走，娘娘髻就在眼前了。大概在离娘娘髻20米左右的地方，从右侧一条不是很明显的小路下去，直到一个小山沟的底部，从一块巨石的旁边绕过，从两旁哪边绕过都行，来到一块平地上休息。后边有一段路不大好走，有水从上面流下来，我们要在石缝中钻来钻去。过了石缝，很快就又来到了一块平地，在这里做较长时间的休息，吃东西。最终我们来到曾途经两次却未能近观的一片瓦。我们先是绕到一片瓦的底下，原来是没有路的，现在好像形成了登山者踩出的路。我一个人还爬到了一片瓦的第二层，后来，我们又来到一片瓦的背上，照相。一想到脚底下是空的，还是会有几分恐惧感。不管怎么说，一片瓦总算是来过了，心里有一种征服者的感觉。从一片瓦出来，我们沿着前人留下的路迹继续前行，这些路迹包括砍过的小树或在树上留下的砍痕，还有被人踩过的发白的路面。一路走来，在我们快要到达珍珠潭时，有一个两三米的陡坡，鞋子比较滑的人是很难上去的。我没问题，大部分人是拉着绳子上去的，我在旁边帮助拉一下。过了这个地方是一条小溪，小溪不大，原决定在这里用餐，可这时太阳出来了，这地方没有大树，大家觉得在这里煮饭太热了。我在这里灌了一壶水，我们就出发了。路过珍珠潭，没停，直走，进入倒流溪。这个地方也是一个废弃的村子，有的房子看上去还是两层的楼房，但早已没有了屋顶，估计因为屋顶是可以拆下的，被房子主人运下了山。周围是看不到路的，说不定还要靠手抬肩扛，可想而知是多么不容易吧。他们搬到山下去发展也许对谁都是幸运的，一是他们可能改变了自己的命运，二是也实现了还农于林，让山更绿、水更清。这个地方，水更多一些，大家在此地取水煮饭。我们几个是吃干粮的，这样省事。我带了不少水果，如黄瓜和圣女果，大家都很喜欢。

　　休息过后，我们又走了很长一段路，去小桂林。路上可以看到很不错的景色，对面的山壁直陡直陡的，山顶被绿树青草覆盖着，脚底下是平平的山路，山沟里的巨石呈现出各种各样的形状，有的像卧佛，有的像山猴。后面就是通往小桂林的山路，这段路也不近，这几个丫头有点吃不消了，那个小李也早就宣布不想走了，但大家还是来到了小桂林。小桂林里有一个小水库，水库里的水好清啊，清可见底，我又在这儿灌了一壶水。今天实在是太累了，脚底下好像要磨出泡来了。没有办法，路程的长短是不好预先估计的，有时会长一些，有时会短一些。

　　从小桂林出来，就是下山的路了，这段路也是漫长的，我们足足走了两个小时。

当我们到达73路公交车站时，应该是下午6点了。刚好有一趟公交车是去下院的，还比较空，我们就上去了。到下院下车，换97路到福大东门下车，去煲鼎记吃饭，黄老师请客，吃得很不错。点了水煮活鱼、冬瓜干贝汤、烤羊腿、韭黄炒蛋、爆炒双脆、荔枝肉等，味道美极了！谢谢黄老师。

马尾这边，山不会太高，山路很多，据说有300多条，走几年都走不完，可短可长。山上也没有太大的树，绿草盈盈，草木萋萋，水随山行，确是游山玩水的好去处。

独行叶洋

2011年6月11日

前两天在群里看到有一个通知，说是本周六早上8点半在森林公园南门集合去鱼脊背穿越，我觉得这主意不错，至少我没去过，昨天事情多，也没来得及跟远水确认。今天早上在91路车上跟远水联系，他说群里没有发正式通知，可能是别的群转过来的。我想还是去看看吧，已经习惯了，不去的话，会觉得不舒服。

早上7点10分左右坐上91路车，到动物园下车，坐摩托车到森林公园南门，大概是8点20分。四顾无人，只好独行了。计划能摸出一条新的线路，可进了森林公园，除了以前走过的路线，其他没走过的还真的很难找，只好沿着去叶洋的路走了。这条路以前走过多次，可还是发生了不少的变化。路没有以前好走了，路中间被剖开，可能在底下埋了什么东西。不记得前几天下过什么雨呀，可路面冲出了深沟，石面上有些湿滑，一路上滑过两次，还好，没有摔倒，有一次是用手撑住地面才不至于摔倒。一路上看到地面上扔了不少的杨梅，我知道，这条路上有很多杨梅树。后来仔细看看，那些树是还在，杨梅红了，我顺手摘了一颗，又酸又甜，不错，不过不敢多吃，怕牙齿酸倒了，什么东西都吃不了了。听说今天下午有阵雨，可我上山不久，就一直是晴晴雨雨的天气，一会儿雨，一会儿热辣辣的大太阳。在木桥、小庙两个地方休息了一下，最后是在将要离开山路，马上走到大路的时候，开始第三次休息。升山寺那个方向是不想再走了，一是走过好几次了，二是今天天气有些闷热，有些累，三是看看能不能从叶洋找到别的进入森林公园的路。进了村子，找到了一家小商店，在这里补充了水源，也问出了的确有路通向龙潭。

　　我依计而行，顺小商店右侧的水泥路走，快要出村的时候，有一个分岔，选右边的路走，从一个农家门前走过，前面就是土路了。碰到一段机耕道，不走，仍顺小路走，翻过一个山脊，就是一路下行的山路了。对面可以看到森林公园里的房子等。约半小时就到了景区里的一个亭子，亭子的名字不记得了。从亭子旁经过，顺着很好的景区石阶走20米左右，碰到一个分岔，刚好有一个登山者在。他说左侧绕到龙潭再直走到公园门口要两个半小时，如果直行，半个小时就到停车场了，右侧走可以走到荔园登山道。我选择了绕行，一是时间还早，二是多走一段路也可以多锻炼一下身体。沿途经过溢景亭、翠竹亭就到了龙潭，我没有去龙潭瀑布，因为上次去了一次，这次就不想再去了。在水边找到一块干净的地方坐下来吃点水果，休息了片刻，就顺着溪水走出了公园。这一会儿天很热，我坐87路车到湖前下车，换91路到上雁路口下车，到家的时候大概是下午2点半。

　　今天登山的强度不大，另外一个人也不想跑得太远。我想贵在坚持吧。做什么事情，特别是对自己身体有益而且需要有一些耐力的事，一旦中断再捡起来是不容易的，不是吗？

再探五门荐

2011年6月18日

　　今天周六，晴。跟黄老师约好，早上8点半在福大永辉门口集合。一说去五门荐，我就来了兴趣，这可是几年来梦寐以求的好去处，一是冲着它的高度，据说是福州附近最高的山峰，海拔1033.4米，二是冲着它的人迹罕至。我们曾经去过三次，但都未能找到通向五门荐的路。不过前几次都是从溪源宫去的，我们最终到达的地方叫六路山，按照地图上标示的样子应该能到达五门荐，可就是找不到路，每次总是原路折回，无功而返。从永辉门口坐到鸿尾的车(4元)在榕岸下车。这一大段路是以前走过的：先穿过高速路到对面水泥厂，顺一条水泥路上行，后面就都是土路了。路没有以前好走，路面上被水冲出了一条深沟，小路两边的草比以前更深了。路上还是有几个分岔，第一个分岔估计不管走哪条路都是对的，可我们在第二个分岔处却晕乎乎地走进了一条死胡同。我们沿着一条塑料管直往里走，后来发现没有路了，只好退回来。很快就找到了正确的路线，后面这段路较陡，天气闷热，路面上杂草、树叶铺了厚厚的一层，蚊子跟着跑。黄老师显然体力大不如从前了，一是走得奇慢，二是休息多。今天我也觉得累，主要是因为昨天晚上3点才睡觉。

到了岐头村，那个养蜂的老头不见了，已是人去楼空。后来才听当地人说，老先生染病在身，已经危在旦夕，为老人家祈祷吧。再往上走，路边碰到了好几棵杨梅树，真可谓落梅无数啊，我跟黄老师不一会儿都捡了一饭盒杨梅。后来又碰到几棵，过了一顿杨梅瘾。还好，牙齿并没有像以前酸得那么厉害。已经是中午时分，太阳直射头顶，我们终于向老乡打听清楚了去五门荇的路。我们在林间的一条等高线上绕山而行，据判断我们现在的海拔高度应该在700多米，再有300多米我们就可以登顶了。可我们怎么也找不到登顶的路，大约到了下午3点，我们来到了一片草地，就再也找不到前行的路了。按我的意思，最好不要顺原路返回，现在看来不行，时间来不及了，前面的路已然无从发现。按照老规矩，到这个时间必须原路返回了。林子里树大叶茂，小路上牛粪遍地，草叶堆积，有一股腐败的气味冒出来，天也好像黑了下来，不免有几分害怕。

由于天气炎热，今天走的路也较远，休息也不够，我们决定到山洋村坐车回去。谁知从这里到山洋村也要走很远的路，到了山洋村坐摩托（一人20元）来到竹岐，再坐鸿尾去福州的车到永辉下车，再骑摩托车回到三期门口，跟黄老师、朱墨玉3人在一家小饭店里用餐，花了将近百元，吃得还算可以。

今天虽说没有实现登顶，但却已经钻进了五门荇的心脏了。五门荇那秀丽的山峰、迷人的模样依然在招引着我们，等着吧，我们还会再见面的。

游白水洋和鸳鸯溪

2011年7月8日

今天周五。我们要去的地方白水洋位于福建省宁德地区屏南县境内。下午1点半，在汽车北站坐上去屏南的汽车，经过3个小时的奔波，大约于4点半到达屏南汽车站。

在汽车站附近找到了一家家庭旅馆，一房两床，一晚50元，不贵。有空调，热水，电视，不错。住处定下来之后，就沿着大街去找吃的，小城不大，我们边看边问，几家过后，就明白了屏南的特色小吃了。我们就选择了一家饭店，点了当地酿的米酒，还有当地产的黄菇、溪螺、米兔肉、鸳鸯果等。尽管那种米酒酸酸的，是那种出锅时间不长的劣质米酒，却还是把我们俩灌得晕晕乎乎的，花了140元。从别的饭店的招牌上还可以看到有狗肉和芋头面，经打听，狗肉这个季节没有。我们又找到了一家饭店，吃到了芋头面，感觉味道真的不错，软软的，滑滑的，是用手工方法制作的。用一个上面有许多洞洞的木板，抓一把面在上面搓，落在锅里就成形了，这跟我小时候吃的红薯面条的做法差不多。芋头面吃过，肚子已经胀得不得了了。饭后就沿街散步，走了大约一个小时，回到旅馆休息。已经问清楚了，第二天早上7点半有车去白水洋和鸳鸯溪。

一夜无话，早上在旅馆附近的小吃店里吃了早餐，就去坐车。到白水洋一个人10元，大约需要40分钟。到达白水洋的时候，时间还早，人好像不多，我们买了门票，一个人95元，又买了必需的东西，比如草帽、拖鞋、防水袋等物。进大门，坐游览车入景区，有一小溪宽6米左右，石头底，很平，水脚踝深，清可见底，微微突起的石头形成细细的波纹。再往前走，有娃娃鱼可看，两条，收费10元，以前没见过，难得一见，据说是从长江的什么地方引进来的。很快就到了白水洋的水上广场，也就是最有名的白水洋景观。这个水上广场足有几个足球场大小，水源来自两条溪，一个是我们刚才来时看到的那条，另外一条要大得多，可水不怎么干净，听说是上游在修高速公路把水源的水搞浑了，所以白水洋真的变成"白水"洋了。白水洋的出口只有一个，有一部分人在出口的地方冲浪。后来来的人渐渐多了起来，不少的小朋友甚至包括大人都在用买来的水枪相互喷水玩耍。存包费很贵，一般的要20元，我的包较大，40元。我们照了一些照片，因为想在今天再去看鸳鸯溪，所以没有在这个地方待多久就出去了。到了景区门口，坐上去双溪镇的车。到了双溪镇，找不到去鸳鸯溪的车，看来交通不是很发达，我们包了一个面的，到鸳鸯溪单程50元，从鸳鸯溪回到屏南县城要80元。没办法，只能挨宰了。

还没到鸳鸯溪，就是一阵暴雨。鸳鸯溪门票每人60元。刚进去的时候，我们的位置偏高，先从左侧平路平行，慢慢下行，走台阶，景色不错，像我们平时爬山一样，忽高忽低的，看到了几个景点，如云中栈道、百丈漈、喇叭瀑等。那个百丈漈煞是好看，细细的瀑布从高处落下，如飞雪，似白练，飘飘忽忽，中间似有似无，到地面却轰然作响，变成潺潺细流，奔涌而出。云中栈道也确实惊险，走这样的路都让人捏一把汗，上不着天，下不着地，就在半空中悬着，一边是天，一边是山。雨一直在下着，身上不知道是雨水还是汗水。我们抓紧赶到出口处，跟面的师傅联系，还好，他来了，把我们带到了屏南汽车站。还有时间，又在车站旁找了一家饭店，吃了一顿晚餐。这一次花钱不多，吃得不错，才花了50元，吃的东西跟昨天晚上吃的差不多。外乡人到外乡来，兴趣满满乐开怀，多花钱来少生气，该挨"宰"时且挨"宰"。

下午4点55分发出屏南返回福州的最后一班车，我们赶上了。买了车票，还是那辆车，司机和服务员都没变，还是那两个座位，11号和12号，惊人地相似，惊人地重复！晚上8点多到福州，在省体中心站下车，坐91路返回家里，愉快地结束了这次"白水"洋之行。

游漳浦火山岛、东山岛、风动石、关公庙

2011年7月11日

今天，随学院团队20余人去漳浦等地游玩。

早上早早起来在小区门口常去的那家小店吃了早餐，7点20分在福大东门集合，坐大巴一路长驱直入，约11点55分到达漳浦的火山岛地质公园。尽管车上吃了一点别人赠予的面包，可肚子还是饿得咕咕乱叫。下车后到了一家"海洋饭店"，大家风扫残云般地席卷了满桌的美食，之后，还加了两盘青菜和一份水饺，就这样最后还有人竟忘记了是什么味道，原来都是饥饿在作怪。吃饱喝足了，才有人说海鲜不多，书记说晚上专门找家大排档吃海鲜。其实人的嘴一开始并不都是馋的，而是一点点吃馋的。

饭后就安排住处，我们住在景区内的木屋别墅区，我跟阿忠住在935号房间。小木屋里一应俱全，什么都有，听说也不贵，打完折后每人每晚150元。他们说，到了周末就不是这个价了。大家安顿好了，就列队出发，去参观火山岛的一些景点。这个滨海火山岛是2000多万年前的若干次火山爆发和长久以来的海水侵蚀所形成的奇特自然景观，有不同的地貌特征，石头的硬度和颜色都有所不同。一种松

如沙，手触即碎，称火山灰。靠近海水的那种犹如莲花，或如心形的，坚硬并呈黑色，称玄武岩，很像河底干涸后形成的淤泥，有规则的裂纹，像涌出的泥浆一样，当你踩在上面时，才会相信它真是坚硬的石头。还有一种火山石就像马蜂窝一样，拿到手里很轻，里头有很多洞洞。游客接待中心有卖的，10元一个，我没有买。一些当地的农民在海边的石缝里采笔架山、海蛎、淡菜（这个我在福州吃过的）。海水拍击着周边的巨石，发出哗哗的声音。山头上有停机坪、十二属相石雕、各种海螺造型雕像。一个半小时后回到住处，时间还早，洗个澡，睡了一觉，就要吃晚饭了。晚饭就在景区里就餐，吃得不错，还有啤酒喝，可以看到海湾里宁静的海水，只是蚊子太多，让大家的腿脚不得安生。另外，今天天气异常闷热、潮湿，让人感觉不到海滨清凉的海风吹拂人们面颊的那种爽快感。饭后回到住处聊天、修改论文，晚上12点睡觉。

第二天早上不到5点就被阿忠吵醒，6点起床，出去看海。大海就在木屋后边不足百米的地方，晚上都能听得到惊涛拍岸的声音。那隆隆的声响是一首古老而永恒的音乐，每个人对它都有不同的理解。我们在沙滩上照相、散步、捡石头，沙子灌进了鞋里，海水打湿了袜子。一层层海浪汹涌而至扑头盖脸打来，一触及岸边就又无力地返回。听导游讲，海水一天涨退两次，这跟我在福州闽江游泳时闽江的潮起潮落是一样的规律。沙滩上留下我们为数不多的几个人的零乱的脚印，可以想象也许今天下午也许是明天早上，这些都会在潮起潮落中恢复原貌。

7点多一点，用早饭，早餐很不错，大家都吃得很饱。早餐过后，坐车去赵家堡参观。据介绍，这个赵家堡是南宋末代皇帝的兄弟于此落户，这位皇弟叫赵若和。这个巨大的院落占地不少，尽管已尽显破败之象，但还是可以想象出当年的恢宏气派。我在这里买了2斤荔枝，2元一斤。还有人在这里买了蜂蜜。我看了看没买，搞不清真假，还是比较放心自己爬山去山上买的那种现从蜂箱里抽出来的蜂蜜。这里边值得一提的是"完璧楼"，这三个字里有很多讲究，不知道是后人杜撰，还是原本就有此意。"完璧"有归赵之意是显而易见的，其他的根据字形的特点而衍生出来的意思我也记不清楚了。还有两块门前石，都是完整的，据说有六七米长，1米宽，半米厚，单把它们运到这边来就是一件不容易的事。这个地方还是要好好修缮一番，有的地方已经相当破败了，池塘里是死水，死鱼漂在上面，发出刺鼻的臭味。我们在这里待的时间不长，就出发去东山岛了。听导游介绍，从这里到东山岛需要一个半小时的路程。

其实一进闽南，在这个季节，你沿路看到的到处都是挂满果子的荔枝树和即将成熟的桂圆，满山遍野都是。福建的水果品种很多，其中有很多在北方看不到，像荔枝、桂圆、枇杷、香蕉之类的，是无法在北方种植的。大约中午 12 点到达东山岛，在一家饭店里用午餐。之后，安排旅馆，我们住在金鸾湾酒店，住下后休息到两点半左右集中去参观东门屿景区。东门屿就是东山岛东面的一座海岛，上面有文峰塔、什么什么庙。主要的游玩活动是坐橡皮艇兜风或进入海底世界参观，这两项都不便宜，又都是自费项目，几乎无人选。有六七个人跟我一起去爬山，山不高，山上还是有一些摩崖石刻，不过都来不及细看，很快就到了文峰塔，下来就更容易了。从这里出来，我们就驱车来到了一片海滨浴场，在这里游泳。有几个人下水，这里头肯定有我。出来后大家就在旁边的一家大排档吃海鲜，海鲜是不错的，有许多都叫不上名字。仍有啤酒喝，我喝不惯，有种苦味，可大家还是喝了不少。晚上回宾馆打扑克，一直打到夜里 12 点，赶紧睡觉。

第二天，也就是我们出来的第三天了，早餐就在下榻的宾馆吃。饭后的行程是去参观风动石、古榕树、古城墙、关公庙。

我们从风动石景区出来，就去吃午餐，然后是购物，大家都买了一些海产品。上车的时候大约是 11 点 55 分，一路无话，到福州的时间大约是下午 5 点。我们终于安全回到了家里，结束了三天的行程，真可谓收获多多。

探旗山蝙蝠洞遇阻

2011 年 9 月 11 日

昨天是教师节，明天是中秋节，这三天放假，决定今天去爬山。跟几位同学商量了一下，最后成行的有 4 位：瑞英、华南、凌莉和我。

早上 8 点在宝龙广场站集合，我们几乎同时到达，然后转到东南眼科医院站坐 82 路车，到后山站下车。依惯例先去万佛寺参观游览，再回头顺一条土路上山，路上我们还庆幸今天是个好天气。对登山人来说，没太阳、不下雨就是最好的天气，可当我们到达石头台阶的时候，雨就下起来了。那时我们正在休息，只好撑起雨伞，继续往上走，看看能不能找到避雨的地方。雨越下越大，路上碰到一个石洞，但感觉不够大，就接着再走，来到了我以前曾歇脚过的我们戏称为"蛤蟆嘴"的地方。好了，这个地方很大，上面一片石头，下面一片石头，中间刚好是空的，可以容纳很多人，只是钻进去头无法直起来，这样已经很不错了。我们4人在这里休息了十几分钟，雨停了，我们继续出发。听到有说话的声音，我们在一线天的地方碰到了游山玩水群的人，他们说他们一共有30多人，去棋盘寨聚餐，上山的只有8人。其中有一人认识我，我们一块爬到那块大石头上，照相，聊天，交换联系方式。站在大石头上，可以看到对面山头上紫烟乱渡，仿佛那浓密的云雾就是从那座山头上生出来的一样，缠缠绵绵，不愿离去。此等美景在平日里是看不到的。

后来，他们想跟我们一起去蝙蝠洞方向，但不打算进洞，因为还要下去聚餐。可现在的旗山跟以前大不一样，山上好像着过火，原来熟悉的路线找不到了。我们找到了以前曾去过的旗山寺，可是去蝙蝠洞的路却被淹没在乱草和山石之中。他们几个放弃了，原路返回会餐去了。我们几个继续前行，最后找到了正确的路线。我知道这段路不大好走，华南往山头上爬，我也没有反对，想着如果能走个捷径，绕过这段难走的路也不错。但问题就出在这里，不要随便开新路，可能会遇到意外的麻烦！我的不坚持导致今天我们在山上艰难地度过了一天，直到傍晚6点多天将要黑的时候才出了山，实在有点后怕。

自从爬上山头就没有走过一米好路，一开始的时候还可以顺巨石的边上向前走，在草丛中觅路穿行，到后来就再也找不见路了。我们有时候爬到巨石上头，有时进入洞内，一天当中我们钻过的洞不止10个。可以想象，洞内不可能有很好的路让你走，什么姿势都用上了，跃、滚、爬、侧卧、仰卧、挤、滑、溜、跳。在那些洞内，有时还可以看到亮光，有时会看不到亮光，感觉闷闷的。爬了半天，只不过从这个洞口到了另一个洞口，几乎没有前进。那些横七竖八的藤蔓有时成为我们有力的助手，可很多时候成为我们前进的障碍，逼得我们寸步难行。只好用刀砍，胳膊都砍软了。中间我们曾来到一块巨石上，休息，吃东西。在密密麻麻的乱草中，你根本看不见脚下是虚的还是实的，如果是虚的，可能就是十几米深的山洞，如果掉进去那肯定是不残即伤。虽然我看到了曾经熟悉的那个一线天，可后来又看不见了。有时候，方向感不是那么清晰了。还好，我们还可以听得到山下公路上汽车、拖拉机的声音，大方向不会出问题。当我们看到远处的几棵竹子的时候，我们又重新点燃了希望和信心。我有时真的觉得今天可能出不去了，要在山上过夜。在这样的环境中前行，你几乎看不到2米以外的物体。那纵横交错、密不透风的藤萝、杂草就像一堵厚厚的墙，阻挡住我们前行的路，消减着我们的勇气和耐心。当我们更加靠近那几棵竹子的时候，我们似乎看到了希望，终于来到了竹子的旁边，好走了许多。最后找到了路，尽管有几次走进了死胡同，庆幸的是我们还是在天黑之前下了山。其实那时候，什么都看不见了，只觉得脚下白白的像是路而已。当我们从一个农户家的大门前穿出来到大路上时，大家都情不自禁地大叫起来。

大家都不同程度地受了些轻伤。我记得我至少摔过两三次，有一次手指被挤伤了，伤口还比较深；手臂上的小伤口不计其数，脚还被扭了一下，还好，无大碍；只是大腿被一个同学跳下时用膝盖顶了一下，估计要痛上几天才会好。华南小臂上划伤很严重，是蹭在了石头上磨破的。一路上要说受罪最大的是那两个女孩子了。她们没有穿长裤子和长袖衣服，可以想象腿和胳膊被划伤的惨状了。但她们都很坚强，很有信心，这一点她们甚至超过了我。当我们摇摇晃晃地从大山中走出来时，那个狼狈相自不待言。坐在公交车里，人都不愿意和我同座，可悲呀。还好，我还是把大家安全地带出来了，这对我来说是最大的安慰和成功。

以后要谨记的就是：不要贸然开辟新路，下午2点左右如果找不到路，必须沿原路返回。今天尽管我们仍然未能找到蝙蝠洞在哪里，其实我们已经身在旗山的万洞之中了。在旗山的某个位置，山里头几乎是空的，就像马蜂窝一样，可以说是洞连洞、洞套洞，那是一处神秘的领地，有待我们未来再次去探寻。祝愿这几个孩子能早日恢复伤痛，过一个美好的中秋节。

重走五虎山

2011年10月16日

今天周日，天气晴朗。依约于早上6点40分起床，吃早餐，坐42路车到白湖亭，转乘30路到尚干下车。现在的30路比以前向前延伸了一站，直到村里头一个广场才停车，记得以前就在村头停车。到达尚干的时间大概是8点半，比预计的要早半个小时。又吃了一碗锅边，跟远水联系，谁知道远水早就到了。后来又等了将近一个小时，等人都到齐了，就坐三轮车出发，一个人是4块钱。我们是3个人一辆车，一个人5元。三轮车司机把我们拉到了官前村，这跟原来说的地方不一样，原来好像是黄土边，又等去黄土边的那辆车拐回来才一起上山。

这次一行共13人，有我们户外休闲群的，有好吃好玩群的，还有二化的几个。今天走的这个线，是我以前没有走过的，有几分担心，也有几分庆幸。担心的是害怕找不到我以前走过的那段熟悉的路，庆幸的是今天终于可以走出一条新线来。从官前村头一条通向涵洞的小路上山，穿过涵洞，到一个像果园的地方。看到果园里种着很多橘子，不过还没有成熟，可旁边的洋桃和柿子可都熟透了，烂了一地，有人赶忙往袋子里装。我觉得最好不动人家的东西，一是不道德，二是可能会惹来麻烦。后来就顺着果园旁篱笆墙往前走，那是一条正路，可以直接上山。走这条路你不用怎么担心会迷路，因为一虎的山头就在头顶上，大方向不会搞错。路面有些湿滑，可能跟前两天刚下过雨有关。好多人摔了跤，还好，我一路上只是打了几个趔趄，基本上没摔倒过。上山的路只有一条，也不会迷路。我们绕过一虎山头，来到这座山头的背后时，基本上也就快到山顶了。在这里我们看见了有名的滴水岩，有稀稀拉拉的水滴从山顶的岩石上滴落下来。我们就在下边休息，有几个人在那里接水，准备煮饭。我也带了灶具，但因为累的缘故，懒得拿出来煮饭，就吃一些干粮充饥。在他们吃饭的当口，我们两个人去看了另一个山头，不知道是几虎。等一部分人来到了，我们就顺着一条机耕道前行，到了一个垭口处，有一条小路伸向我们要走的方向。风水师走过这条路，我们就沿着这条小路走，走了好久。路边的野草把路遮挡得严严实实，很多时候是靠感觉在探路，因为你看不到脚底下是路还是虚空。每一步都要虚着走，不能一脚踏实了，那样就有可能摔倒。

这应该是一次穿越，我们翻过一个又一个山头。山上真的很漂亮，我们有时候在一人多深的茅草丛中匍匐着前进，有时是在阴暗的树林中蹒跚，有时在几乎看不到路的绿色草原上蹀躞。回首远望，早已不见了来时的路。路上迎面碰上了另外一个登山队的，他们大约也有十几个人，他们从南通来，跟我们方向正好相反。还碰见了两个尼姑。终于我们看到了方山水库，又找到了前进的方向，后来就是一路下行，连滚带爬地来到了水库旁边，有人还是摔了跤，不过都没有受伤。这个水库我以前都来过四五次了。这次感觉水很多，湖面宽广，碧波荡漾。我们在大坝前留了影，看时间不早了就赶紧下山。看样子，上山的人是少了许多，草进人退，路变得只能容下一脚宽了。等我们来到地面，人已经累得不行，后边还有一段平路要走。等到去瓜山村的大路边上，再也不想走了，坐摩托车出去，一个人5元。到南通南港大桥旁坐138路车回福州，也可以在南通坐南通到福州的汽车，价钱差不多。回到家里的时候天已经黑了，洗澡的时候发现脚底下磨出了血泡。第二天早上称称体重，呵，足足减了2公斤，大有成效啊。

不管怎么说，我相信，爬山对人是有益的，你说不是吗？

溯溪鹰猫山

2011年10月23日

今天周日，晴。今天是我2年的期待终于实现的日子，那就是溯溪鹰猫山。早就在网上查到，说马尾那边有个什么什么鹰猫山，有多么多么秀丽，溯溪有多么多么惊心动魄，还有人因迷路在鹰猫山上过夜。鹰猫山海拔高度并不高，大约有600米，天气晴朗的时候从山顶上可以看到远方的3个岛，其中一个就是琅岐岛。跟黄老师说过几次，他都没同意；跟远水说过几次，也说如果没有梦伯带队的话，最好不要去。我也曾想过自己去鹰猫山，实在不行就住一个晚上，今天看来那是太危险了，如果路线走错的话，不仅走不到鹰猫山，甚至出不了大山。大约在半年前，我跟梦伯去爬过一次鹰猫山，那次是走山路，不是溯溪，心里得到部分满足，但总觉得没有溯溪总是不过瘾。今天机会终于来了，但远水他们不大喜欢强度较大的活动，他们决定周日再去五虎山，我只好一个人了。

昨天晚上都基本上准备好了要带的东西，考虑到登山的难度，我决定不带灶具，轻装上阵，反正以前都已习惯了吃干粮。早上5点半起床，用早餐，6点12分坐上K3路，6点36分换乘36路车（到东岐6元，其实这是个错误，让我多花了几块钱，本来可坐K3路到五一广场下车，换73路到马尾君竹环岛再换乘116路到东岐，3块钱就够了，回来的时候就是这样坐的，早上去的时候8元，回来的时候3元），7点42分到东岐汽车站，终于让我长出了一口气——没迟到！8点左右出发，我们一行11人，由梦伯带队，由东岐汽车站对面的牌坊里穿过，直走，左拐，再直走，顺河走，过桥，见一取沙的工地，再往前有一座小庙。其实，从东岐汽车站出发，一路上你都可以看到鹰猫山最高处的那个猫头，只是当我们走到小庙的位置，看那个山顶的岩石最像仰面长啸的猫头。过了小庙，溯溪就算开始了。刚开始的一小段，溪里没有多少水，说是前面有人筑了一个水坝把水截住了。等到过了水坝，溪水就多了起来，但因为季节的原因，溪水跟夏天比起来少多了。曾经来过这里的人说，路也比以前水多的时候好走了许多。这些人都是登山的高手，我气喘吁吁地跟着他们，一会儿在前，一会儿在后。大部分时间是在沿溪而行，只要不离开溪，就不会出错。溪里边是没有路的，人都是踩着石头走，很多时候要手脚并用，有时候手脚并用都不够。在比较宽阔的地方，因为有太阳的缘故，石头不会那么滑，走起来还不用那么担心，一旦进了阴凉的地方，石头表面上绿绿的，看上去好像不会滑，可是一旦踩上去，就很危险。这时候，每一步都不能踏实了，也像走在草地上一样，要虚着走，手最好要抓住什么东西。这条溪也不像我们平时想象的那样是平的，整个溯溪都是在不断地登高，有的时候还很陡，有的时候会无路可走，就要从旁边的山上什么地方绕过去。溪里的水自然是很清的，可以直接拿来饮用。因为溪里无路，所以大家就像放羊一样，谁愿意从哪里走就从哪里走。我仔细观察了一下梦伯。他已经是70岁的人了，个头不高，估计一米五几。尽管他跟这帮年轻人比体力肯定不占上风，但他也不示弱。在公路上走路的时候，他迈着小碎步比谁跑得都快，在溪里他走路最省力，一般不随意从大石头上爬过去，尽量走沟底，这样不仅可以节省体力，还可保证安全。所以，我大部分时间都跟着他。进入溪里不久就看不到那个猫头了，基本方向是在绕到鹰猫山的背后。从小庙往上看，觉得直线距离很近，但实际上没有一条直接的路可达山顶。

  10点20分到达第一个分岔，我在此留下了我们户外休闲群的标记。大家在此休息10分钟，进入左边的溪里继续前行。大约一小时后，于11点半到达第二个分岔，这边的溪水已经变得很窄了，这个分岔处也不是那么容易找得到，我在此也留下了标记。梦伯说再往上还有半个小时的溯溪和一个小时的登顶就到鹰猫山的最高处了。我们在此吃午饭，休息。空气很好，水很干净。我带的水差不多喝完了，在此又装了满满的一壶水，因为梦伯说，再往后就没有水了。中午12点半由第二个分岔处向左上行，要从溪左侧绕过去。这段路更难走，石头滑得很。

半小时后，向左侧有路标处，上山，在野竹林里走，进入登顶阶段，大约是1点。山顶就在我们的左侧，但在野竹林里是看不见的，我们在这里花费了较多的时间。因为找不到登顶的路，在竹林里来回走，大家都有些着急。最后我们在竹林尽头能看见山顶的地方往上爬，这里好像有人走过，也觉得不像，没有办法了，只能独闯新路了。一阵猛冲到了山顶，就看到了对面50米开外的鹰猫山山顶了。当我们到达鹰猫山山顶的时候大约是下午2点。从那个山顶到鹰猫山山顶，要从右侧下，从那块岩石的左边绕出。2点半下山，下山的路我是走过的，但已经不再是当年的模样。草木茂盛，哪里有路？全凭经验和感觉，梦伯会记得走到哪里，从哪里拐。如果是我带队的话，应该也能下去，估计要多花些时间，会多走一些弯路。下山的时候要翻过三个小山头，之后就是一路下行，再也不用上坡了。下山的路我虽然走过，但印象不深，有几个重要的标记是不会忘记的。离开山地来到机耕道上，直下行，遇路左下行，如有小路就走小路，可以碰到三座小屋。最后那个分岔处，走哪条都行，直行会好走一些，右拐的话，走得会快一些，路可能会陡而滑。我们就选择了直走。膝盖又酸又痛，下午4点到达高铁下面，穿过高铁和高速公路，到达去连江的路边，坐上116路，到马尾君竹环岛再换乘73路到五一广场，换K3路到家。到家的时候约晚上7点。

每次爬山回来，都会觉得很累，这是正常的。今天最大的收获就是完成了一个两年来未了的心愿——溯溪鹰猫山。真正的溯溪对我来说可能还是第一次，以前的溯溪都很短，也没有这么难走。我想如果让我带队的话，应该不会有太大问题了，毕竟我也是7年的"老驴"了。

重走鼓山绝顶峰

2011年10月30日

今天周日，阴有小雨。这几天较忙，没有来得及跟同学们商量去爬山的事。一直到昨天晚上才跟几个同学联系，最后到底有几个人会去不是很清楚。因为今天是我自己组织的爬山活动，没有外人参加，这样，我们就不用那么着急，约好早上8点半在于山站集合。

等我到了于山的时候，有几个同学早就在那里等着了。很快大家都到齐了，总共有 14 个人。有美平、珠龙、婉菁、永祥、海燕，其他大部分都叫不上名字了。我们去五一广场换乘 73 路，到龙门下车。过公路，在龙门买了一些吃的喝的就出发了。顺村子直走，在村头沿台阶上山。穿过高铁后，遇到一分岔，直走。再往后，又有一个分岔，走哪边都可以，我们走的是右边。这样就到了龙门水库的右侧，绕到水库左侧，照相。继续前进，很快到达般若庵。这次般若庵仍在施工中，但没有看到那几只孔雀。从般若庵右侧上去，直到水泥路上，向上走不远，有一条上山的路，这是一条通向绝顶峰主峰的山脊。山上光秃秃的，树少草稀，但走起来比较方便。

很快就到了这个山脊的顶端，人称仙人脚的地方。那个山头上有个小水坑，形状酷似一只大脚，水坑里有一汪清水。这个季节山顶上的风已然有些寒意。我们大都坐在一个低凹处休息，补充一些水分和营养，以备作最后的冲刺。

爬山的路看样子是有人砍过的，这样就好走了许多。绝顶峰的登顶不是一件容易的事。路不是很清晰，有时是在野竹、乱草、矮树中穿行，有时在巨石上攀爬。另外这段路也特别陡峭。我们终于来到那几个标志性的建筑物——大圆球跟前，在这里参观并休息了一下，就顺着旁边的公路走，很快就到了情人谷的尽头。那里有一座小桥，桥下有个取水的地方。我们在那里取水煮面，一共有 14 个人，煮了好几锅水，吃方便面，最后还喝上了西红柿蛋汤。饭后，从饭店旁的一条小路进入鼓山十八景景区，从景区穿过，就到了松之恋登山道。由此道下山，来到下院入口处，大家各自坐车回家。

还好，今天无风无雨，无惊无险，平安回来，也不觉得累。

再走五虎山

2011 年 11 月 6 日

今天周日，阴有小雨。增良想去蝙蝠洞，黄老师说那个地方不好玩，这让我很为难。最终还是照顾老人家的情绪，我选择了再去五虎山。去五虎山的路很多，我们可以选择以前没有走过的路。另外，黄老师以前带学生在那一带实习，道路很熟悉，完全可以找到一条新路。

大家依约于早上 8 点半在白湖亭集合，我们坐 30 路车到尚干下车（车票 2.5

元）；然后再坐三轮车，到黄土边下车（每人4元）。下车后，顺台阶走一小段就是新修的水泥路，这时我们已经看到了位于五虎山山腰间的五岭岩寺。我以前来过五虎山很多次了，隐隐约约记得有个寺庙，感觉是在我们行程的右前方。我们以前可能是从后山村上去的，如果没错的话，从后山村上去到方山水库应该是最近的，但我从来没有到过这个寺庙。今天终于有机会一睹五岭岩神秘的风采了。这段水泥路还是挺陡的，我们爬到五岭岩寺时，都已经气喘吁吁、汗流浃背了。这个寺庙看上去还是很壮观的。听黄老师说，以前他来这里的时候，只有一间破庙，现在很多地方都是新修的。寺庙里有两个尼姑，我们向她们打听上山的路，她们俩说的都不一样，这让我们感到不知所措。我们在这里作短暂休息，从寺庙的右侧出去，沿厕所前面的一条小路上山。路被人修过，路两旁的草被砍掉了，显得路宽多了。这时候，小雨开始松一阵紧一阵地下起来，我们只好一会儿撑开雨伞，一会儿收起来。当我们来到二虎（白面虎）和三虎的分界线时，遇到一个三岔路口，不知道该往哪个方向走。这时，后面有几个当地人赶上来，说，可以向右前方，爬到二虎头上玩一下，再下来。我们就顺往二虎头上爬，经过仙人脚，再往上就是二虎头了。我们从二虎头上绕下来。后来我感觉到，我们正在走的路好像是我不久前刚走过的，只不过是方向相反。这样走下去就到滴水岩了。我跟黄老师说，他说走一虎和二虎中间的沟里头可能会到达方山水库。我们就沿一虎旁边的机耕道走，足足走了两个小时，翻过了好几座山，发现离方山水库越来越远。大家都累了，我们只好又回到滴水岩，顺原路来到我以前走过的那条小路，先是回到二虎和三虎中间我们刚刚经过的分岔口，接着再往正前方走。如果从我们从五岭岩寺来时的方向判断，应该是向左拐。现在方向对了，路线我基本记得，只是刚刚下过雨，鞋子和裤腿全都被打湿了。

  这几个学生也一直说脚底都没感觉了，是啊，今天的路是走得多了一点。没办法，在人多的时候，我们没办法不去听听大家的意见，特别是要尊重老人家的意见。其实也没关系的，爬山本来就是一个过程，不一定非要爬到什么什么地方，只要能安全出去，安全返回就可以了，欣赏和享受应该是第二位的。后边的路都是我以前走过的了，草很深，有的时候要在一人多深的茅草中穿行。路是隐隐约约的，时浮时现，走这样的路就是靠感觉。有个同学说，只要感觉很爽，就是走对了，要是感觉不舒服就是走错了。还真是的，就是这样子。

大约下午 3 点 35 分到达方山水库，短暂休息，下山，4 点 35 分到山脚下。5 点 20 分到南通汽车站，坐上南通回福州的汽车。找个地方吃了点东西，回到了家里。今天一路同行的，有 8 人，有黄老师、增良、锦刚、瑞英、书钦等。

美在哪里？美在找寻之中，美在我们的心中。

信步漫游上坂魁岐一线

2011 年 11 月 13 日

今天周日，阴，无雨。早 7 点坐上 K3 路到于山站，换乘 73 路到上坂下车，时间是 8 点，离大家集中的时间还有半个小时。大约到 9 点，大家都到齐了，出发。一行 7 人，有远水、小余、老杨、老王、露松等。

从上坂村穿过，再穿过高铁隧道，往上走不远就是妙香堂，也叫扣冰观音寺。在寺庙里参观后，出来，继续向上走，来到最高处的天镜洞。天镜洞是个自然形成的洞穴，内有佛像，后边有一洞，通向外边，有水从上边流下来，从洞中流出。洞口处有两藤，顺着崖壁伸向山顶。从洞中出，沿原路返回，左侧有坟墓，坟墓旁有大路。我们顺大路行，中间曾走错了方向，往右侧去了，不通，返回。在分岔处折向上，再遇分岔，一路上行，到高压线下，顺高压线向上，到山顶，往绝顶峰方向下行。后遇到一小溪，过溪，碰到一片和尚种的菜地。向和尚打听路线，向左前方走，不远就到了一小桥，他们叫作般若桥。桥下有水，我们在此休息，吃饭。这个地方是一块较平整的巨石，对面的石壁上写着"佛"和"忍"两字。

休息过后，顺原路到菜地，左侧有小路下，遇到一小庙和老和尚，从下面的菜地穿过，到对面，有小路下，路很好走。一路下行，中间遇到一个分岔，往上的分岔可能是去鼓宦公路的。往下通向魁岐，我们选择往下。遇登山会所，顺新修的水泥路，走到头就是魁岐。我们休息的时候是中午 12 点 30 分左右，到达地面上是 1 点半多一些。从魁岐坐 137 路到下院，转 7 路，到宝龙换 K3 路到家。

今天基本不感觉累，出汗也不会太多，应该是最轻松的一次。无风无雨，天气阴凉，有些路段略显湿滑。还好，没人摔跤。大家都说，这是一条不错的线路，以后还可以再来。不管怎么说，走进这山这水都是最好的，起码我是这样认为的。

茶洋山游记

2011 年 11 月 27 日

今天周日，阴。早 6 点半起床，用早餐，7 点半不到就赶到了集合地点于山站。美平已经到了，过了一会儿碰见黄老师，天彪和海洋 8 点多到。人到齐了，出发。坐 73 路到快安站下。到路边，由隧道过公路，到快安村村口。经打听，去茶洋山的路很多，我们朝来时相反方向走，大约是在第二个路口，向大山的方向走，中间要经过快安小学。在狭窄的小巷里七拐八拐，来到了村头。顺石头和水泥台阶路就可以上山了，就在高铁下面，我们的右侧有一个看上去有一定规模的寺庙，好像叫什么"石积尊娘"。

路还是不错的，看来很多人走过。马尾这边的山很多都是这样的特征：土层很薄，植被很薄，估计有一二十厘米下面就是石头。这种石头还是连在一起的那种整块的石头，所以树长得都不会很高，草和矮树丛倒长得很茂盛。在路的左前方很多时候都可以看到鼓山绝顶峰上的军事设施，那是附近的一个最重要的标志。一开始的时候，草和树都不多，山上显得光秃秃的。越往里走，草也深了，树也高了，很多树好像是人工种植的，我们看到有很多松树。中间我们休息了几次，置身于绿色的海洋中，痛快地吃喝，自然是一种享受。中间我们来到了一段公路上，在公路上走了大约 1000 米。过了山沟，在路的左侧有一个水泥板，由此水泥板可以继续在山路上行进。上了这段山路，离目的地茶洋山已经不远了。我们很快就来到了山顶，有一个老农养了几十只鸡鸭。我们打听了一下下山的路，有一个当地的老伯说，如果从这个屋子的后边下去去磨溪的话，可能会很困难，那条路多年没人走了。黄老师在这里买了一只番鸭花了 200 元，太贵了，我没买。我们大家跟着黄老师吃了两碗免费的粉干，还喝了地瓜烧，哈哈，真爽！本来想抓一只鸡，过过瘾。可惜的是我们四五个人费了九牛二虎之力，最后还是空欢喜一场，那些鸡到处乱飞，根本抓不住，只好把流出来的口水又咽了回去。

回去的时候大约是下午 2 点，先顺原路到公路，由公路旁的石阶路下去，来到了一个荒废的村庄，有很多的石头房子，都没人住了。屋子里头都长着很深的草，还有葡萄藤什么的，真实再现了人去楼空的感觉。这个地方我印象当中好像以前走过，就带着大家一路下行，希望能到达磨溪，结果不知道是路走错了，还是有一段时间没人走，路都荒掉了，无法前进。我们就又回到了那个小村子，顺另一条下行，辨别了一下方向，应该没错。现在时间已晚，天快要黑了，如不能在天黑之前下山就麻烦了。后来有一段路我们基本上是顺着高压线的方向行进，后来就跟来时的路会合了。最后当看到了那座熟悉的小桥时，大家都放心了。我们在此休息了十几分钟，之后就一路下行，穿村而过，来到快安车站旁，这时天已经完全黑下来。之后，我们坐137路到下院，转97路到福大东门，再坐128路回到金山。

今天天气基本上是阴的，中间偶尔出现了太阳。这种天气最适合爬山，而今天我们真的去爬山了，哈哈，那就对了。

再闯鹰猫山

2011年12月4日

今天周日，阴转晴。早5点40分起床，6点20分坐上K3路，到五一广场换乘73路，到马尾君竹环岛再换乘116路，到达东岐的时间是8点5分，比约定的时间提前了25分钟。稍等，远水和小马、小草、老王赶到，小余大概是8点45分左右到了。人到齐了，一共6个人，出发。

今天的爬山与往常不同的是要由我来带队，那这个责任可就大了。你可能会觉得你所听到的所有抱怨都是冲着你来的，以前我们也经常听到这样那样的抱怨，比如说，路太远了，太难走了，走得太快了，路带错了。有的时候都是说着玩的，但可能会伤害带队人的心。大多数路线都还记得，先沿大路回走数百米，有一路口，路口旁有一交通银行取款机，右拐，直行，穿过高铁，高速公路限高架左前方有一座富丽堂皇的寺庙，右前方就是上山的路。入口处很不明显，没有台阶，抬头往上看，可以看到一个小房子。由此上，小房子上有"善恩寺"几个字。这是我们碰到的第一个小屋，以后就是顺着台阶往上走，中间要经过另外三个小屋。不要往右拐，往右拐的路大多是通往坟墓的路，被人修得很好，也不要左拐，其实基本上没有左拐的路，直走就行了。到了机耕道，顺右前方的机耕道走，来到最后一个小屋前，这时时间是9点40分，其实还不到那个小屋的时候就有一个不是很明显的上山的入口，从这个入口处可以走到小屋的左侧，从小屋的左后方的小路上行。此后的路就是最难走的了。一开始的时候还能看到依稀可辨、隐藏在茵茵绿草中的纤细的羊肠小道。经过了蜂箱，在那个位置可以远眺闽江、琅岐等山下美丽的景色。再往上走，道路就很不清晰了，大概是很久没人走过了，有的时候根本找不到路，有的时候路是断断续续的。砍刀也拿出来了，很多时候要开路前进。还好，方向是明确的，不会走错方向。有的时候草很深，人钻进去就不见了。有的时候就在山脊上行走，风吹着，真有几分的危险。我们这个队中的小草是第一次走这么远的路，有时候会跟不上，会经常休息，另外，远水和小余都喜欢照相，也使得行程变慢。我真的担心天黑之前下不了山怎么办，所以就不断地催促。当我们又一次来到机耕道的时候已经是下午1点了。我们几个带的水都不是很充足，大家都不敢放开喝水，所以干渴也成了一个小问题。到了机耕道，鹰猫山就在眼前了，说在眼前是说我们看到了鹰猫山的主峰，但离鹰猫山的距离还很远，还有两三个山峰需要翻越。大家也累了，行进的速度也更慢了。不过还好，路还不错，比我上次来的时候要好多了，只是感觉今天走的这条路好像我以前没有走过一样，后来才发现，就是这条路。其实，每次爬山都有一种新的感觉，都有一番新的景象，大山展示给我们的是无穷的变幻和奇特的魄力。中间我们有好几次走错了路，这也很正常——走错了，退回来就得了。这次老王跟我一块儿开路，有什么问题都是我们俩商量着解决（小马以前也爬过此山），最后把大家带到了山顶。

对面就是鹰猫山了，小草是很累了，大家都劝她不要去登顶了，就在这个地方等着我们。可我觉得这样太遗憾了，鼓励她坚持登顶，最后她成功了。在接近登顶的那一段路是最难走的，基本上是没有路的，人就是顺着石头边上手脚并用往上爬。当来到鹰猫山的山顶时，大家都觉得怎么这么快就到了呢。

大家在山顶上照相，吃东西，喝剩下的最后一口水，这时候大约是下午1点40分，我们下山的时候是2点40分。到达机耕道，就顺机耕道走了。天还比较早，我们就顺来时的小路返回到地面，到达地面的时间是4点40分。我终于可以放心了，因为大家都安全地离开了大山，来到了地面。今天的行程就要结束了。

我回到家的时候已经是7点多了。值得注意的是，有些原则性的东西是不能疏忽的，比如说，要带够充足的饮食，否则的话，会成为登山者的一大困难。有的山上就是一点水都没有，最不能原谅的是，明知道山上没水还没有带够水，这是一个疏忽。

美哉，福州！

走象山村—状元岭—宦溪—降虎寨—贵安一线

2011年12月11日

今天周日，跟黄老师一起去爬状元岭。约好早8点半到检察官学院站集合。

记得金山公交车站有往秀山方向的汽车，所以我先坐95路到金山公交总站，然后坐上128路（事实上在建新中路即可坐上128路，不过我从冬馨苑出发的话，要步行将近两站的路）。快到终点站的时候，我就搞不清该在什么地方下车了，只好先坐到终点再打听。下车后，经打听，得知检察官学院离128路终点站（中央公园）不远，后来我走了两三站的路才找到了检察官学院。这个地方我很熟悉，这里是秀峰路的尽头，再往前走不远就是前往状元岭的入口了。刚好黄老师也到了，他也绕了一些弯路。时间大约是9点，我们就出发了。这条路我们以前走过很多次了。这是一条千年古道，据说，以前福州人上京赶考或考上了状元进京赴职都是走这条路的。

上山的人很多，我们碰到的就有三四拨人。本来上山的入口处有3个，现在能走的可能只有两个。我们先顺右边的公路上行，不远处，从一新建的大门进去，找到登山古道就没有问题了。走在这样的路上，你会有一种历史的沉重感，历史在这里沉淀成路石上的道道细纹。冷风吹着树叶，飘落于地面，在石缝里酝酿成路人的梦，无论是过去的状元、未来的状元还有不是状元的普通人的梦。历史在这里无声地延续，沉默的路面有时会掩藏在杂草、泥巴中，有时又被人清理得干干净净。

我们在"三山觉路"的牌坊前照了相，再往上走就是状元岭的最高处。这里有几个景点不得不提到：一个是状元岭，"状元岭"三个字尽管已被雨水冲刷得斑斑驳驳，但仍依稀可辨；第二个是建在两山之间的"文昌阁"，看上去气势恢宏；第三个是"南无阿弥陀佛"摩崖石刻。从这个山垭口下去就是通往宦溪的山路，旁边好像有正在建的公路或是机耕道，我看见有人骑电车上来。到达宦溪的时候，大约是11点钟，我们在宦溪的一家饭店用餐。

之后，我们顺公路走，快到板桥的时候走错了一段路，拐早了，最后还是走到了通往降虎寨的正路上。我们就一直顺公路走，走到降虎寨，照相，稍作休息。之后，再顺山路下行，抬头远望，青山峻岭连绵不断，远处一片绿水镶嵌在绿海之中。我们来到贵安的时候还不到下午 3 点，路边找到了一家叫作"古道温泉"的温泉店泡温泉，一个人一个小时才 15 元。我们痛痛快快地泡了个温泉，然后去贵安汽车站坐车。车少人多，我们先坐到开发区，再坐小面包车到福州，每人 20 元。穿过贵新隧道（将近 5 公里就到了新店），这时天已经黑了。我们在福大老校区东门外的大丰收饭店吃晚餐，晚饭后回到了家里。

贵安泡温泉已经是第三次，还是感觉挺爽的，如果有机会还可以再去。

游长乐风洞山

2011 年 12 月 18 日

今天周日，晴。我们一行 39 人游长乐风洞山。早上 7 点 45 分五一广场旁古城墙集合，8 点稍多出发。本次是包车，车费很便宜，据说来回 20 元多一点。大约 9 点半到达长乐江田镇南阳村，途中下车，入溪开始溯溪。路不是太好走，大多是在沿着一条溪走，有时在溪里踩着石头走，有时沿两岸走，有时要在沼泽地里走。很多时候要手脚并用，有时候还要互相拉一下。有的人是第一次溯溪，体力几乎耗尽了，走不动时还要大家帮他们。溪里水很大、很清，直接饮用没有一点问题。有的石头大得惊人，人们像猴子一样在巨石上爬来爬去。今天我的行李很重，吸取上次缺水的教训，这次带了较多的水，砍刀是肯定要带的，另外，昨天刚买了一根保险绳也带上了，以备不测之需。我们这个小组的有黄老师、美平，户外休闲群来了不少人，其他的有二化的，还有老王那个群的。满山遍野全是我们的人，因为有的走得快，有的走得慢，队伍长长的一眼望不到头。我这次基本上是担当收队的角色，偶尔也跑到前头，帮忙拉一下，大家相处十分和谐，这种气氛是非常难得的。原来预计溯溪要两个小时，因为新人较多，最后当我们走出溪谷的时候，大约是下午 1 点半。车早就在出口处等着了，我们上车，去农家饭庄吃饭，吃的有糟鸡、鸭、鸡汤，还有两个别的菜，几乎全是肉，真是过了一把土鸡土鸭瘾。我很快就吃饱了，最后还剩了不少鸡块和鸭肉。最后结账的时候，

平均每个人是 73 元。

从农家饭庄出来，后边就是风洞山了。站在农家饭庄的旁边，风洞山尽收眼底。长乐的山和马尾、旗山的山都不一样，石多树少，大部分石头都裸露着，奇形怪状。据说风洞山是当年闽东游击队司令部的所在地，从不远处的长乐地下党纪念园看来，这里曾发生过惨烈的战斗，许多游击队战士在这里壮烈牺牲。风洞山开发得很好，整个游览过程都有台阶可走，在比较危险的地方还加了围栏。类似一线天的地方很多，遇到这样的地方，就要辗转腾挪，低头弯腰，侧身仰面，匍匐而行。还好，我戴了头盔，不用怎么担心头会被碰伤。一同来的老杨可惨了，不仅在溯溪的时候翻进了水里，下半身全湿透了，爬山的时候还摔了个屁股蹲儿。风洞山的几个山头上的风很大，好像要站不住的样子，待上两三分钟就会觉得冷得受不了。大约下午 4 点钟，大家都返回到地面。接着我们就出发了，途经烈士陵园的时候大家都下车去拜谒烈士纪念碑。之后，就上车回福州。到福州的时候大约是 6 点 20 分左右。晚上 7 点我还去看了《金陵十三钗》。

老王说，这地方不错，水很好，很适合野炊，计划明年夏天再来。哈哈，远水他们还计划年底前去江西三清山之类的地方走走，因为江西在将近两个月的时间内门票全免，这实在太诱人了。看看有没有时间吧。这么大一个中国，好地方多了去了，只怕没时间或没钱。要不然，谁不愿意去领略祖国美好的江山呢？

圣诞节大化山出游记
2011 年 12 月 25 日

今天周日，圣诞节，晴。不知为什么驴客行会定那么早集合，早 7 点 15 分在万象城门前集合，7 点半出发，害得我 6 点就匆匆起床，早饭也来不及吃就出发了，坐 K3 路到宝龙下车就到了。到的时候还没有一个人，很快碰到欣雨，她陪我去买早餐和中午吃的东西。转了一大圈没有找到做早餐的小摊，只好简单地买了些包子、牛奶之类的。回到集合地点的时候，车上已经坐满了人。7 点半准时出发。

红叶他们不知怎么搞的，竟然走过了很远，我印象当中去大化山应该在琯头还是镜洋下车，现在车快到福清了。后来车拐回头走了很远，才到琯头，邮局旁边有一个胡同，进去。到有桥的地方，向右拐进了村子。原计划走小路上山，问一依姆，说无路，只好又回头，走大路。大路很难走，路面上跟前几年相比差远了。前几年我们来过几次，路面尽管铺着石子，但还比较平整，而现在的路面到处坑坑洼洼，汽车路过时会扬起一阵尘土。我不大喜欢走这样的路，很多人跟我有同感。可是这么21个人的队伍肯定是要统一行动的，领队怎么安排就怎么走。

估计有两个小时我们就到了山上，今天去大化山的人真的很多，估计有七八群人，他们还在我们以前曾经想选作露营地点的地方搭起了帐篷。这时候太阳出来了，阳光照在脸上感觉暖洋洋的。这个季节来到大化山一个最大的看点是漫山遍野的枫叶。那些枫树长得又高又大，远远望去像一团团红色的云笼罩在一道道山梁上。地面上非常平整，听说是以前人曾经耕作过的田地，现在长着厚实实的草。冬日里，这些草已经变得有些枯黄，在满山枫叶的映衬下，显得几分沧桑和凄凉，也有几分异域风情的感觉。我们几个先期到达的在草地上休息了片刻，大部队就到了。我来到几年前曾经露营过的那两个木屋前，照了几张相，然后就跟他们一起去附近的一些景点游玩。有些地方非常危险，巨石的边缘就是万丈深渊，趴在边上往下看，会有头晕的感觉。再往上走一点可以看到远处新修水库的大坝，可大家都不知道这水库叫什么名字。我们就选在有水的地方休息，煮面，喝茶。饭后休息了一下，我们就下山了，下山的时候大约是下午2点，到达地面的时候大约是3点多。后来大家约定一起吃个饭。那个饭店是位于长福路的一个叫作什么旺旺的饭店，大家玩得很高兴，喝了不少啤酒。毕竟今天是圣诞节，大家难得在洋人的节日里聚集在一起。其实大家能通过爬山这种形式走到一起来，多多少少都是缘分。中午吃饭的时候还有人说，她或他是什么什么时候被"捡到"的。正所谓"烟花烟花满天飞，缘来缘散缘如水"。

回到家的时候已经是晚上8点多了，我听见朱墨玉在屋里对我大骂，肯定是饿了。可是我就是找不到钥匙，给她发短信、打电话她都没听见，上网她也不在QQ上。估计过了10多分钟，我在包里到处找，最后找到了钥匙，才开了门，叫她吃饭。

外边的世界真的很精彩。

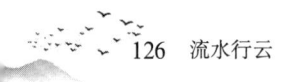

❋ 2012 年 ❋

塘前—古崖山尾—东关寨穿越

2012 年 1 月 2 日

今天早上 5 点 40 分起床，7 点多到于山站对面的古城墙集合，原计划 7 点半出发，为了等一个人，将近 8 点才走。车很快离开了福州，顺往永泰方向的大樟溪一路蜿蜒而行，不一会儿就到了塘前。过大樟溪，到了一个只有几户人家的小村子，有人说这也是塘前村的一个自然村。这个地方我来过，大概是四年前的事情了。那一次，我跟黄老师和老冯三个人，也是从这个桥旁边上去的，具体的线路记不清楚了，可今天老冯已然归西，老黄也已年迈，对爬山的兴趣也是时有时无。睹物思情，不免心中惆怅。

今天我们选择的方向基本上是沿着一条溪走，路一直都是有的，大部分是在溪的左侧，有时候会找不到路，就在溪中踩着石头走。路很宽，看来走的人很多。我们在崇山峻岭间穿行，潺潺的溪水声时远时近，不绝于耳。脚下飘落的新叶黄黄的、软软的，如锦缎，导引着我们走向更高更远的前方。中间短暂休息了两次，大约于 11 点钟到达传说中的金瓜石。金瓜石是一个外形酷似南瓜的巨石，因此而得名。我们在金瓜石上面休息，吃一点东西。然后再往前走就是金瓜寺，一座人去楼空、破败不堪、大门紧锁的土屋。上次我跟黄老师来的时候，我们在路上碰见了两个和尚，估计是这个庙里的和尚，我们上山，他们下山。那次我们把和尚庙里的棉絮拿出来，就在寺前的那个巨石上过夜（我们把这个石头当成金瓜石了），还把厨房里的锅拿出来，在寺庙的台阶前埋锅造饭。我仔细地看了一下，那几块支锅的石头还在，那烧过的柴灰早已荡然无存，失去了踪影。这一次大家伙还是在这个地方煮饭。我和美平煮了两包方便面，感觉不错。

饭后我们就开始登顶了，这是一段比较难走的路。路比较陡，可能是前两天刚下过雨的缘故吧，有些湿滑。越往上走，山上越显得光秃秃的，既不长树，也没有草，想抓个什么东西都困难。山的最高处有几块奇形怪状的巨石，他们在那里照相，我没带相机，就径直往前走了。在山顶往前下方远眺，山谷纵横，山头耸立，有几分惊险、几分俊美，颇有小张家界之象。下山的路走起来虽然没那么累，但也真的很难走，一路上大多是那种碎石，脚踩上去会滑动。我就是在下山途中踩到一块石头上，结果石头滚动，把我摔了个屁股蹲儿，疼得我眼冒金花，屁股像是被摔成了八瓣。大部分时间好像是在一个山沟里前行，只不过一滴水没有，都干涸了。膝盖有些受不了了，脚底也因鞋底太薄，不断地被刺痛。他们说大概是下午1点下山，我们到达机耕道时是3点40分左右，差不多人都到齐了，我们就继续出发去东关寨参观。在村子旁边一户人家的外边走，顺石阶走约半小时，再走水泥路可达东关寨。东关寨可能是过去的大户人家建的类似古城堡之类的房子，据说有将近百间房子。我们进去看了看，尽管已经显得破败，但里边还住着人家。小院里道路四通八达，部分道路是条石铺成，部分是土路，房子主要是木结构。听说土匪打了很多次都打不进这个山寨。

接我们的车子已经在这里等我们了。我们已经累得够呛，上了车就返回了，大部分是顺原路返回。大概晚上6点到达东南眼科医院站，我和美平在这里下车，我转K3路回到家里。好累呀，昨天晚上快2点才睡觉，今早5点多就起来了。四年走一回，如果这样的话，不知道还能走几回？

走龙门—般若庵—涌泉寺—鼓山一线

2012年3月12日

我跟黄老师先到于山站集合，然后坐73路车到龙门站下车。从龙门村穿过，就开始登山了。山上似乎没有什么人，我们没怎么停歇，过了水库就到了般若庵。般若庵里一直在搞建设，很远就听到了孔雀高亢嘹亮的叫声，近处可以看到几只孔雀在房顶、地面上悠闲地散步。现在的般若庵似乎大有改观，那些新建的殿堂里多了几位神像，有几个美工在神像上描绘着什么。还有个大殿里建了五百罗汉。我们从般若庵穿出就顺着那条下行的水泥路走，我给黄老师和自己都砍了根棍子，本想直接走海会塔、杨树庄墓一线，可没找到路，还是来到了涌泉寺。去涌泉寺一开始也没有找对路，我们顺着一条小路走，小路的终点是一座坟墓，我们只好返回起点，最后来到了涌泉寺。已经有好几年没来过涌泉寺了，记得第一次来涌泉寺也是黄老师带我来的，那时候好像门票只有一两块钱，现在可能是50元左右吧。我们是从后门进去的，自然就免了门票。进去以后，因为是下午接近傍晚时分，进庙的人已经不是很多，听见有一间大殿里歌声朗朗，我们就走过去看看。有许多和尚、尼姑在上课，有个老者佝偻着背，看样子有七八十岁。我们想找一找以前藏经的藏经楼，听说台风"龙王"那年被水淹了，可是没有找到。还有以前我们来涌泉寺时看过的佛牙也想去看看，结果也没有找到。因为时间较晚，我们就出了大门，到门口处的小摊上吃了一碗鱼丸子，6元一份，4个鱼丸子，不贵，还挺实惠，感觉不错。

接着，我们就顺鼓山最右侧的路下山了，回来时候的一段经历让我觉得既好笑又透露出某种人生哲理。我和黄老师每个人都拿着一根棍子，我那根棍子挺长的，没地方放，就竖着拿在手里，上头差不多顶到公交车的顶篷。一路上至少有四五个人来扶我这根棍子，他们以为这是汽车上的扶手。我可遭了罪了，要用劲扶好，否则说不定有人会摔倒。当他们发现不是扶手而是我手中的棍子时，他们会不好意思地说声对不起。看来，粗心是难免的。

晚上就在黄老师家里吃饭。今年的福州春天迟迟未到，料峭的寒风在肆虐着。出去走一走，还是不错的一种选择。

重走鳝溪—鼓岭登山古道—分路—宜夏—鳝溪一线

2012年3月12日

这一段时间，福州一直笼罩在持续的烟雨中，几乎看不到一个好天儿，很少能看到太阳。我跟黄老师约定如果周日这天早上不下雨的话，我们就去爬山。周日这天我也没起那么早，大概在早上9点的时候给黄老师打了个电话，他还是关机。10点的时候他打来了电话，我们约定11点出发去鼓岭爬山。11点到祥坂路口坐93路到鳝溪下车，到对面的鼓岭登山古道。太阳时隐时现，空气清新，百鸟鸣翠，万花吐芳。

半路上碰见了以前经常一起登山的红叶队长、风水师他们。他们人也不多，大概有六七个人。我们今天出发匆忙，我倒是在家门口买了早点，本来计划着到什么地方买瓶矿泉水，但根本就没有找到卖水的地方。黄老师干脆就没吃早餐，还好他带了一些干粮。我们到了鼓岭下边的一个农家，听到里边很热闹的样子，后来知道有人在那里用午餐。我们也在那家农家乐里，现炖了一只2斤8两重的母鸡，一盘菜，还有一盘炒面，喝了一点地瓜烧。酒足饭饱之后，我们于下午3点19分开始下山，这条路是我以前曾经走过的，都很熟了。一路都有铺得很好的石头台阶，我们沿阶而下，两个小时后到达山下，大约是5点12分。后半程我们选择了一条以前没有走过的路，我猜想应该能走到我们上山时的起点，结果真是这样。下山后，黄老师还想让我去他家吃饭，我一点都不感到饿，就直接回家了。回家的时候坐的是317路，这路车刚好可以走到金山公交总站。

鼓山山脉从福州这一侧看的话，从鼓山算起往北，依次应该是鼓山、樟林村（积翠庵、白云洞）、鳝溪、鼓岭登山古道，再往西就是千年古道（象山，通向贵安）、森林公园、升山寺，再往西恐怕就是旗山了。往南去过的地方有五虎山、大化山等。

游览宏琳厝、黄楮林泡温泉

2012年3月12日

前天是周六，学院组织去闽清的宏琳厝参观并去黄楮林泡温泉。早8点从福大东门出发，经过两三个小时的长途奔袭，首先来到宏琳厝。这是一处古建筑，有1000多平方米，建于清朝，现保存完好。宏琳厝坐西朝东，前面有两棵大树，正前方有五重山，象征着这家人层层及第。大门外的墙壁上写着"宫殿去看紫禁城，民居就到宏琳厝"的字样。大门上有"宏琳厝"三个题字。从图上可以看出来，这个古建筑群大体是方形。该建筑群设计精巧、实用，可防水、防火、防匪，还保存了许多古董，分四个地方保存，不过每个地方都要收10元，我们只参观了一处古董。整个建筑有三四处院落，中间都有叫作"雨阁"的建筑相连，下雨的时候保证淋不着。中间住着主人，稍靠外一点住的是丫鬟，最外面住的是家兵。

从宏琳厝出来，就来到旁边的农家饭店用餐，吃得还不错，品种繁多，光各种汤就有四五个。饭后，大家还在旁边的土特店里购买了礼饼等食品，接着就乘车去黄楮林。又经过一个多小时的颠簸，大约于下午2点到达黄楮林。这是一个集旅游、温泉、登山于一体的美丽的地方。山上绿树中间白色的山花怒放，整座山就像个玉屏风，呈扇形展开。黄楮林位于一条溪旁。温泉就是沿溪而建的，看样子是把地下的温泉水抽至地面上，然后在岩石上开凿出一些口子，那些池子大多是人工建成，也有的像是自然形成的，有大有小。水不是很烫，也许是天气比较冷的缘故吧。我们在这个地方待了约两个小时，身上也泡出了汗。大约下午4点半离开黄楮林，回到福州的时间大约是6点20分。

感觉还是不错的，也没怎么走路，觉得一身轻松。泡温泉的感觉就是爽。

登顶旗山主峰

2012年3月17日

记得春节前，远水就说想去登旗山主峰，还要我先去探探路。因那段时间实在是事多，就没有去探路，最后还是远水自己去了，也就是说找到了登顶旗山主峰的入口处。好久以来天气一直不大好，所以一直没有去远处爬山，主要是去过两次鼓山，前不久还去了一次鼓岭。从前天开始出现了几个难得的大好天，天气预报说今天的最高气温是29℃，可以说福州一夜间来到了夏天。其实这一点都不稀罕，我到福州8年了，8年来几乎都是这样过来的。

今天去的人有几个我也没怎么统计，大概有八九个吧。早9点左右，大家在闽江学院北门集齐就出发。到前面的三岔路口，向左拐，走约500米，右侧有一民宅，民宅前头就是一个上山的路口。一路上，刚上去的时候都有台阶，旁边有许多坟墓，山上的景色自然是很美的，还是会感受到天气的热度。也许是前几天刚下雨的缘故，路面显得有些湿滑，走路要特别地小心。整个来说路面还是挺宽阔的，好像是有人修理过。尽管我们都是第一次来，但因为大家都是登山"老驴"，一般也不会出什么大的差错。主要的方向是向左上方，有一段路走错了，又回头走，找到了别的登山队留下的布条。中间我们来到了一个比较平整的地方，休息，吃午餐，时间大概是中午11点多。后面的路好像越来越陡了，路又特别滑，大家都累得气喘吁吁的。终于找到了那个标志性的铁架子，应该就是所谓的旗山主峰了吧。有人在那里照了相，再往前走，又有一块巨石形成的平台，又在那个地方照了合影。休息了一下，今天这一路上是没少休息，可能跟大家很久以来没有这么强运动过有关吧。

后面就是一路下行了，但到底要走到哪里去，还是个未知数。这个地方我曾经走过多次，但前半程好像以前没有走过，到了那个溪边石屋，才明白了。我们在这个地方商量了一下，一条是往下走，路可能不大好走，一条是顺机耕道走，路可能会远一些。反正这些路我都走过，应该都不会有问题的，最后决定走近道，感觉这条路比我们以前走的时候要改善了许多。在途中出了点小故障，二化的一位老同志想离开主路去更低的地方采蕨菜，不小心踩上了一个夹野猪的铁夹子。我带的那把刀又一次发挥了作用。我帮他把鞋带子解开，让他先把脚拉了出来，然后再用刀背把铁夹子砍坏，才把鞋拉了出来，又是虚惊一场啊。后边的路就比较好走了，先是顺水管走，再顺电线杆走，最后来到了一个村子，到处都是养鸡养鸭的地方。我们从高速公路底下穿过，然后再穿过两个村子，一个是岐头村，一个是麒麟村，最后来到了福大旁边的96路车站。我们坐上96路车，就算是到了家了。

今天是有些累，脚底都酸了。

永泰千江月游

2012年3月27日

上周六是至诚学院政府管理系论文答辩时间，所以这天哪里都不能去。受本一2010级3班同学之邀决定周日去参加他们的踏青活动，很不情愿地推掉了跟远水约好的闽安—牛头寨之行，那是我期待已久的。还有就是黄老师也约我去火车站什么地方爬山，都是我以前没有去过的地方。没办法，最后我还是选择了跟同学们一起去踏青。这里面的原因主要有：一是千江月我以前没去过，二是里边有不少我熟悉的学生，三是我要不去的话，说不定他们也去不成，四是我更喜欢跟年轻人在一起玩，哈哈。

从福大新区学生生活区三区门口出发，没用多长时间就到了永泰塘前镇。在穿过大樟溪的桥头时，看到就在桥头附近出了一起车祸，堵车严重。我们就提前下车，从桥上走过，从左侧拐进去就是千江月休闲农场了。那真是一个好地方，四周围是绿油油的山，低处是潺潺的流水，空气异常地清新，阳光倾洒在大地上，暖洋洋的。走了约 800 米就到了农场的入口处，这里好玩的地方还真不少，有滑滑梯、荡秋千、溪上索道等，还可以去爬山。最主要的，也是学生们最喜爱的还是烧烤。我们先是玩了几个项目，然后就是烧烤，烧烤花的时间也最多，同学们你抢我夺的，还挺有意思，最后大家应该都吃饱了。之后，有几个同学约好去爬山，我当然不会推辞了，就跟他们一起去爬山了。爬山基本上是有线路的基本上是随溪而行，来回大约走了两个小时，也不会很累。路的终点是一个很不错的瀑布，一袭清泉，飞泻而下。我们爬到了瀑布的上头，看看时间差不多了就返回了。回到烧烤处的时候大约是下午 3 点 40 分，等了一会儿就到了返回的时间了，回到学校的时候可能是 5 点多。

今天不会太累，感觉挺不错。那些山、那些水、那些人都是我生命中的一部分，跟他们在一起我感到无比的快乐和幸福。

清明正日走李峰

2012 年 4 月 4 日

今天是清明节，我跟黄老师、美平 3 个人走了一条新路，当然也是相当艰难的路。一开始黄老师说登山的位置在火车站什么地方，等我们到了福大老校区北门的时候，才知道今天我们去的地方在闽侯的永丰附近，旁边有个很小的火车站叫杜坞车站。我们约 9 点从福大北门出发，坐 38 路车到永丰站下车，就在那个地方走了好几个来回，向路人打听，有的说往东，有的说往西，最后我们还是顺一条较大的路走进去，途中可见到储备粮库。再往前走，就是杜坞火车站。穿过铁路，对面是一个院子，从院子大门前面的一条土路向下走，两旁是菜地。穿过菜地，在院子围墙外有一条小路，我们就顺着小路往上走。

约半小时就走进了林子里，有一条不错的小路。这时，我们可以听到不远处到处都是鞭炮声，人们在山腰间的坟头前祭祀先人。很快我们就走到了一条机耕道上，大概这个地方就是所谓的奶奶坪，我们都是第一次从这里走。我们绕着一座祖厝走了一圈，发现不对，就又退了出来，还顺着机耕道走，不一会儿碰到三个四川的打工者，他们本来也想去爬山，因为找不到路只好下山了。我们接着往前走，途中又碰到几户人家，也都得到不同的消息。当这个机耕道走到尽头的时候，有一户人家，好像正在做午饭，满院子飘着诱人的香味。他们告诉我们，从他们家后边可以走到大坪，只不过路很难走。我们想，既然都来到这里了，哪里有退路？

我们三人很快就找到了一根通往山上的水管，就顺着水管走。路不是很好走，但凭我们的能力还是可以的。当走到这个水管尽头的时候，再往前走一点又碰到一根水管。这一段路我们差不多都是顺着一条溪在走，总觉得走溪里会比走山上更容易些。当走到第二根水管尽头的时候，往右有一条不错的登山古道。这时，我们离山顶好像不是很远了。我们快到山顶的时候刚好碰见三个当地人，他们告诉我们再往上走，可碰到一个驼峰状三岔路口，就向右走。我们依计而行，先右再左，最后来到了一个马鞍形的地方，左右两边都有一个分岔。根据指南针所指的方向，我们选择了向右，可不知道在哪里出了问题，我们无法找到下山的路，最后只好决定强行穿越。这一下可害苦了我们三个。一开始还好走些，当走到一条似有似无的小溪时，那麻烦可就大了。这是一个人迹罕至的地方，就连野猪都不愿意走这样的路，其实根本就没有路。我们沿着那个沟下行，美平在前面开路，黄老师在中间，我基本上是断后。选择走沟里是看到两岸上的草很深很密，沟里边有的时候还好走一些，事实上也不尽然。沟里滑得很，一不小心就会摔跤，黄老师曾经从一个两三米高的坎上摔下来，我也摔了好几跤，只不过都是有惊无险。美平在开路，人累得不轻，手被芦苇划得左一道右一道，都变成了血葫芦。跟他们俩相比，我受伤还是最轻的，手上只划了一些小口子。我们一会儿在芦苇里穿行，一会儿从高坎上滑落下来，一会儿小心翼翼地在崖壁上攀越。走到半途中，感到些许的无助和失望。大概到将近下午4点左右时我们在岸边看到有人留下的痕迹，有人把草砍倒，并在那里种上了小树苗，这使我们感到莫大的安慰。我们就顺着大山和小溪的分界线走，最后终于来到了一条不错的山路上，一颗悬着的心这才落了地，可我们已经累得不行了。当我们走出山林时，有一座坟墓上刻着"欧阳公"三个字。

从这里下去就是通向三山陵园的石子路。过了陵园，又走了好几公里，脚底很酸，实在不想再走了。我们坚持走到了新店，在一家川菜馆就餐，今天我请客，花钱不多，还不到100元，大家都感觉吃得不错。我在小区门口给朱墨玉买了些吃的，我赶到家时已经是晚上8点多了。

今天是累得够呛，像今天这样的路是无法复制的，就像以前我们去永泰十八重溪源头爬山一样。爬山就是自讨苦吃，怨谁呢？

永安之行

2012 年 5 月 24 日

受几位研究生之约，带上至诚的 12 名 2009 级信管的同学去永安实习。联系的事情主要由丽红来负责，借钱、买车票之类的事情由书钦负责。

5 月 13 日下午 4 点半由福州北站出发坐汽车前往永安。一路安全，到中间泰宁地界的某个地方休息了一下，到永安的时候大约是晚上 8 点半。丽红的爸爸把我们接到要投宿的旅馆——燕北宾馆，住房很便宜，一间房六七十元，我们在这里住了两天半。

住下后，丽红爸爸请所有同学去一家永安小吃店吃小吃。小吃是很特别，有粿条、地瓜粉、各种肉等，感觉味道不错，据说大概花了 280 元。饭后回旅馆，也不会休息，跟孙冠、陈诚、志坚他们几个打扑克，玩到了凌晨 1 点多，休息。

第二天，永安市委的张主任把我们的行程安排得很紧凑。早上去参观了市电信局、市数字办、市行政办公大楼，跟数字办、电信局、行政办公大楼的相关领导进行座谈交流；下午去市档案局参观考察。这一天尽管很忙，但收获颇丰。永安市看上去街道宽阔，结构合理，高楼林立，干净漂亮，有燕江从市里穿行而过，市外山清水秀。晚饭自己解决，我们大部分在旅馆旁边的一条街上用餐，还是吃的小吃，还是丽红请客。真不好意思，感谢丽红一家对我们的帮助。

第三天，我们去闽北著名的风景区桃源洞参观，这个地方距离丽红家不远，离市区大概有 9 公里。桃源洞真的很漂亮，燕江从景区旁边绕过。站在景区门口向燕江对岸望去，重峦叠嶂，千山吐绿，万花争艳。等大家都到齐了，我们就进去景区参观，我们主要看的地方有一线天、百丈岩、观音阁。其中一线天最为称奇，有 100 多米长，被吉尼斯世界纪录确认为最狭长的一线天。有台阶，两侧修饰过，侧身就可通过，水很多，从洞内出来的时候裤子都被淋湿了。我们在锁河桥边的小亭里休息了一段时间，后来又去了百丈岩。从景区出来后，时间还早，我们又回到了旅馆。大家认为，回去的火车是凌晨 3 点多的，现在时间还早，也没地方去，不如再开几间房间。房间也开了，大家都在那边休息。我去了丽红家里，丽红爸爸在家里宴请那些在这次调研活动中给予我们帮助的所有朋友。肯定离不了一顿猛喝，最后还是"一吐为快"。后回到旅馆休息，好累呀！两点多退房，从旅馆出发，步行去火车站，到了火车站才知道火车晚点了。大概到了3点半，火车才到了。我们坐上火车，一路困顿，时睡时醒。车内条件还不错，有空调，座位空间也较大。到福州的时间应该是早上9点多吧，记不清楚了。

谢天谢地，总算把所有同学安全地带到了福州，我的主要任务算是完成了。后边的主要是靠他们自己去整理材料，撰写调研报告了。来来回回也算4天了，回到家的感觉还是挺爽的。

国庆长假走上坂—魁岐一线

2012年10月4日

昨天是10月3号，是2012年国庆八天长假的第四天，本来计划2号去一趟厦门，可最终还是被我取消了。昨天还是觉得找个机会出去一下好，跟李笑天和世安商量了一下，我们决定去走一条近线。

这次去的人有笑天、世安、保娇、庆华和我，共5人，刚好一部车坐满。已经有好几个月没有去爬山了，现在天气没有那么热了，也想试试这条伤腿是不是真的就不能爬山了，同时，也练练开车的技术。尽管以前马尾这条线经常走，但那都是坐公交车去，真要自己开车去，那还是要熟悉熟悉路线。

不到10点，从家里出发去新校区接他们三个，然后就奔目的地而去，在穿越市区的过程中花去了不少时间。还好，没有走一点冤枉路，顺利到达上坂，把车停到路边一个饭店的门前。我们穿过马路，向右走一点，有一条路直通山下。我们先到"扣冰玉佛寺"参观，这个寺庙上下有两处，这次来发现都有较大改观。上面的"天镜"处是一个自然形成的洞穴，洞内一根千年古藤攀着崖壁伸出洞外，洞后面刚好有一个通向地面的天洞，估计下雨或山洪来的时候，水可能会灌进来，从洞里穿行而过。洞内供有神像，地面也铺了地板砖，比以前漂亮多了。

从"天镜"出来，出前院，上路，右侧有一坟墓，墓旁有路通向山顶。这条路我走过，所以还记得。之后，都是在山间的小道上行进，每遇分岔处不要走横向的，直往上走就对了。进得山来，就没有山下那么热了，因为在山下的时候，太阳直接照在头上肯定会热的。到了山上，树影婆娑，斑斑驳驳，山风徐来，秋意尽显，自然就凉快了许多。

路上休息了两三次，自然是吃吃喝喝，照相聊天。在到达本次登山的最高处时李笑天不小心扭了脚，还好不是很严重，不怎么影响走路。又到了那条熟悉的小溪，水还是那样清，那样凉。稍作休息后，继续上行，见一农家女在地头劳作，确认了一下去魁岐的线路。途经小庙，过菜地，遇一分岔处，本来应该平行，这样就可以途经"登山俱乐部"直接到魁岐村，可我还是记不准了，结果带领大家一个冲锋，竟然来到了鼓宦公路上。如果一直这样走下去，有可能离车子停的地方越来越远。走了一程公路，走到一个用石头铺成的平台位置，依稀记得这是一条通往魁岐的路，就沿台阶下行，结果来到了魁岐，也就是鼓山隧道的另一头。接着顺公路走了足足两站路，来到停车处，时间大约是下午4点。驱车，掉头，返回。去天然居吃饭，饭后把他们三个送到学校，我们返回家里。

还好，腿也不怎么痛，也不感到累，也许以后只能走这样的路了。

茶乡安溪茶韵氤氲之一

2012 年 10 月 14 日

云呈大婚的宴请之日定在 10 月 12 日（周五）晚 7 时。我这天早上有两节课，上完课就抓紧回到家里，收拾一下，就赶紧去福州火车站，买到最近的票是中午 12 点 10 分的动车，不过，没座。上了车，被人家赶来赶去的，还算不错，每次被赶起来时，总能找到空座。下午 2 点半左右到达泉州，不一会儿云呈的朋友已经驱车来接了。又耐心等待了将近半个小时，郭国华和他女朋友到了，我们就踏上了去安溪的路。大约 4 点半到安溪，才庆把我们接到家里，喝茶，抽烟。才庆五个月大小的儿子真是可爱，一直笑个不停。5 点多的时候，在才庆家里吃了点晚餐，到 6 点半出发去参加云呈的婚宴。其实，才庆家离吃饭的地方广三和酒店也不远，步行要不了 10 分钟。到了酒店，已经是宾朋满座、灯火辉煌了。

婚宴开始后，还是喝了不少的酒，原本就是来喝喜酒的嘛。回到酒店的客房，已经是天旋地转，摸不着东南西北了。和衣而卧，醒来的时候，已经是早上 7 点多了。起来的时候，听他们说，他们又去外边喝了一回，我是没有多少印象的。

觉得来到了茶乡，不去参观一下制茶工艺和茶园，好像没有到过安溪一样。跟才庆提出这样奢侈的要求，才庆一口答应了。早9点左右，才庆来了，叫醒几位帅哥美女，连才庆加在一起一行5人就出发了。先去安溪县城旁边的凤山上看景，小车吭哧吭哧好不容易地把我们几个驮上了山。本来想去山顶上最高处的一家制茶店参观一下他们制茶的整个流程，可转了一圈找不到门，原来是今天就没有开门营业。我们只好登上附近的一个亭子，站在这个亭子的边上可以俯瞰整个安溪县城。一条穿城而过的溪流，弯弯曲曲，酷似一条九曲盘旋的巨龙，所以安溪县城有龙凤城一说。安溪县城规模不小，高楼林立，听说最贵的房子也上万一平方米。道路四通八达，东边是通往南安、泉州的，西南是通往厦门的，西北是去往永春、德化的。

我们驱车北行20余公里，先在湖头镇停歇了一下，原因是湖头镇小吃很有名。因为时间有限，我们就选择了一家湖头最有名的米粉店吃湖头米粉，同时还品尝到了小肠汤和五香灌肠。味道的确不错，米粉筋道，香气扑鼻。出了湖头镇，再往前行20多公里就来到了所谓的"内山"（内山是产好茶的地方），满山遍野都是茶园。从山下往山上看，好像山都被剃光了头，光秃秃的，据说，从上往下看，会看到绿油油的茶树行。到了才庆的老家剑斗镇，这也是个盛产茶叶的地方，听说感德镇产茶最盛。一路走来，茶山碧绿，茶香相随。我们从一个个村镇穿过，看到家家户户制茶忙。山上茶园里，人头攒动，到处是采茶女忙碌的身影；公路上，一辆辆满载茶袋的摩托车呼啸而过；沿街的茶农家里，机器轰鸣；店铺外的廊道里，女人们在熟练地挑拣着茶梗。

茶乡安溪茶韵氤氲之二

2012 年 10 月 16 日

才庆的外婆家是个大家族，好像有5个舅舅。到了才庆的老家，差不多是挨门进，出了这个舅舅的门，再进那个舅舅的家，也有的是街坊邻居。到哪家都是泡茶，有时在一家就泡好几种茶，对我们这些门外汉来说，使尽浑身解数也无法读懂这茶韵茶道。我们除了能区分哪些更苦，哪些没有那么苦，哪些有些甜，其他的只能感觉到味道有些不同，根本分不清好与坏。

制茶至少有七八个工序，从山上的茶园里把茶叶采摘下来运回家，这是必须的。运到家以后，首先是马上倒出来，在马路边或家门前的空地上晾晒、脱水，然后放到空调房间里，这个环节叫发酵。这个阶段时间长度不等，最短的只有一两个小时，最长的可能有48小时。发酵后，就是杀青，其实就是所谓的炒茶，把发酵过的茶叶放到一个锅炉里，在250度左右的高温下滚炒，几分钟后倒出来，装入布袋中，用专门的摔打机来摔打。摔打过后，取出，倒入筛子里，筛掉碎末。据说，这些碎末就会被一些酒店买去供客人饮用。接着是把筛选过的茶叶放在成形机里挤压成形，这时候已经变成带梗的茶叶了。下一步就是把成形后的茶叶散开，放在烘干机里烘干，烘干后就已经是成茶，可以售卖了。也可以找人挑出茶叶中的茶梗，包装，这些工作由销售商拿回去后再做也可以。我们在发酵房间里和炒茶的地方都可以闻到浓浓的香味，真不明白这些来自山野路边小树上的叶子会有这么神奇，使得古往今来世界各地的茶客们爱不释手、心魂荡漾。听茶农们讲起来这里头道行很深，神秘难言。临走的时候，才庆的舅舅还送我两三斤带梗的新茶，这几天喝起来就是感觉不一样，新鲜！

在电影、电视里自然是看过茶园、茶树的，可实际上茶园是什么样、茶树有多高、茶叶有多大是不大清楚的。这次既然来了，肯定要去看一下了。我们驱车顺一条小水泥路，没走多远，就来到了山脚下。这里到处是茶园，茶树个头不高，估计有三四十厘米，采摘茶叶的时候要蹲下来才行。有种在平地上的，叫田茶；有种在山上的，可能叫山茶吧。看到有几个妇女在采茶，她们动作极为熟练，手指在茶树上不断飞舞，感觉一两分钟一棵茶树就被采摘一空。她们手指上绑着一个小刀，这样采摘就变得更容易一些，手指又不会太累，也不会太脏。据说，采摘的茶叶，大体都是三片到四片，再往下就是老叶子了，成色不好。也有缺人手或不够勤快的茶农用一种采茶机来采茶。机器过后，茶树就像被理发一样，剃个精光，回去后再做处理，这样做茶的质量肯定好不到哪里去。

安溪之行，使我对茶有了更深入的认识和了解，体验到中国茶文化的深邃和博大。才庆等同学的热情相伴，茶农的厚道、纯朴都深深打动了我。祝愿安溪茶香越飘越远，安溪百姓越来越富裕安康！

再访长乐下沙

2012 年 10 月 17 日

  几位外省来的研究生早就跟我说过，要我带他们去海边玩。后来我上课的时候，也把去海边游玩的计划给班上的同学讲了，有不少同学都想去。有的想去看海，有的想去爬山。2012 年 10 月 14 日，连我在内共 37 人在福大新校区一区门口集合。先坐 96 路到福大老校区东门，再转 113 路到白湖亭下车，在这里坐去往长乐江田的大巴。感觉去长乐江田的车费比以前便宜了不少，只有 12 元。人多热闹，可人多有人多的麻烦，经常要等人，这个误车了，那个要上厕所，另外几个在学校里有公事还没办完。没有更好的办法，只有等。由于人多，只能分两部车坐，到江田的时候大约是 11 点。

  本来我计划是先爬山，再去海边玩，因为天池山就在江田下车的地方，很近便。现在看来时间不早了，如果先爬山的话，担心海边玩的时间不够，所以就临时决定先去看海，如有时间再回来爬山。坐三轮车去海边，差不多是 4 个人一辆车，10 元，也不算贵。今天天气真的不错，艳阳高照，微风吹拂，海边不冷不热。一到海边，大家都四散而去，一会儿我就看不见人影了。那些本科生都不知道跑到哪里去了，一直到要回家的时候才看见他们。我只好跟着研究生玩，当然，研究生也跟我更熟悉一些，世安、吕果、丽红和保娇是我带的，其他的我也都给他们上过课，另外他们看上去也更成熟一些。

  蓝天晴朗无云，沙滩在我们脚下延伸。我们几个顺着沙滩而行，越走越远，尽管挽起了裤管，但还是很容易地就被海水打湿了裤子。海滩平缓而质硬，不会陷进去，在海水里徜徉漫步感觉很舒服。有人在捡各种各样的贝壳，有人在抓螃蟹，有人在照相。

  快中午 12 点的时候，我们回到放行李的地方，开始吃午餐。大家都把自己买的东西拿出来，分享着吃，那气氛就像是一家人似的。餐后，振辉、我还有另外一个同学穿着泳衣下海搏浪。从我们到海边直到现在，好像一直在退潮，但巨浪还是发出轰轰隆隆的声音，挟裹着黄沙，一排排地涌上沙滩。我们走进海水里，虽然水不算很深，但巨浪还是不时地漫过头顶，呛进咽喉，一不小心我的泳帽和泳镜被一阵狂浪拍打得无影无踪了。不用找，根本找不到。此时不免感觉到大海那种神秘力量的威严和可怕。一股巨浪涌向岸边，把人向岸的方向推，一会儿，回头浪又把人往大海的方向推，这时你会感到可怕。不知道回头浪什么时候会拥有更大的力量，那后果就不可想象了。

在我们游泳的时候，其他的研究生都去那个炮台上玩了。等他们回来的时候，有几个人受了点轻伤，大多数是手被划破了，有个女同学还扭了脚。那些石头很滑，石头上的牡蛎壳又很尖利，手一放上去就会被划破。

大约下午3点，我们决定返回，大部分同学是坐车到江田的，有两个同学是步行去的，又耽误了不少时间。等我们回到新校区的时候，大约是5点半，不一会儿天就黑了下来。今天是世安他们请客，我跟研究生一起在成都鸭掌门用餐，味道还不错。

不知道是第几次去下沙了，每次去都有新的朋友，每次去都有新的感觉。往事如大海里翻滚的波涛不会永远地淹没，就像老朋友虽然难能相见，但却会不时地泛上脑海，清晰地再现。愿友谊和爱情如同这大海及大海里永不停歇的波涛一样源远流长，恒久无衰。

尤溪行

2012年10月21日

10月20日、21日两天去尤溪游玩。去之前就知道尤溪县城有个南溪书院，是当年程朱理学创始人之一朱熹著书立说、传道授业的地方。后来还听一位尤溪的同学说，县城附近有一座山，山上的寺庙很有名，傍晚的景色和早上的日出都很好看，应该就是蓬莱山吧。中午还有便宜的粉干吃，据说以前是5块钱一碗，不贵。他还说尤溪的小吃也比较多，比较有名的有大条面、板鸭等，因为和沙县接近，有些小吃的风味和沙县小吃接近。

同行的有黄老师、美平。20日早上5点半起床，到西客站时还不到7点，美平已经到了，在汽车站旁的小饭店里吃了早餐。黄老师也到了，第一班车是7点40分，还早，不急。汽车是那种豪华型的，座位空间很大，很舒服，车走高速，到尤溪大约160公里，走了两个多小时。

下了汽车，从汽车站出来，感觉天气很热。在大街上转了半天，找不到那种美味的小吃，另外黄老师也对这些小吃不怎么感兴趣。后来找到了一家有狗肉的饭店，一问价格，光狗肉就要 200 元，实在是有点贵了，最后还是找了家大众化的饭店用了午餐。餐后，就打听南溪书院，南溪书院离汽车站不远，规模也不是很大。旁边有两棵大树，两树相距不远，估计是樟树，据说是朱熹当年小时候种下的，反正看上去很古老了，树干很粗，枝叶还算茂盛。

　　进了南溪书院的牌坊内，就可以看到一块荷塘，一池清水中红鱼云集。据说被选进《千家诗》的《观书有感》一诗就是朱熹老先生在这里作的。"半亩方塘一鉴开，天光云影共徘徊。问渠那得清如许？为有源头活水来。"朱熹的诗作影响较大，很多都是借景说理，寓理于景。朱熹的另外一首诗《春日》在《千家诗》里排名第二，也说明朱熹诗歌的影响力。"胜日寻芳泗水滨，无边光景一时新。等闲识得东风面，万紫千红总是春。"后面的大堂里供有朱熹的塑像，两边的墙上有杨时、二程的画像。南溪书院的旁边还有一个叫作开山书院的地方，据说是朱熹的诞生地，这个院子里主要介绍朱子的生平事迹、朱子家训等。

　　从南溪书院出来，我们打听了一下，尤溪县城比较好看的地方还有沙洲公园，周围的山上有三座庙都值得一看。我们先去看离我们最近的保安寺，就在旁边的山上，估计有 200 米高，像是新建的，规模也不小，后面还有大雄宝殿。有一个老和尚在一旁的椅子上打盹儿，我们怎么进来又怎么出去的，他都不一定知道。

　　从保安寺出来就去了沙洲公园，这个沙洲公园实际上正在建设中，已初见端倪。天热得实在受不了，我们只好先行撤退。返回汽车站，坐上下午 4 点半去中仙的汽车，两个小时后到中仙。到了中仙，天已经黑了下来，也感到夜凉初透的滋味。先找到一个农家旅馆，我们三人两间，有热水，一共才 50 元，实在是便宜。找到旅馆后，就去吃饭，喝了点当地产的红酒，趁着酒劲，回去睡觉更舒服。我跟黄老师一间，美平自己一间。第二天美平醒来的时候，发现他的房间里水漫金山寺了，大概是楼上的水管没关紧，水流进了屋里，一双皮鞋泡个湿透。早上 7 点起床，7 点半左右去吃早餐。早餐后找到两辆摩的，准备去探访龙门洞。龙门洞就在龙门场，龙门场也是一个自然村。从中仙出来爬上一个小坡，之后大部分时间都是下坡，摩的司机把摩托车熄了火，坐这样的车挺吓人的，总是担心会不会一头扎进深不见底的山沟里去，还好一切平安，估计有 20 多分钟就到了龙门场。

据之前了解，龙门场过去是个矿区，有金、银、铜、铁矿，还有煤矿。据说宋朝的一个驸马在这里负责开矿，后来跟皇帝作对，被官兵清剿。这里有大量的银杏树，据说就是那时候的人种下的。我们顺旁边的小路上山去探寻龙门洞，小路两侧有许多橘子树和柚子树，橘子树早已不稀罕了，柚子树却是第一次见到。不管是橘子树还是柚子树，果实都结得很稠密，把树枝压得弯到了地上。不一会儿就到了龙门洞，龙门洞就在一座小庙的旁边。洞口不大，大约有一百来米深，基本上是水平的，里边黑暗潮湿，大部分可直立行走，只有一小段需要弯腰。洞内很黑，没有手电肯定是不行的，还好，我们带了两把手电，够用了。关于这个洞的来历，有人说是以前的矿工开矿时留下的，有人说是自然形成的，到底哪一种是正确答案恐怕还没有定论。听当地的一位老伯讲，这山上还有好几个矿洞，有的是水平的，约有两三百米深，有的是垂直的深不见底。他们有人到洞内探宝，还找到了一些古董，不过没卖多少钱，大都是几十块钱都卖给了古董收买者。他们还看见了一顶竹编的草帽，手一碰就变成灰了。他们感到不可思议的是古人当时是通过什么方法往矿洞里扇风的。

从龙门洞下来，来到中仙，时间还早，我们就在中仙的大街上溜达。我们来到街道的另一头，看到旁边有一座看上去颇显特别的祖厝，就想过去看看。绕来绕去，终于来到了大门口。一位依姆帮我们打开了院门，又来了一位当地的庄稼汉子为我们当起了解说员，还有一群小孩好奇地围着我们3个外地人乱转。从牌匾和当地人的介绍来看，中仙镇大多数人都姓池，这家姓池的上下有一千多口人，出了不少让这个大家族引以为豪的名人。有人说，当他们家族办红白喜事的时候，就是在这个地方排摆筵宴，最多的时候能有百来桌，场面壮观，气势很大。我问平日里有人在这里住没有。大人说，有钱的都已经在县城里买了房，就是一般的也在镇上别的地方新建了房子，这里是没有人住了。

下午去福州的车是1点40分的。吃午餐，等车，路上走了约3个半小时，于5点半左右到达福州。

听摩的司机说，当地好玩好看的地方还有很多，我也知道有很多，一是时间上来不及，另外费用也是个问题。福建这个地方有看不完的美景，如果有机会也许还会再次来到尤溪。

跟当地人一起过"拌当"

2012 年 11 月 1 日

今天，受朋友之约去闽侯蔗洲她的一个亲戚家里过"拌当"。她电话里跟我说的时候我根本就没有听懂，就以为是去随便吃个饭，还可以在她们村子里参观参观。

蔗洲就在福建工程学院旁边。工程学院我以前是去过的，过去爬山的时候有几次在那个地方集合，有时候也会从那个地方返回市区，还在那个地方的小店里吃过饭。可以前都是坐车去的，开车怎么走就没有把握了。还好，有朋友的指引，没有走多少弯路就到了。那位亲戚的家就在 123 路公交终点站旁边，过了一座水泥桥，就是工程学院的后门，从后门相对的一条小街进去，差不多走到头，再向右转个弯，就是那个亲戚的家了。路好窄呀，拐来拐去的，还好，没有撞上什么物件。村子里，道路两旁，所有的空地上，家家户户的庭院里都停满了各种各样的车辆，有小汽车、摩托车、电动车等。家家户户的客厅里、院子里，还有一些店铺里，也都摆满了圆桌子，有的桌子上已经摆上了干果，俨然一派喜气洋洋的气氛，像是过大年似的。

这个亲戚家条件还算不错，新盖的楼房有四层，外墙没装修，里头装修得还不错，有很多个房间，好像说是用于出租给学生住的，已经有人在这里租住了。我们就在一楼的客厅里用餐。家里的男主人说，这个"拌当"是多年来的传统，好像跟迷信有关，他不知道是不愿意说，还是说不清楚，反正没有跟我们解释清楚。菜是他弟兄三个一起请一两个当地的厨师给做的，用料很新鲜，做得跟福州饭店里做的味道也不相上下。有各种各样的海鲜，还有本地的流行菜，所有食客都赞不绝口。他们都讲福州话，我几乎没有一句能听懂的。

院子里燃放起鞭炮，噼里啪啦响个不停，电动车的警报器也哇哇地大叫，村子里好不热闹！这样的活动，村子里每年只有一次。每当这天，家里人都会把所有的亲戚朋友请来吃饭喝酒，而且是人越多越好，越显得这个家朋友多，人缘好。听他们说，福州附近的几个县大都保留了这个传统，有的村子是在大街上摆排筵宴，所有认识不认识的人都可以去吃个肚圆。跟我同桌的一个朋友说，他去参加过好几次这样的邀请，有的时候会吃不饱，说今天是吃得最好的一次，哈哈。

我记得小时候，我们村子里也有个类似这样的节日，一年只有一次，我们叫"会"，跟这里的性质差不多，也是把亲戚们都接到家里来，大街上人山人海的。一到这时候，可就是我们小孩子的天下了。那时我们家里穷，是没钱买甘蔗的，看见别人拿着甘蔗吃，嘴里都馋得流口水，我们大多是捡别人扔掉的甘蔗梢或甘蔗根吃。有一次，我还利用放鞭炮的时候，趁人不注意，偷拿了一根，跟我弟弟、妹妹过了一次甘蔗瘾。

要走的时候，女主人还给我们一家一包新挖的地瓜。我们进村容易，出村可就难了，到处都是车，足足用了半个小时才出了村子。

福建这边是有很多令人难忘的地方，这里似乎保留了中华文化当中一些非常珍贵的东西。福建人的纯朴、善良给我留下了永不磨灭的印象。

走溪源宫—雷头一线

2012年11月3日

今天，美平、黄老师和我3人原计划去完成一次约30公里的穿越，后来听养蜂人讲，通向黄坑的路可能走不通了，我们只好改变了计划，另外也是因为我们有一段时间没有走过长路了，也累得不行，只好打道回府了。

7点多的时候到了福州职业技术学院门口，巧的是我们三个尽管来自不同的方向，却坐上了同一辆41路车。下车后，就往溪源宫方向走，我们奇怪地发现原来的水泥路不见了，路面上坑坑洼洼的，到处都是石子和泥巴。后来才知道，溪源宫旁边有一个石料场，石料堆积如山，拉石料的大货车进进出出，一看就知道是怎么回事了。穿过溪源村右拐就是罗汉村，我记得以前去连炉山就是从罗汉村的旁边上去的。路上有时泥泞不堪，有时尘土飞扬，那些大货车都是擦着我们身体过去的，好险啊。过了罗汉，再往前走就是苦竹，在这里我们只看到一户人家，旁边就是一个采石场。过了采石场，再往前走，就到了一个叫倒店的地方。以前听老郑说过，他们曾多次到过倒店，在那里煮饭、泡茶、欣赏美景。从倒店进去，真的漂亮了许多，到处都是水，清澈见底。突然我们的路断了，一条用石子水泥修建的小路被洪水冲断了。考虑再三，我们只好脱掉鞋袜，蹚水过去。过了断路不久，就看见溪源水库了。溪源水库很大，离溪源宫大约6公里。从水库大坝前的水泥路绕上去就来到了大坝上，大坝看管很严，我们无法过去。其实是我们错了，本来就不需要去坝头上，从一侧的水泥路上绕过去就可以了。来到水库上方的最高处是水库管理处，修得挺豪华的，没什么人。从管理处后边的一条山路可以通向黄坑。

　　从现在开始，才是我最期盼的山路。路基本都在一个等高线上，只是多少有些起伏罢了。透过旁边的树叶，可以看到对面青山耸立，偶可看到库区的水面，水体尽管不是很大，但很清，也没有什么波浪。另一侧，树林茂密，藤萝奇形怪状盘绕其间，脚底下是飘落的树叶。阳光穿透密林，从头顶倾泻而下，身上觉得暖洋洋的。穿过了两片茶树林，这种茶树是那种产茶油的，开着小白花，也结了不少果实。也遇到了两片竹林，这是一种非常原始的竹林，自生自灭，茂密的竹林里，到处是横七竖八枝枝杈杈的枯枝。我们走了大约两个小时的山路，路上只碰到一个老爷子在挖冬笋，向他问路，他都带理不理的。

　　最后我们走到了雷头，也就是我们实际的终点了。这里有一个养了上百箱蜜蜂的养蜂场，有一个老依爸在这里看守。到养蜂场的时候，已经是中午12点了，我们也感到饿了，决定在这里休息，煮饭吃（今天我带了小型燃气灶）。我们一边煮饭，一边跟老人家交谈。老人家讲，这个村子的人都已经搬到山下去住了，大多数都搬到了上街，现在只有他一个人在这里养蜂。黄老师向他问路，他说，他都20年没去过黄坑了，山路都荒了，估计从这里到不了黄坑。我们只好取消了穿越黄坑到溪里的计划，实际上我们现在已经累得够呛，看看时间，也只能返回了。我们吃了饭，在老人家那里买了一些冬蜜，20元一斤，尝一尝，又甜又香。可我们肩上的负担却是失而复得，结果，回家的路上，我们真的是累坏了，肩膀痛，脚底也痛，是硬撑到公交站的，到家的时候大约是6点。

　　今天好累啊，不过收获还是很大的，来回走了大约20公里的路，还买回了纯正的蜂蜜，难道不是收获吗？

再走长乐六平山

2012 年 12 月 9 日

今天周日。有将近一个月，几乎天天在下雨，身体都要生锈了。这个周末雨终于停歇了，我跟黄老师、冯杰、张忠老师4人决定去长乐六平山爬山。

约好早上8点半在白湖亭集合，大家都准时赶到了，换乘去长乐的大巴（33公里，8元）。很快就到了，出车站，顺站前的街道向右行，过一座小桥，到了一个环形路口，向左拐，是胜利路。走到头，再向右拐进一条由石板铺就的胡同里。过长乐一中校门口，再往前走，到太平桥（一座古桥，据记载是宋朝时建造的）。过桥，左拐，沿溪上行，中间可看到长乐诗社，再往前就到了六平山入口。一开始还是顺溪走，溪里不时地可看到一些小水潭，基本上是满目的巨石。遇一月桥，过桥后上山。

今天天气不错，太阳时不时地光顾一下它久违的大地，给登山的人们送去些许的温暖和希望。山上树不多，空气很清新。刚过了那个小桥，桥头有个亭子叫作"聚贤亭"，我们戏称"闲聚亭"，就是没事的人来这里坐坐。六平山开发得很好，都是石头铺的台阶。一路上可以看到有老年人、小朋友，还有美女在上上下下。一些游客还双手提着塑料桶，从山上带泉水回家。到了半山腰，有一座小庙，修得不错，拍有照片，等照片上传后再看吧。

从小庙出来，往山顶上去，估计是走错了路，已经找不到台阶了。我们在林间小道上穿行，这正是我最喜欢的那种羊肠小道，走了十多分钟，最后走到了一座坟墓，才知道这是人家修坟墓的人走的路。回头，找到分岔的地方，顺另一条路上行，走对了。越往上走，风越大，我们还以为山那边就是一眼望不到边的大海呢。到了山头才知道，还是看不见大海。我们在山顶的一户废弃的房屋前面用餐，太阳暖洋洋的，偶尔会有一阵风吹过，黄老师和张忠老师还在这里挖了滴水观音带回家。餐后，继续前行，这里已经是大路了，只不过还没有完全修好。整体印象是长乐的山树少，石多，给人光秃秃的感觉。前面就是黄老师说的大莆纬了，可我们的时间不多了，再加上冯杰、张忠二位是好久以来第一次出行，也有些累了，就决定下山。下山基本是走公路，都是水泥路，大家都在找看看有没有近路可走，最后选择了一条，可还是走进了墓群，只好回头。向人打听后，才找到了一条下山的小路，出山是一座大庙，因为时间还早，我们就进去参观了一下。这个寺庙规模恢宏，有上下好几个进院，有大雄宝殿等，还有不少和尚、尼姑穿行其间，有些地方好像还在搞建设。

从寺庙出来，打听了一下回去的路，左行，直走，就走到了那个环形路口，这样就明确了方向，很快就走到了汽车站，回到家的时候是下午4点半左右。

尽管感觉不是太累，可还是早早就睡觉了，并且第二天早上还不想早起，岁月不饶人啊。

乌龙江畔撷趣

2012年12月29日

今天周六。这几天天气都不好，没办法决定要不要去爬山，突然想到何不到乌龙江边去看一看，听说还有个湿地公园，说不定真的值得一看。从我住的冬馨苑到乌龙江江边只需要20分钟，中间穿过金山公园，走橘园一路穿过龙苑就到了三环了，紧挨着三环外头就是乌龙江。

走人行道从三环底下穿过，就来到了乌龙江边上。江边的景色很美，远处连绵起伏的旗山犹如一面迎风招展的旗帜。天上灰蒙蒙的，看不到太阳。顺着江面望去，江水似乎静止了下来，像一面镜子，江天一色，江中的沙洲依稀可见。这让我想起了以前我跟黄老师、老冯3人从这里游到沙洲再从沙洲游到乌龙江对面去的情景。这里的水情比较复杂，有一天我们在这里游泳，水流湍急，差一点把黄老师冲进了漩涡，可能是附近挖沙船挖沙的缘故，这里的江底说不定都给掏成了蜂窝状。

顺着江边宽阔的人行道往南走，视野很开阔。正前方是笔直的江边步道，左侧是三环，三环边是鳞次栉比的高楼，如橡树湾、公园道1号等高级别楼盘，均价都在一万多一平方米。人行步道右边的花木也非常漂亮。以前听说过乌龙江湿地公园，应该也看到过，只是没有注意，今天可要好好地欣赏一下。前一段时间还看到报纸上说，湿地公园破坏严重，这次倒要看看是不是真是这样，有没有得到改善。在从橘园洲大桥往浦上大桥方向，快要到达浦上大桥的时候就看到了湿地公园了。越往前走，草越深，也越宽，据记载这个湿地公园有 300 多公顷，一眼望不到头，大部分是芦苇一样的野草，偶可看到有几棵小树，草丛中鸟鸣声声。当一群鸟突然飞起来时，可以看到黑压压一片。鸟儿落于草头，从远处看像草上结的果实。就在湿地公园大门附近，破坏还是很严重的，大片大片的苇草不见了，看到的是开垦出来的土地，还看到有几个人在种菜，有一个保安在堤岸上悠闲地散步，就像那些种菜的人是他雇来的一样。过了浦上大桥，前面还有很远的地方都是一望无际的野草，据说，湿地是一个城市的肺，也有人说是城市的肾，要下力气保护才对。

在江边野草掩映之下，有几只渔船在江边漂荡，好像没有作业，也没有看到渔民。再往前，看到有一个人在钓鱼，真有一种寒江独钓的情趣。湾边大桥越来越近了，其实，这附近我是很熟悉的，前几个月，我几乎每周都要从这里经过，那时候是去驾校练车，骑摩托车走三环辅道车少，也不算远。有一次还骑上了湾边大桥，从桥那头拐回来，足足多走了几公里。这段江边步道到湾边大桥就算到头了。再往回走，觉得又累又饿的，腿开始发沉，肚子里开始咕噜咕噜地叫。可这里是荒郊野外，根本就没有吃饭的地方。

连去带回大概花了三个半到四个小时，感觉运动量也够了。这一次出行的感觉是：干净，景色美，空气清新，空阔，人也少，另外有美丽的乌龙江相伴，让人的心情也格外地爽，以后还可以再来。

--- ※ 2013 年 ※ ---

重走旗山主峰

2013 年 1 月 27 日

今天周日，晴。自从上次去长乐六平山到现在又有一段日子没有去爬山了，心里觉得痒痒的。依约于早上 8 点左右与黄老师在福州职业技术学院门口集合，两人碰面后即向旗山脚下的榕桥村走去。因为我以前跟远水他们去过一次，所以入口处还大概记得。来到可能是叫作榕桥的地方，原来上山的那条山路已经被刚刚修葺一新的条石砌成的榕桥登山道代替。这条登山道到底是谁修建的？这让我跟黄老师寻思了半天。新修的登山道直穿过一片坟区，差不多坟区结束的时候，这条路也就到头了，大概有 1000 多个台阶。站在半山腰的一个叫作"大学城观景台"的地方，可以俯瞰旗山脚下大学城密集的建筑群，只是今天雾气腾腾的，没办法看得那么清晰罢了。

过了这片坟区看到有人在打墓，跟他们打听后确定了上山的线路，之后一路上就再也没见到什么人了。旗山主峰最高处可达 755.2 米，登山的路还是挺陡的。两旁树木高大茂密，阳光几乎透不进来。可喜的是，没有那种灌木杂草，不容易被刺划伤；足迹比较清晰，也不容易迷失方向。冬日的旗山，落叶遍地，走在厚厚的落叶上，就像是踏在松软的白雪上。由于长年不见阳光，也可能是不知多久没人走过，好多路段还是很滑的，如果不小心就会滑下来。走到林木稀疏的地方，阳光照射下来，感到一股温暖，也不会太热。爬到最高处就是那个铁架子，那是旗山主峰最高处的唯一标志。我们俩在铁架子旁照了相，然后向下走了一小段，找到了一块平地，就在那里用餐。休息了一会儿，就开始下山，下山的路也是挺陡的，但还是感觉比上山容易多了，很快就来到了那个林中石屋。看看时间还早，我们决定不走溪旁的山路下去，而选择走机耕道，走机耕道虽然路远些，但更安全，对保护膝盖也有好处。可走起来，却感觉不是那个滋味，实在是太长了，好像怎么走也走不到路的尽头，怎么走也走不出这座大山一样。我们走到溪口时，足足消耗了两个多小时。想找个吃饭的地方也找不到，因为现在当不当正不正的，不是个吃饭的时间。另外，那个饭店门口的小妹，上一眼下一眼把我们俩打量了一番，看到我们灰头土脸，手里又拿着打狗棒，觉得这两个人还能吃得起大餐，就没好气地说：师傅都下班了，没人做饭。唉，没办法，本来想花上个百来块钱，美美地吃上一顿再上路，现在看样子是不行的了，只好先坐车去南屿再说。

到了南屿，吃饭的地方就多了。我们饥不择食，看到有一家羊头火锅店就走了进去，一个羊头95元，再要了一个青菜，两份米饭，又要了一斤青红酒。这是我第一次吃羊头肉，觉得还不错。酒足饭饱，头觉得晕乎乎的，就坐82路回到了市区。到家的时候大约是下午5点吧，也记不大清楚了。

德化岱仙瀑布游

2013年2月14日

今天是阴历正月初五，下午1点起程去德化游玩。这次是开车去，据说福州到德化大约400公里。春节前走过一次高速，那次是去福清的宏路，离福州不远，这次最多算是第二次走高速。这条线以前没走过，路程又较远，所以，心里还是没把握，主要的担心有两个：一是怕走错了出口，不知道到哪里才能再拐回来；另一个就是到底走多快才算超速，会被罚款，对我这个新手来说，自然不好掌控。之前从南翔那里也了解了一些信息，另外，路标也还算清晰，再加上我这还不算笨的大脑，总算没有走错路，4点钟到达德化县城。这次是朱墨玉跟我一同前往。

南翔在路口接到我。把车停在我们住宿的温泉宾馆院内，然后到南翔家里，拜见了他的父母，闲聊了一会儿，大概下午1点去吃饭。上的菜大多数都是当地的特色菜，全猪肉、羊肉、土鸡，还有一种是蜜蜂的蛹，这是第一次吃，挺香，可墨玉觉得很恶心，这也可以理解。陪我一起吃饭的大多是南翔堂兄的老师、朋友，有中学的校长、老师，还有的是同学，那种氛围很温馨。南翔拿的是五粮液，那可是好酒，喝了两瓶。喝白酒的人不多，我肯定是"照顾"的主要对象，本来就不知道东南西北，很快也不知道上下高低了，最后只有"一吐为快"。怎么回到宾馆的都记不清楚了，回到宾馆后，一觉睡到天亮。

　　早上 8 点多起床吃早饭，来到了德化当然想吃点本地的小吃，听说这边的线面糊、小肠汤之类的很有特色。早上还有点恶心，只有喝线面糊了，味道不错。早饭过后，就开车去接今天一同陪我去游玩的几个兄弟。南翔说，德化县城不大，实际看来也还不小，只是路窄、车多、人多，煞是拥挤。后来才知道，德化这边城镇化发展速度很快，在各乡镇居住的人越来越少，大多数人都在县城买房子、租房子住。这也许就是我们国家未来的发展趋势：把山林、土地还给自然，人集中到城镇居住，把山区开发成旅游项目。

　　在等人的空闲时间，我们还参观了瓷器一条街，德化的瓷器肯定是一大特色。沿街的店铺里，琳琅满目，金光闪闪，各种瓷器用品、艺术品精美无比。等人到齐之后，我们就出发去岱仙瀑布玩。路况不错，尽管是山路，能跑到 70 码左右。岱仙瀑布所在地水口镇离德化县城约 70 公里，所以很快就到了。一路上可以看到德化县境内的山虽然是绿的，但似乎没有大树，也没有大河，旅游资源也不算很丰富。到了岱仙瀑布风景区，就显得漂亮多了。进了大门，坐景区电车上山，感觉到山上的风就是比城区凉。景区开发得不错，基本上是沿着瀑布流下所形成的小溪溯溪而上。穿过一片茂密的竹林，这边的竹子跟别处不同，全部没有树尖，据神话传说是神仙在这里比武，把竹林的树尖都砍没了。很远就能看到那一缕从天而降的瀑布，我们距离瀑布越来越近，可以听到瀑布的流水声越来越大。很快我们就来到了大瀑布的脚下了。据说，这个瀑布的落差有 84 米，雨水多的季节，瀑布会更宽一些，现在看上去，瀑布的力量虽然不大，但也感觉到那种柔美。溪水从最高处流出，顺着几乎垂直的巨大的崖壁喷涌而出，如锦如织，连绵不断，如珠似玉，千般丝滑。景区虽然不大，却美不胜收。中午就在水口镇政府职工食堂用餐，吃得也不错。

　　下午回到德化县城，去德化瓷器博物馆参观。瓷器博物馆建造得很有特色，里面摆放的物品也令人大开眼界。主要有历朝历代各地出土的德化瓷器，名人政要的题字、题词，著名瓷器专家的瓷器艺术作品。还有一大特色就是由一位当地艺人耗时十年雕刻而成的五百罗汉，个个都形象迥异，栩栩如生。

　　考虑到今天是高速免费的最后一天，能在晚上 12 点以前赶到福州，还可省下一两百元，所以我们就决定早点回去。大概是下午 4 点钟在县城加完油就出发，到福州的时候大约是晚上 7 点，跟来时所花的时间差不多。只是在出德化县城时，遇到了一阵大雾，那阵大雾像燃烧的柴烟一样，几十米开外就什么都看不见了。还是第一次遇到这种情况，我也不知道怎么开雾灯，我看见前面有人开着危险指示灯，我也打开了。走了二三十公里，就出了雾区，可把我吓坏了，就怕不小心出事。

当来到家门口时，才把心放到肚子里了。感谢南翔给我提供了这次德化之行的机会，感谢一同陪我游玩的朋友们。

连城冠豸山游记

2013 年 3 月 9 日

今天是罗智的婚庆之日。很早就收到了他的请帖，只是因为这个周末有研究生论文答辩，一直无法确定能不能成行。后来得知学院确定 10 日（周日）进行研究生论文答辩，我才确定可以去参加罗智的婚礼。跟罗智在福州的同学和朋友联系了一下，进建、舟彬、刚健说好要去，可周五刚健因这两天要参加驾考，无法成行。尽管觉得有些遗憾，但还是尊重他的选择。我想他也应该跟我们一样感到无奈和遗憾。最后一块儿去的有进建、舟彬、罗智的一位同学叫江民的、墨玉和我，共五个人。这次我决定开车去，有三个原因：一是方便，不用等车，随时可以改变主意，随时可走可停；二是说不定也不会有太多费用；三是再次体验一下走高速的感觉，为以后走高速多积累一些经验。

下午 4 点半左右离开福州，晚上 10 点半左右到达连城，用时约 6 个小时。我跟舟彬、进建轮流开车，这样也不会感到太累。一路上都很顺利，基本上都有明确的标志，就是过了龙岩之后，有个分岔口，不是很熟悉，一个是通往长汀、瑞金方向，一个是通往永安方向，前者是对的。出朋口高速口，高速通行费 210 元。

罗智的老家朋口镇刚好有一个高速出口，出高速后不久就到了朋口镇。罗智按当地的传统，去新娘家了，要到凌晨 3 点左右才能回家，他同学来接我们。我们到了罗智家，是那种本镇人集资共建的单元楼房，面积估计有 200 平方米左右。他的爸爸妈妈和大姐准备好了丰盛的晚餐，都是当地的土特产。吃过饭，安排住宿，我们住在附近的一家酒店。他们提议去外面喝酒，我想也可以，因为明天晚上要回福州,中午肯定不能喝酒,不如晚上放开喝一点。已经是后半夜了,找个吃饭的地方也不容易,最后在大街上找到了一家大棚,应该是那种大排档之类的,喝的是啤酒。不知道是什么时候回酒店的,估计是两三点吧,回到酒店,洗个澡就睡觉了。

根据我们的安排,第二天早上7点被叫醒,出发去连城县城吃早餐。从朋口到县城也不会很远,还走高速,估计20多分钟吧。在县城里的一家街旁小吃店里,点了当地小吃烂粉、捆掷(是这个发音,到底是哪两个字我也说不清)之类的,味道不错。饭后就驱车去冠豸山景区参观。有车就是方便,不一会儿就到了,存车,买门票,门票大约是100元出头。以前只是在报纸上看到说冠豸山是福建有名的景点,也知道在闽西,但搞不清具体的位置。听导游说,冠豸山约有600多米,属于丹霞地貌,连城海拔高度在400米左右,登冠豸山实际要爬的高度只有200多米。进了景区门口,拾级而上,路开发得很好,也不是很陡。路边的一些小景点,都顾不上看,印象比较深的有项南纪念亭、古寨门、修竹书院、灵芝寺、生命之根、长寿峰;再后来就进入湖区,中间还有个圣旨亭。前半程主要是山景,后半程主要是水景,山景、水景都很好看。有几个一线天,还有两条很陡的山道,是上去后顺原路返回,这两条山道我们都没有去,主要是为了节省体力。下了长寿峰之后,来到一个叫作"天下第一蛋"的地方,本来想在这个地方看看空中走钢丝表演,可等了半天也不见有表演,可能是这一会儿途经此地的人不多的缘故。在山景区我感受最深的是,站在长寿峰上,极目远眺,远方四座山峰像四只巨大的雄狮并排而立,威武雄壮;造型独特的生命之根突兀而立,与周围环境反差强烈。但更令人惊诧的是冠豸山的水,原来从来没听说过冠豸山还有这么一大片湖区。坐在船头,迎着山沟里、湖面上吹来的凉凉的山风,任凭游船在一个个山涧峡谷中穿行,对面的山头近了又远,远了又近。湖水清澈幽绿,鱼群浮游,深不见底。山从人旁过,人在水上行,水清鱼相随,疑入龙王宫。

下船后,沿湖行2公里,出景区。坐车去景区入口处,开车,加油,返回朋口,到饭店时,人家都已经"开盘"了。我们师生几个是一桌,有几个是罗智的中学同学,叫伯虎、鸭子、江民什么的,有五六个。我们这边的就我们几个,除了来自福州的这几个,还有南翔、才庆、顺华、世江。我们一桌子上了两桌的菜。因为我铁定要开车,一口酒也不敢喝。饭后,稍作休息,开车去世江家——新泉镇。

从朋口到新泉是有一段距离，这段路走的不是高速。世江家就在新泉沿街路边上，是一座小楼，家里摆设考究，颇有富家风度。先喝茶，再去参观了本镇最具特色的一棵大榕树，上面标注说有一千年了，树围是几个人都搂不住的，看上去生命力依然很旺盛。听他们讲，新泉也是连城比较富裕的地方，主要经济来源是温泉等服务业。后来世江又帮我们买了一些当地的特产，龙岩花生什么的。时间不早了，我们要急着赶回去，就决定出发了。回福州的时候走的是福银高速，上高速的时候大约是下午5点，过连城，经三明、闽清，就到了福州了，走了4个小时，到家的时候大约是晚上9点。高速费仍是210元，来回的油费估计有500多元。

感觉不错，应该是挺方便的，如果坐车的话，肯定要先去火车站等车，到龙岩再坐汽车到连城，每一步都不会那么刚刚好，也许钱也没少花，花的时间也会更多一些。

福建山好，水好，空气好，值得游览。

走磨溪—深坑里—茶洋山—登山协会一线

2013年3月23日

今天周六，天气阴。本来计划走磨溪—深坑里—茶洋山—登山协会—怪石山—小水库—白眉水库一线，可后来天气发生了变化，实际上没有走那么远。世安、吕果、晓霞、保娇和我五人一行去磨溪爬山。早上7点15分左右，驱车来到福大新校区，带上他们四个，穿过市区，途经鼓山下院，到东联，停车于加油站旁。到龙泉寺办好登记手续，是8点36分。

沿磨溪右侧古道拾级而上，最先看到的是南宫拜石，那是一块矗立在登山古道旁的大石头，上面有"南宫拜石"四个字。过去之后，就可以看到旁边有一个小水库，水的颜色非同一般，特别特别地绿，绿得发蓝，估计是水非常深且清的缘故。再走不远就到了传说中的水磨坊，估计这条溪就是因此而得名的。现在的水磨坊已今非昔比，只剩下3块圆圆的磨盘，现在只是当作桌面来用了。从水磨坊上来，再往上走，有一个分岔，如果往下走的话就是去鼓山、鼓岭方向的，如果往上走的话就是去深坑里方向的。大约9点半到达深坑里，其实路上还碰到了一个养羊的小屋，我们还向一位50多岁的老人打听了去深坑里的路。当到了深坑里时，雾气已是相当重了。深坑里是个废弃的小村庄，现在只有一位老人在这里养羊。正当我们在此休息的时候，那位老人出来了，前头有一群狗带路，好不威风。未见人面，先闻犬吠。他一口流利的福州话，让我们这几个外地人几乎哑口无言。休息过后，按照老人所指方向，就向右拐进了山里。到一个两山交界的地方，要直往上爬才是正确的，不能平走。又走了好长一段路，这段路很难爬，又陡又滑，不过以前好像两边都是草，现在都被好心人砍掉了。不一会儿就到了一个十字路口，这个十字路口我是很熟悉的，以前至少走过两三次，知道直往前走就是往马尾状元墓方向的，如果往右拐的话就是下去往快安的，肯定往左拐才是去茶洋山方向的。顺着这条小土岭走过去，一开始我们是沿左侧走，后来发现找不到路了，原来是走错了，应该往右边走。在一棵枯树上挂着个塑料纸，应该是指路的，这条路就走对了，再往后一般都不会走错了，不是有路标，就是没有明显的分岔。又经过一段艰难的爬行，终于来到了通往茶洋山的公路上。这时候，雾是越来越大了，不能说伸手不见五指吧，也可以说十米之内不见来人。雾里水分很大，每个人头发都湿湿的，看上去像结了一层冰似的，像是北方雪后落着积雪的枝条。

忽听得远处有仙人语，才知道后边又有人上山了。等我们照过相，他们也赶上来了，原来是几位老人家，他们是当地快安的。他们说他们带了饺子馅和饺子皮，准备到了登山协会的小屋后自己包饺子吃，他们的日子真的很悠闲啊！我们顺着公路，跟他们一边走一边聊，很快就来到了传说中的帝爷庙。再往前走几米，有一条通往登山协会的土路。走过去，几分钟就来到了登山协会的小屋前。小屋前有一片湖水，据说是谁家的鱼塘。我们就在这里休息，用餐，时间大概是11点半。那几个老人家开始包饺子，等我们吃得差不多了，他们的饺子也煮好了。他们非要我们尝尝他们做的饺子，我们再三推辞，最后还是每人吃了一杯。一个杯子里估计有四五个饺子，在这冷气逼人的浓雾中能吃上热气腾腾的饺子，喝上热乎乎的饺子汤，还是感到了浓浓的暖意。感谢这些老人家的热情和厚道。他们极力劝阻我们不要再去白眉水库了，一是路不好走，二是根本看不见路。我还是不服气，想去试探一下。尽管我知道，这一段路我以前只是从另一方向倒着走过，那时还是跟着大队人马走的，根本不记得路。大概中午12点多的时候我们就出发了，一走到大王厝就迷了路，后来又拐回去问了一下，才知道应该从两石屋中间穿过去。穿过去之后，有一段路还是比较清晰的，很快就到了青石遍布的山顶，可缺乏明显的标记，很快我们就找不到路了。路越走越险，最后，我们只好决定原路返回。很遗憾，可是没有办法，近处只能看到对面山和树的轮廓，而远处的山和水什么的根本看不见，什么乱石山、小水库都不知道躲到哪里去了。看样子只能等到天气好的时候再行穿越吧。

回去的时候，感觉雾气稍稍收起了一点，但还是时重时轻。为了尽量少走公路，多找点乐趣，我们先是找到了上次跟黄老师去过的养鸭的屋子，然后顺山路下去，一会儿又来到了公路上。再行数十米右侧就是我们来时的路了，我们不是很想走原路返回，就继续走公路，看到路边有一条发白的小路，我们钻进去的时候却发现这条路好像走不通。估计是接水管的人临时开的路，路上到处都是砍过留下的野竹子的根，很尖，世安的鞋子都被扎透了，还好，没有伤到脚。我们再往下走，又碰到一条下山的小路就顺着下去了，最后找到了去快安的路。等我们来到快安并找到我的车的时候，大概是下午5点多的样子。有车子还是方便多了，以前总是在下山之后累得腰酸背痛，还要去挤公交车，半路上车肯定没有座位，那个难受劲儿就别提了，现在就不用再挤了。

今天尽管没有实现原来的计划，可还是感觉很不错，雾里看景，雾在景里，人在雾中，怡然自乐。

我是福建山地救援队员

2013 年 4 月 15 日

昨天下午去上了福建省登山培训基地举办的山地救援培训班的最后一次课，发放队服、结业证书、队徽、队号等，还举行宣誓仪式。福建省登山协会赵会长还讲了话。还是感到蛮自豪的，只是我充其量也是个落后的队员。培训只有五天时间，我去过三次，加起来也只有两天时间，没办法，公务在身。这些活动搞完之后，还做了一次模拟演练。问了半天，才知道我是系统架设二组的，他们都说是设备组，又把我搞懵了。快要出发的时候，有人叫我，我才知道系统架设和设备是一回事，哈哈。因为上午没去，到底做什么事情一点都不知道。演练的时候就跟着他们出发了，演练场所就在旁边的山上。至少有两路记者采访，我很怕采访到我，只往后躲。

那些打绳结啊,担架的使用啊,个人装备的使用啊,都学过了,只是不熟练而已,而救援站的架设我是没有学过的。今天我的主要任务就是帮助他们在吊运时拉拉绳子,送送工具,背背袋子。看样子以后还是要好好练一练才能真正"上战场"。

昨天在毕业仪式上,听到好像这个救援队共40来人,分成七八个小组,有行政组、通讯组、搜救组(1、2、3)、设备组(1、2)之类的。分工还是很明确的,演练的时候,配合还算不错,被救援的伤者是由一个队员充当的。基本过程是:模拟接到110通知有人跌落悬崖,需要救援队支持。经过评估后派出前探小组去了解情况,然后组织救援,接到前方消息后,搜救队出发,接着是设备组出发。到达现场后,先架设好系统,派人溜索到伤者现场,把伤者放上担架,吊运到安全平台,然后再用百米长绳将伤者溜索到安全地带,演练结束。晚上他们有聚餐,我中午都没休息,实在是有点累,就直接回家了。

作为一名山地救援志愿者,一是可以帮助他人,二是可以帮助自己,救人于危亡之中,助己达三界之外,何乐而不为呢?

再爬旗山

2013 年 4 月 23 日

今天周二,天气晴好。本打算上周六去爬旗山,可周四还是周五刚下了一场雨,担心路滑,就暂时取消了,去贵安泡了个温泉。先描述一下去泡温泉的过程吧。从浦上大桥进入三环,一路看标志,经过橘园洲大桥、洪塘大桥、淮安大桥,走贵新隧道,来回收高速费30元。出贵安收费处,不远,不要直行,右拐过桥,就是贵安村,如果直行的话,就可以到达潘渡镇,再往前就是连江了。据说从这里去连江要比从马尾去连江快很多。先到贵安村汽车站,我们以前去贵安爬山都在这里坐回福州的车。然后再去汤岭,这里才是温泉比较聚集的地方。本来想找找我们以前下山进村的那个路口,可怎么也找不到了。有人说是最近上头派人用挖掘机把当地一些老百姓修建的土温泉池都拆掉了。一些农户的房子也看不到了,盖成了许多成排的房子。事实上是我们走过头了。我们到达汤岭时,才发现我们以前下山的路就在这里。我们就在"汤岭温泉"泡温泉,一人30元,可以游泳,也可以在室内木桶里泡澡,大约2个小时,很舒服。出来后驱车去潘渡镇吃饭,潘渡镇不大，几乎找不到像样的吃饭的地方，找了半天，最后还是回到入口处的那家饭店，花了110元，吃得还不错。关于贵安泡温泉就记到这儿吧。

因为周末没有爬山，一直觉得不舒服，我这个学期课也不多，就考虑是不是可以选个工作日去爬山，这在以前是从来没有过的。跟黄老师商量后决定周二去爬旗山。周二早上8点半开车去接黄老师，然后就出发去磜下，把车停在村子里一家农户的门前。一边走，黄老师还说，是不是走错了，好像不是这条路吧，我说，走吧，没错。因为有将近两年没去爬过旗山了，自然就会感到陌生。村子已经发生了很大的变化，建起了不少新房子，所以不是那么容易辨认了。等我们绕过最后一座农舍，爬山就正式开始了。感觉路还是挺湿的，有一段路走得跟以前不一样，可能是拐早了一点，走进了一条长满竹子的山沟里。感觉不大对，路上碰见了两伙伐竹的人，向他们打听去水巷的路，他们都说不清楚，好像是外地人。我们只好硬着头皮往上走，想着应该能够找到原来上山的路。还真不错，没走多远，就找到原来走过的路了。后面那段直到机耕道前的路都似曾相识，但又感觉与以往有大不同。不过，很快就到了机耕道上，说明大方向没错。在机耕道上走的那段时间是相当长的，估计有1个多小时，又看到了恐龙爱吃的桫椤，又想起了上次回来的时候老吴说过的断肠草。其他的就是一个又一个连续不断的拐弯和不时透照的艳阳。快要到达林中小屋的时候，是该向右转了，我也的确是向右转的，但总觉得方向不对，最后到达小屋的时候，还是证明路是走对了。

那林中小屋依然矗立在那里，只不过守林的工人已经不在这儿住了。屋墙上写着"危房，不要靠近"几个大字，着实让我起了几分担心，好像我一进门，它就会轰然倒塌一样。不一会儿，黄老师也走过来了，我们还是进屋看了看，黄老师还到楼上参观了一下，我只是小心谨慎地在一层看了看。什么东西都没有了，厨房里的锅灶还在，碗筷还在，而那一管细流却不见了踪影。我们以前每次来的时候，都能看到的那个常年流水不断的水管不见了。后来我们去源头看了一下，是前端的水管断了，因为人不在这里住了，也就没人去维修了。那天因为早上起得急，忘记带饮食了，只好跟黄老师分享一下了。吃过午餐，我就躺在门前的一块并不算平整的石板上休息了一下，后来太阳晒得实在受不了了只好爬起来，进到屋里来，而黄老师这时去前面有水的地方洗澡去了。等黄老师回来，我们就收拾行李，去探一下去土溪的路（听黄老师说从水巷到土溪应该有一条通路的）。

在小屋的右边是找到了一条通向山顶的小路，看上去还不错，我们就沿路而上。到了上边，有一些分岔，就搞不清哪一条是通向土溪的路了，看看时间也差不多了，我们只好折返回头。

从水巷到那条溪的一段路实在是不好走，危险性较大。我不断提醒黄老师，要他小心。路非常陡，还很滑，有的地方还出现了塌方。等过了小溪，路就好走多了，只是感觉回头路比原来上山的时候走的路要长得多。到了溪口村，找到了停车处。驱车去福大新校区给学生签字，然后就在学校旁边的食堂吃饭。饭后回家，结束了今天的旗山之行。

山似乎已经不是那座山，路也不像原来走过的路，而我们自己也已经不是从前的自己了，一切都在改变着。

云顶游记

2013 年 5 月 26 日

今天周日，学院组织去永泰的云顶旅游。本来我这个周日有课，可我还是经不住美景的诱惑，费了好大的劲儿才把课交给另外一个老师来上。美平也想去，跟学院打了招呼，学院也同意以"家属"的名义参加活动。

早上 8 点，福大老校区东门集合，走三环，从南屿上刚开通的福永高速。到永泰东出口出高速，顺指示标志开向云顶。都是那种山路，曲里拐弯，很多人都晕车了。先经过青云山景区，之后才是云顶。感觉汽车把我们拉到了山顶，因为旁边几乎看不到更高的山了，听说云顶海拔 1000 多米。今天是云顶景区的门票打折日，听说门票可便宜 60 元。就是因为这个原因，今天玩得并不是十分开心。先是在门口等了好长时间，之后就是大家如蚁拥蜂攒，挤进了大门。进了大门，又是等景区游览车，漫山遍野都是人，那遍地黄花早已被人踩得七零八落，化作尘埃垃圾。大概等了两个多小时，估计是 11 点多我们才挤上了观光车，先经过天池景区，不下车，直接到十里大峡谷。大峡谷还是非常漂亮的，因为我们是从高处下来的，所以一路上都是向下行走，并不感到太累。一路上看到了许多大大小小的瀑布。我们所走的栈道差不多都是在空中悬挂的，据说光修这个栈道就花了三个多亿。徜徉在青山绿水中间，呼吸着清新的空气，也忘记了等车的不快。

据说云顶景区的特色就是这个山沟里空气中负离子相当多，对人身体大有裨益。走到大峡谷的中间，就是我们用餐的地方——峡谷餐厅，我们先是在门口一边打扑克，一边等人，等人都到齐了，就开始用餐。午餐吃得不错，也许是几个领导都在吧。

饭后出发，继续下行，当我们到了缆车跟前时，大概是下午4点钟，牌子上写的通知是前面有3000多人，要等4个小时。大家都吓坏了，有的老师决定顺原路返回，据说两个小时可以到达大门口。大部分老师说太累了，因为返回的路是上山路。一眼望去，排队等缆车的人密密麻麻。我们几个先是顺山边往前挤了一下，发现挤不过去后就走到河里，绕到另一侧。这时在缆车入口的另一侧也有一部分人挤在那里了，我跟高老师一边聊天，一边等待，却没有注意我们已经被挤到了队伍之外。当我们要归队的时候，人家不干了，都说我俩是插队的，我还跟他们吵了起来，我们肯定不能再去队尾排队，那要等到何时才能坐上缆车啊！

估计又等了一个多小时，我们终于坐上了缆车。下缆车后，坐汽车到天池景区，刚才的那阵雨已经停了，只是雾很重。天池景区的一侧是QQ山寨，一侧是天池，我们都看了一下，天池景区的台阶有250多个，但不陡。雾色苍茫中我们看到了波涛汹涌的天池，还隐约看到了冒气泡的地方。据说，那些气泡是从地底深处冒上来的，好像跟火山岩有关。再往前面听说是方圆几百亩的草原，可云雾之中，我们什么也看不到，只走了几步就回头了。后来又到对面的QQ山寨看了一下，起初我还以为这里是养老院，因为我看到有老人从一个个房间里走出来。原来在那些蛋蛋屋里住的都是有钱人，据说住一晚要600多元，可能包括门票了。那一个个小院都叫作"金窝""银窝"什么的，造型奇特。

从天池景区出来我们又在路边等车。等出了大门口，再等一次车，不过这次是等我们自己掉队的人了。这种较长时间的等待大概有那么四次之多。坐上车，等我们回到福州的时候已经是晚上9点，学院又要破费了，管了大家一顿饭。这时我已经不是太饿了，因为在车上吃了一些东西，比如永泰葱油饼什么的。

云顶景色是很美，只是给人留下深刻印象的景点不多。这也许就是福建诸多景区的特色，山美、水美，却找不到它美在什么地方。这已经够了，当你被美所包围时，当你深深地陶醉在美景之中时，那才是最美的享受。

重走樟林村—积翠庵—白云洞—柯坪—鼓岭—鳝溪一线

2013 年 6 月 15 日

今天周六，阴。近段时间天气不大好，不是下雨就是太热，已经有一段时间没有去爬山了。感觉今天的天气还可以，就决定出去走走，同行的有黄老师和云呈。

今天是开车去的，对我来说如何选择出行的路线是一个考验。走浦上大道—乌山西路—古田路—福马路，转福光路，走 100 米左右右转入一条拥挤不堪的樟林小路；穿过福兴路、铁路隧道，一直直行，爬坡就到了樟林村。这个地方不是我们以前经常爬山的入口，而是寿山石加工一条街。道路狭窄，空气污浊，好不容易才找到了一个停车的位置，其实已经到了上山的另一个入口处。

从这条土路上山，路也挺宽敞的，两旁绿树幽幽，草木茂盛，右边还可以看到福州市大片的高层建筑。其间为了找一条近路，还走错了一段土路。最后直到积翠庵的时候才发现我们原来是走在积翠庵的左侧。到了积翠庵，蚊子好多，胳膊、腿上被叮了好几个包；稍作休整，左转，过溪，顺细碎零乱的台阶上行，不久就是我熟悉的规则的台阶路了。路是湿的，很滑，走路要小心翼翼。空气闷热、潮湿，再加上昨晚看书看到凌晨 3 点多，休息不够，真的很累，只好多增加休息的次数，多喝水。一步步地走过了一个个熟悉的景点，最后来到了白云洞，一瓶水喝完了，在白云洞旁边的水管里又装满了水，来到了靠上一点的小平台上休息、用餐。美平送给我的烤兔肉，大家都说很好吃。

休息过后，上行，过海音洞，到一个标志处，若往右走就是鼓山了，往左前方走是去柯坪的方向。不久就到了鼓山、鼓岭、白云洞和积翠庵的交叉路口，有标志，直走就可以了。到了柯坪村，听到有人说话，向他们打听了一下西来院的位置，看来他们都是"老驴"，不仅告诉了我西来院的位置，还告诉我，哪个哪个和尚已经不在那里了，有什么什么样的变化等等。这对我来说，肯定是个意外的收获。我以前曾经走过三次，要找到西来院，可每次都失败了，有一次还被五条狗追击过，令我记忆犹新，至今还心有余悸。我们顺柯坪村左边的一条山路上行，绕过那个湖，走出大门，直走，不要上行，很快就到了所谓的西来院。西来院是一个非常小的寺庙，据说以前应该是香火很旺盛的，现在荒废掉了。小庙的房间很小，不足一间。庙门前有石碑，有两座石狮。这对石狮好生面熟，原来是几年前一直摆放在兰花苑门口的那对石狮，现在终于如愿来守卫西来院了。小庙里头排得满当当的，都是大大小小的佛像，听说还有一个是玉佛，可我们怎么看也看不出来哪个是玉佛。

旁边有一个登山队的驴友们在休息，其中有一个女驴友，一听说话就知道是东北人，问过后，还真是哈尔滨的。她说家里有事，想跟我们一块儿下去。我们重新返回到柯坪，找到下山的路，一路下行，过柯坪水库，冲顶，就到了鼓岭。到了鼓岭，说是下午4点才有公交车，我们四个人就合租了一部面的，直接坐到樟林。开上车，回了家，晚上远云请我们吃饭。

上山的时候是有些累，到了白云洞上面的山顶再往前走就不感觉累了，之后又没有再走下山路，所以腿脚不会感到很酸痛。第二天也没有什么感觉，这样对保护膝盖有些好处。

亭江新店一游

2013年6月23日

今天周日，跟黄老师一起去爬山。因早上有事耽搁了一些时间，早上10点多一点才到亭江。从亭江或亭江中学下车都行。进村后，多番打听，问出去新店的路，本来今天计划是从亭江出发，到新店，过凤洋，到白眉，然后再回到闽安，坐车回家。最后的结果是路线不熟，低估了路程和难度，经过新店也不知道是新店，远远地看到了凤洋却还以为是新店。殊不知，新店已经悄然地藏身于水库之下，只留下了个名字，村址已无证可考。

从亭江村子里穿过，经过象洋村，从高速底下穿过，三拐两拐，就到了去新店的古道上。可惜这样的古道终久不长，很快就到了那种机耕道，感觉还比较幸运的是今天的天气还算是比较照顾，阳光与阴凉不断交替着，说热还不至于热得受不了。整个的爬坡高度最多不过400米，只是路程稍长。因为不熟，当我们走到了机耕道的尽头，翻过一面石墙，却是一个溢洪道，这个溢洪道是大道套小道，大道里是干的，小道有五六十厘米宽，水深不足20厘米，却水流湍急。时间已到了下午1点15分，新店还没有找到，其实是已经超过了。我们只好在此埋锅造饭。

因为水很方便，先洗澡，再做饭，酒足饭饱之后，再泡一次澡，下山。看到远处有一处村落，以为是新店，却离我们太远了，估计下午是到不了了，只好返回。途经水库，下水游泳，上岸继续下行，到来时问路的地方跟人家确认了刚才经过的那个水库就是所谓的新店了，我们这才肯定远处那个村落应该就是传说中的凤洋村。重又来到亭江，找了一家小店用餐，花钱不多，除了鱼还算新鲜，其他的几个菜都很难吃。出亭江，在亭江中学站上车，到马尾君竹环岛换乘73路到五一广场，再换乘K3路到家。到家的时候已经是晚上8点多了。

今天出门晚了点，再加上在马尾那边买东西又花了些时间，这样一来二去，就耽误了大量时间。

游日溪、桃源溪

2013年6月30日

今天周日。日溪很早以前去过一次，那次是跟黄老师、老冯还有笑天一起去的，那时笑天还小，好像只有八九岁的样子。那次是龙王台风刚过，我们上山的时候，到处是横七竖八的竹子，根本就过不去人。老冯一不小心就要滑倒，顺手抓住了一棵躺倒的干树，结果就没滑下来，被旁边的草呀树呀什么的给绊住了。那时候我们还去旁边的水库游了泳。记得我们对笑天千嘱咐万交代，千万不要下水。转眼之间，七八年过去了，老冯也归西四五年了。

这次一起去的有黄老师和张忠老师。开车去日溪还是第一次，提前查一下地图还是没有搞清楚路线，只好启用导航仪了。全是曲里拐弯的山路，有时还要爬陡坡。车子好像没有力气一样，怎么加油都爬不动，我还以为车子出了毛病。到了平路或下坡的时候，却没有这种情况发生，我才知道这是正常现象。出福州，过福州森林公园，左拐一直向北行，中间过寿山，就到了日溪。大约用了40分钟时间，距离约为50公里。

到了日溪才发现日溪不大，方圆只有几百米大小。最繁华的地方有两棵古老的樟树，樟树底下有几家饭店，下午我们就是在离樟树最近的那个饭店吃的饭。有一条水泥路通向罗源方向，翻过去就是豁口，再往前就是罗源的飞竹乡。上次我们来爬山的时候就是顺这条水泥路走上去的，先爬左边的山，因为路难走就返回，然后去水库里游泳。

这次我们在街边的便利店里添置了一些应用之物后就去爬旁边的山了，听黄老师说，此山不高，海拔高度只有400多米，山边上就是桃源溪。日溪有个特点，就是山上到处都是竹子，可竹林里也有个特点，就是蚊子特别多。我们来到山下，山高林密，翠竹青青，恰似一道绿色屏障。我们从桃源溪入口处左边的广告牌边上山，路还不错，竹林茂密，竹叶落满每一个脚窝。竹林里没有那么热，只是蚊子太多，蚊子如影相随，怎么赶都赶不开，身上到处都是蚊子叮的包，奇痒，没有办法，只能忍着。翻过了一道山梁，我们决定往桃源溪方向靠拢，一是蚊子实在太多，二是再往高处爬也不知道能爬到什么地方，如果能早点进入桃源溪，也可以清凉一下。其实通向桃源溪的路也是有的，只是被砍倒的竹子给生生挡住了。最后我们还是找到了去桃源溪的路，一路下行，连滚带爬就下了山，心里一直担心着，到底进了桃源溪景区了没有？如果能绕进了景区，那不是免去了一笔不小的门票费？如果还没有绕进去，门票还是要买的。其实我们想的都是多余的，因为最后事实证明，桃源溪根本就不收门票，它主要是提供有偿的漂流、烧烤等服务，漂流每位138元，烧烤好像是68元，如果什么都不要的话，就是免费的。

我们先是来到桃源溪里泡澡，溪水很急，还比较清，很凉，很解暑。然后就顺景区内的柏油路往里头走，估计走两三公里就来到了漂流的终点。再往里走两三公里才是漂流的起点。我们顺溪边的小路前行，走到一半的时候，实在是又累又饿，只好在这里用餐了，因为原来计划是下山时回镇上吃饭，大家带的吃的东西都不多。我除了水，几乎什么都放在车子上了，所以只好瓜分他们带的食物了。吃过饭后，继续上行，来到漂流的起点，起点处有一个水库。当漂流开始的时候，工人们就把水库的闸门打开，把水放下来，游客两个人一条橡皮艇，往下滑。我们就跟着他们往下走。看上去还是非常好玩的，惊险刺激。橡皮艇在窄窄的河道里不断地改变着方向，有时还会因较大的落差而致翻船，游客被摔进水中，还好水不很深，大概有齐胸深，一般不会有什么危险。只是头盔要戴好，手要抓紧，要是被甩出去或碰到岩石上那就危险了。

顶着烈日走出桃源溪，大约下午4点我们来到了日溪，就在那两棵大樟树下的那家饭店里用餐。三个人都不是很饿，点了三个菜，其中有土鸡、山麂肉，味道还不错。

天气热了，去这种有山有水的地方玩一下还是可以的。如果真的一直被大太阳晒着，那说不定会中暑的。

游三叠井记

2013 年 7 月 7 日

今天周日。这一段时间福州的天气实在是热，一般都在 35℃以上。听说三叠井是个有名的景区，应该是那种山水俱佳的地方，肯定不会热。早上 7 点半左右，笑天、黄老师和我三人驱车上路。黄老师提示说，三叠井就在闽侯仁洲村旁边，我就开启导航，结果还是走了不少冤枉路。在淮安大桥上按导航提示走错了路，结果是先走福飞路，再走三环，走甘洪路，过荆溪、铁岭，之后，算是走上了正道。一路上都有"三叠井"的标志。开车走山路已经走好几次了，已经找到了感觉。过了仁洲村就到了三叠井。

三叠井景区外边的大广场和停车场上没停几部车，几乎看不到什么人。景区门票全票 40 元，笑天半票，黄老师全免，我全票。在三叠井整个游览过程中，还是挺凉爽的，基本上不会晒到太阳。进了大门后，先是走 1 公里左右的水泥路，到了森林饭店开始上山，一路上大多是沿溪而上，这条溪应该就是采兰溪。沿途有不少的景点，最著名的就是三个瀑布和由其形成的像井一样的深潭。尽管这一段时间不是雨季，可瀑布还是不小。进入景区后看到的第一个潭叫作鳄鱼潭，三叠井所代表的三个潭从下到上分别是象鼻瀑布（一井）、仙女瀑布（二井）和清音瀑布（三井）。一井和三井看得比较仔细，二井没怎么注意就过去了。当我们来到小三叠的时候，那个潭的名字可能是"映心潭"。我跟黄老师下去游了一下，水还比较干净，也比较清凉，上面不断有瀑布流下来，所以无法靠近石壁。差不多到了最高处（说的是海拔），有一个半山饭店，到这个地方算是走完了总路程的四分之一，我们就在这里用餐。我们点了三个菜，炸溪鱼、土鸡汤，还有一个炒青菜。鱼和鸡汤都很不错。饭后休息片刻，即顺采兰溪左侧小道上行，此后路不怎么陡了，基本上是上上下下，没有陡坡。一路上都可以看到，溪水奔涌而下，溪面上裸露着巨大的石头，小溪有时从高处飞泻而下，轰轰隆隆，有时从石缝里钻出来，汩汩流淌，大部分是那种潺潺湲湲的流水声。景区的尽头是一个叫作鸳鸳溪的地方，这里汇聚了两条瀑布，一左一右，一大一小。一个雄奇伟岸，飞流直下，激起千层白练，一个婀娜多姿，含情脉脉，轻步而至，它们在一个巨大的深潭中相会。

回去的路基本上是顺势而下，到半山饭店后，顺另一侧下山路前行，至999级台阶，一下子就来到了地面上。这千把个台阶可不是那么容易就能走下去的，不是一般地陡，估计有七八十度。不过速度倒挺快。出景区的这段路，总觉得太长了，怎么也走不到头，笑天直叫累。

三叠井是炎炎夏日的一个好去处，距福州约有30多公里，也不算太远。以前觉得一入夏，就无法出去爬山了，现在看来，机会还是有的。那么，下一个引人入胜的去处是哪里呢？

游闽清白云山

2013年7月28日

今天周日，黄老师、刚健和我一行三人游闽清白云山。黄老师查过资料，说白云山非常漂亮。我查了一下导航，距离约60公里。去的时候是走省道，边走边问，特别是过了白樟之后，就不知道怎么走了。再往后就是铺设得不错的水泥路，最后还是到了白云村。入村前，遇见一个金碧辉煌的寺庙，说来就是白云寺。白云寺始建于宋景祐三年，历经多次火灾，现在修葺一新，非常漂亮。真没想到在这么一个偏僻的地方，还会有人花巨资去重修这座寺庙。我看了一下捐款的人员名单，最多的一个人捐了16万元，也许还有更多的。给我们留下深刻印象的是那块巨大的刻有"白云寺"三个字的石碑，看样子这块石碑是有些年代了，石碑上周边的花纹依稀可辨。还有一个颇具特色的就是那尊千手观音雕像，到底有多少只手、多少只眼睛是很难数得清的。

从白云寺上来就是白云村。村里看不到几户人家，最明显的标志就是一棵古树。我们在这里打听了半天，他们说，我们要爬的山路早就荒掉了。最后我们选择开车到林场，然后从林场里走去凤凰湖的路。听林场的师傅说，从林场门口到凤凰湖有8.16公里，我们算算时间没有问题。这条路是石子路，可以走汽车，人走起来有些硌脚。老天爷也还算比较给面子，一会儿晴，一会儿阴。山路基本上是平的，稍微有些坡度，当我们走到一个分岔口时，那个地方有个界碑，分别指向"凤凰湖"和"腹桂山"，我们就选择了"凤凰湖"方向。路边的泉水不时从山上流下来，在路边积起了很多小水坑。有时候，流水钻入了地下，过不久就又露了出来。我们返回的时候，都在这里新灌了又凉又甜的山泉水。

当我们到达凤凰湖时，看到跟黄老师描述的大不一样，湖里几乎没有多少水。裸露的湖底告诉我们，这里的旱情实在是太严重了。我顺着湖边寻找煮饭的水源，一不小心，一只脚陷入了淤泥之中，还好不算太深。最后，我们就在附近取水，到一个小庙前煮饭，此时的小寺庙就变成了我们的厨房。当我们坐在石桥上，迎着凉风，吃着道口烧鸡，喝着热乎乎的美味的方便面汤时，那种感觉只能用一个字来形容：爽！吃过饭，又横卧石桥上小憩片刻。等精力恢复之后，基本上是沿原路返回。回福州时，走的是高速，比来时快了不少，到家时还不算很晚。

看到了雄伟宏大的白云寺，游览了凤凰湖，也算不虚此行吧。

又走旗山主峰

2013 年 11 月 3 日

今天周日，去旗山主峰爬山。一块儿去的有老毕两口、老黄两口，还有几个研究生，包括陈亮、庆华、登福、珠龙、晓霞、曹、苏，其他的想不起来了。旗山主峰以前已经去过两次了，第一次是跟老郑去的，第二次就是我带队了。每一次都像是第一次，每一次都有不同的感觉。

周六的时候天空就阴下来了，当时就担心第二天会下雨，可我已经两三个月没爬过山了，心里早就痒痒了，真的不想放弃这次机会，所以就跟他们说，如果第二天早上不是瓢泼大雨就一定出发。结果，第二天早上起来的时候，发现天阴得更厉害了，好像还下了一点蒙蒙细雨。因为雨不是很大，所以就决定出发了。一路走来，基本都是在雨中进行的。早上 8 点半左右，人都到齐了，我们就从福州职业技术学院门口出发，先走到榕中村。到那里时雨已经下得很大了，我们只好在路旁的屋檐下避一避雨，等雨稍小一点再继续出发，很快就找到了上山的台阶。大家在半山腰的一个景点照了相，在这里可以看到近处的处于一片朦胧之中的福大新区的景象。往上穿过一片坟区，如果是一个人在这里走，肯定会感到几分恐怖，不过对我来说，这样的情况见多了，也有几次是一个人在坟头间穿行。新坟头前花圈上破碎的花在风中呼呼作响，小雨淅淅沥沥，天空黑沉沉的，你会感到脚底下好像有棉花似的，变得不再那么踏实了，那都是害怕导致的。

当我们到了一个山头上，石头台阶消失了，以后的就是那种羊肠小道了。走了一段平路，往右拐，平行直走，再往上走。旗山的特点是树多，林深。今天走的路还是挺远的，尽管这条路我以前走过两次了，但还是心里没底，觉得很多路段好像都是第一次走一样，总觉得走错了。特别是有一段很长的平路，几乎没有什么印象。就这样，努力地找寻着那些模糊不清的线路，最后还是走到了旗山主峰，那里有个铁架子，是旗山主峰的标志。一路上大家没少摔跤，特别是后来走的一段机耕道，因为都是在雨中行进的，所以大都湿透了衣服，全身都是泥巴。每当休息的时候，大家都会分享各自带来的食物。每当遇到困难时，大家都会相互帮助。每当看到好的景点时，大家也都会停下来照相留念。下山的时候，林子更密了，小路上落满了树叶和松针。走在这样的山路上，就好像走在海绵上一样，松软松软的，就是摔跤了也不会感到有多疼。一路上，快乐的笑声，摔跤的尖叫声，亲切的鼓励，逗人的笑话，此起彼伏，不绝于耳。小小的登山队像一条欢乐的河流，曲曲弯弯，奔向前方。

我们是在林中小屋里煮面的，当大家吃到香喷喷的面条和鱼丸子，喝到热乎乎的汤时，便忘却了旅途的疲劳和雨中的寒冷。饭后，我本来计划是走溪边的小路返回福大新区，可试探了一下，草长得太深了，几乎找不到路。另外守林人又在一旁说，这条路已经荒芜了，又赶上是在雨中，为了安全起见，我只好决定顺机耕道去南屿坐公交车返回市区。这要花去大量时间，我估计，如果从小溪边返回的话，可能需要40分钟时间，而走机耕道可能要用两个多小时。当我们走到黿溪口时，大家都快累趴下了。此后就是联系车，先坐车到南屿，我们几个坐车回市里，那几位同学包车回到福大。

这一天，雨一直都没有停过，老天真是照顾啊，让我们痛痛快快地洗了一整天澡。当我在金山的一个公交站等车时，雨依然是那么大，一把小雨伞也起不了太大的作用。穿着鞋子，在积水中走来走去，任凭雨水灌进鞋窝。以后再有机会，还是想把那条小溪旁的路再走一次，看看能不能走得通。好奇心驱使着我们每一个人去探寻，这样才有了更多的发现。

跟晴天队去十八重溪外围穿越

2013年11月9日

今天周六，十八重溪外围穿越。听老毕说，他以前经常随同晴天队一起去爬山。这天他们安排去十八重溪外围爬山。尽管我以前也去过几次十八重溪，有一次还遇到了麻烦，但我还是对这次穿越非常感兴趣，如果正好是我没去过的地方那该有多好。一是我不喜欢走老路，二是如果以后我带路的话，不是又多了一条可走的线路？于是我就报了名，周六早上7点半在万象城集合，到那里一看，嚯，有好几部车，不过有的不是晴天队的。后来才知道今天跟晴天队去爬山的有120多人，整整坐了三车，一个人费用是50元。

因为不知道它行进的路线到底是个什么样子，所以一直像蒙在鼓里一样。经过一个小时的奔袭，三部车来到了我们已经走过两次的塘前村旁的赤鲤村桥上。本来他们计划从官烈村出发，可能是大车开不进去，只好改从这里出发了。

一开始是顺溪走，走不了多远，就从左边的山路上了山，此后大都是走走停停。因为有100多人，没办法走得太快，还有一个原因是经常走错路，有好几次都是前队变后队，后队变前队，不断地改变着方向。其实这也很正常，山上那么多分岔，很多时候是没有路的，或者不是很明显的路，走错路是无法避免的。基本上是向左绕，在前面开路的"风中的男人"（网名）说，不超过300米，都会看到他们留下的晴天队的队标。这个庞大的队伍，走走停停，消耗了大量的时间，为此后的夜间行走做好了铺垫。有不少时候是没有路的，他们只是判断了大致的方向，然后在山林里穿越。原来我还想，应该留有吃饭的时间吧，后来看是没有煮饭时间的。大家都是吃干粮，因为没有太多的休息时间。

从这片山林中走出来后，就来到了一条刚修好的机耕道上，顺机耕道上行，走了一段就来到了溪边的一条山路上，然后一路上行，走到一个叫作铁皮房的地方。这个地方有水，可以休息，另外据说离山顶也不远了。在这里休息的时间稍长些，可能有人在这里煮饭，我不知道他们会在这儿休息多久就不敢做饭了。这时候我感觉已经很累了。抬头往山顶上看，山顶上光秃秃的，好像也不是很高，实际上越爬越高。以后就在山脊、山顶上穿行，上上下下，也没有什么明显的路，反正草也不深，也没有什么树，可以看得很远，他们都能判断清楚方向。我们快到鼓崖山尾的时候还碰到了另一个登山队的人，他们没有我们这边人多，但看上去也不算少。爬鼓崖山尾好累呀，我看大家都累得不行了。这个地方好像正在修路，一些登山路都被破坏了，走起来更困难。在鼓崖山尾上休息了一下，就是一路下山了，可下山的路也着实不好走。

鼓崖山尾是福州附近海拔最高的山了，好像是1000多米吧。从鼓崖山尾上下来，到处都是刺，走到两山的分界线处，有人说看到了金瓜石，我怎么看都没看到。以前我们来的时候，都会经过金瓜石，有一次我们还在金瓜石上过了一夜。从此向右下行就回到赤鲤村的下山路了。可万万没有想到的是，因为很少走这条路，下山的路早已荒芜得不成样子了。带队的一直在用砍刀开路，队伍行进得非常慢。天渐渐地黑下来，大家有些着急，特别是第一次走夜路的人，感到了几分不适和恐惧，他们开始抱怨。后来天完全黑了下来，有带手电或戴头灯的都打开了灯，我也戴了头灯。在天还没有完全黑之前，我们已经走出了最艰难的那段路，等到天完全黑下来之后，我们基本上都是在比较宽、比较平的路上行进的。我们是先期返回出发地的，等到所有人都到齐的时候，已经是晚上8点了，坐车回到市里是晚上9点。

出门不由人，一切都在变化之中。好久没有走过夜路了，走一走也觉得挺不错。深一脚，浅一脚，跌跌撞撞地总算出来了。我只是担心要是晚上回不去该怎么办，我倒不担心在山上过夜，反正我还有吃的，又是在溪边，不缺喝的，我担心的是我已经答应第二天跟福大公共管理学院2012级的学生去鼓山情人谷爬山。我这要回去不了，不把他们的事情给耽误了？还好，顺利回来了。

遗憾的是，我无法记住这次穿越的整个线路，让我再带人走这条路，我恐怕没有这个胆量，主要是没有路，肯定会迷路的，地形太复杂了。

徜徉情人谷

2013年11月10日

今天周日。前几天，公共管理学院2012级2班同学想去出游，我建议他们去情人谷。这天，他们一行36人，包了一部车，早上8点在福大新校区生活一区集合。估计半小时左右就到了鼓山下院。下车后我们就顺着鼓山最左侧的登山道上行。过小桥，看到一条向左的分岔，但是没有看到右侧电线杆上的编号，我们就顺着那条小路走了一阵子，最后发现错了，只好再拐回来，再往上走。再往上走没多远，又看到了一条向左侧的小路，右侧也有电线杆，尽管没看到电线杆上的编号，但这次应该没有问题。不一会儿就到情人谷的起点。

  情人谷是鼓山旁的一个山沟，长度有二三公里，沟里有溪，溪里有水。情人谷的终点就是鼓宦公路上的一座小桥，顺桥往上走有桃源洞、白云洞、鼓岭等处，往下走不远就是涌泉寺、鼓山十八景。情人谷虽然不长，景色却非常迷人，行进过程对一些较少爬山的人来说也是一个不小的考验。这些90后的大学生中，我不知道有几个人爱好运动，有几个人喜欢爬山，有几个人喜欢吃苦。他们去年来到福大，早就想出去游玩，可学院一直没有批准，他们最早跟我讲的是想去福州国家森林公园烧烤。我觉得烧烤是最没意思的活动，烟熏火燎的，吃些生熟不烂的东西，还弄得满身都是油污。我建议带他们去爬山，他们还不是很乐意。可当他们跟我爬完情人谷回到宿舍时，却跟我说，大家都觉得今天玩得很开心。

  情人谷溯溪是没有路的，一般不要出谷，偶尔也会到两边的林子里绕行。今天的石头比往日稍显滑一些，所以一路上摔跤的人很多，还好，没有人受伤。这就是我的万幸，这就是我的功劳，带学生出去玩就怕出事，领导害怕，我也害怕。30多个人也是一个不小的数字，不可能走得太快，原来我想着两三个小时应该能到达谷顶，结果到小桥时，已经是下午2点40分了。等坐上车，来到福大时，估计就下午5点左右了。

  情人谷里没有路，要从这里走就要摸着石头过河。以前我们从情人谷里走的时候，最难走的地方也只是三四处，可今天觉得受到阻挡的地方却不下十来处。每到一个不好走的地方，就要一个一个拉上来，女生平时走的时候都是手拉着手，到一个人上不去的时候就由男生拉上来。这样的地方太多，结果就耽误了时间。我心想，快慢没有关系，只要安全就行。其实在刚登鼓山的时候就有两个同学失去了联系，她们爬得太快了，脱离了队伍。最后到我们爬出情人谷时，才跟她们会合，没办法，就是跟她们联系不上，信号不好，等联系上了，我们也已经走远了，她们根本找不到我们的所在。我建议她们俩在鼓山十八景周围玩一玩算了。

30多人的队伍，拉得很长，一开始大家还能够首尾呼应，到后来就是各自为政了。一开始我在前面带路，后来我就跟最后一拨人在一起了。每次走情人谷，最艰难的路段总是不同的，人们总会想着不同的办法克服困难。路是人走出来的，这话一点不假。以前的路走的人少了就荒掉了，不再是路。本来不是路的地方，被几十个人走一遍，也就变成了路，看上去好像还是不错的路，你不觉得奇怪吗？以前都是我拉别人，这次我也得到了帮助。有一个地方，像个山洞一样，里边只能容得下一个人，我进去以后几乎把我卡死了，胳膊也没有那么大的劲儿，也可能因为个头小了点，怎么都用不上劲儿，只好被两个同学提溜上来，真是不好意思啊。因为昨天刚去十八重溪爬过山，还是感到有些累，腿上没劲儿。

　　情人谷很美，沟里巨石堆垒，细水潺潺，两岸青松翠柏郁郁葱葱，空气异常清新，周围环境幽静娴雅，鸟儿在林间啁啾。仔细品味，觉得真是情人约会的好去处。

　　如果不想那么累，如果想在轻松愉快中度过一段美好的时光，那么请走进情人谷吧。

重走东联—磨溪—深坑里—龙门一线

2013年11月16日

　　今天周六，早6点10分起床，收拾行李，吃早餐，坐K3路到于山站换乘73路到东联站下车，时间8点整。不一会儿老毕和老黄两家赶到，共七人。在小庙旁的登记处登记过后，就沿磨溪右侧上山了。两侧的山依然是那么雄壮，而溪水依然是那么绿，那个小水库里的水依然是绿得发蓝。过了南宫拜石，前头就是磨房。从磨房出来，再往上走，遇到分岔选择往右上方的方向，如果往左下方的话应该是去鼓山或鼓岭的。不久就是羊圈。过了羊圈，再往上又有一个分岔，如果是往深坑里方向的话，就应向右上方走，如果往左下方只能走到另外一个地方。

　　从磨溪进来，有好几道山岭，岭之间就是溪，第一个分岔处往左走就是往鼓山方向走的，第二个分岔处是往磨溪的一个不错的景点去的。我以前也独自去过，景色很美，水很充足，河床里的石头很大，很干净。今天尽管是我带路，可还是走错了一段路，就是过了羊圈往上走的时候，选择了左下方下行，结果大方向错了，是永远也走不到深坑里的。结果我们花了一个多小时，在一个山头上绕圈圈，一开始还有路，到后来就没有路了。七个人就在密林深处穿行，到处是刺，到处是野猪拱过的印迹，有的看上去还很新鲜的样子，大家有几分害怕。感觉方向越来越不对，我就决定直线下行，最后克服了一些困难，来到了那个有石有水的景点。

这个地方真的很漂亮，现场还有几个工人在修路。他们几个非常高兴，拼命地拍照。在这个地方玩了一阵子之后，分辨一下方向，看样子要往回走，才能走到正确的路线上。看看时间还不算晚，我们就决定由一个小溪溯溪而上回到羊圈的位置。路不是很好走，刺很多，大家你推我拽，总算又回到了羊圈。接着往右上方走，这一次路是走对了，可大家真的有些累了，还好我们走得不是很快，还能忍受。不一会儿就到了深坑里，还是那一片废弃的石屋，还是那两棵参天大树，还有巨石间奔腾而下的小溪。我们决定在此用餐。正在做饭的时候，这个村子里唯一的一位居民，一位七十多岁的老依爸出来了，当然是数狗开道，群羊保驾。

老依爸依然是一口纯正的福州话，我们最多只能听懂百分之十，其实他普通话讲得也不错，不知道为什么他偏讲福州话，难道是为了向我们这些外地人显摆？酒足饭饱之后，再往上走，更有些走不动了，其主要原因是吃得太饱了。他们都说是血液都到胃里去消化食物了，四肢上的血液就少了，说得也有道理。最后我们走到那个最经典的十字路口，往前就是往马尾去的，往左是往茶洋山方向的，往右就是下山往快安或龙门方向的。看看时间已经不早了，我们只好选择下山了。下山的路很明显，一般是不会走错的，都是那种羊肠小道。有时候，你尽管走，脚底下是看不见路的，反正也不会摔跤，即使摔跤了，也很难摔倒，因为两旁都是很深的草。一路下行，累了就坐下来休息一下。这条路是我第一次走，感觉还不错，刚好进了龙门村，从村子里出来刚好到了停车的地方。时间大约是下午4点50分，跟预计时间相差无几。

本来今天是计划去茶洋山、登山协会方向，因为走错路，耽误了一些时间。其实，登山就在于过程，谁还去过分追求非要爬到哪个山头呢？

雨中乱走五虎山

2013 年 11 月 24 日

今天周日，中雨。早上 6 点起来的时候，看了看天，好像很黑，但不像要下雨的样子。跟老毕商量了一下，决定按时出发。最近一次去五虎山是三年前的事情了，也想再去看看五虎山有没有发生一些什么变化。坐42路车，不到8点来到了白湖亭。稍等，老毕两口子赶到。坐30路车到尚干，坐三轮车到琯前村（一个人4元），感觉下车的地方跟以前下车的地方不一样。问题就出在这里，感觉不对，但还是在这里下车了，并且从这里出发，错误地走进了大山，经过几个小时的跋涉后，又错误地走出了大山。对我来说，教训就是，如果发现错了，就要马上改正，不要等到无法收拾了，再来改正就来不及了。

  我们下了车之后，沿着一条小水泥路往山上走，穿过涵洞，见到一个小庙，叫灵川寺，感觉似曾相识，其实根本不是那么回事。我们就从小庙旁边的小路上去了，刚开始的时候，好像还有路，很快就找不到路了，芦苇很深，感到像走到了路的尽头。回头，向上，从树林中穿行，哪里好走就走哪里，看到几棵橘子树，摘几个尝尝，酸，难吃。看到眼前的三个虎头，想着，只要朝着虎头走就不会有错。我们就顺着一个山脊一路向上，当我们接近老虎脖子的时候，感觉离虎头只有百米远，但无论如何就是找不到路。山很陡，荆棘丛生，藤蔓遍地，举步维艰。尝试了一会儿，不行，上不去，只好改向左走，想会不会在两个老虎之间的山沟里有路可走。在树林里走还好，一旦到了树林跟杂草的交界处，就没有办法走了，有时候就要用砍刀开路。终于来到了两山之间的山沟里，却发现不仅根本没有路，草还更深，藤更密，刺更多。老毕的雨伞被挂掉好几次，他比较幸运，每次都被我发现了。我的雨伞只被挂出来两次，第一次被发现了，第二次就找不到了。因为我在最后，也不知道什么时候丢的，呵呵，因为那时不知道已经走了多远了，只好给五虎山留个纪念品了。几个小时过去了，我们一直在三个老虎的脖子底下转悠，尽管老虎头近在咫尺，并且还能清晰地听到山上人们的说话声，可我们却是寸步难行，可望而不可即。

  我们在山林里休息了几次，但都没有来得及煮饭，特别是一过中午12点，心里就有些发慌了，担心出不去。一开始还想着，向左、向下走，试图去找路。后来发现，左边根本过不去，后来就决定哪里也不要去了，尽可能直接下行，因为原来来时的路一是找不到，二是即使找到了也不好走。雨一阵一阵的，或大或小，一开始的时候还好，还没有把衣服浇透，到后来就是大雨铺天盖地地浇下来了，根本没地方躲藏，我们本来也就没想到要避雨。在一阵一阵的雨中，我们找到了一个几乎干涸了的小溪，我们就顺溪而下，这样下降的速度会快一些。现在我们只有一个念头，就是在天黑之前出山，因为现在已经是下午2点多了，山里头似乎黑得更早一些。下山似乎可以更容易一些，有时候就像坐滑滑梯一样，吱溜吱溜往下滑。有的时候也会很危险，旁边就是溪，像悬崖，没有路，手很难抓住东西。如果不小心，滑下去，肯定是不死即残。类似这种场景，以前跟黄老师爬山的时候也遇到过几次，还是非常担心的。

当我们有一段刚离开溪，准备继续下行的时候，雨突然下得很大，我们就原地不动，说是避雨，其实根本找不到避雨的地方，只能说是停下来休息了一下。我的雨伞也没了，幸好我还带了个雨衣，仍可抵挡一阵子。在我们休息的时候，我突然看到好像找到了下山的路，休息过后，确认一下，没错，正是一条山路，尽管时而还会被野草覆盖，但基本上还是清晰可见的。雨越下越大，我们不管这些，一路下行，还好，路不滑，当我们来到上山时经过的那个小庙的时候，才完全放心了。因为时间还早，大概是下午3点多，我们就回到村子里，找车，返回尚干。在尚干每人吃了一碗热气腾腾的尚干拌面和扁肉，觉得身上暖乎乎的，顿时来了精气神。

爬山的乐趣也许正在这不平凡的过程当中，当时的紧张和挫折正成为过后慢慢欣赏品味的快乐。总结经验是必要的，但后悔大可不必。身体上的极度疲惫刚好涤去了沉重的思想压力。日子在一天天过去，我们需要不断地重拾信心，去坚强地面对依然茫如五虎山头重重雾霭一样的未来。

千江月游玩

2013 年 11 月 30 日

今天周六。早8点，在福大新校区学生生活三区门口集合，乘坐旅游大巴去永泰大樟溪旁的千江月游玩。这天天气晴朗，万里无云。去永泰的公路在维修，沿途走走停停，尘土飞扬，约1个小时后到达目的地。

千江月算是一个农场，今天来这里游玩的人很多，估计能有几百号人。大部分是学生，还看到一群穿着统一制服的，估计是哪个单位的。到达后，先占领烧烤摊位，因为担心如果晚了可能会找不到，实际上，摊位多的是，根本不用担心。千江月以前我是来过的，也是跟学生一起来的，这次看到景区里头几乎没有任何新的变化。很多人在草坪上玩游戏，看上去挺热闹的。我们安顿下来之后，先去铁索桥上玩，一般都是有惊无险，即使掉下来也不会受伤，因为底下有保险网保护着。据说是警官学院的学生还在那里比赛，分成两拨，最后一个被摇下来的就是胜者。站在铁索上的人一个个被摇到网上，这边晃绳子的人也累得满头大汗，看样子比被摇者还累。

接着我们去玩了滑滑梯，只有部分人能够冲上去，大部分人只能走上去，然后再滑下来。我也去滑了一次，当从顶端滑下来时，更多的是那种无助的感觉。然后就去玩踩轮胎，也很累，有学生能走到头，我是走不到头就下来了，踩轮胎一要有技巧，二要有臂力。再后来就是烧烤了。我们分成三组，一组一个摊位，大家吃得还不错，应该都吃饱了。我肯定不会吃亏了，他们都会把烤好的东西送给我吃。我来时带的煮花生和橘子也被他们一抢而空。这次认识的人有本次活动的组织者杨小明，还有康伟玲、王安妮，甘肃的赵代博等。餐后，他们都去玩游戏去了，我就躺在旁边的草坪上跟同学聊天。

下午4点左右返回福州，结束一天的游玩。今天风和日丽，温暖如春，空气异常清新。景区周边，青山翠绿，郁郁葱葱。跟年轻人在一起，我似乎也觉得年轻了不少，即使多花费了一些时间也是值得的。

情人谷那点事

2013年12月8日

今天周日，阴。前几天跟老毕商量这周末去哪里爬山，听他说话的口气，不是很想去路途远的地方，怕女同胞们受不了。我考虑再三，决定去情人谷爬山。一是情人谷路程不是那么长；二是就在鼓山旁边，坐公交车就可以到达；三是那个地方景色优美，是一个难得的好去处。早上8点我准时到达，他们到来时差不多快8点半了。这次来的人有老毕两口子，还有老黄一家三口。人到齐后，我们就出发了。先走松之恋，可往左横穿的路我总是记不住，看到第一个小路，进去走了一段，觉得不对，就退回来。继续上行，现在终于记准了，那就是在开始横穿的地方右侧有两个电线杆，其中一根电线杆上有"26号"的标志。

很快就到了情人谷的起点，我就带他们一路上行，顺着溪往上走。大家情绪很好，都说这里景色优美，一路上不停地照相；反正也不着急，一路走走停停，累了就休息；一休息就吃东西，吃饱喝足，有劲了再接着走，可以说是群情振奋，一路高歌。这次我总结了一下，有五六处是比较危险的地段，每到一处危险的地方，我都会提醒大家要注意。最后，这些危险的地段都顺利地通过了，再往前就可以听见公路上呼啸而过的汽车声了，说明离情人谷的尽头已经不远了。时间大约是在1点钟，估计有不到半个小时就可以上岸了。可就在此时，问题出现了。老黄的老婆，一不留神，一脚踏空，摔倒在石头堆里。我就在她身后不远的地方，看着她翻了两三个滚，就倒在一个凹陷处。她女儿就在旁边，赶紧冲过去呼救，却没有说话，把我们都吓坏了。之后，我们都来到她身边，她说她手断了，疼得不得了。我摸了摸她的肘部，像是肘关节脱位了。老黄还说，不要乐极生悲，结果还是应验了。他女儿也说，一两分钟前，她左眼猛跳了几下，不曾料到，她妈妈真的出事了。我们商量后，决定不要到情人谷尽头去了，直接从左侧上行尽快到公路上再做处置。不一会儿我们就来到公路上，跟晓玲联系，让她尽快开车来接我们去医院。后来我们又联系到了一部中巴，我们一起坐车来到鼓山下院，然后打的去市二院。到医院后，经拍片检查，确诊是肘关节脱位。当时就做了复位操作，然后打石膏固定，她也不觉得疼了。一切皆化险为夷。

从医院出来，大家玩兴未尽，决定去市二院附近的闽江边上煮饭吃。我们在那里煮粉干，吃花生、丸子等，下午的低落情绪一扫而空。真是谢天谢地，没有出什么大事。当时，看着她女儿带着哭腔连声呼唤妈妈的样子，我的眼泪都要掉下来了。我爬山八九年了，这还是第一次出事，可把我吓坏了。我真的不知道，以后还敢不敢再带他们出来爬山了。你想，那么多艰难的关口都闯过来了，但还是会阴沟里翻船的，以后只能是多加小心就是了。

爬山也是有一些技巧的，在崎岖不平的石头上爬行，要把整个身体团起来，两脚要虚着，绝对不能踏实地踩下去，两手随时都要做好摔倒后扶地的准备。否则，实实地摔在石头上那可没有好结果呀。

走南屿—碌下—水巷—鼋潭口一线

2013 年 12 月 22 日

老黄老婆上次爬山时受伤尚未痊愈,胳膊上还打着石膏,可她今天还是执意要跟我们一起去爬山,因此只能选一条比较好走的路。想来想去,只有走旗山这条道了,因为这条路比较好走,基本上不用在草丛或树丛中穿行,一般不用手抓。

老毕他们五个人开车来接我,到南屿旗山路口拐入,直行。到碌下村,把车停在老乡家里,顺水泥路上行,穿过村子,到村子后边就是山路了。刚开始的时候路比较陡,因为前些时下了几天的雨,多少有些湿滑,毕嫂和李露已经累得头晕眼花,走不动了。她俩本不该是这样子的,只是因为毕嫂昨晚没休息好,而李露则是因为昨天一天都在喝酒,所以她们两个都出了些状况。按老黄的说法,她女儿是伤了胃气。我们只好走走停停,老黄今天则是一拖二:老婆和女儿,任务好重啊!

翠竹青青,竹林茂密而幽深,远方小鸟在鸣唱,哪哪哪的伐竹声由远而近,如空谷传响。枯黄的野草、厚厚的竹叶下,冬笋在地底下拼命地生长着,争着能早一天拱出地面,以便能沐浴到透照在枝缝叶间的碎阳。有的竹子倒下了,横七竖八的,阻挡着我们前行的山道。老的生命在哀怨声中渐次隐退,而新的生命却在孕育着旺盛的生机。

很快我们来到了机耕道上,路很宽,也很平,路上撒满了枯黄的叶子。不时可以看到裸露的横木,它们是以前乡民生产时用来保护路面的,只是因为年久失修,横木尽朽,不小心踩到上面就有塌方的危险。路边生长着的断肠草我是识别不出来了,可那几棵 1 亿年前恐龙吃过的桫椤树还是一眼就看出来了。

路几乎没有坡度,时而阳光透照,带来一阵亮丽和暖意。近看,沟壑深不见底,仿佛可听得见溪流的轰鸣声;远望,苍山葱翠,绵延逶迤,似乎那浓重的绿色也会深深地渗入人的眼底。空气异常清新自不必说。穿过最后一片杉树林,我们便来到了今天的终点站——水巷。那间看上去摇摇欲坠的林间小屋依然屹立在那里,向我们昭示着顽强的力量。昔日繁忙的蜂群不知转移到哪里去了,只留下几个残破的蜂箱,还能让人们想起这个地方以前曾经养过蜂。房门紧锁着,似乎不再欢迎这些远道而来的客人。不过这里应该是附近几个山头相接的地方，视野非常开阔。阳光毫不吝啬地倾泻在赤裸的大地上，使我们在阵阵轻风中感到些许的暖意。

大家在这里埋锅造饭，因为这里久无人住，以前的水管已不见了踪影，要到远处的山泉那里去接水。沐浴着轻风艳阳，饥不择食地吃着粉干、鸡肉等食物，觉得所有吃的都是那么香甜可口。饭后不久，碰到一个由一群8岁左右小朋友组成的登山训练队打此经过。他们大都是奔跑着、跳跃着从一个小山头上下来，几个随队指导则是全副武装，各种设备应有尽有。

我们也该下山了。下山的路似乎比上山的路要长很多，但大部分都很好走，只有三四处地方由于以前发生过塌方，很难走，不用手抓是不行的。老黄的老婆倒是平平稳稳地通过了每一道关卡，而老黄则鬼使神差地在一个塌方处下滑了约有2米长，还好旁边有小树可抓，才不至于滑下深涧。此后的路大都是顺溪而下，溪水多而清，时而急如莽夫，时而静如淑女，若是夏天就可以在这里尽情地泡个凉水澡了。再往前走就是那个小水库了，从水库旁经过，从登山培训基地的门前出来，就是鼋潭口了。这个地方是上次我们冒雨走旗山主峰时经过的地方，从这个地方出去不多远就可以走到我们停车的地方了。时间大约是在下午3点，再有半个小时我就到家了。

❋ 2014 年 ❋

走溪源宫—善恩小学—养马场一线

2014 年 1 月 12 日

  今天周日，跟老毕去土溪方向爬山。早上 8 点在福州职业技术学院站碰头。之后，经溪源宫、可溪、善恩小学，来到养马场。本来计划从水泥路旁边右侧的小路上山可以直接走到土溪，可像以前有一次一样，还是没有找到上山的小路，好像那条小路被新修的一条上山的水泥路破坏掉了。我们只好一路向前，路上碰见三个小伙子，说他们的狗丢失了，让我们帮他们留意一下，我们还给他们留下了电话号码。再往前走，碰见了一位当地的农民，他说，往前走，是有一条通往土溪的路，可是很不好走，如果不熟悉的话很难走到土溪的。他给我们指出了大致方向，我们还是想碰碰运气，本来嘛，出来爬山并不一定要到达某个地方，只要能平安、愉悦地走上一段路程就可以了。

  一开始是有路的，也许可以走拖拉机，再往前就到了一个分界线，进入了一片竹林。竹林间的小道上到处都是竹叶，踩到竹叶上会有打滑的感觉。农民们还在山道旁修建了滑道，以便把砍下的竹子轻松地运下山。穿过竹林，依稀还可以看见路，只是有些路段被藤蔓或带刺的杂草堵住了。尽管这样，我们还是轻松地钻过去了。再往前走，就几乎找不到路了，我们就沿着一条几乎干涸了的小溪往上爬。如果小溪里有水或太滑就爬到两边的石头上走，如果沟里好走就走沟里，直到最后碰到了一个悬崖。那个悬崖就好像一个人工搭建的小屋一样，但无法从里边穿过去，最后我们选择从左侧的沟沿上爬上去。

  时间已经是中午 12 点左右了，往上看看，那个山沟还是看不到尽头。看来，今天要爬到土溪是没有希望了。我们突然在荒无人烟的深山老林里看到了一个塑料袋，里边装着一只女式球鞋，后来还看到远方一个树枝上挂着一个塑料袋。我们判断这个地方可能有人来过，这使我们增添了信心。我们向着山顶爬去，希望能找到去土溪或下山的路。路好难走啊，山太陡了，坡度应该有六七十度吧，如果没有树的话，根本是爬不上去的。有时候是上一步退两步，山坡上都是那种松软的碎石，不小心就滑下来了。大概下午1点我们就在半山坡的一个树杈上吃饭，连个坐的地方都没有，更别说开锅做饭了，只好吃干粮。举目远望，崇山峻岭，尽在眼前，美不胜收。

吃过东西之后，继续上行，还真的爬到了山顶。山顶上的路的确好走了许多，看看时间不早了，我们只好选择下行的路。可走了没多远，又迷路了，大方向没错，就是找不到路，最后只好直冲下山——我们简称速降。有树就抓树，没树就往下出溜，不小心抓住了一棵枯树，树断人翻，就会往下猛冲几步，如果遇到了悬崖就往旁边绕行。也不知道摔了多少跤，总算来到了刚才上山时走过的那条小溪前。有一跤摔得实在太厉害了，两脚踩在一块巨石上，本来以为那块石头是不会动的，可那块石头却滑下去了，最后屁股重重地摔在了石头上，用手去撑地，手掌也被戳破了，一星期后才好利索。当时疼得我两眼直冒金星。

以后的路都是熟悉的路了，只是有些累了，因为出山到福州职业技术学院也要走两个多小时。整个下来要走七八个小时的路程，实在是太累了。腿痛、膝盖痛、脚痛，浑身上下都是土。当坐上了41路时，才得到了些许的休息，再换95路车到家。

不知道在没有黄老师指导的情况下，我还能不能找到前往土溪的路。我想念黄老师，可不知道他为什么不愿意再跟我联系。不知道是我在什么地方做错了事，还是他不愿意再爬山了。

跟老毕一起错走福州森林公园—叶洋

2014年1月19日

今天周日。毕嫂回老家了，老黄夫人新伤未愈，只好约老毕一人前去爬山了。早上8点多，在福州国家森林公园南门见面。过桥，前行，见左侧有桥。过桥，上山。刚开始是一段水泥路，看样子是新修的，再往上就是土路了。但现在的土路没有以前的好走，主要是因为有人把这条土路给拓宽了。虽然拓宽了，但却没有修好，反而没有以前好走了。尽管就我们两个人，可开始的时候，我一直走到前头，老毕拖在后头，他比我预热慢。他的优点是下山的时候比我跑得快。原因在于一是他以前是当兵的体质不错，二是他个头不高比我利索，三是我膝盖有伤下山的时候快不了。

森林公园又向外扩展了，从这条路上可以很容易地进入森林公园内。我们顺着老路前行，过小庙、小溪、空屋，最后来到了叶洋，好像感觉很轻松的样子。可从叶洋重新进入森林公园的路记不清楚了，我们又像以前几次那样进入了无人区。山坡陡峭，荆棘丛生，石松路滑，方向不明，约1个多小时后才走出无人区，来到一片竹林，视野也开阔了，路也有了。后来发现我们又回到了原来去叶洋的那条山道上，我们只好顺原路返回。走一会儿再进入公园，估计1点左右就到了森林公园南门，各自回家。

令人感到遗憾的是，又是没有找到正确的路，单靠我一个人记住所有的路线实在是太难了，看来错误是无法避免的了。还好，老毕晚上战友聚会，我晚上也有活动（后来因故取消了），这样什么事也不会耽误，挺好。

走检察官学院—千年古道—文昌阁—宦溪—黄土岗一线

2014年2月15日

今天周六，阴，后有小雨。老黄两口、老毕两口和我五个人去宦溪爬山。早上8点半多一点，人都到齐了，马上出发。那条千年古道的入口处变化太大了，好像那个地方都被规划成小区了，到处都在挖土方。我们找了好半天才找到了上山的路，此后有一段，登山古道是跟新修的一条上山的公路并行的，再往上就分开了。我们顺着登山道上行，基本上是我跟老黄走在前头，老毕他们几个走在后头，他们预热比较慢。路面很干净，很快就到了"三山觉路"那个地方。再往上路就比较陡了，调整好呼吸，放慢速度，休息了几次最后来到了文昌阁。回首望，云雾中大半个福州尽收眼底，再往后就是一路的下坡了。到了宦溪，还觉得不过瘾，没走够。按照老黄的建议，我们穿过大街，顺宦溪的一条老街，往一个叫作黄土岗的地方前行。路都是很好的水泥路，老黄说，他以前的连队就在这里，黄土岗附近有很多人在这里挖洞找叶蜡石，一般做寿山田黄石的替代品。能挖到了就赚了大钱，没挖到了都赔了血本，有的洞都挖有几百米深。

当我们到达黄土岗时，时间已经接近中午 12 点。我们就趁着老乡的水管，在房檐底下埋锅造饭。天好冷，身上刚出过汗，现在在这个风口上真是感觉寒彻骨啊。有两位大嫂相陪，做饭自然不用我们这几个大老爷们操心了，不一会儿热气腾腾的粉干就做好了。我们每个人都吃了好几碗，饭后稍微休息了一下就赶紧下山了，因为回去还需要两三个小时。另外我们计划回去后去桂湖泡个温泉，晚上去老毕家吃嫂子做的手擀面，还要打扑克。

回去比上来要轻松许多，刚过了那个垭口，好像还下了一点小雨，是那种牛毛细雨。回到福州后，他们两家回去开车，我在新店镇政府站等他们。我们晚上 6 点到达桂湖温泉，一个人 30 元，是老黄请的客。泡了不到一个小时，那种疲劳的感觉几乎消失得无影无踪了。晚上回到老毕家，嫂子很快就做好了面条。手擀面跟机制挂面就是不一样，手擀面保留了更多的面香味。我吃了两大碗，还喝了几杯老毕自己酿制的葡萄酒，甜甜的，几乎没有酸味，有十几度的酒精浓度。饭后，老黄两口来了，随即摆起了战场。我本来就不很擅长打扑克，再加上一年打不上一两次，这样，第一圈我们输得很惨，第二圈，运气来了，我们赢了。打到夜里 12 点多，老毕一家三口开车把我送到家，这时候雨已经下得很大了。

叶洋纪行

2014 年 2 月 23 日

今天周日。早 8 点半在动物园门口集合，老毕两口子、老黄两口子和我共五个人。先从高架桥底下穿过，绕到动物园站，再沿路前行，到赤星路右拐。走到头，左拐。走百米再右拐，直行就可以走出村子，很快就可以走到通往升山寺的阶梯路。阶梯路跟一条水泥公路基本上是平行的，只不过阶梯路是供登山者使用的，而公路是供车辆使用的。台阶全由条石铺就，整齐干净。阶梯路的右侧就是动物园。记得以前有一次，我们从这条路下来，走到这个地方的时候，不知道铁丝网内为何物，就翻过去了，结果我跟黄老师的裤子都被铁刺挂破了，后来才发现是动物园。

密林深处，我们拾级而上，迎面扑来的是清新的空气，偶尔也会披上碎落的暖阳。在通向升山寺的山路旁增设了不少供游人歇脚的小亭子、石桌、石凳等。我们很快来到了升山寺。升山寺也比以前有了较大的变化，最明显的变化就是在大雄宝殿后面的山坡上修起三座和尚墓。他们几个对参观寺庙不是特感兴趣，我们没待多久就上山了。上山的路感觉也比以前好走了一些，又看到了那几棵松树，还有那一大丛毛竹，还有小路边那几棵栀子树，尽管现在还没有开花。

等我们走到山顶的时候，那里景色依旧。那座废弃的房子依然矗立在那里，只是不见了养鸡人和咯咯咕咕乱叫的鸡子。这个地方差不多是这里的最高处，由此望去，群山巍峨，碧绿一片。我们沿小路下行，路上还捡到了一部手机，开机后还能打通，跟手机主人联系上后就把手机带到了叶洋。

到叶洋后我找到了我以前去过的那一家，可老人家实在是年纪太大了，根本不理解我说的话，另外家里也可能因为疏于管理而显得有些凌乱。最后我们换到另一家。这家像是刚盖的房子，四层，还没有装修好，不过人已经住进去了。女主人跟我们年龄差不多，正在家门口忙乎着什么，儿子不在家。我们说明来意后，大姐对我们很热情，专门为我们烧了一壶自制的茉莉花茶，还给我们端出了一盆炒好的咸菜，很好吃。临走的时候，还送给我们刚腌好的咸菜，大家喜出望外。丢手机的人来取走了手机，他们应该是本村的，死活非要塞给我两包烟。后来，我们把烟送给了大姐，她也推辞了半天，最后还是收下了。大姐还问我们喝酒不喝，我们当然不好意思再麻烦人家。今天中午我们吃到了毕嫂带来的蒸菜和黄嫂带来的炒白果，还吃了粉汤，热乎乎的，好暖胃啊。

饭后休息了大约半个小时，告别大姐，我们就下山了。下山的路我已经走过很多遍了，一点都不会感到陌生。我们到达森林公园，碰巧是桃花盛开的时候。桃林中，桃花怒放，游人如织。从森林公园出来，那些小车已经把路给堵死了。后来才知道，周六就已经是这个样子了，大都是来看桃花的。还好，坐91路车的人没那么多，到家的时候大概是下午5点半了。

亲近自然，放松心情，心怀善意，皆大欢喜。

漫行六路山

2014 年 3 月 15 日

今天周六，多云。世安说想在毕业之前跟我再去爬次山，我也觉得因连日阴雨，好久没有爬山了，早该出去走走了。又因为晚上5点阿忠要请客吃饭，要早点返回，只好选择比较近的线路。约好早上 7 点在福州职业技术学院门口集合，大家差不多都按时赶到了。有世安、吕果、登福、陈亮、锦锦和我六人。我们顺着溪源宫旁边的路走到头再右拐。从一个村子旁边经过，出村子，往左有一条小路。感觉以前我们走的就是这条路，可今天登山的路口却被横七竖八的竹竿封上了，我们只好从旁边绕过去。再往里头又碰到一个门，不过这个门比较低，很容易就翻过去了。这些门一般都是用来挡牛和羊的。

我们今天走的这段路坡度不算大，只是感觉相当滑，脚底下很不稳，有好几段还碰到路面积水。有的地方像沼泽一样，要不是草很深的话，就很容易陷进去。反正到出来的时候，鞋里都进了水，鞋面上都是泥巴。一开始的时候还觉得空气有些凝重、压抑，有点透不过气来的感觉，估计是夜里树林中所释放的二氧化碳还没有散尽的缘故，到后来就感觉到空气渐渐清新了许多。

随着不断深入，我渐渐感觉到这不是我以前走过的那条路，但觉得还不错就一直走下来了。反正我们是要走回头路返回的，只要能记住来时的路就可以了。这条路基本上是沿着一条山沟延伸。右侧是山沟，可以看见一些采石场分布于其间。左侧是绿幽幽的山林。山不是很高，但很青，很绿，不知道是不是因为这十几天下雨洗净了树叶上的灰尘。雨后，万物茁壮成长，就连路边的荆棘也直勾勾地、大胆地伸到路中间。这样一来，我们几个人可遭罪了，不是那个被刺挂着头发了，就是这个被荆棘刺着手了。

中间我们发现了一块很不错的开阔地，给人感觉好像是一块风水宝地。左侧是一个弧形的山峰，像是一把龙椅，右侧是一条溪流。这个地方很安静，看样子，之前有人在这里活动过。隐隐约约还可以看到附近有几座坟墓，不过看上去年久失修，坟头已经塌陷下去，只留下周围的一圈石头和齐腰深的荒草，显得荒凉不堪。我们在这里休息、吃东西。之后，再往前走，路很难走，水更多，刺经常把路封堵上。当我们走到两山相接的地方时，实在是找不到路了，看看时间也差不多了，就决定返回。

在返回的途中，我们还参观了溪源宫，感觉溪源宫比以前有了新的变化，又盖了新的殿堂。香火还不错，捐款的人很多，好像还建了饭店。外边停了好几部车，估计是来吃饭的，顺便烧烧香。估计下午 1 点多就返回到职业技术学院，然后就是坐车回家。到家的时候是下午两点左右。赶紧洗个澡，睡一觉。

今天除了脚板有点酸，基本上没感到累。不是很过瘾，感觉也算可以了，总比一天到晚都睡觉强，你说不是吗？

闽侯昙石山文化遗址和闽都民俗园参观记

2014 年 3 月 18 日

以前似乎听说过昙石山，就是不知道是什么类型的景区，这次得知具体位置是在闽侯并且是学院组织的活动，当然不能轻易错过。这是福州大学经济与管理学院成立以来组织的第一次旅游活动，本来早就安排了，只是因为临时有事而一拖再拖，最后于今天成行。

早上 9 点于福大老校区北门集合，出发，要不了多久就到了闽侯县城。今天去的人看上去挺多的，估计有六七十个人吧，其中少年儿童就有十多个。洪甘路走了很多回了，还是比较熟悉的。昙石山文化遗址和闽都民俗园基本上是挨着的，离我们新买的房子不远。先到昙石山文化遗址，直到讲解员开始讲解，以及看到墙上的文字和图片介绍才一点点揭开了昙石山文化遗址的迷雾。据考古发现，昙石山一带五六千年前是古闽人生活的地方，跟这个地方类似的还有宁德、连江等地。典型的特征就是贝丘的发现。贝丘就是那种把吃剩的贝壳堆积在一起看上去像小山一样。考古发现，这一带那时候还处在海洋的边缘，海水的涨落还会影响到更高的地区。那时候的古人以捕鱼、狩猎为生。这里土层分为很多层，表层是 5000 年以来的，中间三四层是五六千年以前的。昙石山文化遗址经过了大大小小八次发掘，在这里出土了很多文物，不过大都是那种小型的物件，除大量的陶器之外，大部分都是石器、贝壳之类的。

后来我们参观了发掘出来并已适当保护的古人类遗骸。可能是因为当时土地资源贫乏的原因，当时的墓葬是叠压式的并且没有棺椁，就是说人死了之后下葬的时候，只要不破坏或少破坏原有的墓葬，就可以下葬。我们看到有三个尸骸，上下相隔几十厘米叠埋，而且基本上是男女同葬的。我们还看到，发掘出来的墓群当中有不少的儿童墓葬，看样子那时候的儿童夭折很多。最奇特的是我们还看到了一个陪葬狗的骸骨。为了便于大家参观，这些遗骸都是半露在土层外。听讲解员说，那时候也有用奴隶陪葬的。现在想一想都觉得可怕，有多少人会遭遇活埋的命运。

在玻璃地面上小心翼翼地行走,遗址向我们展示了数千年前我们的祖先们生活、劳作的场景和长眠于地下的情景。我的心情格外沉重,在那一堆堆贝壳里有多少个动人的故事?在狰狞的尸骸旁又曾经发生过什么?正像王泽东老师所说的,几千年之后,我们也就变成了古人,这正应了那句老话:人世有代谢,往来成古今。历史就是这样在延续着,亘古不变。

从昙石山文化遗址出来,旁边就是闽都民俗园。民俗园占地很大,看样子还没有完全建好。有一些具有当地风格的建筑,还有一些走廊边悬挂着闽侯旅游、文化、建设等方面成就的宣传品。油菜花已经渐次凋零,已经看不到多少花了,可籽粒饱满、依然葱绿的油菜仍不失为一种景致。

参观完闽都民俗园,我们就在旁边的美食城用餐。吃得还不错,量足质美。

从闽侯回到福州,时间尚早。

泰宁大金湖、尚书第、寨下大峡谷,将乐玉华洞游记之一

2014 年 3 月 22 日

福建境内没有去的景点也许还有很多,但大金湖、玉华洞却是我向往已久的地方,特别是美平说这些地方真的值得一看,更是让我心驰神往,日思夜想。本想着跟几个朋友结伴而行,可一直未能如愿,近日决定不日启程。报纸上看到龙行天下正在组织一次大金湖、玉华洞的旅游,正好可以了却此愿。墨玉一贯不爱出游,这次也被我说动了,愿意跟我一同前往。一个人 738 元,两天,包括所有门票、车船交通费,来回动车,两正一早。

早上 7 点从家里出发,8 点到福州火车站,8 点 40 分动车启动,不到两个小时就到了泰宁。出站有车接,20 分钟左右到泰宁县城,县城不大,据说只有 4 万人。看过去,街道整齐划一,是近年旧城改造的杰作。一溪横穿县城,常年流水不断。

我们参观的第一个景点是尚书第古建筑群。这片古建筑群是明早期到清晚期 500 多年中各时期的建筑物,占地面积约 1.27 万平方米,集官宅、民居、祠堂、生产生活用的辅房、店面以及古街小巷于一体,气势恢宏,布局合理,工艺精良。这些房屋建筑、家具、牌匾等保存完好,就连后花园都得到了很好的维护。这里

房间太多了，真是房挨房、房套房，进房不见房，出房还是房。因为少见太阳，所以觉得房间里阴凉潮湿。有人说，要是夏天来这里度假还是不错的。在这里，还可以看到制作精美、形象逼真、惟妙惟肖的蜡像，反映了先人们的生活、生产方式和礼节礼仪等。这个大宅院还有一个不小的戏院，看样子现在还用来表演节目。懵里懵腾地穿过了无数的房间之后，终于走出了这家大宅。回头再看一看，历史在这里沉淀成一片瓦蓝，许许多多的浮沉与悲喜最终定格成灰色的记忆。

中午安排了住处，我们住在金源酒店，就在这个酒店里用餐。我们这个团一共有二十几个人，国旅、中旅哪个旅行社的都有。在福州火车站他们只负责买票，把我们送上动车，到泰宁后就交由泰宁上清溪旅行社的一位叫小杨的导游接管，她负责我们这两天的行程。中餐后就驱车去游览世界自然遗产核心景区大金湖。

大金湖跟连城的冠豸山有点像，基本特征就是高山出平湖。十里平湖浩浩荡荡，两边山峰高耸入云。我们有三次上岸游览活动，陆上一线天、甘露寺和野趣园，其他的都是水上景点。那个导游在滔滔不绝地讲述沿途的景点，我们坐在船舱里，听不清她在说什么，也看不到外面有什么。说到陆上一线天，一开始就把我吓了一跳。导游说，以前有个体重200斤的游客被卡住了，我担心我这个接近此数字的庞然大物也会遭此大难。结果是虚惊一场，还不是顺顺当当地通过了？有的时候真的不能相信谣传，就像是天气预报说明天有雨，你真信了，没敢出门，结果是风和日丽，你再捶胸顿足，后悔不已也于事无补。第二个陆上景点是甘露寺，广告上是这样说的：惊叹"一柱插地、不假片瓦"的南方悬空千年古刹——甘露寺的岩石奇观，感受水上佛国世界的千姿百态。人家说得一点没错，甘露寺香火旺盛。寺庙好像有好几层，下面是只有一根柱子在顶着，但上面的宽度也不大。这边的山体一个最大的特点就是山壁上有很多大大小小的洞，从底下看像鸡窝一样。估计是山体结构较松，经长年风吹日晒，雨水冲刷后自然形成的。第三个陆上景点就是野趣园了。在野趣园的入口处有一个非常漂亮的瀑布，听导游说，这也是该景区内唯一的一个瀑布。这个景点的顶端有当地民俗表演。我跟墨玉没有看到，我在陪她玩射箭。当我们到达表演现场时，上一场刚刚结束，下一场还没有开始，导游又催着让走，没办法，只好作罢。

晚上回到县城，自己去街上吃饭，感觉没什么好吃的。中午那顿饭还不错，有当地的一些风味特色。泰宁应当好好提升一下饮食服务，为游客们提供独具特色的饮食，这是大家所期待的。晚上我们还参观了河边的铜质雕塑。雕塑中有人，有动物，有现代的，有古代的。个个造型独特，惟妙惟肖，栩栩如生。

晚上回旅馆休息，一夜无话。

泰宁大金湖、尚书第、寨下大峡谷，将乐玉华洞游记之二

2014 年 3 月 23 日

今天，因为担心吃不上早餐，所以早上醒得很早。早上 7 点钟不到，各种应用之物都已收拾停当。后来打电话问小杨，得知早餐是在 7 点半，又等了半个小时才下楼去吃早餐。早餐过后 8 点半出发去寨下大峡谷游玩。

据说，寨下大峡谷是 2004 年 6 月方被外人发现的，位于泰宁县城西北十五公里处的寨下村。该景区由三条峡谷首尾相连而成，呈环状三角形，好似一条金色苍龙蜷卧在群山之中，故又名金龙谷。它也是泰宁修建的第一条地质科考路线，联合国专家称之为"世界地质公园的榜样景区"。三条满目苍翠的峡谷，分别是以流水侵蚀、重力崩塌、构造运动为主的三种地质作用形成的。

联合国教科文组织专家实地考评时说："无论从地质景观还是生态环境，这里是世界级的。"寨下大峡谷是观赏丹霞地貌的绝佳地，有着典型的赤壁、洞穴、巷谷、线谷和堰塞湖。通天峡的"山崩地裂"，能让人的心灵受到强烈的震撼。一条线谷、一道狭窄的裂谷深深切入山体，欲把整座山劈开，又深深向地底凹陷下去，阴森森黑漆漆像是无底深渊。一座山头由于整体崖壁受 90° 垂直重力崩塌风化，被劈削得如同人工竖立起来的一座通天巨碑。倚天峡的"时空隧道"，能同时看到和触摸到两个相隔遥远年代的地质岩层，左手边是距今约 4 亿年的变质岩，右手边却是距今 8000 万年形成的丹霞地貌地层，一水之隔，近在咫尺，两种岩石的形成年代竟相差 3 亿多年。大峡谷两旁危崖突兀，壁立千仞，难得见到阳光，幽深得近似于封闭状态，走入峡谷中顿生隔世之感，恍若世外桃源。

天穹岩是寨下大峡谷最引人入胜处。在一处倒悬着的红色崖壁顶端，

有一直径约 20 米的凹岩内，鬼斧神工般雕凿出数百个大小不一、形态各异的丹霞洞穴，大洞套着小洞，洞中有洞，如同一个洞的家族。它们高悬头顶，在谷底看来宛如一座神圣殿堂的穹庐，高贵而又气派；又好似满天星斗，令人眼花缭乱。寨下大峡谷的丹崖谷底隐藏着一个湖——雁栖湖，雁栖湖在壁立千仞的悬崖下，周围翠竹丛生，林木笼罩，湖水静谧、冰凉而清澈。若把丹崖比作刚强男子，雁栖湖就犹如一位风姿绰约的多情女子，静静相倚。丹崖的阳刚与碧水的阴柔，构成一幅摄人心魄的绝美画卷。

以上这几段是从网上摘录下来的，比我说的好听。我们只是跟着导游走，让我们辨识各种各样奇形怪状的山峰、崖壁，什么神龟呀，弥勒佛的大肚子呀。刚进来时，是一片茂密的竹林；越往里边走，感觉山越高，路越窄。特别是左侧的崖壁有的地方都向右侧延伸过来，下雨的时候完全可以在这里避雨。天穹岩那个地方我们也注意到了，也照了相，等我学会了如何从苹果手机里传输照片后，大家就可以看到照片了。路倒是比较平的，只是过了天穹岩，往通天峡走的时候要爬 200 多个台阶。什么线谷、巷谷的都没有注意，但堰塞湖是看到了，墨玉还在那里喝了擂茶，我一口都没喝，也不知道什么味道。她还买了两块钱的鱼食，堰塞湖里的红鱼真的很可爱。从堰塞湖那个地方出来好像就离出口不远了，感觉再往上没走多远就走到了出口。大峡谷里空气清新，阴凉。听导游说，泰宁还有十多个景区，我们去参观的只是其中的一部分，比如说有的地方还可以漂流。

从寨下大峡谷出来，回泰宁县城吃午餐。这是另外一个饭店，吃的感觉比先前的那一家要好一些，有鱼、岩耳、笋干炒肉什么的。大家都放开了肚子吃。餐后，我们迅即驱车一小时去将乐玉华洞游玩。路上大家都在睡觉，感觉一睁眼玉华洞就到了。记得此前曾经去看过两次这样的溶洞，最早的一次是在去庐山的路上，好像不是很大。第二次就是前几年随我院老师一起去张家界的时候看过的溶洞。有好几年没看过溶洞了，一直有这个愿望，今天终于可以实现了。玉华洞的入口不大，就在一座山体的底部，跟地面是平行的。据说，汉代就已经发现了。这个溶洞估计有两三千米那么长。里面有的地方很大，有的地方很小。最大的地方高度估计有 100 多米高，容纳上千人都没有问题。洞内的钟乳石奇形怪状，这给游人无限的想象，而不同的导游却在不厌其烦地重复着同一个故事。在光怪陆离的灯光的照耀下，洞内景物变得五彩缤纷，绚丽多彩。因为光线黑暗，我看见有人不小心头撞到了石壁上。等到了出口的时候，我还看见一位老者额头上有一片新增的伤痕，估计也是在洞内什么地方给碰的。墨玉也打了好几个趔趄，还好，我走得很稳，没遇到任何险情。

从玉华洞出来，还有个景点，好像是在另一个洞内有五百罗汉。大家都累了，几乎没人进去参观。当我们走到玉华洞的出口时，就好像是从地狱当中走到人间一样，明亮的阳光洒在洞口，顿时让人生出无限的希望。

从玉华洞出来时间还早，又等了一会儿，人都到齐了，我们就坐景区电瓶车出景区，然后坐大巴去将乐火车站坐火车。下午4点40分发车，一个多小时后回到了福州，再坐1个小时的K3路到了家里，到此结束了两天愉快的旅游生活。

穿越磨溪—七丘田—鼓岭一线

2014年4月6日

今天是清明节小长假第二天，阴。老毕和老黄两口，几个研究生，有陈亮、凌峰、登福、思琪、余超、碧丽、晓晓、夏莹和我等一行13人去磨溪穿越。早上6点20分起床，7点出发，7点半到达会合地点于山站。转73路到东联站下车，老毕他们四个已经先期到达。会合后即行出发。前半程都是以前走过的，路还比较熟悉，也只能说比较熟悉。每次都在学习，每次都是探索。

先在管理处登记，这是老规矩。过桥，沿磨溪右侧前行，第一个标记就是"南宫拜石"，之后是小水库。又是一番争论：水为什么那么绿，绿得发蓝，而且又深不见底？这不正常！我说一是水深，二是周围的山都是绿的，映衬的。再往前就是水磨坊，今天的水磨坊关门闭户，并不怎么欢迎远道而来的客人。过了水磨坊不远就是一个分岔，要选择往左的分支，石头上也标有"去鼓岭方向"的标志。这样就来到了磨溪的左侧。看网上说，要到达鼓岭就要穿越磨溪主溪三个来回，大家数了数，还真的就是三个来回。磨溪里溪水清可见底，巨石堆垒，两侧青山巍峨，碧树如毯，空气清新，沁人心脾。当日阴不见阳，正是爬山的好日子。一路上一般有分岔的时候都会有明显的标记，看来这是"老驴们"经常走的一条线了。因为今天年轻人居多，年长者也不甘示弱，早上8点半进山，11点就到了七丘田。

路上有人叫苦,想休息,我都不敢同意,就是担心在前半程走得太慢,耽误了后边的行程,最后大家都走不出去。这么早到了七丘田,我的担心减少了很多。过了小桥,右拐,前行,来到那个破屋前。如果左拐上行就是所谓的采石场,上去后,往上走就是鼓岭,往下走就是鼓山下院。这条路我已经走过多次了,这次我想继续前行,从柱里风景区上去,然后到鼓岭。

我们在七丘田休息,吃东西。本来老毕他们还想埋锅造饭,我说算了,一是人多,不一定能满足所有人的需要,二是为了节约时间,谁知道后半程会遇到什么情况呢。休息了约十几分钟,也垫了垫肚子,坐时间长了浑身发冷,我们只好决定出发。依然可以找到明显的路标,一般情况下顺着路标走就可以了。网上说有三个分岔,我看分岔太多了,也弄不清有几个分岔了,只好自己凭感觉走了。一般来说,只要有分岔的地方,只有一个分支有路标,那肯定就是正确的方向了。只是到了最后一个分岔的时候,两个分支都有路标,这一次就要做出准确的判断了。我估计如果继续往前走的话,可能就是所谓的南洋村了,那左拐上山肯定就是柱里了。我原来的计划就是去柱里,所以就选择了左拐上山。结果证明我们的选择是正确的。

因为前面走了一段下行的路,到现在就要面临一个长长的攀登了,最累的也就是这一段了。他们几个年轻人倒是爬得挺快的,我们几个年过半百的老依爸、老依姆可就没那么轻松了,被他们远远地甩在了后面。他们不时地在前面高叫。哎,年龄不饶人啊。还好,尽管大家累得筋疲力尽,最后还是爬到了柱里最高处,并从这里走了出去。柱里的海拔高度是 800 多米,比鼓山高多了。在快要到达柱里的时候,站在山道旁的巨石上往远处眺望,群山在我脚下,万绿尽收眼底,回首不见来路,轻风伴着细雨。从后半程开始就渐渐沥沥地下起了小雨,还好,一直都没下大。从柱里到鼓岭宜夏村的柳杉王公园差不多也就半小时的路程。

来到柳杉王公园,等车,有人坐公交,有人坐中巴。我们在工程学院附近下车,然后我坐 317 路到金山公交总站,再转乘 95 路到家。今天没有走下山的路,从而保护了膝盖,节约了时间,到家的时候也不觉得太累,时间大约是下午 3 点多。如果下周末没事,天气又好的话,还是要出去走走的。

走鼓山中学—老鼓山一线

2014 年 4 月 13 日

今天周日，阴。依约于早上 8 点在鼓山中学站与老毕夫妻、老黄会合。昨天上午跟老郑（远水）来看了一下入口，这次就比较轻松地找到了入口。先到车站对面，从半山支路左侧小饭店的门前穿过，左拐，一直前行，就到了一个十字路口，如果直行的话就是鼓山中学了。我们右拐上行，过小桥，看到左侧有个寺庙。最后走到养鸡场，右拐顺台阶上山，其实中间还有一些岔路口，因缺乏标志，不便描述。

老郑说，上山后会有三个分岔，三个分岔都是向左拐，只是到第二个分岔的时候，也可以右拐，横穿过去，进去看过风景后再返回上山也可以。前两个分岔，我们都看到了，我们也在第二个分岔横穿过去了。可我没注意哪里有第三个分岔，但最后也走到了老鼓山上的兰花圃。这条路我也是第一次走。这条路的特点是它也是一条登山古道，常常会看到那些不规则的登山石阶，但土路也占一半左右，这样走起来就比较舒服。这条路的另外一个特点是两侧林木高大，枝叶繁茂，遮天蔽日，非常适合于夏天登山。还有就是这条道显得陡了一些，平路不多，基本上一直在上行。

今天老毕显得有些疲软，总抱怨说天气太热，实际上还没有热到不能爬山的程度。嫂子也一直说膝关节不舒服。还好，大家都挺过来了，只是路上多休息了几次，总共休息了十多次吧。落叶如锦似缎，如金似玉，遍撒窄窄的山道，在斑斑驳驳的阳光里熠熠闪光。踩在上面会感到很舒服，但也要小心会滑。小路旁不时地会看到怒放的杜鹃花，那才是万绿丛中一点红，娇艳无比，煞是好看。

从早上 8 点半开始，耗时 3 个半小时，我们于中午 12 点左右到达老鼓山上的尼姑庵，应该就是白云庵吧。那里已经会集了很多的登山者，他们都在那里吃饭，大部分都是在庵旁的小店里购买素粉、素面之类的。我们也在那里买了碗面条，尽管没什么味道，但没有味道也算是一种味道，很快一大碗素面就下了肚，你能说不好吃吗？之后，我们在这里休息了一会儿，就决定走鼓宦公路下山。粗算一下，应该有 13 公里远的路程。我们这样选择，其理由一是可以保护膝盖，二是觉得还没有怎么走过瘾,还想再走一走。事实上,这段路还是挺长的,走起来还是感到有些累。原本要坚持走公路,可后来还是一看到小路、近路就想抄近路下山,还不时地休息。当我们来到鼓山脚下时,估计已经是下午4点多将近5点了吧。嫂子算了一下,今天的行程也许应该有20公里吧,我想即使没有20公里也差不多吧。又是一次长途跋涉!

当在写这篇日志的时候,两天已经过去了,可小腿肚子还感到酸痛,呵呵,没罪找罪受啊。要想成功,一是要选择正确的道路,二是要坚定地走下去,这两个环节哪一个都不容易做到。

独行快安—红竹林—深坑里—磨溪—龙门一线

2014 年 6 月 14 日

今天星期六,晴。早7点多从家里出发,坐K3路到于山站换乘73路,到快安下车。从公路下的隧道穿行到对面,向人打听去茶洋山的路,村人大多不知。只好左拐,行数十米,看见一村中集市,备一些吃的东西。出村,到山边,登数十米高,遇一老人,向他问路,他说去茶洋山不是这个方向,走这个方向会绕很远的路,应该从教堂旁边的路直行上山,很近。我只好下山,估计在快安村耗费的时间也有一个小时。在快安村里穿行,老百姓建的房子都是你挨着我,我挨着你,中间留一条小胡同,估计一个手脚利索的人从这边跳到那边去也不是不可能的。大都是水泥路面,越靠近山边,石头路面越多。水泥路两边都会修一条几厘米宽的小沟,细流欢腾着从上面冲下来,看上去还挺急的。那个教堂也没有找到,但最后还是找到了上山的路。山脚下的那段石阶路没有明显的标记,左拐右拐搞不清楚,等过了高铁差不多就只有一条路了。登山入口处的右侧有一个很大的寺庙,这应该是一个标记物。上去之后,有一个登山登记小屋,不过里面没有人。这边地方我都熟悉,最近的一次应该是跟老毕他们上次走深坑里的那一次。今天本打算经茶洋山去鼓岭,天热,路不熟,只好放弃,再等来日吧。

今天是个大晴天,前一阵子连续几天的雨水把空气、大山、林木冲刷得清亮无比。也是同样的原因,我已经一个多月没有爬山了。在明丽的阳光下,在并不算陡峭的山路上前行,明显感觉体力不支,心慌,气喘,流汗。只好是走一走,停一停,喘口气,几乎是每一个有树的地方就是我下一个追求的目标。过了石桥,再左行,基本上是在一个等高线上走,几乎没有爬高。后来遇到一个分岔,一个是上行,一个是继续左行。我觉得上行应该是以前修电线杆的工人踩出来的路,不一定是上山的路,所以我就选择了继续左行,结果证明我错了。这条路是有人走过,感觉是越来越低,再往前就应该到磨溪了,最后走进了死胡同,找不到路了,只好又返回到那个分岔口。不过,这段路好就好在林密荫深,空气异常清新,感觉好像天都要黑了一样,很凉快,像是进了空调房间一样,可比待在空调房间爽多了。

一个人独自在密林深处穿行,厚厚的干燥的树叶在脚底下滑动,耳朵里只听到自己沙沙的脚步声。当你停下脚步的时候,可以听到不远处传来的同样有节奏的声音,不知道是什么东西发出来的,是植物还是动物发出来的不得而知。很多时候,就是在野猪拱出来的杂乱的土堆或土坑里走,感觉到几分害怕应该也是正常的吧。回到刚才那个分岔口,要想继续上山,只好走电杆路了,顺着电杆一直往上走,直到走到最后一根电杆,就到了这座山的山顶。仔细寻找了一下,找到了以前登山者留下的标记,顺着一条模糊不清的林间小路上行,直到最后找到了通向山顶垭口的小路,这个入口处旁边的树上插着好几个瓶子。此后一路上碰到好几棵杨梅树,估计有七八棵吧,低处的杨梅早就被路人摘完了,只剩下高处的路人摘不到。我在地上捡了几颗,很好吃。

上山的小路上布满了蜘蛛网,我只好不断地挥舞着登山杖或砍刀,结果脸上还是沾满了蜘蛛网。将近中午12点的时候,就在那个入口处休息,吃东西,后来再走了半个小时就走到了山垭口。这个地方我很熟悉,以前已经从这里走过十多次了吧。又稍作休息,就向深坑里方向下山了。到了深坑里,灌了一壶水,沿磨溪下行。在养鸭棚处遇到了当地人老林,我们在树荫下聊了大约两个小时。老林65岁,眼下单身,原在福州一家运输公司当工人,现在退休在家。他是深坑里人,现在居住在快安,他养鸭的地方就是他家的地。他对当地很熟悉,他说,如果我给他出1.5万元,他可以把他门前的三四百平方米的地给我用,可以盖房子,也可以种菜等。旁边还有一块地是他大哥的,他说也可以给我管理,树上结的果实是我的,如果国家把这块地收走了,补贴的费用是他大哥的。这个地方是磨溪的一个分支,位置偏高,阳光充足,也有水源,离磨溪出口约有30分钟的路程,不方便的地方就是没有路、没有电。老林说，使用期约有20年。说得我有些心动，准备跟几个哥们儿商量一下，看看大家有没有兴趣把这块地拿过来。老林也说了，这个地方到了下午3点以后就会有野猪出没，稍不注意，你种的东西就被野猪吃掉了，就连小羊也会被野猪叼走。他说，他原来养了9头牛，现在只剩下4头了，羊也只剩下八九只了，还有一些鸡。他说他患有糖尿病，走路有点吃力，想下山去快安住。磨溪也算个风景区，景色非常漂亮，有山，有水。平时很多人在这里爬山，从磨溪可以到鼓岭、鼓山、南洋、闽安等地。

下午4点左右出山，5点左右到家。独自一人爬山，有些累，有些热，有些怕，有些孤单，不过也挺不错的。想吃杨梅的朋友们下周可跟我重返磨溪，杨梅个儿不大，酸酸甜甜的。

到德化参加南翔婚礼

2014年6月15日

今天周日，有台风。我跟刚健、远云三人驱车去德化参加陈南翔婚礼。中午12点半从至诚学院出发，到德化的时间是下午3点半，约3个小时。过路费110元，回来时走福永高速，过路费跟去时一样。到德化后先安顿住处，我们住在龙腾大酒店。很快，南翔的十几个同学和朋友都到齐了。刚健、远云、舟彬、才庆、其税、进建、青松、俊池、春敏、罗智、大龙等，还有至诚学院的其他一些同学。大家先在酒店里喝茶，后来都觉得腹中饥饿，又去外面吃了一点面线糊、牛肉粳之类的东西，也算是为晚上喝酒垫垫底。

不到晚上6点从住处出发去瓷都大酒店参加婚庆活动。参加婚礼的人很多，有几十上百桌吧。7点半举行了一个简单的典礼仪式就开始吃饭了。后来南翔说，是时间太迟了，把结婚典礼仪式简化了。这样也不错。桌子上有红酒，白酒是茅台，肯定要尝尝了。席面还不错，山珍海味是少不了的。一个朋友说，那些海产品，像鱼呀蟹呀什么的都是他亲自开车去宁德拉回来的新鲜货。南翔家应该是德化县的一个大户人家。他父亲弟兄三个，堂兄弟有十二个，可谓家大业大。到了晚上10点左右，婚宴结束。我们又来到楼上的KTV继续唱歌、喝酒，估计到凌晨1点左右才回到酒店休息。我只唱了一两首歌，可第二天早上才发现嗓子都哑了。

他们几个睡得很晚，在酒店里打牌、看球赛。从 15 日到 16 日，天一直在下雨，听说是来了台风。

早上 9 点多起床，洗漱完毕后，去吃早餐，然后就踏上返程的路。一路上很顺利，只是觉得有点累。到福州的时候大约是中午 12 点多，共走了两小时十几分钟，比去的时候快。我们五个人，又一起吃了午餐，就回家休息了。

到现在为止，我参加至诚学院同学的婚礼已经有五次了吧，有其税、舟彬、罗智、云呈，再加上南翔这次。也许大家会说我太喜欢玩了，可我不这么认为，我只是觉得师生、朋友情谊要想维持得更长久，就必须经常走动。不去辛勤耕耘，就不会有收获，不去施肥、浇水，就不会有鲜花怒放。

从快安到快安

2014 年 6 月 22 日

今天周日，阴。早 6 点起床，做饭，吃饭，7 点出发坐 K3 路，到于山站换乘 73 路到儒江站下车 (因老毕他们已先期到达快安往前一站儒江)。本计划爬快安—茶洋山—鼓岭一线，可我自己就没有底气，加上老毕夫妻跟老黄三人已经两个月没爬山，启动比较慢，我就渐渐失去了走这条线的信心。

尽管上周日我独自一人刚走过这条线，但这次还是在快安村里绕了一圈。正确的走法应该是下车后过马路，左拐，到第二个路口(第一个路口里头是个菜市场)，拐进去。入口处有一座房子，房子上写了好多字，不知道是教堂还是寺庙，或是祠堂。另一侧有一家药铺，有"福音堂大药房"字样。进去后中间会经过快安小学。其实如果从菜市场进去的话，过了菜市场，有一条横路，向左侧转也可以找到正确的路线。如果往右侧走就会走远了，不是说到不了茶洋山，而是要多走一些弯路。

今天本来计划在快安买一些吃的，可嫂子说，他们已经带了不少吃的，我就买了一些荔枝。上了山，刚开始的时候还是以前我走过的老路，过了进山登记处 (仍然空着)，上行几十米，左拐 (右边也有一条路，是我们下山的时候经过的)，经养鸡场，到达小桥处，休息，吃水果。这里有一条小溪流过，我们在这里洗洗脸。今天前半程也没有什么太阳，一路上显得有些闷热。这里是个风口，清风徐来，山色青翠，神清气爽。再往前横走，遇到一个分岔，我们选择了向上的分支，从此我们就走对了去茶洋山的路，只是有一段较长的路是在太阳底下走的，头顶上树不多。走一段休息一下，后来我们在一个分岔路口碰到了一个当地人，他带着我们走了一程。中间经过了知青点，还有几个荒废的村庄，有的地方路线不是很明显。有一个明显的分界线我以前是走过的，村子后有一个水泥桩，要从水泥桩的左侧走，才是通往茶洋山的。沿路下行，一路上碰到好几棵杨梅树，大家一下子来了兴趣，又是吃，又是装。最后在快要到达通往茶洋山的公路的地方，碰到一棵杨梅树，满树都是成熟的杨梅，树也不是很高。老黄爬上了树，毕嫂又获得了一次大丰收，估计最后的成果应该有三四斤杨梅吧。

这一段路也不算太陡，渐行渐高，中午1点左右的时候我们来到了公路边。我们就在公路旁的林子里休息，再吃点东西。之后，上公路，回撤（去茶洋山已无望）。找到了下山去快安的路，位置就在公路的右侧，也是一个山沟。沟的右侧有清泉流下，正好是我们做饭的好地方。大家都觉得要是能喝上一点热汤，可能会补充一些盐分，会振一下精神。我们煮了两包方便面，大家感到很满意。后面就是一路下行，这条路我以前跟黄老师一块儿走过，路线大都记得。最后走到了刚上山的地方，遇见一位当地人，聊了一会儿，然后下山。这次是跟随一家挖菜下山的三口，从"石积尊娘"寺庙的另一侧（如从山上看的话就是寺庙的左侧）下山。从快安村穿出，经过了快安小学，出口就是快安车站。这时是下午4点30分，我到家的时候都快6点了。

今天感觉不太累，因为脚没有以前那么酸，估计是路程没有那么远。天气炎热，适可而止吧。下周就有可能不去爬山了，准备去游泳。看看吧，反正总要运动的。

倒店戏水
2014年7月6日

今天周日，跟老毕夫妻和老黄四人驱车去溪源水库旁的倒店戏水。早上9点在福州职业技术学院大门口集合出发。这条路以前跟黄老师一起走过一次，所以都还记得。因为里头有几个大石料场，所以进山的路面破坏严重。坑坑洼洼，凹凸不平，像我们这样的车根本走不快，有时候还会碰到底盘。

当我们开车来到一棵大榕树底下，本来在旁边停好了车，听人家说，倒店就在前面，还没到。只好把车开出来，继续前行，但前方的路更难走。突然碰到漫水路，水流湍急，人是可以走旁边的一溜石磴过去，开车过去就没有把握，担心会被冲到下游的溪里。此时，已经有好几辆车挤到这里了，倒了半天，才把车倒出来，最后还是把车停到那棵大榕树底下了。然后背着行李步行，总共过了两次漫水路。

到了倒店后，看到那里挤满了人，听说那天有300人来这里消暑。以前我们是继续前行，蹚过水，来到溪源水库的大坝上，再往里走。这次肯定不能上山了，天气这么热。小屋的左侧有一条上山的路，看见人们都朝这个方向走，我们也就跟他们上去了。走不了多远就是一条小溪，溪水清澈见底，最深的地方刚好有一人深。旁边的石头也很干净，已经有一些人在那里安营扎寨了。我们也迫不及待地找到一条小路，来到溪边，换上游泳衣裤，跳进水里。刚下去的时候会觉得溪水透心凉，泡一会儿就没有什么感觉了。在这里也可以游泳，只是没有办法大展手脚，因为地方不大。稍往上游一点，水更急，大家都去那个地方做天然水按摩。上游的水咕嘟咕嘟地冲下来，冲在背部、肩上是很舒服。我们三个男人还在那里击水取乐，这次照了不少相，回头发到相册里。

今天的午餐也是最丰盛的，我买了13元1斤的荔枝，花了49元，还买了几个大桃子。他们还带了面、肉、西瓜等。老黄带的西瓜还是用保温袋装的，吃的时候还是凉凉的。我们像别人一样也把荔枝、桃子什么的泡在溪水里，到吃的时候再拿出来，冰凉冰凉的很好吃。

福州附近水是很多，但能游泳的地方也不多见，大家都玩得很开心。头顶上太阳时有时无，也不感到晒得慌，可回去后的几天里肩膀、背部有些地方还是脱皮了。

下午3点左右出发，估计4点左右到福州，先洗洗车，然后去参加蔡局女儿的婚礼。在去参加婚礼的路上遇到的那阵暴雨下得好大呀，真是电闪雷鸣。真后悔，下午的车白洗了。

下个周末去哪里？只有水边。

磨溪戏水

2014 年 7 月 13 日

今天周日，跟老毕夫妻和老黄四人驱车去磨溪戏水。约好早上 9 点到东联，我 8 点就到了。先在集市上逛逛，买一点吃的东西，了解一下情况，也散散步。他们三个依约于 9 点赶到。

今天主要不是爬山，磨溪是我能想到的第二个有水的地方了，加上倒店只有这两个地方，其他能游泳或泡水的地方真的不多。天气还是非常炎热，我穿了长袖衣服，戴了帽子，又打着雨伞，他们说我打扮得像个日本鬼子。没走多远，老毕就不想走了，说，这边水不错，就在这边玩吧。我说，好地方还没到呢，不用着急。我们就接着往里边走，从磨房前的分岔处向溪里走，再往后就是顺溪里走，有时候路还比较明显，有时候就根本找不见路。只要能走就往前走，一直都在石头上面走。有一个最理想的水池，水清，偶尔还可以看到寸把长的小鱼，尽管水体不是很大，但在里面游泳、泡水还是可以的。这个小水池的一侧是较缓的石滩，另一侧就是垂直的崖壁，崖壁上面有一些树和草，所以可以在较长的时间内不会晒到太阳。这块崖壁也是攀岩者的训练基地，上边钉着不少金属的套环。

我们在那个小水塘里游泳、泡水、戏水、打水仗，非常舒服，一点没有大夏天的感觉，有时候还会感觉到有一丝凉意，泡久了还出现脚抽筋的情况。快到中午 12 点的时候，大家都感到饿了，就开始做饭。今天的午餐是肉丝面，很合口味。我们四个人都是泡在水里吃饭，吃过饭的碗就放在水面上到处乱漂，反正有围堰挡着，跑不掉的。吃的东西很多，有西瓜、荔枝、桃子什么的。大概在下午 2 点左右，我们又回到磨房打扑克，我只会打双升，还打得不熟练，别的什么都不会。大概到 4 点左右回福州，把他们三个送到火车站附近，我就顺三环返回金山。

老毕说，希望我安排一次露营，我觉得比较理想的地方只有磨溪和大化山，别的地方我都没有太大的把握。他们有意想去海边，我不是很感兴趣，主要是考虑到海边一是缺淡水，二是有一定的危险性，三是好玩的地方也不多，四是在大海里游泳很容易晒脱皮。真的想不起来下一次该去哪里了，再想想吧。

走登云水库—象山—恩顶—鼓岭—鳝溪一线

2014 年 9 月 21 日

从昨天开始，台风开始影响福建。天气阴沉，下了一点小雨，温度降了很多，房间里温度是 27℃~29℃。这个温度是这两个月来我开空调的温度。真的很舒服，睡觉可以不用开空调了，而且后半夜还感到有些冷。天气预报说，21 日台风登陆台湾并将沿着福建省的近海向北移动。21 日早上起来的时候，看看天，天上阴云密布，但还没有下雨。根据约定，决定出发。先坐 91 路到福大东门下车，然后换乘 64 路到登云新村（终点站）下车。下车后继续前行，自桥下穿过。右侧有一小庙，从小庙旁的阶梯上去，沿左侧小路前行。这时候那种久违了的感觉重又显现：山路崎岖不平，路两旁野草丛生，山上绿树苍翠，山溪里流水淙淙，空气中弥漫着不知名的野花的芳香。一直走下去，很快就来到了登云水库的大坝上。老毕他们几个还没有来到，我把行李放在坝头上，独自一人欣赏着水库周围的秀丽景色。登云水库里碧波荡漾，泳者抱着浮具在水中一起一伏地游泳，向着太阳升起的地方，钓者拿着两副鱼竿，在水边垂钓着静谧和快乐，尽管水库边的警示牌上用醒目的大字写着"水边危险，禁止钓鱼""水深危险，禁止游泳"。登云水库四面环山，周围的绿色倒映在水中，映衬得碧水更绿更蓝。头顶上，云彩像战场上奔腾的万马，时聚时散，舒卷自如，高层的云和低层的云朝着相反的方向运动，就像不断交叉缠绕穿插的疆场。阳光将淡淡的云影投照在湖面上，迅速地向我而来，又突然地消失，像排浪却不会激起水花。站在坝头上，一任劲风吹拂，时间久了，也有一丝寒意渐生。

约 9 点 10 分，老毕和老黄两家四口来到，我们就沿着水库右侧的碎石走。走碎石路有一定的挑战性，这些碎石呈不规则分布，有些石头不是那么稳定，有时候还要手脚并用，完成攀岩动作。走出这段碎石路就到了像草原一样的草甸子，有的地方像沼泽，水草肥美，是牛羊群的好去处，地上留下了一堆堆的牛粪。

从水库里出来，路左侧的高尔夫球场非常漂亮，绿草茵茵，平平如毡。听老毕他们说前几年这个高尔夫球场被铲平了，后来不知什么时候又恢复了。现在看上去很漂亮，球场上却空无一人，唯留清景，实在可惜。而这条公路却被破坏得

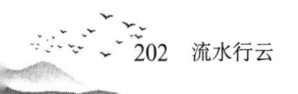

够呛。

我们继续前行，遇到路口，右转上行，缓慢上坡，很快就到了那个发电站。进发电站，左拐过溪，上行，遇一小亭，亭内一老者在研读阴阳八卦。经打听，老人说，这条通往恩顶的登山古道已经荒芜五六年了，以前政府每年给五六十万元，请人砍路，现在没人管了，已经看不到有人从这里走了，但路还是有的。我以前曾经从这里走过两次，一般都有阶梯，坡度不大，就是到出口的地方往往会找不到出口。我们商量后决定开路前行。今天我有些感冒，身体虚弱，老毕穿着短袖上衣，因此老黄就成了当仁不让的开路先锋。我把砍刀给他，他拿着刀一路砍过去，越砍越上劲。两位嫂子今天有些惨，她们都穿着短袖上衣和七分裤，不断地听到她们发出叫喊声，一边走还一边抱怨说老毕把她们给骗了，其实主要责任在我——我跟老毕讲今天走的路是平的，坡度不大，但没有说是山路。我们俩只好默不作声，装作没听见。这段路真的很难走，一路上要仔细地辨别脚下的台阶，老毕就一不小心滚到了草丛中，还磕破了腿。我们经常猫腰、低头、闭眼猛钻，有时要手脚并用。大概走了一个多小时，才到达途中的一个小亭子。我们在小亭内休息，吃东西，还打了一会儿扑克。此时，亭外还飘起了雨，狂风席卷着雨滴在阳光下飞舞，那雨珠晶莹剔透，像熟透的石榴籽一样可爱。

后来雨停了，我们重又启程，向着前方进发。越往前走，路变得越开阔，野草和荆棘悄然隐退，巨大的石头裸露着。离出口越近，坡度越大，雨又下了起来，石头很滑，手脚并用还觉得站立不稳。路边的电线杆都能看到了，看来离公路不远了。大家相互鼓励着，提醒着，一步步艰难地向上攀登、攀登，终于爬到了公路上。回首四望，我们的脚步早已掩映在峡谷间的一片葱绿之中，远方，登云水库仍依稀可辨。

以前这里有个什么公司的牌子，现在也看不到了。风很大，人有些站不住脚，我们的衣服都湿透了，风中雨中寒意倍增。我们稍微休整一下就赶紧下山，因为下山的路还很长。本来计划找找去园中村的那条路，可就是找不到，最后我们只好一路下行，走到了鳝溪。大约走了十来公里，也有些累了，到达鳝溪的时间大约是下午4点10分。很想找个小饭店，小酌几杯，因交通不便，只好作罢，就此分手，各自回家。六七年过去了，这是我第三次走恩顶。

人生几乎没有重复的路可走，每一次都是崭新的、陌生的。

飞云乱离逐细浪，人退草进没亭堂。

风斜欲阻登山意，雨寒却湿丽人裳。

艰难翻越五虎山

2014 年 10 月 12 日

今天周日。早 8 点出发，到金山公交总站与老毕夫妇和老黄会合。换乘 902 路车，到终点站南通公交总站下车。下车后，进南通镇，右拐，沿大街直行。到左侧有菜市场的地方左拐，直行约 40 分钟，到达一个叫作瓜山寺的牌匾处。左拐，朝正前方两山之间的凹陷处前进，就可以到达山脚下的入口处。

有好几年没有从南通爬五虎山了，入口处已经发生了不小的变化，一开始的时候就没有找到正确的入口。我们沿溪走了一阵，没有找到正确的入口，就向后退，然后向上切，很快就找到了一条通往山上的机耕道。我们就顺着这条机耕道走，走了不多远，机耕道消失，一条熟悉的山间小道展现在我们面前。今天天气很好，阳光明媚，万里无云。温度也不太高，最热的时候也可能有 30℃吧。我们在溪边休息的时候，我在美国的同学打来电话，聊了半个小时，再加上早上出发的时候也不早，所以后边的行程就显得有些紧张。

一进入山间小道，就几乎看不到太阳了，太阳只是偶尔露一下脸。这条路走的人可能较多，路比较宽，也没有什么刺。山道两边的灌木都长得很高，人在里面走既不会被风刮着，也不会被太阳晒着。山道的右侧是大山，左侧是蜿蜒曲折、飞流而下的瀑布。在很远的地方就能看到那条挂在山腰间的瀑布，再加上两边起伏的山峦，远远地望去就像是一幅山水画。

走了不到一个小时就到了方山水库。此时的方山水库，水量很大，水面平静得像一面镜子，在阳光的照耀下，碧蓝碧蓝的。水库旁边的那间破落的小院子不见了，取而代之的是一座三层高的楼房。记得我们以前曾经在这个地方吃地瓜饭，喝地瓜烧，还到水库里游泳。今天我们选择从右侧的小路上行，一开始的时候还不错，路宽无刺，到后来，就显得很荒凉了，路还是有的，就是经常会遇到长刺拦路。本来计划在这段路上找到一处水源煮饭，可错过了两处不是很好的取水点之后，就再也找不到水源了。很快就到了垭口，按我以前的记忆，翻过去，径直过去就有一条通往山下的路，可能是我的记忆太简单了，也可能是我们一开始就没有找到正确的下山道。本来在垭口的右侧有一条通往更高处的小路，我想应该下山了，不应该再往上走，结果我们就走入了一条人迹罕至的小道，看到有一条铁丝围起来的边界，我们就顺着铁丝下行，其实这里根本就没有路。看看天色不早了，心里有些发慌，就有些慌不择路了。根据以往爬山的经验，只好顺着一条溪下行了。一般来说，顺溪走的好处是肯定能走下山，另外，刺会少一些，再之，下切速度会快一些，最后一条最主要的理由是在顺溪下切的过程中可能找到正确的道路。

这一段路走得最为艰辛。我昨天多喝了点酒，肚子不是很舒服，感觉腿脚无力，他们三个是轮流冲在前头。我们无数次地发现了疑似山路，结果都被无情地证明根本没有路。我们主要沿着一条自然形成的山溪下行，有时候有水，有时候没有水，有时候可以顺溪而下，有时候遇到悬崖就要绕到旁边的草丛或藤蔓中前行。反正各种肢体动作都用上了，弯腰、低头、四脚并用，跳跃，悬吊，腾空，滑行，下跪，有时候还要用砍刀砍路。眼看着下面的水库越来越近，我们信心大增，加快了速度，并不断地提醒要注意安全。在离地面还有一段路程的时候听到了溪对面山上有人说话，后来还看见了他们。他们说前面不远处就有路了，我们终于心里有了底。经过几十米的冲刺后，最后找到了下山的路，时间大约是下午4点半。后面就是半个小时的下山路，我们一边走，一边回首仰望刚刚走过的那段山路。五虎山中的一虎伸着白白的虎脖子在向我们示威，我们已经有两次爬五虎山找不到路了。五虎山虽然不大，但五虎的威严已经让我们感受到它巨大的威慑力。

以后应该注意的是，爬山时还是要坚定不移地选择正确的道路，道路选对了，就是走向成功的开始。

随学生去大樟溪游玩

2014年10月25日

今天周六。受福大经管院2012级学生包生军之约，陪同他们去莒溪游玩。去年11月份的时候曾经带他们去情人谷玩，那次的人数也不少，他们觉得很刺激。

早8点20分到福大新校区学生生活区一区集合，8点半出发去大樟溪莒溪游玩。我们一行共36人，车上还有农大的12个同学，我们只是同路游客。

莒溪这个景区我已经去过很多次了，大部分都是跟学生一起去的，只有最早的一次可能是跟黄老师一起去的。以前去都要坐轮渡过大樟溪，而这次是坐车。直接过桥，再顺大樟溪走，走不了多远也能来到莒溪景点。

从停车场出发，大约要走40分钟的路程，基本上都是沿溪而行。山绿，水清，人声鼎沸。中间有个分岔的地方，一个方向是顺大路走，可能会稍远些，但比较宽阔、平坦，另一个方向是走一条小路，草比较深，不是那么好走，但可能要近很多。我们选择走近路。走这条路，深一脚浅一脚的，经常会被细草蔓绊住脚，但很快就到了莒溪。

还是以前的那个莒溪，几乎没有任何变化。已经有不少人在溪里乘竹筏戏水了。来这里玩的，几乎百分之百是福州各高校的学生。莒溪这里能玩水的地方不会超过200米，水最深处有一米多一点。因为经常有落叶落入其中，所以水不是很干净，但不影响玩水。

我们到了之后，先是吃烧烤，然后再下水游玩。我吃了一点烧烤，后来他们给了我一张导游餐券，我就去景区的餐馆吃饭了，去吃饭的人不多，只有四五个人，他们都是各个学校做福州高校学生旅游生意的学生导游。四菜一汤，味道还不错，反正是吃饱了。

吃过饭后，就跟学生们一起下水游玩。我们搞到了3个竹筏，学生们还租来了几个水枪。大家玩得很开心。中午的时候，天气比较暖和，水温不算很低，很适合玩水，不少男女生都下水了。我也喜欢凑热闹，还游了一会儿泳。下午3点多的时候，上岸，换衣服，准备返回。返回的时候走的是大路，不知不觉中就回到了停车场。

今天是轻松、愉快的一天。

游摩尼教草庵、海底古森林公园和黄金海岸

2014年10月26日

今天周日。跟黄老师、美平游晋江摩尼教草庵、深沪湾海底古森林遗迹自然保护区和石狮黄金海岸。早上6点多起床，7点到黄老师家门口，吃早餐。不一会儿，

美平赶到，黄老师也出来了。今天我们是驾车游玩，司机非我莫属了。

先驱车两个半小时到达晋江的摩尼教草庵。草庵寺是我国现存唯一的摩尼光佛、摩尼教寺庙，也是世界现存唯一的摩尼教寺庙遗址，被列为全国重点文物保护单位。草庵位于晋江市华表山南麓，始建于宋绍兴间，初为草筑，故名。元顺帝至元五年（1339年）改为石构歇山式建筑。面阔三间，进深二间，檐下用单挑出拱。正厅内依崖凿一圆形佛龛，直径19米。龛内浮雕一尊摩尼光佛坐像，佛身高1.52米，宽0.83米。面容圆润，眉毛隆起，散发披肩，颚下两条长须，脸、身、手三部分巧妙地利用岩石不同的自然色调构设，风格迥异。背雕毫光四射纹饰，世称"摩尼光佛"。

在20世纪80年代初，此地曾发掘出宋代明教会的瓷碗，证实宋时泉州摩尼教已十分活跃。草庵成为我国研究世界宗教史和农民起义活动，以及中国与波斯古代海上交通极为珍贵的实物依据。明代晋江人何乔远《闽书·方域志》云：华表山两峰角立如华表，山背之麓有草庵，元时物也，祀摩尼佛。因古代用草构屋，故曰草庵。

据史料记载，摩尼教在我国旧称明教，公元3世纪波斯人摩尼所创始，其教义是杂糅佛教、基督教、祆教而成，崇拜光明，提倡清净，反对黑暗和压迫。唐武后延载元年(694年)传入中国。到明初，朱元璋嫌其教名上逼国号，遂驱逐信徒、毁坏寺院，摩尼教逐渐被其他宗教所融合。泉州草庵摩尼教寺成为仅存的珍贵史迹。20世纪80年代初，此地曾发掘出宋代明教会的瓷碗，证实宋时泉州摩尼教已十分活跃。现代遗址为元代建筑物，据考古发现，宋代摩尼教已在这里活动。1987年8月，瑞典隆德大学召开首届国际摩尼教学术讨论会，草庵摩尼佛造像作为讨论会的纪念性吉祥物。1991年2月，联合国教科文组织的"海上丝绸之路"综合考察团参观草庵后，认为它是这次考察活动的最大发现。这为后来泉州申报"海上丝绸之路"起点提供了有力的实证。1996年被列为全国重点文物保护单位。1998年日本"海上丝绸之路"考察团也来到草庵考察。专家学者认为，摩尼光佛是世界上唯一的保存最好的摩尼教遗迹。2011年8月，泉州市政府投入巨资兴建草庵摩尼教遗址公园。

草庵寺联文曰："万古峰中，月色泉声千古趣；八方池里，天光云彩四时春。"

草庵西北原有万石峰、龙泉岩、玉泉、云梯百级,南面有隐居桥、八凤池、六角井、憩亭等胜景,因年代久远今已湮没。弘一法师曾住草庵意空楼三个多月,作《重兴草庵碑记》,并撰书楹联:"石壁光明,相传为文佛显影;史乘记载,于此有名贤读书。""草积不除,便觉眼前生意满;庵门常掩,毋忘世上苦人多。"草庵寺后山上原有"万石峰""玉泉""云梯百级"等摩崖石刻。草庵寺前有"隐居桥""八凤池""千年古桧"等佳秀之处;草庵寺后有"万石峰""龙泉岩""玉泉"等奇幽之景。

据记载,嘉靖初,泉州有18位士子在草庵龙泉书院读书,常见此地显现佛的形象,说是文殊菩萨的显影,因此在摩尼光佛坐像两侧才有弘一法师手书木刻对联。原来庵前还有一座佛教寺,已废,近年又重建,焕然一新。花木果树相映,风景十分优美清静,为一番别致景色。

我们在此没有久留,就驱车去了距离草庵不远的晋江市深沪湾海底古森林遗迹自然保护区。深沪湾海底古森林遗迹自然保护区位于福建省晋江市深沪湾内,自1986年7月被广东省地震局徐起浩发现以来,于1990年6月被定为县级保护区,1992年被国务院确立为国家级海洋自然保护区,2004年1月29日正式被批准为国家地质公园。

深沪湾海底古森林遗迹自然保护区在中国是独一无二的,在世界上也是少有的。保护区总面积31平方公里,其中陆域面积5平方公里,海域面积22平方公里,以保护7500多年前的古树桩遗迹、25000~9000年前的已胶结古牡蛎礁、石圳海岸变质岩区、老红砂分布区和海岸沙丘等地质景观为主要内容,其保护对象为海底古森林、牡蛎礁和海蚀变质岩等。区内埋藏于潮间带经历7800多年历史的油杉树林遗迹有20多棵,有大片成长于数千年的牡蛎礁,典型的海蚀红土陵岩、卵石海滩岩和现代堆积中的细沙丘,以及可展示古生代、中生代、新生代等漫长地质历史演变的多种多样的独特、典型、出露良好的海蚀变质岩,为研究古海洋、古地理、古气候、古植物,研究台湾海峡地质构造与海平面升降运动及太平洋地质板块运动,研究泉州市古港海外交通史提供了可靠的科学依据。

我们去的时候刚好是涨潮时间,所有景点都被淹没在波涛汹涌的海水之中。我们参观了旁边的城隍庙、镇海宫,也到海边去看了一下,但什么也没有看到。从古森林公园出来,我们沿海岸来到石狮市永宁镇吃海鲜。那个酒楼做的菜很正宗，味道不错。我们吃了螃蟹、鱼、苦螺丸子汤，花了 300 多元。餐后继续前行，穿过崎岖不平的小路来到黄金海岸。

黄金海岸位于台湾海峡西岸的石狮市永宁镇，包括闽南黄金海岸旅游度假村、城隍庙、镇海石、古卫城遗址等。闽南黄金海岸旅游度假村由香港友邦国际集团独资兴建，规划占地 6000 亩，首期开发 1980 亩，投资近 3 亿元。目前度假村主要项目及设施有金沙游乐园、海底世界、海豚表演馆、海天佛国、踏浪观音、游艇俱乐部、练马场、海滨浴场、露天夜总会等。我们对这些不是很了解，仅参加了坐船观潮、瞻仰观音菩萨像、海滩漫步这些活动，最后参观了旁边的洛伽寺。没有看到海底世界、海豚表演馆等项目，有些令人遗憾。

从黄金海岸出来，已经是下午 3 点左右了。我们驱车返回福州，到福州的时候应该是 6 点左右。今天是又困又累，以至于晚饭我都没有胃口。第二天又休息了一天才缓过劲儿来。

这一次出行，收获还是很大的。福建有很多美景，近在身边，不去看看实在遗憾啊！

游永泰百漈沟

2014 年 11 月 16 日

今天周日，跟黄老师、美平游永泰百漈沟。早上 6 点多起床，驱车来到黄老师家门口，还不到 7 点半。找到一家早餐店吃早餐，其间看见美平和黄老师也在另一家早餐店用餐。7 点半左右出发，经浦上大道、三环、湾边大桥，来到福州南出口处。走福永高速，约 40 分钟从梧桐出口下高速（高速费 40 元）。跟着导航指示一路走 203 省道，约 30 分钟就来到了百漈沟景区的停车场。

百漈沟景区的美真是名不虚传。百漈沟属永泰县梧桐镇的管辖范围，距永泰县城 42 公里，位于大樟溪的旁边。我们买了门票，每人 40 元，黄老师自然是半票，因为他已是 71 岁的老人。先顺台阶下行，走桥过大樟溪，这一段的大樟溪溪面很窄，水流急，水很清，溪两侧裸露的岩石光滑而坚固。站在桥上往上下游望去都很壮观。今天的天气比较适合出游，没有太阳，也不会冷，薄雾之中江山越发显得神奇、秀丽。

百漈沟景区开发得非常好，通向每一个景点都有很好的台阶路，并且安全措施也都很到位，每个景点都有中英文标识。很多景点都有摩崖石刻，尽管一些诗刻出自当代人之手，看上去立意和行文都有斧凿的痕迹，但还是可以看出景区开发者的良苦用心。我们不慌不忙，随心所欲，累了就休息，饿了就吃东西，有好的景点就驻足拍照，连上带下，大约花了四五个小时。百漈沟的相对海拔高度约有500米，景点主要分布在千米多长的山沟里，另一半是下山路，景点较少，但景色也不错。

手里拿着游览图，就不再担心会遗漏重要的景点。除了观音亭附近有一个景区集群（包括生命之源、生命之根）漏看，其他的都仔细看过了。自下而上分布的瀑布有水帘瀑布、龙缸瀑布、珍珠瀑布、天坑瀑布、人参瀑布、双狮瀑布、白龙瀑布和三叠泉瀑布。这里头只有龙缸瀑布想不起来是什么样子了，其他的都还历历在目。我们刚进去的时候似乎景区内没什么人，只碰到一对夫妇，后来陆续有游客进来，景区内就热闹了起来。观音亭卖碗面的师傅也赶紧跑到天坑景区去招徕可能的顾客。

一进景区直到最后一个瀑布三叠泉瀑布，流水声就不绝于耳。大小瀑布有10多处，形态各异，跟它们的名字也很相似。水帘瀑布就是水帘洞前，一袭清泉，涓涓而下，欲湿行人衣襟。那个水帘洞很大，完全可以在这里建一个小型的寺庙。最可爱的就是那个珍珠瀑布，泉水像油滴一样黏附在岩石的表面，斜斜地滚动，汇聚成三四股细流，最后都流进下面的一个石坑里，恰似粒粒珍珠滚落玉盘。天坑瀑布的特点一是高，扬程应在百米之外，二是泉水刚好落在下面的一块不规则的石头上，这个石头我想应该有个名字吧，估计就是所谓的弥勒沐浴吧。天坑是一个景点集群，什么心动石呀蝙蝠洞呀都在这里，往上看有一个圆圆的洞，真的像一个天坑。令人感到奇怪的是，蝙蝠洞里真的可以听到不断传出的蝙蝠叫声，不虚其名。人参瀑布的造型就是一个人参，别无二致。最后一个瀑布三叠泉瀑布，自上而下，真的有三个瀑布，而且是一个比一个大，并且不在一条直线上，看上去跌宕起伏。

除了瀑布，其他印象比较深的还有仙人舟、片瓦飞雪、鲤鱼潭、金豹峡。仙人舟如果不是人工凿成的话，那也太形象了，就像一艘远航的小船一样，劈波斩浪，迎风而驶。片瓦飞雪也是一个天然奇观，一块大石头斜斜地靠在崖壁上，有细水从天而降，才谓片瓦飞雪。鲤鱼潭从高处往下看，奔腾的溪水被限制在窄窄的河道里，真像是一条鲤鱼在游动。而金豹峡的特点是对面的崖壁上有许多规则的洞穴，看上去就像是金钱豹身上的金钱斑。黄老师是这方面的专家，他解释说，这是一种气泡岩，气泡破裂后就形成了这大大小小的洞穴了。

下山的后半程，景点不多，主要有远翠亭、观战台、侧身门，还有一个钟楼。站在山脊上往两侧看，可以看到大樟溪上下游的景色，非常美丽。如果往对面看去，山体呈现出一个巨大的弧形，像一个巨大的屏风，黄老师戏称"翠屏山"。在钟楼里敲钟，钟声悠远而沧桑，颇有一种夜半钟声到客船的感觉。侧身门就是通常说的"一线天"，应该是由一块巨石断裂形成的。

总之，百漈沟不虚此行，比我想象的更值得一看。人虽已远离了景区，而景区轰鸣的瀑布声似乎一直伴随着我，那清新的气息、浓浓的人文景观让我留恋。百漈沟，我也许还会再来。

土溪在哪里

2014 年 11 月 23 日

今天周日，阴。昨天下午专门开车去探了一下路，基本上找到了去土溪的路。今天跟老黄、老毕两口驱车去土溪。所经过的村子都叫不上名字，但因为去过很多次，所以记得路。几年前新修了一条上山的路，以前听人家说是通往一个什么水库的，可昨天去的时候才知道是通向山上一个村子的。今天我们去的时候，看到村子里有几户人家，只看到有三四个老人在家里。一位老依姆说，年轻人都到外边打工去了。我们开车从山脚下到山上，大概有四五公里的路程，估计 20 多分钟就可以到了吧。本来有一条机耕道是通向土溪的，我不想走机耕道，觉得走山道更好玩，这样我们就开车进了村子。把车停稳后，找了半天，也没有发现这个村子叫什么名字，想找个本地人问问路也费了好大工夫。碰见一个老依姆，她根本听不懂普通话，又碰见一个依姆，普通话也只能听几句。她把我们带到一个依爸面前，依爸的年龄应该不小于 70 岁吧。他告诉我们，去土溪可以从我们刚刚经过的机耕道上去。我说我们想走台阶路，他说，这边的台阶路很少有人走了。我们执意要走，他就告诉了我们大致的方向，我们很快就出发了，结果还是离土溪越来越远。

我们选择村子尽头一片竹林旁边的一条山路，一路上行，本来去土溪的路可能是在右边，我们却从左侧上去了。感觉路还不错，就一直走下去了。越往里走就越觉得不像是去土溪的路，结果就放弃了去土溪的念头，决定不管是哪里，只要一直能走就往前走。还好，今天我们没有遇到太大的困难，也没有怎么摔跤，被刺扎得也没有以前那么严重。

　　这里面山高林密，我们的右侧就是一个大峡谷，可以看到谷底有一些房子，那个地方我们以前应该是去过的。对面也是一座大山。我们走的这条路也是很少有人走了，落叶铺满山道，空气中弥漫着草野的芳香和一丝腐叶的气息。天气阴沉沉的，尤其在密林深处，更觉得天好像马上就要下雨似的。有一段路是顺着一条小溪走的，中间过溪，再往前走路越来越不清晰了。再过溪，对面应该有一条路，我们没有看到，选择了一条从左侧上山的路，不一会儿就到了山顶。此后基本上都是在山脊上走，起伏不大，走起来也不会那么累。本来想如果能走到两山会合的地方，就可以从对面那座山坡上下山了，可是我们爬的这座山后来往山下去了，没有路了。看看时间也差不多了，我们只好原路返回。尽管我们也做了一些标记，可有时还是会走错路。还好，及时修正，11点多的时候又来到了小溪边，埋锅造饭，休息，分享各自带来的美食。饭后，再顺原路走，很快就进了村子。开车，下山，回到家的时候大约是下午2点20分。

　　土溪在哪里？尽管这是第三次没有找到土溪，我们依然不后悔。因为，本来爬山就是一种运动，目的并不重要，过程才是一切。几个朋友围坐在密林深处茵茵的草坪上，谈天论地，尽情地欢愉，享受大自然无私的馈赠，在柔美的绿色中忘却尘世的烦恼。在这里你可以仰天长啸，你可以扯开破锣嗓子高歌猛进。你一次次被躲在深草中猛然起飞的野鸡吓得心惊肉跳；你小心翼翼地前行，一个趔趄接一个趔趄地向下移动；你手脚并用，奋力向上攀登，衣服湿透了，热了又凉……

　　土溪在哪里？土溪就在登山者的心中。

穿越磨溪到南洋

2014年11月30日

　　今天周日，阴转阵雨。黄老师和老毕他们都有事，我只好自己去爬山了。从家里出发的时候估计已经是早上7点多将近8点了，到东联下车，买了点吃的，到龙泉寺登记处的时候是9点57分。在坐公交车的时候可以看到外面下着太阳雨。进了山基本上没再下雨,但山里昨天晚上或今天早上应该是下过雨的,路有些湿,路边的草上和树叶上都有水。今天买了较多的东西,肯定一个人是吃不完的,感觉背包很重。没办法,既然买了只好背上了,吃不了再带回家,这就叫吃不了兜着走。

今天计划是穿越磨溪到南洋,这前半程以前都走过了,途中的标志都很清楚,一般不会迷路。到了一个叫三场的地方,碰见了一个跟我年龄相当的登山人,一问才知道他是省人社厅的,也是一个人出来爬山。他说他是福清人,是第一次走这条路,所以想跟我结伴而行,我也就同意了。我们大部分时间都在走路,很少休息,只是到了那块巨石的时候,才上去休息了一下,吃了点东西。他说他出来爬山一般不吃东西,顶多吃点水果,实在是令人佩服!我如果中午不吃些东西的话,肯定会走不动的。在爬上那块巨石的时候,我不小心还摔了一跤,没有受伤,只是感觉膝盖和肩膀有些痛。那块石头看上去是干的,结果还是很滑,我是单脚跳上去的,结果失去了重心。

这一路的景色都很美,特别是在云雾的映衬下,更显山的奇秀、林的苍翠。对面的山顶上怪石堆垒,有的看上去摇摇欲坠。流云从远方的山头上飘落下来,不是仙境胜似仙境。很快我们就来到了那条历经千年溪水冲刷的石板桥。这个地方相当于一个十字路口,往左上方走就是鼓岭,正前方就是我们要穿越的南洋村。据说右上方应该有一条通往茶洋山的山道,只是一下子找不到入口在什么地方。如果今天到南洋的穿越成功的话,剩下的就是茶洋山这条道还没有走通了,这自然就成了下一次攻坚的目标了。

跨过石板桥,右拐,前行。从破屋的右侧继续沿两山之间的沟底前行,这一段也是以前走过的,上一次是跟几个学生从此处爬到了鼓岭上面的石柱山,这一次没有注意到上山的分岔。在通往南洋的这条山沟里,我们走错了几个地方,前两次是我们没有按照登山队留下的标志走,只好又退回来。第三次是顺着标志走的,结果还是找不到路了,看看时间已经是下午2点多了,尽管已经看到南洋村的房子了,但怎么走到那个地方还是个问题。我们决定强行下切,结果没走几十米就走到一条好路上了,很快就来到了村子上方半山坡上有人家的地方。本想找到从南洋村通往牛头寨的登山道,结果没有找到。我们就顺着公路走,看样子是很难找到登山道了。正在疑惑之间,有一辆拖拉机从我们身边走过,我们向司机问路，结果我们搭上了这辆拖拉机。这段公路好长啊，如果我们要步行上去的话，肯定要走两个多小时。司机把我们带到了鼓岭。我们下了车，司机告诉我们，他也是往福州去的，我们就又上了车，一直坐到前横路。我们在此分手，我坐122路来到金山，他坐78路去鼓楼，当时是下午3点37分，到家的时候将近下午5点。今天真正爬山的时间大约有4个多小时，这段路大约在10公里以上，运动量也够了。每次爬山都会感到很累，没办法，有那么大的体重，背的东西又多，又是在爬山，不累是不可能的。

今天终于实现了多年来的一个愿望。以前曾问过老郑他们，老郑只是说，通往南洋的路很难走，今天终于走通了，还是感到很高兴的。如果有机会，就是走磨溪到茶洋山那条路了，我期待着。

去雷头买蜂蜜

2014年12月7日

今天周日，跟黄老师、美平、老毕夫妇去雷头爬山。早上8点左右在福州职业技术学院门口集合，经溪源宫村、罗汉村、下可溪、中可溪、上可溪、苦竹、倒店，到达溪源水库。看门的保安不让我们进去，我们就绕到坝下。把车停到那棵大树底下，然后再步行上去。中间要两次过溪，第一次过溪的时候有较高的台阶，第二次过溪的时候就比较困难，不小心就会滚到水里。还好，大家都安全地过去了。

要想过水库还是要经过水库的办公区。来到一个大门口，四顾无人，我们就从旁边的防护墙上翻越过去，从水库底部爬到办公室正对面的旗杆处。休息一下，从办公楼的前面经过，绕到其后面就可以找到去雷头的山路。此后就是顺着这条小道走，一个小时左右就到达了雷头老徐的家。路基本上是平的，走起来不会有多累。周边的景色很美，左边是库区，右边是山，偶尔可以看到有当地农民在捡散落在地面上的茶油果或是在干别的农活，他们也是带着干粮，在休息的时候喝水，吃干粮。

到了雷头，先是受到老徐家的两条狗的热情招待，然后才听到老徐的声音。不过他说的是福州话，我一句也听不懂，主要由黄老师跟他聊天。大家都掏出各自带来的东西分着吃。嫂子开始煮饭，今天吃的是鱼丸子，很可口，主要是有口热汤喝胃里就会感到很舒服。给了两条狗一些吃的，它们对我们友好了许多，不再对我们狂叫了。餐后，老徐开始给我们称蜂蜜，我们都尝了一下，都说很甜。一斤25元，我买了12斤，黄老师买了11斤，老毕买了8斤，估计美平也买了两三斤吧。大家休息了片刻，准备再往上走一下。听老徐说，再往上顶多走1公里左右就没路了。我们就顺着一条山路走，最后走到了一条溪里。溪里有巨石，水非常清，再往上走有些困难。看看时间不早了，我们就后撤了，再次来到老徐家。老徐说，他这个村原来有十几户人家，现在大多数都搬出去住了。他们的老房子都倒塌了，只剩下老徐一家的房子因为经常维护，所以保存完好。登山队的人也是爬到这里就不再往前爬了。我们又在这里休息了片刻，就开始踏上返程。

刚走到那个大门口，正在考虑怎么翻墙，突然看到有两个保安把大门打开了。他们说，他们的领导看到我们从办公室门前走过，就叫他们来跟踪我们，并帮我们打开了大门，真不知道是应该感谢他们还是应该感到不以为然。出了大门，在走下大坝走向停车位置的途中，我跟毕嫂、黄老师想找一条新路，结果还是走错了。走到头的时候，仍找到过溪的地方，结果还是要从原来的路返回。又走了一段，就到了停车的那棵大树底下，安全返回。

今天走的路虽不多，算起来来回也有4个小时左右了，运动量也够了，只是不会感到太累。

短行桃源洞

2014 年 12 月 21 日

今天周日，去桃源洞爬山。先乘K3路到于山站再换乘73路到硫酸厂站下车，老毕夫妇和老黄已经先期到达。过公路到对面，上行。走鼓山1号直上，顺左侧台阶上行。路线变化不大，先是走一段台阶，然后走一段平路，经过一片坟区后就是往上走的登山古道了。一路上基本上没碰到什么人，路也很好走，感觉到空气很清新，有种沁人心脾之感。我跟老黄走在前面，老毕两口拖在后面，因为他们俩需要一个预热的过程，到了后半程发起威来，我是很难赶上他们的。

越往上走，就越看不到福州市区了。到了桃源洞的时候，应该是看不到福州了。桃源洞是一座寺庙，这次看到，寺庙修葺一新，看样子是得到了一笔不小的赞助。

已经有人在那里休息了，我们也在那里休息，随便吃些东西。巧的是碰见了黄老师的外孙女陈枫和她老公。他们两口子是东南西北地跑，因为一个孩子在日本读书，不在身边，经济水平也不错，就两个人开着车到处游玩，实在令人羡慕。哪像我们当老师的，总感到一种挥之不去的压力。

在桃源洞休息一会儿，就继续往上走，约有20多分钟就到了出口处，出口就在鼓宦公路旁。据说鼓宦公路是福建最美的乡村公路，路面干净、平整，两旁是笔直的柳杉，再往外就是翠绿的山林。我们顺着公路下行，不一会儿就到了涌泉寺。我们在涌泉寺旁十八景一侧的平台上用餐，休息。在这里又碰见了先我们到达的陈枫夫妇。之后，我们再顺公路下行，后来来到一块草坪休息。这一块草坪上，一层薄薄的草显得有几分枯黄。阳光明媚，暖洋洋的。大家都放下行囊，一骨碌躺在地上休息。看样子他们都睡着了，而我没有睡着。有一条路刚好从草坪上穿过，不时地有山地车手从旁边飞驰而过。躺在草坪上，你会感觉到向着太阳的那一侧晒得热乎乎的，而靠近地面的那一侧却是冰凉冰凉的。

约休息半个多小时，大家起身，沿小路下行。有路人说，有1公里就到下院了，实际上没有那么短，4公里都不止。不过，路很宽，很好走，一会儿就又回到了鼓宦公路上，再走20多分钟就走到了下院。

走桃源洞这样的线路不会感到太累，但对我来说，出一身透汗是肯定的。争取每个周末都出来走一走，着实是个不错的选择。

── ✳ 2015 年 ✳ ──

成功穿越五虎山

2015 年 1 月 3 日

今天是元旦小长假的最后一天,昨天才决定去五虎山爬山。元旦当日是北大福建校友会的聚会日,元月 2 日又被"抓去"参加 MBA 研究生的面试,所以只好把去五虎山的事情放到了今天。早上 8 点半在白湖亭集合,美平先到,我是第二,老毕夫妇和老黄是第三批到。坐 30 路车到尚干下车,再换三轮车(每人 5 元,共 25 元)到黄土边下车。途经汽车城,路还是挺远的。前两次去爬五虎山都遇到了麻烦,都是没有找到正确的路,结果都是沿溪而下,危险、累、着急。这一次我还是感到有几分压力。早上一爬起来就赶紧打开电脑,查了一下以前写的爬五虎山的日志,找到了一些标志。这次应该不会有问题的。

美平说,他们单位的同事每逢元旦节都会来五虎山爬山,"五虎"在福州话中和"五福"谐音,他们是冲着祈求五福临门之意而登山的。我也觉得挺有意思,就决定来凑凑热闹。三轮车停下来,我一看就明白了,今天不会走错了,因为起点找对了。我们顺着一条水泥路一路上行,中间也可以走石头台阶,右上方的五岭岩寺就是一个重要的标记。走在上山的台阶上就可以领略到五虎山的威武和雄壮。约有半个小时,我们就来到了五岭岩寺。从寺庙二层的右侧后出来,向右行就是一条通往山顶的土路。今天阳光灿烂,无风无雨,不冷不热,非常适合于户外活动。我们从三虎和四虎的中间爬到三虎的头顶上,在一块大石头上休息,吃带来的零食。太阳暖洋洋的,大家都不想走了。休息了一会儿再往上走,看到有好几个山头的林木都被山火烧光了,只剩下黑乎乎的灰烬了。从三虎头上下来,来到二虎和三虎之间。本来计划着去三虎脖子底下的滴水岩处接水煮饭,结果听几个从那边上来的驴友说,滴水岩的水很小,根本接不到水。我还是不死心,就带着大家去看了一下，结果还没走两步，我就滑倒了，不过，没什么感觉，顺势躺下来了，不痛不痒的。到了滴水岩，看到水的确很小，风吹过来，水飘来飘去的，真的很难接到水。我们只好放弃，然后顺着机耕道走，很快碰到有几个当地人在建造一个寺庙。这里有水可以用，我们就在这里煮鱼丸吃。饭后，往右前方走，就又来到了我们刚刚爬过的三虎、四虎的中间，不过这次是往右走，正确的路是靠前一点，不是很明显。这条路不知道走过多少回了，每次感觉都不一样。草很深，这次也忘记戴帽子，只好双手抱头，躬身前行。这一段路不会太累，因为大部分时间都是在一个等高线上走，只有在登上四虎的虎头时才有登高的感觉。那张有旗杆的照片就是在四虎头上拍下的，之后就是下山了。大家还在争论着，到底是上山虎厉害还是下山虎厉害。通过一段速降，我们很快就来到了方山水库旁边。经过知青屋，路过橘园时，大家还买了一些橘子。从水库大坝上穿过，就来到了下山的路。这一段路是我们上次走过的，老毕他们很熟悉。美平感到很高兴，他说，五虎山是他爬过的福州附近最漂亮的山，我倒没有这种感觉。我一直都认为，美从来就不止一种形式，美只是我们的一种感觉，我甚至不愿意或无法在许多美之中选择最美的。

在咆哮的瀑布声中，我们走下山来。回首仰望，那一丝细如飘带的瀑布依然忘情地缠绕在山坳之中。那是我们刚刚走过的来时的路，五虎山在平地的映衬下，显得如此雄伟、壮丽。五虎山，不管我曾经来过多少次，不管我经历过多少次磨难，我都不会惧怕你。我会再来，也许就在不久的明天。

问路土溪

2015 年 1 月 10 日

本来跟黄老师约好本周日也就是明天去土溪爬山，昨天才发现本周日我有一场监考，因此跟黄老师商量后改到周六，也就是今天。因为老毕经常是周日休息，时间不合适，所以也没有通知老毕他们。早上 8 点去接黄老师，吃早餐，到温洋顶的时候大概是 9 点 20 分。今天的主要任务就是要探明去土溪的路。前几年应该有两次成功到达土溪，几年过后，去土溪的路找不到了。最近去土溪探过两三次路了，但都没有找到正确的路线，所以这一次的任务主要是探路。到达温洋顶后，那条机耕道可以到达土溪，但不会有人愿意走机耕道，一是远，二是无趣。我们在村外的十字路口，看到一个穿保安制服的当地人。他说，去土溪的路口标志是两棵大松树。我们听得不是很明白，就把车停在村头，走进村子，向在村头晒太阳的几位老人打听。反正我是听不懂，就跟着黄老师从一户人家的厕所旁经过，上山，其实后来证实前一段路是走对了。再往上走，也经过了那两棵大松树，然而没有引起我们的注意。过了大松树后，我们碰到了一个分岔，往右的那条路又宽又光，我们就想当然地认为是正确的方向，结果就在这里出错了。当时我还觉得左侧向上的这条不是很明显但却有点光滑的路可能是正道，这是在几年的记忆当中搜寻的结果。可我也没有把握，我们就一直向右走了。后来就发现走不通了，然后再回头，再往上爬，还是不行。我们已经爬得很高了，这个地方全都是竹子。我们基本是沿着一条写有"界"字的线路走，估计是当地人划定的跟外村人的地界。越往上越不好走，最后我们决定放弃，反正是探路，我们的目的并不在于一定要走到土溪，只要能找到去土溪的路就算成功了。

在下行的过程中，我们经过了一片橄榄树林。我不爱吃这种又苦又涩的玩意儿，帮黄老师摘了四五斤，然后重又来到村子里，看看时间大概是11点50分。我跟黄老师说，要么我们问问看看能不能让当地老乡帮我们做碗粉干或面条什么的，这也算是吃点热乎东西，黄老师也同意我的提议。我们就走进一家农户，他们一家三口正在吃饭。经过黄老师一阵叽里咕噜的交涉，他们热情地让我们跟他们一起吃饭。桌子上有鱼、猪头肉、笋干、青菜和蛋汤，看上去蛮丰盛的。我们就不客气地吃起来了，一边吃一边跟他们交谈。他们这个地方属上街管，他们到过江夏学院，也知道福大，所以大家都不感到陌生。饭后，黄老师执意要给钱，一家人硬是不要，我们只好白吃了一顿。心里念叨着，人还是要厚道一些，多做善事，反正心里感动得无可无不可。这家人又重新给我们指明了那两棵松树，这一次是看清楚了。

饭后，我们还从原路上去，经过那两棵松树，这次是仔仔细细地端详了这两棵松树。过松树，上行，到那个分岔处，毫不犹豫地选择了向左上方的路。路有些滑，慢慢地我们找到了几年前的记忆和感觉。就这样我们一直向上走了约两个小时，经过了四五个一缓一陡的山坡，最后来到了那一片平地。过了平地，就跟从温洋顶上来的机耕道交会了。我们沿着机耕道往上走了一小段就决定返回了，因为去土溪的路已经找到了，时间也不早了，大概是两点。刚开始我想顺机耕道下行，这样会保护一下膝盖。走了一段后发现这条机耕道往上走了，我们怀疑这条机耕道不是去温洋顶的，就又退回来，又发现了一条机耕道，下行。之后，来到了那块平地，再往后就是沿原来走过的路下行了。估计走了一个多小时后到达温洋顶，然后开车返回福州。

今天的任务完成得不错，另外今天的运动量也够了，下次就可以直奔土溪了。

寻访金鸡岭未果

2015年1月18日

今天周日，应人事厅老郑之约去龙门爬山。坐K3路到于山站换乘73路到龙门下车，时间大约是早上8点15分，跟老郑见面后就往磨溪方向走。今天除了在家里烧了一壶开水，别的什么东西都没带，原计划到了龙门再买吃的。龙门站附近有一家小卖部，可我想着前面也许还有，就直接奔磨溪而去，结果一路上没碰到一家商店，就连一家住户都没有。我以前去磨溪爬山，从来没在龙门下过车，所以对从龙门到磨溪这段路一点也不熟悉。老郑说，他带的东西很多，足够我们俩吃，我这才放心一些。

老郑说，他听朋友们说，可以从磨溪经过深坑里到达金鸡岭。金鸡岭我只是略有所闻，到底在哪里我一无所知。我们到达深坑里之后，跟这里那位唯一的居民——一位老大爷打听去金鸡岭的路。人还未靠近，五条狗早就冲出来了，汪汪汪叫个不停。老郑是本地人，可以用福州话跟他交流。说了半天，还是没有弄清楚去金鸡岭的路。后来才知道，其实通往金鸡岭的路就在那个老人家的旁边，他可能是担心我们会偷摘他的柑橘故意给我们说错方向。我们顺着去茶洋山的路走，过了那个分水岭之后，估计三四十分钟就可以到达去登山协会的公路。在这一段路中可以看到对面有一座山，很漂亮，老郑说，那就是金鸡岭。但我俩折腾了大半天最后还是没有找到去金鸡岭的路。先是在走上公路前的山边探寻，根本不像有路的样子，我们就取道通往茶洋山的路，如果能在左侧找到分岔路也许也能走到金鸡岭。结果直到走到了茶洋山，也没有找到左行去金鸡岭的路。到了茶洋山之后，又跟养鸭的依爸打听，结果我们在茶洋山上转悠了好一阵子，仍是一无所获。

现在我们已经转到了金鸡岭的背后了，我们所处的位置比金鸡岭还高。午餐是在从茶洋山上下来将要到达公路边的台台上吃的。老郑带的东西是不少，两个人都吃得很饱。

实在没有办法只好顺原路返回，又回到了分水岭的位置。然后再次探寻，经过几次尝试，累得满身大汗，手都被刺扎破了好几个口子，还是没有找到路。只好通过分水岭，往快安方向下山。路上又碰见了一个打石头的老人。他说，去金鸡岭的路就是在深坑里那个老人家的旁边。

这几天福州也受到了雾霾的影响，山上空气也不是很清新，天空变得灰蒙蒙的。但今天天气不错，阳光明媚，在太阳底下用餐的时候沐浴着阳光，觉得暖洋洋的。这次我们进入快安的位置也相对靠右了一点，以前都要更靠左一些，靠左边的出口可能会远上几百米。

要想去金鸡岭只能到下次了。我对爬山的理解是，爬山更在于爬山的过程，至于是否爬到什么什么山顶或山峰并不重要。下次我们最有可能去的地方是土溪，去土溪的路上次我跟黄老师已经打探清楚了。

游长乐大象山

2015 年 2 月 1 日

今天周日，去长乐大象山爬山。早上 9 点多在白湖亭跟黄老师、张忠会面，坐 31 路到峡南，再坐三轮车到黄石下车。先打听文殊古刹（文殊寺）的位置，在找文殊寺的时候，我们首先看到了普贤寺，就先进普贤寺参观。寺内有一老妪，80 岁，腿脚不大方便。老人家非要我们在她那里吃饭，她帮我们做了一大盆粉干，我们每个人吃了三碗，最后还是剩了一些，这样带来的干粮什么的就吃不上了。看样子普贤寺香火平时不会太旺，老太太担心附近狗来光顾，就把大门轻轻地拴上，我们去的时候就是自己把门打开的。临走的时候我们留下了 30 元放到了功德箱里。

从普贤寺出来，往上不远处就是文殊寺。文殊寺比普贤寺大多了。寺内打扫得很干净，也许是中午的缘故吧，竟然一个人也没看到。

从文殊寺出来，大象山就矗立在我们眼前了。我们三个也算是有爬山经验的了。张忠生在山里，长在山里，对大山有一种特殊的感情，能从大山的走势当中看出哪里会有出口。黄老师也是江湖中人,他是地质专业,一辈子不知道爬过多少座山,大山中的每一块石头他都能叫上名字,说出形成的年代。而我自从到了福州开始爬山也10年有余了,成功的经验和失败的教训都有。三个人商量后,选择了一条小路上山,结果爬到了一群坟墓中,找不到上山的路。看看我们左前方,应该是通向大象山顶峰的山脊,就决定往这个方向走,最后找到了路。我们顺着山脊一直爬到大象山山顶。大象山不高,山脊上只有一条路,山上几乎没有什么大树,只有一些很硬的草。因为山路常年没人走,刺还是很多的,不时地会被扎到。大象山的最高处有一面五星红旗,迎风招展。站在大象山的最高处,可以看到乌龙江两岸的风景,位于峡南的三座大桥和山下的村庄,当然最引人注目的还是山上星罗棋布的坟墓。

从山顶顺着山脊走,很快就可以走到一条沟边,我们搞不清楚这条沟是做什么用的。沟边上还绑了铁丝网,沟对面有一个高高的移动基站。通向基站方向应该有一条路,但我们没有走,其实后来发现走这条路也许是对的。我们顺沟下行,找到了机耕道,休息了片刻,就开始顺机耕道下行。大象山应该是个风水宝地,从地形看,整个山形酷似一个巨大的龙椅宝座,前面就是乌龙江,这叫依山傍水。我们从"龙椅"的一侧扶手,先绕到椅背,再绕到另一个扶手。后来又碰到了那条沟,这次又找不到路了。通向对面的路好像断掉了,我们就顺沟下行,结果到了沟的尽头也没有找到路。看看时间不早了,容不得犹豫,我们只好判断山势,先走等高线,再强行下切。这段路说路不像路,草有齐腰深,荆棘丛生,举步维艰。很快就看到了一座破烂的坟墓,根据经验,有坟墓的地方肯定有人来过,也就肯定会有路。我们就顺着坟墓下行,其实路也不是很明显,我们好像是在一条山脊上走,山脊上依稀可辨的痕迹引领着我们向下。最后我们走到了大路上,不过这里到处都是新建的坟墓。走出这片巨大的坟区,来到山下的村子,碰到一辆回福州的大巴,一问每人要10元,我们嫌贵,没上,后来后悔都来不及了。又碰见了一辆三轮车,说包车到峡南就要30元,我们就拖着疲惫的双腿继续前行,从洞头村出来,再往前走,就到了长乐到福州的路边上,坐去福州火车站的汽车,到白湖亭8元。到了白湖亭分手,各自回家。我晚上还有事,直接去了省体中心,到家的时间已经是晚上11点多了。晚饭是没有吃到,刚好袋子里还有两个麻花,就算是晚餐了吧。

今天又算是开辟了一条新路子,感谢黄老师,原来我还以为爬400米高的小山有什么意思。细算一下，今天实际走路或爬山的时间也有五六个小时了，运动量也够了。

再游云顶

2015年2月6日

今天周五。前几天天气一直不好，阴天有小雨。这两天天气渐渐好转，我们决定出去走走，原来计划去闽西南的南靖土楼和连城的冠豸山，后来查得这两个地方路程较远，一天不一定能赶得回来，最后决定去永泰的云顶玩。一车只能坐五个人，同去的有老同学荣菊、贝贝、小静和美美。

早上8点左右吃过早餐，然后去接老同学，正好是高峰期，车速较慢，估计到达柒星佳寓时应该是9点多快10点了吧。接着走五四路入口、绕城高速、三环、湾边大桥、福永高速入口，出高速，再走30公里左右，就到了云顶景区，估计时间是11点多。停车，买票，坐景区大巴到大峡谷景点入口处，开始游览。

景区内几乎看不到什么人，路面上很干净，偶可看到有清洁员在打扫卫生。刚开始的时候也看不到太阳，后来大概到了中午12点之后，才能偶尔看到太阳公公的颜面。景区内清新的空气中夹杂着几分凉意。景区小道边上的售货摊早已不见了踪影，仅留下一根根吊挂商品的木棍。

满目的碧绿与苍翠依然如故，回环曲折的小路引领着我们一步步下降、深入。上次所看过的景点大都不记得了，只有那个大峡谷饭店还没有忘记。星罗棋布的景点引人入胜，美得叫人流连忘返，多得叫人只能是走马观花。据介绍，大金钟瀑布景点的空气负氧含量是最多的，一立方厘米20万个，是世界之最。1点多到大峡谷饭店，用餐。餐后继续下行，此后行程可能会轻松些，落差不大，比较平缓。到缆车的地方，也只看到了几个人。当我们坐在缆车上，想到上次来的时候仅在这个地方就等了两个多小时。那次等待厅里人山人海，别人说我们插队，还差点儿打了起来。而现在的大厅里除了我们就是一排排用于隔离人的木栅栏了。一阵胆战心惊之后，缆车终于到了顶。坐景区大巴到下一个景点天池，到天池的时候估计是下午3点多。大家都有些累了，先去参观了一下蛋蛋屋，再去天池游览。蛋蛋屋都没有一个人住，听人讲，夏天的时候，住一晚要几百元，还要提前几个月预订。现在这里却空无一人，冷冷清清，只看到有维修工在修什么灯具。什么金窝、银窝、彩窝、乐窝，现在都变成了空窝。

从蛋蛋屋出来我们还是去参观了一下天池。天池位于一座不是很高的山上，它因自动喷发的喷泉而出名。可我们去的时候，水面已经下沉了很多，也没有看到喷涌而出的泉水。水面静静的，对面的草原上，一条石砌的小路不知伸向哪里去了。草原上只有薄薄一层干草，大家在草原上拍照留念。此时，夜幕低沉，夜凉初透，一阵阵寒意漫过来，提醒着我们归期临近了。

我们坐景区大巴返回出口处，开车返回福州。老同学晕车，有些不舒服。我们到达福州的时候应该是晚上8点多了吧。

重游云顶，重新认识了云顶，她竟然安静得像一位古代高贵的淑女，千般柔情，万种蜜意，深深地掩藏在碧山绿水之间。她深情地注视着我们，迎来送往一群群陌生而又激情飞扬的游客，和人们共同演绎着一段段传世佳话。

再访永安

2015 年 5 月 1 日

今年五一决定出去走走，刚好丽红老家新房建成，于近日装修完毕，已搬入新居，准备5月1日举行乔迁家宴。据说，要办20多桌，我想好大的规模啊。丽红邀我前往，我就欣然应允。4月30日下午去省民政厅办完事后，就去至诚接丽红及其男朋友。然后再回到家里，接上美美，吃晚饭，取钱，上路的时候大概是早上6点半。听丽红说，到永安的里程大约是270公里。半路上加满了油，到永安的时候大概是晚上10点，用了3个半小时。因为车在磨合期，车速不能太快。到家后，吃了点东西就休息了。

第二天，也就是5月1日早晨，起床吃早餐。家里面一早就忙乎开了，因为宴席是在家里摆排的。今天天气不大好，天一亮，就下起了小雨，本计划在房子前后的空地摆桌子，现在下雨了，就把桌子摆在了房屋前后尚未竣工的新房子里。做饭的事情不用家人操心，专门请了饭店的人来做。丽红家的亲戚可真多啊，真的坐满了20多桌。她爸爸姊妹6个，妈妈也是姊妹6个，不用说还有其他的亲戚朋友。自己家人也没闲着，她叔叔、哥哥等人在按照传统的方式打做糍粑。以前我只是在影视节目中看到过，亲眼看到还是第一次。做糍粑既要费体力，又要有技巧。他们做了好多好多糍粑，有甜的，有咸的，我吃了几个，口感还不错，差点儿就要吃饱了。那天上午我们还去了丽红的外婆家，是同村的，也姓饶，都是沿燕江而居。看上去外婆不显老，外公也只有73岁，身子骨还挺硬朗。我们跟丽红去喂鸡鸭，还看到了外婆家养的兔子，公兔、母兔，还有一窝小兔崽子，好生可爱。丽红很熟练地为它们拌食、喂食。

当我们回到家里时，差不多就要开席了。我和美美跟家里德高望重的老人坐一桌，有丽红的爷爷、外公，她爸爸的舅舅、姑丈、堂哥。因为喝得太猛，饭局一结束，我就上楼睡觉了，一觉睡到第二天早上。

丽红家的新房是在老家路对面的山坡上建的，距离桃源洞不远，又大又漂亮，上下三层，装修得很漂亮。

第二天早上吃过早饭，我们计划去看两个地方：一个是桃源洞，一个是大湖石林。桃源洞我上次是去过的，因为美美没去过，还是要带她去看一下。桃源洞离家不远，大概只有六七公里的样子，很快就到了。今天人很多，路两旁停满了车。到了景区里边，特别是到了一线天的时候都要排队等候。还好今天老天爷很给面子，阴而无雨，天气凉爽宜人。我们到山顶上转了一圈就下来了，也没有再去百丈岩景区。

从景区出来后，我想着既然来了永安就要再品尝一下永安的小吃。我们就驱车进了市区，转了几个地方，吃到了叉叉粿、粿条等小吃。之后就驱车去大湖石林景区。大湖石林距离市区大约13公里，很快就到了。进了景区，发现这里的地貌就是跟其他地方不一样，都是奇形怪状的石头，我们进去后没多久就走错了路。有的景点来回走了好几趟，最后又退回来，从头再来。终于把所有景点都看完了，最后还参观了景区内的十八洞。能记起来的景点名字有石猴抱子、千年之吻、观音洞、望星台、石门、观山亭、寒洞等。参观完石林后，我们就返回了家里，准备在家里住一晚，第二天返回福州。

第二天早上用过早餐，我们就准备出发，丽红爸妈送给我好多土特产，有米酒、笋干、鸭爪等。我们决定到沙县去尝尝当地的小吃。永安离沙县也只有70多公里，很快就到了。

进了沙县县城，在丽红同学的遥控指挥下，我们找到了一些沙县最有名的小吃店，比如扁食店、小吃一条街，感觉就是不错，后来还买到了正宗的沙县醋。本来还想买些土特产什么的，我们问了一下，那里有一种饼应该很不错，一问才知道，要提前预订，令我们惊叹不已，只好作罢。

之后就是驱车回福州了，还好，高速不堵，安全返回，到福州的时间大约是下午3点。回到福州之后，就开始准备美美的生日，晚上给美美过生日，最后在极度的疲惫中结束五一长假。

走森林公园—叶洋—森林公园

2015年5月10日

今天周日，天气前晴后阴而无雨。跟老毕夫妻、老黄和老毕战友老张夫妻六人去叶洋爬山。说好上午9点森林公园南门集合，我按时到，老张两口开车来，迟到。我就在森林公园里的登山入口处来回运动等候他们的到来，估计他们跟我会合的时候大约是10点。

会合后出发，沿左侧水泥路上行。不久，水泥路消失，接着就是上行的土路。老张妻子脚部做过手术，走路有些吃力，但还是坚持了下来。一路上休息了两次，第一次是在第一次过溪的时候，第二次是在第二次过溪的时候。山上有些蚊子，所以不能久停。大家分吃了一个西瓜，解渴，舒服。

青山环抱，翠竹簇拥，空气异常清新，肺被清洗了，视野里全是绿色。我们在讨论着为什么爬山的时候不觉得太累。我总结了一下，大概有以下几个原因：一是空气好，也许会提神；二是大家都在边走边聊，这样也可以放松身体，分散人的注意力；三是多人一起走，有种被人催促着的感觉，谁都不愿意被落下；四是有时候路不会那么好走，可能比较紧张，把注意力全部用到了走路上，结果就不会感到累了。当然爬山最舒服的时候莫过于拖着疲惫的身体回到家里，痛痛快快地洗个热水澡，吃点东西，躺到床上，一觉睡到大天亮的感觉。

进了叶洋村，本来是冲着买咸菜去的，结果还是没有买到，原来我们去过的那家女主人不在家。后来我们就打算在叶洋吃饭，老张夫人是福州人，沟通不成问题，我们在一家农户家就餐，买了一只鸭，炖了半只，还炒了一盆鲜笋，配上我们带的饼，吃饱了，感觉不错。

她们在做饭的时候，我们还打了几把扑克。饭后就出发，顺水泥路走，到小卖部，往右前方走。走 300 米左右，向右下行，就可以找到进入森林公园的山路，入口处有明显的标志。这一段路不是很好走，山陡路滑，但下降迅速。这段路结束的地方有一个小亭子，过了亭子，就是森林公园的台阶路了。我们一直顺右侧的台阶下行，又走了一个多小时，出南门，跟他们几个分别。最后一直走到动物园站，坐 91 路车回家，到家的时候估计是下午 5 点半左右。

这次唯一感到遗憾的是没有买到咸菜。这次爬山也走了 15 公里左右，运动量没有以前那么大，腿痛了两天就差不多恢复了正常。

重访永泰方广岩

2015 年 6 月 14 日

今天周日。天气上午晴朗，下午下了一场暴雨。跟黄老师、张忠老师、老毕夫妇和老黄一行六人去永泰葛岭的方广岩爬山。早上 8 点驱车去黄老师家门口接黄老师，张忠也在那里会合。老毕他们已经从火车站走三环到高速公路福州南等我们。会合后，走永泰高速，到第一个出口，应该是塘前，出高速。实际上应该在第二个出口，也就是葛岭出口出高速才最近。可这两个出口我都是第一次走，还搞不大清楚，所以交点学费也难免。

从塘前出高速后，顺大樟溪旁往永泰的省道走了挺远的路才到葛岭。葛岭九老村附近正在修路，去永泰的路都断掉了。我们走错了路，问了好几次才找到了去方广岩的路。实际上，去方广岩是很方便的，下葛岭高速出口就到了，以后再来会方便很多。先到葛岭中学旁，有一个入口，不是太明显，有一条水泥路可直达方广岩。到了方广岩之后，买了门票，一人 25 元，我们六个人只付了 100 元，就放我们进去了。

方广岩我以前应该来过两次了，印象当中路两旁有很多高大的松树。这个倒没记错。看上去，那些松树最粗的估计要有两个人才能搂得住，高得看不到顶，据记载都在 150 年以上。今天尽管天气还是有些热，但自从进了景区，几乎就看不到太阳了，绿树参天，遮天蔽日，偶可感觉到斑驳的阳光。因为前段时间一直在下雨，再加上山路被枝盛叶茂的松树遮挡，所以路面上布满了青苔，如不小心，还是会滑倒的。我们小心谨慎地上行，路两旁有很多摩崖石刻，文化氛围浓厚。也有一些自然景观，比如"吞门""方广洞天"等都很有特色。

当然最引人入胜的还是方广寺。这个寺庙最早建于北宋建隆二年（961年），寺庙就建在山顶部的一个山洼里，这里叫作一片瓦。寺庙里香火旺盛，看到有一个中年和尚在值守。位于中间的应该是大雄宝殿之类的，后头上边还有一个很小的庙堂，那才是北宋时建的，上面有好几个很大的燕窝，不时地有燕子在庙堂前盘旋。整个寺庙里弥漫着氤氲的香气。

参观完庙堂，我建议去一片瓦上面看一下，因为以前我跟黄老师、老冯去爬一片瓦时，黄老师不小心摔了一跤，离一片瓦上的悬崖边还不到2米！真悬啊！这次大家再次上去，我是反复提醒，要大家特别小心。当我们到达原来去过的地方时，看到那里发生了一点小变化。上次我们去的那个地方光秃秃的，这次修了两个小水坝，上面的那个蓄水池蓄满了水，水清澈、凉爽而甘甜。我们几个都喝了一杯，走的时候还特意带上一瓶。

山上空气清新，来参观的人也不多，他们都说这个地方很适合夏天来游玩，带小孩来玩也不错，因为登山的量不是很大，最主要的是这个地方清幽凉爽。

返回到停车场的时候大约是中午12点多，我们决定回福州再吃饭。我们仍然选择在那家名不见经传的"河南烩面"馆用餐，那家饭店特色是好吃、不贵。饭后，黄老师和张忠回家，我们几个去钓鱼。因为是下午，又因为有人在桥底下布了网，今天我们没有钓到多少鱼。后来还下了一场倾盆大雨，我们只好躲到桥底下，等到雨稍稍停歇后，才开车回家。

还好，今天不会太累。山还是那座山，庙还是那座庙，山路依然曲曲弯弯，自然似乎永恒不变，令人遗憾的是，昨日的朋友不再相伴而行，而我们也行将老去。

世事有代谢，往来成古今。

天道贵一恒，罔顾众苍生。

上下两茫茫，前后空荡荡。

顺逆皆欢喜，悠闲自在行。

第二辑

祖国好河山

游黄山

2006 年 7 月 12—15 日

随福大公共管理学院部分老师和家属游黄山。7 月 12 日下午 2 点半乘坐福州始发开往青岛的火车由福州站出发，一路上吃饭，打牌，晚 9 点 40 分左右车上关灯，睡觉。

13 日早 7 点左右到达黄山车站。坐旅游大巴到达景区招待所用早餐。约 7 点 40 分出发去参观古民宅。古民宅是徽商明清住宅，入口处有几个牌坊，其中有贞节牌坊等。进入古宅区有几座古建筑群。面积一般都不是很大，大都为双层结构。有一座戏台，有一家是兄弟两家共用一个看景台。远处有一高塔，旁边还有一些景点尚未开发出来。参观完古民宅之后，乘车去黄山。在黄山脚下洪大师酒店用午餐。午餐后即乘车至黄山入口处。到黄山大门口换乘黄山景区大巴（每人 10 元）到黄山前山索道站慈光阁。由慈光阁乘索道至玉屏站。先爬玉屏楼，看迎客松、送客松、天都峰，回头看莲花峰（过一线天）。由莲花峰至光明顶，照合影相。晚上在北海宾馆用晚餐、住宿（7 人间，每人每晚 230 元）。打牌到 12 点睡觉。

14 日晨 4 点起床，去看日出，不巧，乱云飞渡，不见天光。大家都穿着羽绒服，衣服都被雨水和浓雾打湿了，无功而返。6 点 40 分用早餐。早餐后下山。途经始信峰，由白鹅岭沿路而下，至云谷站。然后坐大巴参观蛇馆、茶馆及珠宝店。最后来到火车站门口超市购物，5 点 40 分坐火车踏上返回福州之路。

15 日上午 9 点多到达福州，结束黄山之行。

延安五日游

2006 年 8 月 13—17 日

13 日下午 1 点半在省委党校集合上车去长乐国际机场。飞机 4 点 10 分起飞，我因携带小刀而被要求托运行李。飞机起飞顺利，我的座位号是 9A，挨着窗口，窗口外面就是飞机的机翼。还好，稍靠前些，能看到地面的情况。透过舷窗，由高向下看仅能看到因夕阳反射而呈现出来的河流湖泊，像燃烧的火海。随着飞机爬升到7000米高度时，地面上的东西几乎看不见了，映入眼帘的是天空中不断变幻的云海，有的稀疏，有的致密，有的规则，有的错综。望着像海洋一样一动不动的厚厚的积云，我甚至想象，如果从飞机上纵身跳下来，肯定会被积云托起来，不至于摔到地面上！我甚至想到，在这样人迹未至的天空，说不定会有神仙出没呢！当飞机在咸阳国际机场着陆时，时间约为6点40分，天色稍晚。我们坐旅游大巴来到西安中鹏酒店住宿，宿501房间，跟黄海等同一个房间。用过晚餐后，约同学周荣莲来房间聊天。晚12点送同学出门。

14日早7点起床，7点半吃早餐，8点坐车前往黄帝陵参观。黄帝陵有轩辕庙、黄帝陵等，每年我国政府都会在轩辕庙举行声势浩大的祭祀活动。中午在黄帝陵附近的一家餐馆用餐。饭后，去参观位于黄河上游的壶口瀑布。一路上看到通往圣地延安的道路两侧，绿意融融，流水淙淙，再也看不到传言中的黄土高坡了。据说，政府下了很大功夫，投入大量资金，鼓励当地农民山上种树，沟里种田，并发放一定的补贴。一路上可以看到路两侧依山而建的窑洞，还有不断出现的小油井。据说，陕北有"扬眉吐气"（绵羊、煤炭、耀州陶土、油气田）四大宝。延安老百姓的日子好过多了，我们心里也好受些。延安人民为中国革命的胜利做出了巨大的贡献和牺牲。我们热爱延安，热爱那里的一草一木，热爱老区的百姓。约5点钟到达壶口瀑布。该瀑布因上大下小，形似从上而下倒水的水壶口而得名。壶口瀑布上游，黄河宽200米，到达壶口瀑布处，仅有50米宽，虽不是黄河泛滥期，但见滚滚的黄河水倾泻而下，溅起数米高的浪花，颇为惊心动魄。如果此时有一个人不慎落水，绝对没有生还的可能。附近有些标牌指示：当心不期而来的黄河涨水。壶口瀑布游览结束后，继续乘车，到一家农家乐用晚餐。那里的裤带面很有特色，面又宽又长，还劲道，也有人喜欢吃那里的馒头，当地人称馍馍。晚餐后连夜奔向延安。在路上得知，前方因天然气管道破裂爆炸起火，无法通行，只好绕道而行，很晚才到延安，入住旅馆，休息无话。

第二天清晨起床后，用早餐，然后分别参观延安杨家岭、枣园、革命纪念馆。延安人口208万，是名副其实的陕北重镇。在延安的一些景点，当我们看到毛泽东、周恩来等老一辈无产阶级革命家当年就是在那样的艰苦条件下指挥着全国的革命运动时，不禁肃然起敬。从枣园出来后乘车返回西安。出发时就得知，西安来延安的路因一场暴雨将桥冲塌，断了我们的回路。我们不得不绕道宜川，经白水、

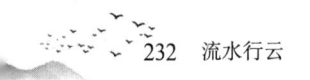

蒲城，才能上高速公路，途中用午餐和晚餐。凌晨 1 点左右到达西安，仍宿中鹏酒店。

16 日早上出发去登华山，中午在华山脚下一家饭店用午餐。下午去登山，大约 17 人选择了徒步爬上北峰，其他人坐缆车上北峰。我是 17 人中之一。尽管我一直坚持运动、游泳、爬山，但爬北峰还是有些吃力，从中午 12 点开始从玉皇院登山，约下午 3 点 15 分到达北峰峰顶。华山之险已然经历。百丈峡、千尺幢……从北峰再往上爬就更吃力了。缆车晚上 7 点停开，为了把握好时间，必须在 7 点以前赶回来，我们只爬到金锁关就开始返回了。晚上住在华山脚下，晚餐后休息，一夜无话。

17 日晨起用过早餐后，游览华清池、秦皇陵和兵马俑。走马观花，迅速转移。晚饭是在一个小村庄吃的。晚饭后，直奔机场，7 点半起飞，10 点到福州，11 点到白湖亭，骑电车返回家中，结束五天行程。

张家界游玩

2008 年 7 月 12—16 日

7 月 12 日早 4 点半左右起床，5 点 13 分出发，6 点 13 分到达长乐国际机场，8 点 25 分左右登机，10 点到长沙。换乘大巴，12 点左右到韶山。游览毛泽东故居、毛泽东广场和毛泽东图书馆。后坐车经刘少奇故乡宁乡县，约晚上 8 点多到张家界锦江之星饭店。之前，在九年粮馆用餐，跟高明老师住 8627 房间。

7 月 13 日，去凤凰古城。到凤凰古城后，先在离虹桥不远的一家餐馆用餐。之后，即奔凤凰县政府宾馆。半小时后，由导游带领大家游览广场、古城古街道。到处都是卖姜糖的。接着参观了沈从文故居和熊希龄故居，看了古城墙，后返回宾馆用餐。晚上和林共市、张良强老师出去欣赏夜景，并在沱江边一家小酒馆饮用当地的米酒，三人共喝了四斤，微醉。返回宾馆时已是午夜 12 点。第二天早上 7 点醒来，差点儿耽误了吃饭。

7 月 14 日，乘车去张家界景区，中午 12 点左右到达胜利渤海宾馆，这个地方离宝峰湖不远，用过午餐后，去黄石寨游览。游览了金鞭溪等景点。

7 月 15 日，游黄龙洞和六奇塔。

7 月 16 日，由张家界返回长沙，11 点左右到长沙，在西湖酒楼用午餐，质量较好，用过午餐后去长沙黄花机场登机，下午2点半左右登机，4点多到达福州福大东门。

北京之行

2010年3月25日—4月1日

  3月25日下午3点50分，乘Z59列车带至诚学院2007级行政管理专业的47位同学去北京参观实习。去的时候还是有些仓促，到福州火车站时学生已经进站了。上了车后，一路无话，吃了晚餐，睡了一觉，后来竟不觉得困了，就一直看书到将近凌晨1点才睡觉。第二天天亮的时候，火车已经到达了北方，北方和南方有太大的区别。往日的绿色早已不见了踪影，白茫茫、灰蒙蒙一片，铁道边光秃秃的树上鸟窝多了起来。仔细看看路边的标志，火车正在河南商丘一带运行。老家呀，我又回来了。河南是生我养我的地方，我对她有无限的热爱和思念。那种亲切感、怀旧感萦绕于心。激动的心情只有我自己能感受到。再往前就是山东地界了，可以看见阳谷、聊城之类的标志。后面途经河北的时候就找不到什么标志了。再往前火车就到了北京地界。火车大约是12点多不到1点进站。也可以说，我们在北京的旅行现在正式开始了。

  下车后的第一件事情就是在北京用第一顿餐，反正早有准备，知道旅行者的饭菜好不到哪里去，可是真到吃的时候，才真正感觉到饭菜的寡淡和无味。接着就是第一个参观点天坛公园。天坛公园我已经来过好几回了，但既然来了，还是要去看一看的。天坛公园是过去封建皇帝祭天的地方。进了公园的大门，要想再进入主体景点，还要再买20元的门票。进了中间那个门，就可以看到那个有名的圜丘了。再往里边就是几座恢宏大气的建筑物，"皇穹宇"什么的。顺着那条长长的、直直的天路，就可以走出公园了。

  出了公园坐上车，大约已是晚上6点，根据学生的建议，下一个站点是王府井小吃一条街。到了王府井，学生们去逛大街了，我和成全师弟坐地铁去看焦老师。先坐1号线到国贸，转10号线到巴沟下。下车后，找到了焦老师的住宅小区——锋尚国际，见到了久未谋面的导师。看上去，焦老师没什么大的变化，尽管脸上长出了几个老年斑，但说话思路清晰，动作敏捷。杨老师显得老些，聊天中得知杨老师退休后的两大爱好只剩下一个了，原来的两大爱好是拉京胡和打乒乓球，现在只剩下打乒乓球了。但看上去，思路还是清晰的。还见到了焦老师的女儿杨阳和焦老师的外孙。杨阳还和以前我看过的照片上的她一样漂亮，小外孙也很可爱。锋尚国际离北大、清华都不远，旁边就有一个北大万师公寓。从焦老师家里出来，已经是10点多，公交车已经很少了。我们回到地铁站，坐地铁到国贸，换乘4号线到四惠下车，打的到东方远洋旅馆，时间已经是12点多。

天亮时已经是我们行程的第三天了，3月28日。今天参观的地方是八达岭长城、定陵和奥运村。这次我们登长城的入口和以前不同，是一个叫作熊乐园的地方。当我爬到第四个烽火台时，已经跟大部队走散了，之后，我用了不到半小时的时间就从另一个我们最常见的入口处下了长城，就是八达岭。今天天气晴朗，阳光明媚，是北京难得的好天气。长城如一条卧龙，盘旋在一座座山峰和沟壑之间。人流如潮，不知道他们来自何方又要走向哪里。我不知道，这么一座用砖石砌成的巨墙真的能抵挡得住外敌的入侵？还是不要杞人忧天了吧，它已经变成了一段历史。从长城下来，就去定陵参观。其实当皇帝不见得是什么好事。那巨大的坟头、阴森恐怖的地宫里，除一些后人摆上的棺椁、石头什么也没有。一个普通百姓的坟墓可能就那样永远地沉睡在地下，而一个皇帝的坟墓却经常被人挖出来供后来的人们观看，不得安生。因此你会觉得多么伟大、多么不可一世的人物，最终都要成为历史，成为尘土。从定陵出来，就去参观奥运村。奥运村的主体建筑就是鸟巢和水立方。以前我从此经过，只是没有像今天这样能够近距离地观看。在鸟巢和水立方前照了相，留作纪念。这是中国现代化的标志，是中国改革开放所取得的巨大成就的真实写照。

第四天是3月29日，已经是周一了。今天的参观路线是圆明园、颐和园、中科院研究生院、北大校园，晚上去参加佳树的宴请。圆明园以前是看过的，每一次参观圆明园，心情都非常沉重。进了圆明园，首先映入眼帘的就是那一堆堆残破的石头和瓦砾，你无法想象圆明园往日的辉煌，你无法原谅清政府的无能，你无法不痛恨英法联军的入侵和对中国所犯下的滔天罪行。每一个中国人都应该到那个地方去看看，每一个爱国的中国人都会心情激愤。他们所毁坏的，是整个世界的文明成果，那许多珍贵的人类文明永远消失了，再也不会重现于人们的眼前。颐和园是慈禧太后居住和生活的地方，也是光绪皇帝生活、办公的地方。烟波浩渺的昆明湖，如彩虹一样横跨湖面的十七孔桥，长长的连廊，向人们展示它的美丽，诉说着中国往日的统治者们的奢侈生活和光绪皇帝的痛苦和不幸，记载了中国近代史上进步和改革的代价。昔日的达官贵人们早已安眠于地下，留给后人的是无尽的叹息和无奈。

下午去参加由我的同学吕本富教授主讲的在中科院研究生院管理学院举行的一个讲座。之后还有点时间，我带了几个同学去北大校园参观。北大是我的母校，尽管它的外边都发生了很大的变化——我差一点找不到北大的南门，但里边却没有什么大的变化。可能靠近东门的地方盖了不少房子，因为时间有限，我只是带学生看了一些比较经典、比较有特色的景点。重返母校，还是有很多的亲切感，熟悉的南门、闻名于世的三角地。第三食堂不见了，变成了百年校庆讲堂。图书馆、俄文楼、体育馆、未名湖、博雅塔、德才兼备楼、华表、北大西门都重新走了一遍，故地重游，感慨万千。出了北大西门，佳树父子俩已经在那里等着了，我们坐上车就吃饭去了。几天来几乎没有吃过肉，这回总算过过瘾。要了一只北京烤鸭，还有什么炒三样、豆渣、芥末白菜等。还喝了一点二锅头，吃得真是过瘾，饭后回到了旅馆。

第五天是3月30日，今天的行程是恭王府、天安门广场、毛主席纪念堂、故宫、景山公园，下午去中国社科院文献情报中心参观。这些地方都是我以前去过的，这里就不再多言了。

第六天是3月31日，是我们在北京的最后一天了。今天我们原计划去参观中国科技馆和中国军事博物馆，可后来担心误车，只参观了中国科技馆。中国科技馆是我以前没有去过的，真是值得一看。科技馆共有四层，各层都有不同的内容。特别适合中小学生参观，当然对大学生也是适宜的。里面展示了中国古代和世界古代、近代的科技成就，都有实物，你可以动手操作，比如印刷技术、指南针、指南车、汲水机器等。上面几层，都是现代的科技成就，有医学、航天、航海、气候、天体等等，应有尽有。我们只能是走马观花地浏览，主要的感觉就是一个累字。

下午4点52分的火车，顺利上车。累死了，睡觉。

第二天已经是我们行程的第七天了，当我睁开眼睛的时候已经到了风光秀丽的福建，武夷山就在眼前。福建的山山水水是我的最爱，恐怕这一辈子都不会离开福建了。上午11点到了福州站，这七天的行程总算顺利结束了。

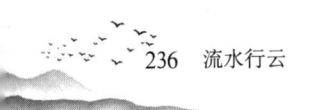

北京是中国人民的向往，也是世界人民的向往。我爱你，北京！

杭州、乌镇、绍兴游

2010 年 4 月 23—25 日

  4 月 23 日下午 5 点 15 分左右，福大公管院 60 名教师和部分家属乘动车从福州出发去浙江旅游。大约晚上 10 点半到达杭州，宿居沈塘湾酒店。路上一路打扑克，倒觉得时间过得挺快。等到达酒店，安排好住宿后，已经是 11 点多了，有几个人没来得及吃晚饭，就跟他们一块儿出去逛了一下。在一家兰州拉面馆要了一份大盘鸡什么的。大概 12 点多回到酒店休息，又接着聊天到两三点钟才睡觉。第二天早上 7 点左右，我的同学施利军来访。一起吃了早餐，并和我们一起去西溪游玩。在去往西溪的途中，正好经过利军的家和他岳父的家。

  杭州以前没有来过，只是经过或者在火车站换车。这次走的路线尽管不是杭州的繁华地段，但也感到杭州和福州的不同，道路宽阔、笔直。在杭州的四周除比目山一些不是很高的山以外，似乎看不到什么大山。杭州的附近也几乎是一马平川。听同学讲，西溪湿地本来是很大的，现在随着城市的扩张，很多楼盘都把湿地给占领了。杭州的湿地公园真是一绝。草木茂盛，满目皆是浅塘深水，据说西溪湿地公园的入水有两条溪，名字记不得了。未来的打算是要打通西溪跟杭州大运河，形成杭州水上公交。西溪本来具有很好的泄洪功能，因为面积越来越小，泄洪功能越来越差。乘船游于西溪之上，你可以看到头上艳阳如丝，远处小鸟翩翩起飞。往近处看，溪边芦苇青青，随风摇曳。在码头附近你还可以看到许多的樟树。听同学说，樟树是杭州的市树，桂花是杭州的市花，这些都是我们以前不曾听说过的。出了西溪，就跟老同学说再见了。我们的下一个目的地，也是我们这次旅行的主要目的地就是乌镇。

  从西溪到乌镇也用了几个小时的时间，大约是下午 4 点钟到达乌镇。乌镇是嘉兴市市辖县级市桐乡市下边的一个镇，是苏浙交界之地。乌镇分为东栅区和西栅区两个区。据说东栅区保留了更多的古代建筑，而西栅区是后来重建的。我们去的是西栅区。西栅区刚进去就是一片水域，坐摆渡只需要 5 分钟的时间，如不坐船，也可以走旁边的连廊绕过去。大部分人是坐船过去的，而我和几个人是绕过去的。最后比坐船的人还要先到一两分钟。西乌镇基本上是沿河而建。沿河两侧鳞次栉比有很多房子，靠近街旁的大都是一些店铺之类的，往深处走应该是镇上的住户。地面全是由石头铺砌而成。小镇不算大，从大街到中间的河边，也只有几十米远的距离。河面上有几座桥，每座桥的风格好像还不大一样。所有的桥也全是由石头铺成的，看上去很结实，也许千百年来都不曾改变过。当我们在大街上穿行时，看到大街上摆排了一溜长桌子，很多人坐在桌子两边，好像在等待着什么。后来才知道，是要拍什么纪录片。我想，乌镇之所以叫作乌镇可能跟它的建筑风格有一些关系。整个房子的房顶，包括墙壁，好像都是乌黑乌黑的。参观过乌镇，天都要黑了，我们落脚在青镇客栈。饭后又是打扑克，到12点才睡觉。

　　第二天起来，去当地的菜市场上看了看，东西跟我们福州这边基本一样。吃过早餐后，就向着绍兴出发了。去绍兴就是去看鲁迅故居。在鲁迅故居，你会感觉到那里到处都充满了浓浓的书香气息，充满了一个伟人熠熠闪光的思想和震撼人心的影响力。你可以看到孔乙己、祥林嫂、闰土、母亲、祖母、外祖母、师爷等鲁迅小说中出现的众多人物，你可以看到许广平先生在鲁迅故去之后所写下的那几句纪念鲁迅先生的话，让人看了无不落泪。鲁迅出生于一个破落的清朝官员家庭，从小接受了良好的教育。父亲早亡，使其童年蒙上了阴影。鲁迅13岁的时候就离开了家乡，去外地求学。后来，他曾回到家乡任教。做人应该学鲁迅，学鲁迅就要学习鲁迅的有脑子、有骨气、有毅力、有胆识、有思想、有才能。做夫妻就应该做这样的夫妻，肝胆相照，甘苦与共，风雨同舟，相濡以沫。

　　在绍兴买了一些当地的特产，比如茴香豆、香糕之类的。下午4点左右离开绍兴，坐动车返回福州。大约9点多到达福州，结束了两天多的浙江之行。

嘉兴—南浔—上海世博会中国馆三日游

2011年5月6—8日

　　5月6日下午3点15分由福州出发，尽管高铁快了许多，可仍然是一个漫长的旅途。有人在车厢里打扑克，孩子们在到处跑动，好像一点也不知道累的样子，其他人在打盹，这其中就包括我自己，好无聊啊！晚9点到嘉善南，本来说好会有车来接，可因当地人不让来自上海的汽车在此处拉人，所以大巴8点就来了，就是不让进车站。闹了好半天,我们才坐上旅游大巴,10点多到嘉兴。黑暗之中,我们在嘉兴的大街上穿行。有的老师说,这边绿化很好,我一点也看不出来。我们住宿在文华园宾馆,入住后去紫阳街小酌,一个人平均喝两瓶啤酒,微晕,正好适合睡觉。一块儿出去的有郗老师、李永忠、张良强老师,12点多返回宾馆休息。

第二天一早起来的时候,看到窗外远方有一湖,湖中有岛,会不会就是传说中的南湖?我还真是猜对了。早上8点出发去南湖游玩。我们住的地方离南湖不远,不一会儿就到了景区门口。天好热啊,一大早大太阳就挂在头顶,照得人睁不开眼睛。我们在门口照相留念,接着就是坐船在湖面上游荡。很快就来到湖心岛,湖心岛上的烟雨楼最为出名。清朝康熙皇帝五下江南,都曾在此逗留,并留下了许多诗文。烟雨楼内外有许多文物景点,当然最有名的就是烟雨楼前停留在湖边的红船。红船应该是仿制品,据说上去走一圈也要掏20元。10点半离开,12点到南浔,用餐,参观南浔古镇。

南浔有几百年的历史,是明清民国时期闻名中外的数位巨商历经数十年所建。我们主要参观了张氏旧宅和刘镛的小莲庄。张氏旧宅据说有7000多平方米,现只开放了其中的一部分,可谓房连房,廊连廊,中西合璧,古今集成。院子里还有皇帝所赐的牌坊。这个宅子的主人名叫张石铭。后来参观了最有钱的刘镛别院小莲庄。此刘镛并不是宰相刘罗锅的刘镛,宰相刘罗锅是乾隆年间人,此刘镛是光绪年间人,为南浔四象之首。在南浔有"四象八牛七十二只黄金狗"之说,这是南浔坊间以财富多寡来称呼镇上的江南四位巨富、八位大富以及众多的财主。财富在1000万两以上称为象,500万两以上不过1000万者为牛,100万两以上不达500万者称为狗。据说刘镛拥有家产合计人民币60亿元,我也说不清60亿是个什么概念,只是觉得他太有钱了。他家里还建了一座很典型的藏书楼,供买不起书的人看书,还免费提供食宿。嘉业藏书楼是江南四大藏书楼之一,是清代秀才刘承干在1920年到1924年修建的,藏书最多时曾达到60万卷,现在是浙江省图书馆古籍书库。园子里莲池、假山、凉亭处处流露出江南园林的小巧与别致,其主体建筑是一座西式回廊式的藏书楼。我在路边的小摊上买了几条丝巾,导游说是假的,管它是真还是假,买几条做纪念吧,到上海后就送给了洪敏和士楚两条,带回家三条。

下午3点30分出发去上海,6点左右到上海,住虹叶酒店。8日早上6点半起床，7点用早餐，7点30分出发，8点到中国馆。中国馆就像一个用积木堆积起来的建筑一样，从上到下，从里到外一片红。中国馆里已经没有什么东西了，有印象的是那八分钟的小电影，还有会动的《清明上河图》。其他的还有和环保、低碳有关的话题。10点25分出来，约12点吃午饭。下午1点多到火车站，2点半左右出发。晚上9点36分到福州，10点半左右到家里，结束三天之旅。

感觉还是不错的，如果以后有机会，我还是喜欢到处跑跑的。偌大一个中国，那么多美丽的地方，不去看看多可惜啊！

合肥掠影之一

2011年9月4日

9月4—7日，到合肥参加首届皖台科技论坛暨第六届海峡两岸管理科学论坛。9月3日早上10点从家里出发，11点到阿波罗大酒店，11点10分坐机场大巴从福州动身，12点10分到达长乐机场。飞机下午3点30分起飞（晚点1小时），4点20分到达合肥骆岗机场，晚上6点30分参加欢迎晚宴，8点30分回到稻香楼宾馆。福建省科协要我和台湾中华公共事务管理学会秘书长汪明仁共同主持第二天下午的"公共管理创新与实践"的分组讨论。晚宴由安徽省科协请客。

第二天也就是9月4日，上午是在稻香楼宾馆召开大会，领导讲话，然后是三个主旨发言。结束后，仍在宾馆里用自助餐。下午1点30分去中国科技大学管理学院会议室讨论。我代替李永忠跟台湾中山大学公共事务管理研究所的郭瑞坤（原台湾高雄县副县长）联合主持下午第一分论坛的讨论。会议就一天的会期，下午就安排了闭会仪式。晚上由中国科大请客（在金环大酒店），福建省科协的小杨说，像这样在一次会议上请两次客的是很少的，一般都是请一次客。我还是很幸运的，可以吃到两次大餐。

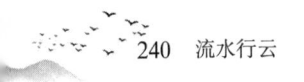

合肥掠影之二

2011年9月5日

9月5日去科学岛和安徽名人蜡像馆参观。

在科学岛上，徜徉在机器与科学的海洋里，到处都是高深莫测的理论、算法、设备、模型，还有令人仰慕的院士及院士们奋斗的足迹。他们才是中国的脊梁，是我们学习的楷模。比如对核聚变的研究，40多年过去了，尽管还没有最终实现核聚变，但他们还是取得了丰硕的成果，在国际上赢得了应有的地位。他们这群人依然坚持着，走在世界同类科研的前沿。

在安徽名人蜡像馆里，我们似乎在跟古人亲密接触。在安徽的历史上曾有过那么多名人，老子、庄子、管仲、华佗、曹操、毕昇、朱元璋、李鸿章，多得数不胜数。是他们塑造了历史，成就了中华文明。

中午吃过散伙饭后，我独自一人去参观了李府即李鸿章故居。在合肥有"李府半片街"之说，现在的李府景点只是以前李府的一小部分，估计再也不可能恢复到原来的模样了。李鸿章、淮军、招商局、洋务运动、中日战争、八国联军侵略中国、义和团、太平天国，一部血淋淋的中国近代史……在那黑瓦、黑墙、黑色家具所形成的神秘氛围里，演绎着多少离奇的故事。不错，李鸿章是一个有争议的人物。可在历史上有几个人是没有争议的呢，都有争议，他所处的时代就决定了他的成败兼有，毁誉参半。这就是历史，这就是事实。

合肥掠影之三

2011年9月6日

9月6日去参观九华山。

早6点30分从合肥交通饭店门口出发，乘中巴3个小时后，于9点30分到达九华山。九华山有许多景观跟"九"字紧密地联系在一起。在我国古代文化中，九是最大的数字。在九华山，上山有九十九道弯，有九十九座山峰，山上有九十九座寺庙，地藏菩萨活到九十九岁坐化，去地藏菩萨肉身塔的台阶有九九八十一级，从地藏菩萨肉身塔下来的台阶有九十九级。据说地藏菩萨是韩国人，他刚来到九华山时，山上有一道长，地藏菩萨跟老道长说要借他宝地来传经布道。当地藏菩萨将随身携带的袈裟抛向天空时，却覆盖了九十九座山头。后来，这个老道和老道的儿子都皈依了佛门。从此，九华山变成了佛教的天下。

据说九华山以前并不叫九华山，而叫九子山。当年李白在此教书，写了一首诗，在那首诗中，他将九子山称作九华山，后人就叫作九华山了。九华山真是不虚此名。进了九华山，到处都是红砖黄瓦，到处都可以看到和尚的影子，据说九华山有三千新老僧人。漫山遍野飘扬着烟香，零售或批发香烛的店铺鳞次栉比。

据说九华山坐化的高僧很多，三年开缸后，尸体不腐无味者，即认为其修炼成功了。据说这样的高僧有 15 个，地藏菩萨不仅尸体不腐，而且柔软如生，其中神秘难以解释。进香拜佛的规矩有很多，我参加的是散客团，其中有人花几百元购买香烛，好像是给她儿子求什么未来。还有人花两百元上了功德碑。本人不大相信这些，只是欣赏、体验众生诸相。

在刚进入九华山的地方，正在修建一座高 99 米的地藏菩萨铜像，选的位置相当好，背后就是那座像莲花一样的群山，两侧有两个小山包，就像两个扶手，巨大的铜像坐落于其间。铜像仍被包围着，铜像前的牌坊和迎路都在建设之中，将来又是一处胜景。下午 2 点 40 分结束游览，3 点 40 分坐车返回合肥，到达合肥交通饭店的时间大约是 6 点。其实九华山上的景点还很多，有的是二日游，可我没有那个时间呀。

合肥掠影之四

2011 年 9 月 7 日

9 月 7 日，今天就要返回福州了，是下午 2 点 10 分的飞机，计划上午去包公祠看看。

早上 6 点起床，7 点去餐厅用餐，退房，打的去包公祠。包公祠就在芜湖路边上，离稻香楼宾馆不远，只是不知道怎么走，好像坐公交车要倒车。包公祠很大，已被开发成包公祠公园。在公园里玩是免费的。清晨，有很多人在公园里锻炼，要是都看的话景区门票要 200 元。一是考虑到门票太贵，二是担心时间不够用，我只好选择只看包公祠，门票只有 20 元。其他的几个景点，如清风阁、包公墓等留到下一次吧，如果还有下一次的话。

包公祠门口冷冷清清的，连个照相的都没有，估计是时间太早的缘故吧。我进了包公祠内，了解到包公祠在北宋年间都已经开始修建了。到清朝，李鸿章又捐银修缮。新中国成立后，国家又投入大量资金进行修缮。园内有包公祠一座，廉泉一眼，蜡像馆一个，包公历史文化长廊一个，还有一个叫作回澜轩的地方，可能距离较远吧，我一直都没能找到在哪里。包公祠内，供奉着包公金塑像，旁边的四位护卫肯定是张龙、赵虎、王朝、马汉了。廉泉就在包公祠旁边的一个亭子里，害得我找了两圈才找到。那里真的有一眼井，我看了一下，还挺深的。廉泉以前并不叫这个名字。据说有一次，一个贪官喝了此井的水后，头痛剧烈，全身难受，后人才取名廉泉，意思是喝这个井的水可以验证是不是贪官。蜡像馆内展示的大多是包公断案的情景，如铡美案、打龙袍等，人物形象逼真，栩栩如生。文化长廊通过墙壁上的浮雕作品展示了包公的家族谱系、成长经历、历史故事等。从包公祠出来时间还早，就赶去一家大型超市给孩子们买些吃的，然后就坐 11 路公交车去机场。飞机又晚点了，说是因为流量控制，本来是下午 2 点 10 分的飞机，到了将近 3 点才起飞。一路平安，4 点多一点儿到达福州。到家的时候已经是傍晚 6 点半了，终于结束了这次愉快的旅行。

登泰山

2012 年 6 月 15—17 日

好久以前就跟黄老师和美平商量能不能找个时间去登泰山。三个人想凑在一起，同爬泰山。我的时间比较自由一些，特别是我这个学期课相对较少，只有两门课。而他们俩就不那么好说了，都在政府部门工作，除了几个法定假日，很难有机会利用别的时间做长途旅行。最后黄老师决定周五请个假，并且坐飞机出行，这样，三天时间登泰山足够了。美平不好意思请假，只好惜弃。

提前订了机票，6 月 15 日晨出发，小朱送我和黄老师到阿波罗大酒店，6 点出发去机场，7 点左右到，8 点登机，10 点到济南。出机场后，大约用 1 个小时时间坐机场大巴去汽车站。买济南地图，由于时间不允许，只能选择一个地方去参观，济南最有名的就是趵突泉。坐三轮车到经二路，找到趵突泉。黄老师60岁以上，免费，我全票，40元。到了趵突泉才知道，济南之所以被称作"泉城"，是因为城内有大小70多个泉眼，比较有名的就是趵突泉、珍珠泉等。政府花钱修了环城河，将所有泉水引入河中，经年不绝，周流不息。趵突泉公园内人还是挺多的，最热闹的地方当数那三个泉眼。尽管不像20世纪30年代喷得那么高（大约有50厘米），可也看到从泉眼中不停地翻出水花来，就好像锅里沸腾的水一样。旁边的人说，池塘约有2米深，池内红鲤闲游，水草漂动。碑文上记载，康熙帝三次光临，乾隆帝七下趵突泉。景区内洋溢着灿烂的中华文化，各种碑刻比比皆是，泉眼一个接一个。其中有一个可以接水，我在一个叫作杜康泉的地方接了半壶水。人家说，水温只有18度，旁边标明符合饮用水标准，喝起来感到清澈甘甜。从趵突泉出来，就想办法去找吃的了，当然是想尝尝当地的小吃。经打听，顺着趵突泉前的那条路就可以走到芙蓉街，那里有个小吃街。我们就去了，离趵突泉大约800米。小吃店鳞次栉比，最后我们选择了一家济南家常菜馆，点了两个菜，一个是九转回肠，一个是家常菜，基本上是吃饱了，就是价格不菲。因为下午还要赶到泰山，就不敢在此久留了。大概下午4点钟出发坐汽车去泰安（25元）。到了泰安之后，第一件事情就是先安顿好住处。好像住在泰安的游客并不多，我们订了一间，150元。条件简陋，房间里没有卫生间。房子订好之后，我们沿路去逛逛，路边买到了在我老家经常吃到的那种烧饼，很便宜，又很好吃。我们买了几个，一边走一边吃。饭店真是难找啊，走了好几里路才找到一条小街，可那些饭菜几乎没有任何特色，最后只好吃了一碗炸酱面了事。晚上休息，一夜无话。

第二天一早，约7点出发去泰山，我们住的地方离泰山景区的入口处——红门不远，就步行前往。到了景区门口，2元钱买了拐杖，顺着唯一的一条台阶路上山。中间穿过了无数的山门，有古时候修的，也有当代建的。泰山的门票60岁以上老人半票，教师减二十几块，大概是100多一点。据说，登泰山的台阶有7000多级，海拔高度为1500多米。这比我们以前所爬过的任何一座山都高（华山除外）。路两旁，到处都是摩崖石刻，彰显出泰山源远流长的文化底蕴。那些新旧杂织、古今并存的牌坊、石门、廊桥、亭台，给游人留下无尽的遐想。一天门就在进了红门后不远的地方，进了一天门就算是登天了。到了中天门，海拔高度大概是700多米，距玉皇顶还有一半的路程。最艰难的一段当数从中天门到南天门的这一段了。第一是肚子有些饿了，第二也累了，第三也赶到了天气最热的时候。黄老师昨晚微感风寒，感到体力不支，东西也不想吃，想吃稀饭。老天爷，这山上哪里去找稀饭，连干饭都没卖的。于是，我把黄老师的背包接过来，两个包加起来，30斤总该有了。这下，黄老师轻松多了，到处跑着拍照，我就只剩下喘气了，也顾不上照相了。可以看到玉皇顶了，可走起来还是很远，当到了升仙坊的时候，那真是离天只有一步之遥了。但这段路又是爬泰山最陡的一段路。人们说做什么事比登天还难，看样子有时候会有这种情况发生。到了南天门，原来听人家说，南天门就有下山的景区大巴，可上来后什么也没有看到。但我还是说服黄老师既然都到了南天门了，还是要去看看玉皇顶的。听从玉皇顶回来的人说，来回要两个半小时，其实后来证实没有那么玄乎，一个多小时就够用了。后面过了天街，就是玉皇顶了。站在玉皇顶上环顾四野，那才有一览众山小的感觉。泰安就在脚下，中天门在远处很低的一个山头上。从玉皇顶下来，估计已经是下午3点左右了，因为体力透支，我的膝盖先前已有问题，所以两人商定，坐缆车下到中天门，再坐景区大巴到出口。在缆车处等了好长时间，人太多，尽管前进的速度不慢，可还是排了长长的队伍。当大巴到了景区外的天外村时，时间大概是5点左右。抓紧赶到汽车站，坐上最后一班通往曲阜的汽车，5点30分准时发车，一个半小时到曲阜。

到了曲阜汽车站，由一女的士司机导引去一家家庭旅馆住。条件不错，出门百米就是孔庙的大门，床铺干净，有空调、卫生间，也不贵（120元），还提供晚、早餐（一个人一餐10元）。黄老师说这是我们在山东吃过的最舒服的饭菜了。

第三天一早先去孔庙。对我，门票没有优惠，黄老师是半票，好羡慕啊。我们买的都是联票，就是可以看孔庙、孔府和孔林。孔林是我们最后一个选项，如果没时间就不去看了，主要是担心坐不上返回福州的飞机。孔庙比我想象的大多了，可以看出历代政府对孔老夫子的景仰和重视。孔庙比较有名的门有万仞宫墙、金声玉振、棂星门、太和元气坊、弘道门、大中门、同文门、大成门等，还有十三碑亭、奎文阁、钩心斗角、杏坛、大成殿等。大成殿里有孔子的塑像。因为不跟团，另外也决定不去看孔林了，这样我们就可以认真、仔细地游览各种细小的景点。在大成殿的时候，我还为笑天请了三炷大香（190元），图个吉利吧，希望他能高考胜出。出了孔庙，就去了孔府。据介绍孔府是孔家嫡亲的长子长孙居住的地方，里边有接圣旨的地方，有接见其他大臣的地方，还有衍圣公们及其家属生活居住的地方。比起孔庙是小了一点，也简单了很多。从孔府出来，大概是中午12点多了，赶紧去景区内的一家餐馆吃饭。说是孔府宴，一道菜叫"一品豆腐"，将近50元，我们都吃不惯，好像"豆腐渣"工程。山东的菜偏咸，我有点不大习惯。饭后，坐的士去汽车站，坐上去济南的汽车，说是2个半小时可到济南。一路跟曲阜师范大学的一位同学在聊天，也不觉得累。到了济南汽车站，站内就有去机场的机场大巴，下午4点出发，40多分钟可达机场。不错，5点到机场，稍作休息，办理登机手续，登机，两个小时后，于晚上8点整到达福州长乐国际机场，8点20分出机场，坐上机场大巴，9点到福州，估计不到10点就到家了。

山东之行，就像回到了自己的老家一样，那里的生活习惯甚至说话都和我老家相似，听起来感到亲切。从泰安到新乡，估计不会超过500公里。山东人讲义气，老实厚道，对人诚恳热情，令人难忘。

上海之行

2014年1月4—6日

1月4日，周六。早6点出门，打的到达福州北站的时间是6点20分左右，离7点10分发车时间尚早。中午1点53分到达上海虹桥火车站。贝贝来接，去她的住处，休息一下。晚上去一个叫作诸翟的小镇闲逛。小镇也不算太小，夜市也挺热闹的，卖什么的都有。我们选择在一家湘菜馆用餐。餐后，回住处，感觉天气迅速变凉。

1月5日，早上8点多出发，先到陆家嘴，参观东方明珠。一出陆家嘴，首先映入眼帘的是上海环球金融中心、上海金茂大厦、上海中心大厦三座高楼。参观东方明珠，我们选择只上到第二个球的方式，每个人160元。上到第二个球的位置，从200多米高的地方透过脚底下的玻璃往下看，会感到眩晕，腿脚发软，心往上揪。当在玻璃上行走的时候，似乎会感觉到玻璃发出"咯吱咯吱"的声响，呵呵，估计是我出现了幻觉。站在这么高的地方，往远处看，尽管雾霾重重，还是可以看得很远。黄浦江、外滩、三大利器，还有很多叫不出名的街道、大楼尽在脚下。

后来我们去豫园、城隍庙游玩。中间还去了豫园小吃广场,品尝小吃。豫园很美,小桥、流水、人家,到处是经典,到处是艺术,硕鱼闲游,群鸟合唱,古树参天,假山环绕,廊苑相接。徜徉其间,极易迷失方向。里边地方很大,每一处院落都小巧玲珑,如掌上玩物。蓝瓦灰墙之内,落满沧桑的岁月、往日的繁华和如梦的回忆。附近的建筑大都是仿古式建筑,气度恢弘,古色古香。满街的小商品,满街的小吃,诱惑着人们的眼睛和味蕾。我们在小吃广场里吃了黑米糕、炒粉和老鸭粉丝汤等。在南翔馒头铺、土耳其冰淇淋店门口等着购物的人排成了长队。

最后我们来到了城隍庙,据说这是为了纪念过去一位守城的官员而建造的。这位官员在这里被人们尊为圣明而供奉着,而像赵公明、关公两位财神爷,还有大名鼎鼎的观世音菩萨却被供奉在偏堂。这就是文化的差异吧。

1月6日,返回福州,一路上从车厢里往外看,雾霾仍肆虐着南方的大好河山,能见度不足500米。到杭州时,情况有所好转,我看到农田里正在燃烧的秸秆和已经燃烧过的灰烬,这才明白雾霾挥之不去的原因之一了。一进福建,就好了许多,尽管预报仍有重度污染,但跟上海相比,那还是小巫见大巫。我喜欢福建也许正是基于这个原因吧。祝愿福建更美!

甘肃之行之一

2014 年 1 月 23—25 日

自从2005年那次去甘肃以来,不知不觉八九年过去了。这些天,非常想念那里的亲人们,不知道他们过得怎么样,于是就决定今年去甘肃过年。说是甘肃那边很冷,有时候气温会达到零下二三十度,这可把我们给吓坏了,大家都在准备御寒的衣服。我在军需品商店里买了一双里头有羊毛的皮鞋,还买了一条绒裤,上身只好穿前几天花了将近500元刚买下的冲锋衣了,我想这应该能够抵挡一阵子了吧。

腊月二十三,坐上了下午1点45分由福州发往西安的K1316次列车,多亏有朋友帮忙,我们得以轻松地穿过熙熙攘攘的人群,顺利地进站,来到专为乘务员留下的车厢。买到了卧铺票,一路上人家还为我们提供了免费的餐饮服务,真是让我们非常感激。列车由福州发车，于腊月二十四下午 4 点零 8 正点到达西安。刚上火车的时候已经是中午，大家都比较困，就回到铺位上休息了，晚饭时间去餐车吃饭。回来后，天已经黑下去了，外面什么都看不见了。第二天早上跟我们同一个包厢的旅客在河南的镇平下了车。当列车进入陕西境内时，陕西那种特有的黄土高坡出现在眼前。在山的阴面可以看到稀稀拉拉的树丛之间还残留着尚未融化的积雪，北方冬天的荒凉景象像一个巨大的幕布向我们渐次展开。

到了西安后，我的挑担马明已经在车站等候多时了，见面后免不得一阵寒暄。将近十年过去了，我看他还是老样子，几乎没什么变化。来到西安，我最想吃的东西是羊肉泡馍、裤带面、胡辣汤、菜角、糖糕之类的。还好，这次羊肉泡馍是吃到了，味道还不错，羊肉也不少，我美美地吃了一大碗，至少过了把羊肉瘾。饭后，我们驱车离开车站，因为马明也不常来西安，所以他对西安火车站附近的路线也不是很熟。我们就商量着一路向西，总能找到西安到宝鸡的西宝高速。果然成功地找到了西宝高速的入口，进了高速基本上就可以放开速度跑了。一路经过宝鸡、陇县，出陇县下高速，进入甘肃境内的华亭县，这时候天已经全黑了下来。过了华亭的安口镇，来到了华亭县城。从华亭县城出来到庄浪还有几十公里的路，中间经过庄浪县有名的关山、韩店等地就来到了庄浪县城。到家的时候大约是晚上七八点了吧。一夜休息无话。

庄浪是一个不算太发达的小县，位于天水和平凉之间，属平凉管辖。县城坐落在均发源于关山的南、北两河后又汇合而成的水洛河旁，故县城所在的镇名为水洛镇。现在的水洛河，河面足有 100 米宽，不过有水的地方约有三四米宽。河沟里长满了荒草，很多有水的地方都结了冰。

第二天，也就是腊月二十五晚上马明一家请我们吃饭。那顿饭令我印象最深的是手抓羊肉和烤羊腿，还有牛肉。其他的，比如汤什么的看上去颜色太重，也许是我在福州待久了，已经习惯了这边清淡的饮食。我和马明一共喝了一瓶酒，还好，没醉。手抓羊肉非常鲜嫩，味道鲜美，我一连吃了三四根，没吃上烤羊腿是因为一直在聊天、喝酒，所以说，喝酒误事呀。这天晚上我们约好，第二天去关山玩。

甘肃之行之二

2014年1月26日—2月1日

腊月二十六，早上9点用过早餐，马明开车来接。马明、马臣、笑天和我四人驱车前往关山。马明说，好几年没进过山了，这次主要是去旅游，打到打不到东西没关系。关山距离庄浪县城大约30多公里，关山里头有十多个寺庙，如佛沟寺、竹林寺、云崖寺等。马明约了两个猎人，一个说家里有事去不了，一个刚好在水库里值班。我们直接把车开到水库的大坝上，然后再走台阶去库区，水库里全都结了冰，在上面走应该是没有问题的。可为了安全起见，我们还是选择走台阶。估计走了20多分钟，我们就来到了那个值班陈师傅的小屋前。我们在他那里喝了茶，吃了一点东西。陈师傅说，他现在老了，一是走不动了，二是眼睛也看不清了，三是听力也不如从前了。最后他还是跟我们一块儿去了。通向河对面的小桥的桥面上结满了冰，我们只能从旁边绕过去，顺台阶一直往上走。猎人们说，现在雪大部分都融化了，很难辨清动物的脚印。如果是刚下过雪的话，就会看得很清楚。他们一边走，一边观察着动物留下的脚印、粪便，一边分析着附近会不会有动物。他们听别人讲，关山的某个山沟里有两只野羊，后来我们就来到了那个地方。一开始我们看到了两只金鸡，个头很大，很漂亮，离我们只有20多米的距离。马明瞄了几次，可最终还是没有开枪，最后，两只金鸡溜掉了。他新装了瞄准镜，还不大会使用。

后来我们分成两路，各自顺一个山脊前行，形成一种合围之势。后来我看到马明在山对面瞄准、开枪。后来他解释说，他看见一个东西很像一只野羊，就开了一枪，结果发现那只是一块石头。枪声在山沟里响起，远远地听起来就像是放了一个鞭炮一样。后来看看时间不早了，我们就决定下山。马明说，他在山的另一面看到了一只野羊在跑，一只奔跑的野羊根本是打不到的，野羊跑起来连豹子都追不上。今天我们虽然什么也没有打到，但还是感到很高兴。我们近距离地体验了雪的存在。当你用双脚踏在松软的积雪上，可听到脚下发出咯吱咯吱的声音，在褪尽春色、满目苍凉的大山深处穿行，从一个山脊到另一个山脊，在雪、冰和泥土之间交替。当我们出来的时候，才发现我们走的路并不远，好像只是转了一个山头，感觉也不算太累。跟陈师傅道别后，我们便驱车回家，我提议去吃个庄浪小吃。可临近年关，大部分饭店都关门了，最后我们还是找到了一家回民饭店，吃的还是手抓羊肉，羊肉那个好吃就别提了。本来说好不喝酒的，可我们还是喝了将近一斤白酒。

家里听说我们要回来过年，还专门杀了一头羊还有半头猪。这些天来可把晓燕忙坏了。岳父母年纪大了，已经无力做这些复杂的饭菜了，晓燕几乎天天在这里当主厨。她做的荞麦面糁糁真的很好吃，还有酸水长面（庄浪的习惯是正月初一到初三每天都要吃酸水长面）。她装的锅子吃着也不错，上下分四层——最上面一层自然是最好吃的，那就是肉，第二层是豆腐，第三层是土豆粉条，第四层是白萝卜片子，中间装着煤炭，一直可以热着吃。晓燕做的手抓羊肉也跟饭店做的差不多，我们好像在家里吃过两次手抓羊肉。这次回庄浪，的确过了羊肉瘾。

大年三十那天晚上，家里的五个孩子可是乐翻了天，他们每个人都得到了他们该得到的丰厚的压岁钱，大概是八九百元。到了快12点的时候，马明跟他妹夫小苏一块儿来了，他说他在家里的时候，三个人已经喝了两瓶了。我看他已经是醉态尽显了。我们两个又喝上了，大概喝了将近两瓶，把马明送走后，我就头重脚轻地上楼睡觉了。

这几天感觉肚子越来越大，脸越来越圆，走起路来越来越笨拙，以至于老岳母说我脸都喝肿了，我估计还是吃胖的结果。尽管我每天都会出去走几公里的路，但这些都不足以消耗掉迅速增加的热量。

甘肃之行之三

2014年2月2—6日

正月初三，晓玲的两个表弟带着娜娟和妮娟来走亲戚。这两个姑娘都在福建上学，都是我熟悉的，二表弟甲勤也来过福州，也都见过面。他们在一起都说了些啥，我只能听懂三四成。他们邀请我们晚上去朱店他们家里喝酒，马明也收到了邀请。朱店是晓玲的老家，这个村子由三个自然村组成，朱店有几个大姓，朱、贾、万等。我们先来到二表弟家，感觉家里收拾得很干净。有一套上房，还有一套临街房。上房里都有一个大大的火炕。我们在这里吃到了期待已久的浆水面，很好吃，味道很地道，现在想起来嘴里还会流口水。大表弟建议我吃八碗，那天晚上我应该是吃了四碗——不用担心，撑不死的，一碗只是一筷子的量。等马明到了，吃过面之后，大家都转移到大表弟家去喝酒。有些话我是半懂不懂的，只有听从他们的安排。穿过马路，深一脚浅一脚地摸着黑来到了大表弟家。听说他家这几年经济条件不错，开了个自动化的面粉厂，有半个县的家户都到他这里来磨面。进了他的家门，发现家境果然要优于老二，各种家具像是刚购置的一样明光闪亮，旁边建一个大火炕是必不可少的。礼让了半天，大家的位置才排定。茶几上摆了十来个凉菜，从马明开始过关，每次十二杯，可把我吓坏了。还好，马明和我运气还不错，赢多输少，最后大家可能喝了两瓶酒，我们就撤退了。几乎没吃一口菜，净是喝酒了。

庄浪依河而建，南北延伸着，分布着大大小小的村庄，起源于关山的南、北两河养育着成千上万的庄浪百姓。我们沿河驱车而下，可以看到两旁的山不算很高，光秃秃的，一眼望去一览无余，几乎什么都可以看到。庄浪县城还有一个难得的景区那就是紫荆山公园。我记得有天晚上，晓峰、红丽、美美、丁相、晓玲和我一起登上了紫荆山。现在的紫荆山可是比十年前的紫荆山大多了。紫荆山公园的一头是那种仿古城墙，要爬两百多个台阶才能上去。然后往另一头走，一座庙宇接着一座庙宇，晓玲还碰见了常年在这里提供服务的四姘子。晚上进寺庙参观的人不是很多，另外寺庙中的神秘和可怕也让我们望而却步。

听天气预报说，初五之后会变天，可能会下大雪，温度也会骤降。考虑到尽可能顺利地返回福州，我们决定初六返回。后来才知道我们做出了多么英明的决定，如果晚一天可就惨了。听说这几天许多地方的高速公路都封路了，福建这边可能也要下雪了。因为临时起意，初五从庄浪到西安的票买不上了，只好买了从华亭到西安的票。初五下午由庄浪出发，是晓峰开车去送我们的。也许是到了关山附近，雪就已经开始下了。晓峰开车很稳，有些地方只能开20码到30码，到达华亭的时间可能是晚上七八点的样子，我们晚上住在华亭的金华大酒店。安顿好之后，晓玲在华亭工作的哥哥来看她，我则去给几个小伙伴买烧烤吃。按计划，是初六早上6点50分出发。可当我们到达华亭汽车站时却被告知所有汽车因大雪全部停开。我们惊得真的不知所措。后来晓玲哥哥来了，帮我们联系了一辆的士，500元把我们送到宝鸡，也只能这样了。路很滑，在高速路上看到了好几起车祸，最多的是三辆车挤在了一起，车里的人只好顺着高速路边前行。一路上我们走走停停，还照了不少雪景。刚开始的时候，天还没亮，车灯射向远方，雪花在灯光里迅速地向我们不断迎面飞来。我们大约12点到达宝鸡火车站，赶紧买了去西安的车票，连滚带爬地上了车，没2分钟火车就开了。从宝鸡到西安要2个小时左右，火车在向前飞驰，窗外雪花那个飘飘，千里秦川淹没在一片冷静的白色之中。

到西安后看看还有些时间就决定去找些西安小吃再过把瘾。我们存了行李，步行找到了一个叫作民乐园的地方，有个人人乐超市。尽管是过年，还是有几家开门的。我们在那里吃了凉皮、刀削面、肉夹馍等，这些都是地道西安口味的，比福州卖的要好吃得多。之后就是返回火车站，取行李，排队，上车。一路上仍然得到了朋友们的关照，有吃有喝，休息得也很好。当火车经过河南境内时还可以看到外面在下雪。到了湖北境内好像就看不到雪了。再往这边来，就又是一片葱绿了。

初七晚上8点多，列车准时到达福州，有朋友将我们接回家，结束了长达15天的甘肃之行。

感谢所有给过我们帮助的亲人、朋友们！远方的亲人们，我爱你们！祝所有的亲人、朋友们新年好！

呼伦贝尔之行之一

2014年8月13日

福州大学经济与管理学院成立之后的第一个暑假，各系都安排了一个外出旅游的行程。如果要去的话，学院会给适当的补贴。每个系所选择的旅游线路都不一样，并且允许老师们跨系选择自己喜爱的线路，这样很好。我看到最初的线路有去河南、陕西线的，有江西线的，有四川九寨沟线的，有贵州的，有广东的，有海南的，其他的还有本省的一些线路。这些线路有些我是去过了，自然不想再重复。本省的，还有一些比较著名的外省景区，去的机会比较多，可以不予考虑。大夏天去海南好像也不大合适吧，肯定也被排除。最后，觉得去内蒙古这条线不错，一是去这么远又比较偏僻的地方的机会不多，二是大草原对我来说依然是一个未知的谜，三是我以前没有去过这个地方，四是听说内蒙古比较凉快，去消消暑也是不错的选择，所以就决定跟随会计系的老师们一同去内蒙古。这条线可能因为路途长，费用也较高，所以我们一同前往的只有30多人，27个大人和6个小孩。

　　有一种味道，热烈赤诚，带着牧人的苦乐，那是马奶酒的回甘。

　　有一种情思，以苍天为盖绿地为庐，策马驰骋万里，呼伦碧波荡漾，那是独有的眷恋。

　　有一种回忆，天骄雄起，英雄儿女诉说着这里的故事，那是醉人的传说。

　　有一种情调，穿透苍穹，透着声声呼唤，那是悠扬的马头琴。

　　更有一种享受，策马扬鞭，驻足草原，放声高歌，翩翩起舞。身后炊烟袅袅，前方是日起日落。

呼伦贝尔大草原位于大兴安岭以西，由呼伦湖、贝尔湖而得名。地势东高西低，海拔在650~700米之间。这里是我国目前保存最完好的草原，水草丰美，有"牧草王国"之称。它是一代天骄成吉思汗的出生地，同时也是中外闻名的旅游胜地。呼伦的蒙语大意为"水獭"，贝尔的蒙语大意为"雄水獭"，因为过去这两个湖里盛产水獭。这样一片没有任何污染的绿色净土，总面积1.49亿亩。出产肉、奶、皮、毛等畜产品，备受国内外消费者青睐，连牧草也大量出口日本等国家。

带着对草原的无限向往和痴迷，我们出发了。2014年8月13日上午9点45分在福大老校区东门集合，10分钟后，大家全部到齐，乘坐旅游公司的大巴前往福州长乐国际机场。11点多到达机场，办理托运、安检，飞往呼伦贝尔的MF8289次航班于12点15分准点起飞，经停济南（下午2点15分到济南，3点零5分起飞），于下午5点35分准点到达呼伦贝尔市政府所在地海拉尔机场。

在飞机上透过舷窗向外看，可以看到朵朵白云，静静地飘浮在半空中。仔细观察，你会发现，云彩像一团团的棉花，更像舒展开来的太空棉。看着那丝丝缕缕的云，有时候我们似乎会想象到云彩的重量和厚度。有时候也会看到黑色的积雨云，说不定那个地方的下边还在下着大雨呢。有时候透过云层还会看到起伏的山峦、规整有序的城市街道和广袤无边的田野。

一下飞机，凉凉的、清新的空气扑面而来，具有蒙古包风格的机场大厅令人耳目一新。蓝天上镶嵌着几朵白云，远方的几个云柱像一道亮丽的风景屏，草原神秘的气息向我们弥漫开来。当天海拉尔的温度是18℃，够冷的，许多人都穿上了长袖衣服和长裤子，而我却强忍着咄咄逼人的寒意，依然穿着短袖衣服和短裤子。高天之下，微寒的风中，海拉尔机场显得异常地小巧而可爱。

海拉尔因城市北部的海拉尔河而得名，海拉尔是由蒙语"哈利亚尔"转音而来，为"野韭菜"之意，因海拉尔河两岸过去长满野韭菜，故取名"海拉尔"。海拉尔总面积1440平方公里，人口26.7万，以蒙古族为主体，汉族居多数，回、满、达斡尔、鄂温克、鄂伦春等26个民族和睦相处。

下飞机后，在机场的广场上，等两个从哈尔滨坐飞机来海拉尔的老师，6点半左右，胡老师夫妇赶到。驱车10分钟左右到达海拉尔市区，先到明源美食火锅店用餐，吃得还不错，然后安排住宿。安顿好住宿后，跟几个老师一块儿出来散步，欣赏海拉尔的夜景，品尝这个北方城市的美味。我们吃到了一种价廉而美味的水果，叫作"姑娘"，味道有点像老家的灯笼棵，外面有一层灯笼样的包衣，里边的果实很好吃，也不贵。我们买的是6元一斤，后来有人买到15元一斤的。我们还吃到了烤蚕蛹，我觉得不怎么好吃。参观过那个著名的斜拉吊桥后就返回旅馆休息了。坐了一下午的飞机，也有点累了。明天充满神奇的呼伦贝尔之旅就将正式拉开序幕，在幸福的期待和期待的幸福中渐渐进入梦乡。

呼伦贝尔之行之二

2014年8月14日

早7点起床，8点吃早餐，8点半出发，行车1小时，38公里，赴莫日格勒河景区。途中距离海拉尔市区不远，是以前苏联红军攻陷日本关东军的地下军事设施的地方。那是一片巨大的圆形区域，中间是低凹的水塘，四周隆起。在对面的山冈上，塑造了不少苏联红军的坦克和红军战士的雕塑。再往前行20公里左右，是发电厂和露天煤矿开采基地。呼伦贝尔煤炭资源丰富，并且土层很浅，煤炭质量上乘，燃值略低。那些开采过的煤矿都做了绿化处理，没有风沙，绿意盎然。

莫日格勒河发源于大兴安岭西麓，由东北向西南流经著名的呼伦贝尔大草原，注入呼和诺尔湖后流出，汇入海拉尔河，全长290多公里，属中俄界河额尔古纳河水系。莫日格勒河是一条河道十分狭窄但却极度弯曲的河流。如果从空中俯瞰，蜿蜒的河水就像是一条被劲风舞动着的蔚蓝色绸带，悠然飘落在碧绿如玉、平坦无垠的大草原上。一会儿东行,一会儿西走,一会儿南奔,一会儿北进,其弯曲程度,用九曲十八弯来形容是远远不够的。

　　沿途开发了好几个草原景区,我们去的是其中的一个。我在去呼伦贝尔之前,就在QQ说说里边提出这样的疑问:呼伦贝尔真的是"风吹草低见牛羊"吗?这个问题还没问,导游就跟我们解释了。他说,那样的场景不会出现在呼伦贝尔。阴山山脉系中国内蒙古自治区中部山脉,东西走向,包括狼山、乌拉山、色尔腾山、大青山等。山顶海拔2000米至400米不等。山地南北两坡不对称,北坡和缓倾向内蒙古高原,属内陆水系,南坡以1000多米的落差直降到黄河河套平原。阴山山地位于温带半干旱区与干旱区。西部的狼山尤为干旱,大青山较为湿润。山坡低处为草地,中部有栎、榆、桦等树种。阴坡在2000米处有矮曲林。北朝最具代表性的著名民歌之一《敕勒歌》写道:"敕勒川,阴山下。天似穹庐,笼盖四野。天苍苍,野茫茫,风吹草低见牛羊。"而呼伦贝尔的情况是有牛羊的地方不会有深草,有深草的地方不会有牛羊。原因是深草不是让牛羊现场吃的,而是等它成熟后割下来,储藏到冬天供牛羊吃的;能放牧的地方,草都被牛羊吃了,就不会有深草了。

　　来到莫日格勒河景区,下车后,就是喝迎宾酒,很多人不敢喝,有个女老师喝了一碗,头晕了一整天。本来安排我喝三碗,可只喝了一碗就结束了,人家也不会让你多喝。之后,就是参加一个敖包祭活动。从地上捡一块小石头,相当于一块玉石,许下一个愿,围着一个由石头垒成的敖包顺时针方向转三圈,再把小石头扔到敖包上,就算完成了祭祀活动。酒的口感不错,估计有二三十度的样子。喝过酒后,大家各自分散活动。景区内有骑马、射箭、沙滩摩托等自费游乐项目。我没有参加这些活动,只是在景区内到处游逛,用心体验大草原的神秘和可爱。莫日格勒河弯弯曲曲,河水清清,缓缓地流淌。河对面牛羊成群,奶牛悠闲地甩着尾巴,低着头,在啃噬着永远也吃不完的青草。蓝天就像一个巨大的锅盖,白云静静地高悬其上,极目远望,却看不到草原的尽头。目光的尽头竟然是蓝天与草原的接合部,大草原毫无遮拦地展现在我们面前。远近看不到什么建筑物,即使有,也不会阻挡住你的视线。绿色的、浅黄的草铺天盖地,几乎占据着我们所有的视野。所以导游才说,你在这里随便拍一张照片,都可以当成电脑的桌面用,这话一点也不夸张。附近还有一些国有农场,它们大多种植小麦、大麦、油菜等农作物,都是使用大机器生产。导游说,这里的牧民家庭条件都很好,一个家庭会有上万亩草原、几十头牛和四五百只羊,有的规模更大。割草、捆草、拉草都是机械化作业。草原基本上是平的,比较适合于机械化生产。呼伦贝尔的所有生产,包括旅游活动都只能在7、8、9这三个月进行,其他时间都是地冻天寒,什么也做不了。中国最冷的地方就在呼伦贝尔的冷极村,最冷的时候是零下50多度。那里住着一位80多岁的老人,现在还坚守在那里。

午餐有手把羊肉,但感觉做得不怎么样,跟导游介绍的完全不一样。所谓手把羊肉,就是挑选膘肥肉嫩的羊,就地宰杀,扒皮入锅,放入佐料,进行蒸煮。操作十分简单,只加一小把盐(也有的不加盐,吃时蘸盐),火候恰如其分,血水消失不久,肉熟而不硬,吃起来又鲜又嫩,十分可口。因为净手后吃肉时一手把着肉,一手拿着刀,割、挖、剔、片,把羊骨头上的肉吃得干干净净,所以得名"手把羊肉"。而我们吃的那盘羊肉,只有两块,煮得比较硬,还比较肥,有两盘酱可用来调味,最后还是我跟另外一个老师把骨头啃干净的。席间还喝到了有名的奶茶,但很多人都喝不惯带咸味的奶茶。而我却认为,当我们来到一个陌生的世界,对他们的饮食或其他文化,我们只能从欣赏的角度去接受它、理解它,而不能去拒绝它、排斥它。

草原上的饭菜都比较咸,有时会咸得难以忍受,这可能跟地理位置有关。有人说,咸可能抗寒。导游说,海拉尔到处可以看到很多60岁左右的老人家拄着拐杖在公园、大街上逛。这说明饮食过咸对人体是不好的。

12点30分用过午餐后,乘车经额尔古纳市(距莫日格勒河景区120公里,车程2小时)到白桦林景区游玩(白桦林景区距额市40公里,车程1小时)。白桦林景区占地面积近1000公顷,是距市区最近的一片原始森林。被誉为"纯情树"的白桦树婀娜多姿,笔挺的枝干仿佛伸入天空。白桦树是额尔古纳的市树,额尔古纳的白桦林与别处不同,枝干上的稀疏黑色仿佛从天空落下的黑色雨点风干在枝干上。白桦树的用途十分广泛,桦皮可以做屋顶防雨材料,又可以引火,是制作桦皮画、桦皮饰品的上好原料,树干可以做建筑材料,还可以榨取营养丰富的桦汁饮料。

白桦林里圈养着一些驯鹿,有两只雄性驯鹿为争夺交配权打得皮开肉绽,头破血流。饲养员不得不在它们旁边点燃一堆桦树皮来给它们驱蚊虫。我们有幸跟驯鹿照了合影。然后乘车返回额尔古纳市,安排住宿,用晚餐。额尔古纳市是蒙古先民的摇篮,也是一代天骄成吉思汗的故乡。额市虽然不大,却规划得很整齐,晚上街灯辉煌,一片通明。我们又去品尝了当地制作的酸奶、俄罗斯风味的冰淇淋和牛肉饼。

晚上回酒店休息,一夜无话。明天将奔赴距市区10公里的根河湿地景区,然后再经过长途奔袭,去满洲里游玩。

呼伦贝尔之行之三

2014年8月15日

早7点半起床,8点半用早餐,9点出发去根河湿地景区游览。根河湿地位于内蒙古自治区呼伦贝尔额尔古纳市拉布大林镇的西北郊,属于根河、额尔古纳河、得尔布干河和哈乌尔河交汇处包含的特别大范围的泛洪平原,并且在此形成一个三角洲。根河湿地保护区占地12.6万公顷,是现今我国保护最完整、面积最大的湿地,被誉为"亚洲第一湿地"。

该景区距额尔古纳市约10公里,车程约15分钟,我在湿地景区门口买了一个大切片,就是一种大雪糕,味道很纯正,奶味十足,才5元一个。其实在整个呼伦贝尔区域景区销售的奶制品中,最有名的可能就是俄罗斯冰淇淋和海拉尔大雪糕。然后坐游览车来到景区的半山坡,再往上就是要步行走一二百米才能到达山顶。说是湿地景区,实际上是不允许进入湿地的,只是可以在山顶上或是半山坡上远望湿地。我跟胡老师一同上了山顶,之后,便顺着木栈道远望湿地。眼前,林木苍翠,郁郁葱葱,大大小小的河道、河汊纵横交织,蜿蜒而行,水鸟在水面上翩翩起舞。更远方,是无边无际的草原、黄色的麦田和灿若群星的蒙古包,背后就是额尔古纳市区。下山的时候我没有坐车,导游说上山需要40分钟,游览40分钟,下山需要40分钟,实际上,10分钟就可到达景区出口。

中午12点多在额尔古纳市区的一个名叫"湿地饭店"的地方用午餐。午餐过后,就是长达4个小时的满洲里长途奔袭。导游说,内蒙古最美的景色在路上,而且是中俄边境线上。这段路程共有280公里,大部分都在中俄边境线上,右侧距离公路不远的地方,都被密密麻麻的水泥桩和铁丝网包围着,额尔古纳河就在右侧不远的地方，是中俄边境的分界线。往右侧眺望，比较平缓的地方是中国，而山峦起伏的地方就是俄罗斯，一直到满洲里都是这样。路上我们停留了三四次，有两次是停下来去湖边看水鸟。有一个叫作胡列也吐的地方，有华德湖，可以看到各种水鸟，如灰羽鹤、大雁、鸳鸯、湖鸥等稀贵水鸟。途中经过弘吉剌蒙古部落。据说，弘吉剌部是盛产美女的地方，成吉思汗的母亲、妻子和儿媳都来自该部落。我们只是在门口照了几张相，没有去里边参观，都是自费项目。中间还把车停在了草原上，让大家去草原里漫步、拍照。草原上牛粪遍地，蚱蜢到处飞。小朋友们像出笼的小鸟一样欢快地奔跑，一会儿就不见了踪影。我是紧追着一群牛，想多拍几张照片，可奶牛比人跑得还快，根本就追不上它们。

在距离满洲里将近一小时的地方，我们经过了明天要参观的地方，叫作扎赉诺尔景区，但没有停留。当我们到达满洲里的时候已经是下午6点左右了。先安排住的地方，晚餐是自费的，我在附近找到了一家面馆，吃了一碗牛肉拉面，舒服！然后独自一人去逛了一下超市，买了一点东西，出来的时候，赶上了阵雨，还好，下得不是很大。晚上去满洲里体育馆观看俄罗斯国家大马戏团的表演。这也是个自费项目，每人花了350元，这也是我参加的唯一的一个自费项目。俄罗斯演员的表演很出色，表演的节目有耍猴、遛马、舞蹈、空中吊环、高空抛人、北极熊表演。重头戏是狮虎争霸，共有6头母狮和2只老虎，表演得非常精彩。

从体育馆出来后，就是沿途观看满洲里夜景，然后回宾馆休息。满洲里市位于内蒙古呼伦贝尔大草原的腹地，是呼伦贝尔市下辖的准地级计划单列市，中国最大的陆运口岸城市，是一座拥有百年历史的口岸城市，素有"亚洲之窗"之称。满洲里是中、俄、蒙三国交界的地方，建筑结构风格各异，有不少的欧式建筑和俄式建筑。另外，满洲里是个典型的不夜城。俄式建筑的特色是房顶带尖儿、窗户带弯儿、地上带边儿。满洲里的主要产业有木材、玉石，木材和玉石全部由俄罗斯进口。

一天的长途奔波，一天的鞍马劳顿，大家睡得更香，往往都是一觉睡到天亮。这边的气候很好，睡觉的时候不仅不用开空调，还要盖好被子，基本上也没有什么蚊子。

呼伦贝尔之行之四

2014 年 8 月 16 日

　　早上 7 点半起床，8 点用早餐，9 点出发，先去参观满洲里国门景区，这也是个自费项目。如果不花钱的话，就只能在景区外面照相和向里边眺望。据说，这个景区已经承包给私人公司运作了，所以较贵。之后就是参观套娃广场。满洲里套娃广场是满洲里标志性旅游景区，广场集中体现了满洲里中、俄、蒙三国交界的地域特色和三国风情交融的特点。广场主体建筑是一个高 30 米的大套娃，建筑面积 3200 平方米，是目前世界上最大的套娃，主体套娃内部为俄式餐厅和演艺大厅。套娃广场获得上海大世界吉尼斯总部世界最大套娃和最大规模异型建筑吉尼斯纪录。广场上还建有十二生肖铜雕。在这里我们听到了关于俄罗斯套娃美丽动人、催人泪下的传说。说是一位俄罗斯少年，突然与妹妹走失，他伤心至极，但一刻也不停止对妹妹的思念。他到处打听、寻找妹妹的下落，每年都会根据妹妹可能的高度做一个娃娃，直到第七年，妹妹终于回到了他的身边。所以，俄罗斯套娃总共应该是七个。这个故事实在太感人了。我每每想起这个故事，都会眼红鼻酸，潸然泪下。在这个套娃里头还举办着俄罗斯歌舞表演，应该是在晚上，我们已选择了观看马戏团表演，这个就免了。

　　下一个景区就是扎赉诺尔猛犸公园猛犸雕塑群，为中国之最，并荣获规模最大的猛犸象雕塑群的称号。公园当中的另一建筑扎赉诺尔博物馆是一座以展示地域历史文化和自然资源为主题的休闲娱乐中心，是呼伦贝尔境内最大的博物馆，也是呼伦贝尔蒙元文化的又一集中展示之地。猛犸是曾经生活在这里的一种动物，身高 4 米多。在这里还发掘出了 3 万年前扎赉诺尔人生活的遗迹。博物馆中展示了扎赉诺尔的湿地资源的来历、煤炭资源的开采历史，还有其他的一些遗物、遗迹。

　　从扎赉诺尔猛犸公园猛犸雕塑群景区出来，驱车 30 分钟，路程 25 公里，来到呼伦湖景区，游览内蒙古第一大湖呼伦湖。美丽的呼伦湖由三条河流汇聚而成，方圆八百里，碧波万顷，像一颗晶莹硕大的明珠，镶嵌在呼伦贝尔草原上。坐船游湖，又是一个自费项目，没有人参加，我们就在湖边照相。呼伦湖是淡水湖，湖面上飘来阵阵泥土的气息。不一会儿，又下了一阵雨。我在此地买了一个海拉尔大雪糕，但成色绝对不如湿地景区的好，个儿小，味道也一般。之后，就是午餐，就是所谓的呼伦湖全鱼宴。鱼倒是不错，品种也不少，就是做的味道实在不敢恭维：一不是鲜鱼，二又是太咸。在吃的方面，大家只是填饱肚子而已，基本谈不上什么风味。吃鱼怎能跟南方比？

下午1点左右出发，去呼伦贝尔大草原景区，距满洲里100公里，车程1.5小时。呼伦贝尔草原是内蒙古草原风光最为绚丽的地方，拥有1亿多亩草场，2亿多亩森林，500多个湖泊，3000多条河流。辽阔无边的大草原像是一块天工织就的绿色巨毯，步行其上，那种柔软而富于弹性的感觉非常美妙。而绿草与蓝天相接处，牛羊相互追逐，牧人举鞭歌唱，将它誉为世界上最美、最大、最没有污染的几大草原之一，是当之无愧的。我们大多数人就是在这里去一下厕所，只有部分人去骑马游玩。

下午4点半左右我们来到一个蒙古族牧民家庭，了解现代牧民生活，近距离观看大型的牛群、羊群、马群，感觉到真正的草原气息，体味到原汁原味的牧民生活。我们在这里照相，我还在蒙古包里喝到了家制的酸奶，这种酸奶一点也不酸，放了糖和炒小米，口感一般，15元一杯。羊肉串不错，可也不便宜，15元一串。我还独自一人去追拍草原上的蚂蚱。草原上的蚂蚱跟我们老家的不同，这种蚂蚱可以停留在半空中，振动着翅膀，发出响亮的声音，好大一会儿才会落到地面上。而我们老家的蚂蚱则是飞起来后，没办法在空中停留，而是直接迅速地落在地面上或草丛里。这一家有四个蒙古包，有一个是厨房，其他可能是卧室，还有客厅什么的吧。我进了一个最低矮的蒙古包，钻进去的时候，还碰了一下头。我看到桌子上摆的有吃的，比如说炒小米、饼干什么的，就坐下来边休息边吃。后来房子主人说，这不是我们的房间。后来导游说，要想进入蒙古包休息，吃东西的话，每个人就要交50元。我们不懂得，就随便吃了，说来好笑。

下午5点多的时候，我们来到了当晚宿住的蒙古包——草原服务区。这里有很多的蒙古包，其实这里大多数的蒙古包都是水泥制成的，只不过建成圆形的蒙古包的样子吧。安顿好住处后，马上去用晚餐。用过晚餐后，在天黑之前，我们几个人一块儿去照相，有两张太阳落山的情景，还有一些蒙古包、草原的照片都是在这里拍的。天黑之后，大约在晚上9点时分，开始篝火晚会。总共有三堆篝火，分别是由三个团队花钱购买的。听导游说，一个团队要交1500元。我们没有交这个钱，但可以去蹭，我们几个人差不多是从头看到尾。跳舞的时候，一般会有蒙古族小伙、姑娘带舞，看上去挺热闹的。

今天晚上睡觉却把我冻醒了好几次。草原上的蒙古包里看来没有城市里那么温暖，水压很低，洗脸水冰冷刺骨，但睡得还是很舒服的。这几天几乎忘记福州仍然在35℃以上的高温下煎熬着，在这里似乎感觉到已经进入深秋季节。

呼伦贝尔之行之五

2014年8月17日

今天是我们在呼伦贝尔大草原的最后一天，也没有什么重要的活动项目。早上起来的时候就已经是7点半了，今天的早餐是集中供应，就是大家到齐一桌后才上菜，其实饭菜很简单：馒头、咸菜、鸡蛋和稀饭。8点钟正式开饭，饭后我们又去参观了这个牧区的敖包，同样是捡个小石头，许个愿，正转三圈，扔上去。这里详细介绍一下祭敖包的来历和意义。千百年来，当地牧民始终敬仰、供奉着本家族或部落传承的敖包。草原上每年都要举行多层面的敖包社祭活动。自古以来，蒙古民族通过一年一度的隆重祭祀敖包"神灵"的形式，传承和发扬光大人与自然和谐相处的理念，使人们的生态道德意识进一步统一规范，人人都把敬畏生命、珍爱生态、和谐自然当作义不容辞的天职。

今天上午的活动就是观看一个赛马。旅行计划上写着"参加草原那达慕"，事实上是徒有虚名。那些项目根本不可能有，草原上的那达慕一年只有一次，时间还是由草原上的头领算卦算出来的。导游说，他好说歹说，他们才牵出4匹马，跑了一圈就算完事了，有些令人失望。

之后就是乘车去海拉尔，离回家的路越来越近了。海拉尔距草原景区100公里，车程1.5小时。中午又回到第一天用晚餐的火锅店用午餐。午餐后去一个旅游品市场购物。大部分人都是什么都没有买，只有一两个人买了一些东西，东西是不错，只是价钱太贵了。之后，大家要求去当地超市逛逛。导游同意了，司机开车把我们送到市中心的一家大型超市。我在这里买了将近600元的东西，大部分都是奶制品，有奶茶、奶片、奶条、蓝莓干、牛肉干等。

从超市出来驱车30分钟，行程15公里，去海拉尔东山国际机场乘坐厦航

第三辑

异域风情录

韩国六日游之一

2010 年 7 月 15 日

暑假前学院一直在嚷嚷着选择一个地方去旅游，一会儿说去新马泰，一会儿说去韩国，一会儿说去新疆，最后还是决定去韩国。第二天都要出发了，我还不知道行程怎么安排，都有谁会去，都要带些什么东西，另外，要注意哪些问题。还好，出发前一天晚上，全程导游小马哥给我打来了电话，才使我有机会得到一些消息。可还是有些事情没搞清楚，害得我一路提心吊胆，一直担心我带的鸡腿什么的被海关检疫查出来。还好，真的很幸运，一路顺风，尽管带的东西一样没吃，但侥幸的是过五关斩六将，愣是没被查出来，最后，差不多原封不动地被带回了厦门。

7 月 15 日，早 5 点起床，6 点赶到福大东门集合，坐旅游大巴到火车站坐动车，7 点 12 分离开福州，10 点左右到达厦门站。出厦门火车站，坐大巴去厦门机场。下午 1 点 15 分左右安检，1 点半左右登机。中国和韩国有 1 个小时的时差，韩国时间约 6 点到达首尔仁川机场。仁川机场是韩国的国际机场，而金浦机场是韩国的国内机场。通关后，坐大巴去金浦机场，坐飞往济州岛的飞机，7 点 55 分登机，1 小时左右到达济州岛。10 点左右用晚餐，饭菜很特别，6 个泡菜、1 个汤、一个牛肉、一条鱼，除鱼外，其他可再加，感觉不错。泡菜有白菜、蕨菜、辣白菜、豆芽、粉条等。

济州岛形成于 170 万年前的一次火山爆发，面积比首尔大 3 倍。当地全程导游是看上去只有二三十岁的韩国小姐，她的中文名字叫朴成爱，她让我们叫她小爱。小爱说一口流利的中国话，后来才得知，她已经 40 岁了，但看上去一点也不像。她在中国学汉语 7 年，汉语讲得很好。济州岛产橘子和海带。海带是韩国人每餐必有的一味汤，看上去很简单，估计就是在水里放一点海带和盐巴，煮一煮就行了，吃起来味道不错。这种海带不像中国的海带那么厚，很薄，但味道很不错。这个海带汤也是可以随便吃的，吃多少碗都可以。另外，韩国人不怎么喜欢喝开水，而是喜欢喝那种冰水，这种水就是自来水在冰箱里冻一下就行了。我们觉得很不可思议，是不是跟喜欢吃泡菜有关就不得而知了。反正这几天我们天天也是在吃饭的时候喝那种冰水，水很清，很干净，觉得比矿泉水还要甜。喝了之后什么事都没有，挺好。其实，我小的时候，在农村，几乎没喝过开水，经常喝的是井水、河水什么的。济州岛没有工业，所以没有污染，治安很好，没有盗贼。今晚宿居日出峰宾馆，房间很大，很干净，有电视、空调、拖鞋、牙膏、浴液，只有一条毛巾，没有牙刷、洗脸毛巾等。床很宽大，很软。按原来的安排要在济州岛住两晚，但不会住在同一个旅馆。

在国内的时候听人说，在韩国旅游会吃不上肉，甚至会吃不饱饭，所以出门的时候带了很多方便面和鸡腿之类的。后来，听导游说，带畜产品可能会通不过检疫，此后，我一直都很担心。在厦门顺利登机，在仁川机场下飞机时，很幸运，没有检查我的行李，而同队的有人带的肉食品被没收了。据说，海关用一把大锁把那个装肉的袋子锁起来，还贴上封条，上写"政府财产"，听起来有点可怕哦。韩国导游还说，这些被没收的肉类会被烧掉。

韩国六日游之二

2010 年 7 月 16 日

今天，济州环岛游。昨晚和小刘聊到两点多才睡觉，早上 8 点半起床，9 点去坐车，差点迟到。上车后出发去吃饭，早餐是稀饭等。餐后，就去餐馆旁边的景区参观。首先参观的是城山日出峰，其实是一个 180 米高的山峰，系 10 万年前海底火山爆发而成，位于济州岛的东端，一块高耸的巨岩，其顶部有巨大的火山口，但我们参观的时候，雾气很大，10 米开外什么也看不见。在日出峰上，那种陡直的岩石有好几处，有各种各样的造型。之后参观将军石，将军石又叫望夫石（是韩剧《大长今》的拍摄地之一），在海面上高耸而起，离海岸约有 100 米远。从岸上望去，好像一个妇人双手合十，在静候出海的丈夫归来。后来，去参观涉地可支，是韩剧《洛城生死恋》的拍摄地之一，这里边有两个景点，一个是一座教堂，一个是海边的一块巨石。这时太阳出来了，有点晒，回到宾馆时，才发现脖子底下晒出了一个倒三角。

之后，去参观天地渊瀑布，非常凉爽，瀑布虽然不大，却见飞瀑直泻，下地成溪，绿树夹道，惬意无限。后来看的是龙头岩，龙头岩是 200 万前熔岩喷发后冷却而形成的岩石，高10米，长30米，看上去像是在龙宫生活的龙欲飞天时突然化成的一样。龙头岩就在海边，龙的尾巴好像伸入到海里一样。中午饭后，去怪坡参观。可能是由于周围的山体的影响，改变了人们的视觉，你会感到，尽管眼睛看来是上坡，大巴却可熄火逆行而上。之后，车坏了，我们在怪坡旁的小酒馆旁等着换车。这时，大雨时来时停。我一直在观看那家酒馆。酒馆里有七八个韩国人在饮酒取乐，又是唱又是跳的，煞是热闹。后来他们发现了我，就邀我参加，说了半天，我也听不懂一句，他们也听不懂我说话。但是我明白他们的意思，我喝了三杯酒，还为他们唱了一首歌，就是那首《我爱北京天安门》，反正只要有节奏感就行，唱错了，他们也听不懂。他们就跟着我的节奏跳舞，最后酒店女老板还满脸堆笑，赠我一串豆腐串，那可是2000韩元呀。晚餐吃炖肉，尽管没有前几次好吃，也觉得不错。

济州的另一绝是海女。听导游讲，现在的海女大多是上了年龄的妇女，她们穿着黑色防水衣，可以在水里一口气憋上四五分钟，她们用自己的双手去海里抓鱼。我们在海边偶尔也会碰到海女。

韩国六日游之三

2010年7月17日

早5点30分起床，6点吃饭，早饭就在所住旅店下面的地下室食用。早餐是自助餐，东西是随便吃的。餐后坐车去济州机场，8点左右起飞，1小时后到达首尔金浦机场。首尔一直在下雨，出机场，去参观2002年世界杯举办场地。接着是参观泡菜学校和民俗服装拍照。在泡菜学校我们亲手制作了泡菜，当然我们只参与了制作泡菜的一个环节，要想完全学会制作泡菜肯定不会那么简单。中午的饭是人参鸡汤，而我却砸了锅。那个盐巴缸我怎么都打不开，后来用力一抖，一罐盐巴全都倒进了鸡汤里，你想想那还怎么吃。后来导游说，让老板去把汤给换一下。后来老板端上来了，我一尝，还是咸得不能吃，只好捏着鼻子把肉吃掉，汤全部剩下了。真是倒霉透顶！

餐后去参观朝鲜、韩国分界线（三八线、第三隧道、都罗展望台、临津阁），这是一个自费项目，每人要花350元人民币。站在展望台上可以看到对面朝鲜开城的楼群、国旗等，隐隐约约还可以看到板门店。第三隧道是朝鲜挖掘的通向韩国首尔的地道，位于地下73米处，进入三八线韩国一侧有400米左右后被韩国发现后停挖。最后还参观了都罗火车站。那是韩国通向朝鲜的最后一站，去年曾经试通过，现在停运了。这条铁路可穿过朝鲜，到达中国的丹东市。我们在那里买了邮票，还在飞机票上加盖了邮戳。这些景区都由韩国军人、联合国军人看守。我们还参观了两座自由桥。第一座自由桥是一条不足百米长的木桥，是双方交换战俘的地方。还有一座自由桥是双方离散家属见面的地方，站在桥上可以看见汉江和对面那座山，山的那边就是朝鲜了。朝鲜战争导致600多万人死亡，朝鲜人民期盼着祖国的统一、民族的复兴。

韩国六日游之四

2010年7月18日

今天是周日。我们早上6点30分起床，7点钟吃早饭，仍然是自助餐。上午参观的地方有韩国的总统府（青瓦台），总统府是不能随便靠近的，更别说进去了。离总统府越近，越是三步一哨，五步一岗。我们只是在总统府前面照了一些照片，也看到了总统府的典型特征——青色的瓦所铺设的屋顶。青瓦台背靠北岳山，青瓦与曲线形的房顶相映成趣，非常漂亮。就像总统府代表韩国一样，青瓦和曲线形设计的房顶代表着青瓦台。

总统府正对面是景福宫，是过去国王居住的地方，被日本人烧毁，后分几次修复重建。景福宫里的路面和庭院没有硬化，也没有铺设任何东西，只是撒上厚厚一层砂石，听说是为了防刺客而特别设计的，这样走在路面上会发出沙沙的响声。我们还在景福宫里看到了穿着古装的士兵在皇宫里巡逻站岗换岗的仪式，甚是壮观。后来，还参观了景福宫旁边的民俗博物馆，那里边主要展示了韩国的民俗历史文化。

接着参观的是韩国政府指定的高丽人参公卖局和水晶宫、化妆品店和电子免税店。我在化妆品店，一次购买化妆品超过2000元，同队的人都感到很吃惊，其实，只不过我先下手而已。之后，参观的是新罗免税店，里边化妆品什么的东西都很多，我只好捂紧口袋，什么也不敢买，来到楼顶，照相游玩。最后，去明洞参观。

明洞类似北京的王府井大街,也像福州的台江步行街。街上店铺林立,旗幡招展,人流如织,摩肩接踵。主要特色还是化妆品,不过价格偏贵,因为没有免税。我在街上买了一点小吃,如炸薯片串、海鲜饼和菠萝之类的。一串炸薯片就是2000韩元,海鲜饼大概是5000韩元,你说贵也不贵?按照中国人的收入在韩国消费肯定是不行的,韩国人每月的收入会在一二百万韩元,比中国人的平均收入高出数倍。所以,在韩国,比中国便宜的东西只有两种:一种是化妆品,另一种可能是电子产品吧。

　　韩国有两家最大的电子产品公司,一个是三星,一个是LG,最大的汽车公司是现代。导游说,韩国人百分之八十买现代的汽车,其他电子产品买三星的。三星公司,什么都做,除了电子产品,还做保险、化妆品,都很有名气。韩国国内几乎没有外国人办的连锁超市。据说,沃尔玛曾经进入韩国,但韩国人都不到那里去购物,沃尔玛只好削价,削价也没人买,最后只好倒闭。据说,首尔有1500多万人,韩国有十几个道,相当于中国的省。晚上跟家里人通了电话,是免费的。旅馆里有电脑、电视机,还能打国际电话,真是很方便。

韩国六日游之五

2010年7月19日

　　早7点半起床,8点步行去饭店吃早餐。早餐是自助餐。餐后,坐1小时左右的汽车到《大长今》拍摄基地景区参观。这个基地叫作扬州《大长今》拍摄主题公园,位于扬州文化山庄内,占地2000平方米,由大殿、大妃殿、御膳房和烧酒房、退膳房、狱舍、司饔院、金鸡饲养场、沥缸等23处设施构成,大多是一些缩小了的宫殿。之后,先坐车再坐船去参观南怡岛。南怡岛坐落在从首尔往春川方向63公里处,以狭长的横向水流而著称,情侣和家庭游客如织,可欣赏到真正的自然风光,处处是草地和杉木林道。南怡岛上有《冬季恋歌》初吻的拍摄地。岛不算太大,我们只走完了其中的四分之一。有一片红枫林,现在虽不是秋天,却也看到枫叶红遍,中间的主路旁有高大的杉树,路两旁有各种各样的欧式建筑,主要是游玩吃喝一类的小店铺。大约12点半离开南怡岛,去不远处的饭店吃饭,主要特色是铁板烧鸡肉,鸡肉随便吃,味道不错,很有特色。

餐后就赶往华克山庄。华克山庄是《情定大饭店》的拍摄地。华克山庄里有免税店、朝鲜民族舞蹈和赌城。先是参观华克免税店，没买东西。然后去那个赌城小试一把，结果运气不错，赢了7万韩元，相当于人民币420元。其实刚进去的时候，还不知道是怎么个玩法。下午5点15分离开赌城，去看韩国民族舞蹈，大约一个半小时。表演很精彩，观众席上爆发出一阵又一阵掌声。晚上仍入住昨晚住的那家酒店，又给家里打了电话。下午仍在早上吃饭的地方用餐，但吃的是烤牛肉，感觉不错。晚上洗个澡，整理了一下行李，因为明天就要走人了。今天汽车里一路上都在播放《大长今》，看了还真感人，给人以很多启迪：做人要执着、勇敢、诚挚，不畏困难、不懈追求。

今天终于把带来的食品消耗了一小部分，一袋饼干和一袋鸡腿。看样子，方便面是一定要带回去吃了。没想到，这些方便面也跟着我出了一趟国。尽管出国之前，一些朋友都劝告可能吃不好，现在看来显然是多虑了，但毕竟我做到了有备而无患。老人们常说：出门要捎衣裳，带干粮。这一点我做到了。这几天吃得还是很满意的，基本上不存在吃不饱的问题，可以说天天有肉吃，基本上是随便吃肉。带的衣服感觉裤子少了些，其他都足够穿。温度也适宜，这边的温度要比福州凉快了很多，坐飞机的时候会感到有些冷。

韩国六日游之六

2010年7月20日

今天是回家的日子。出门没两天，就有人跟我说想家了。今天终于要回家了，心里有几分激动，几分兴奋。而我却觉得时间好像过得太快了，有一种没有玩够的感觉。昨天晚上返回旅馆的途中，导游是说过几点钟起床，几点钟集合，然后去哪里哪里，可车上人多嘴杂，根本听不清她都说了些什么。反正早上总有叫早的电话，起来之后，大厅里集合，跟大家伙儿一起去坐车、吃饭就不至于掉队。可今天早上又闹了个大笑话。睡梦中被小刘女朋友的门铃声惊醒，说都6点20了你们怎么还没起床。导游说是早上6点起床，6点半集合。我们只是在等叫早的电话。今天的电话怎么会没响呢？低头一看，原来是电话没放好，好险啊！我来不及洗脸，匆忙把物品塞进行李箱，又反复查看有无遗漏。因为今天就是在韩国的最后一天了，东西落下来就没机会找到了。其他的队友却意外地在早上5点半就被叫醒。原来是叫早错误地提前了半个小时。还好，我们既多睡了40分钟，又没耽误上车。下楼后，大家还没到齐。

上车去仁川机场，途中用早餐，有米饭、泡菜、肉、海带汤之类的。就在餐厅楼下的一、二楼还有一个免税店，看样子不把中国人的口袋抖搂干净，导游是不会放我们走的。我又买了一些物品，把剩下的9万多韩元花完了还不够，还又多花了47元人民币，买了面膜、食品等物，那才叫疯狂购物。之后，上车去仁川机场坐飞机，10点登机，10点20分起飞，12点30分到厦门。在厦门又在免税店买了两条香烟，不买白不买，买了还想买。下午2点30分从机场出发去厦门火车站，3点53分坐上去福州的动车，6点左右到福州。坐大巴到福大东门，那是我很多次出发的起点。晓玲来接，回到家里，顺利结束六天难忘的旅行。

泰国六日游

2012年7月3—8日

适逢学院成立10周年，学院组织泰国六日游。我女儿也于6月22日回国，刚好也能参加这次出游活动。总费用每人大约为4000元，再加上后来800元的自费项目，也有5000元了。时间是从7月3日到7月8日，共6天5夜，主要去泰国曼谷和芭提雅两座城市参观。去参观的景点很多，那些泰国地名稀奇古怪，很多都是第一次听说，很难记得住，所以如果不看资料的话，很难记得住那些参观过的景点的名字。泰国之行，最大的特点可总结为五个：宗教、皇家、人妖、蛇药、大象，在后边的描述中应该都有所体现。只是在大皇宫、玉佛寺、国会大厦、五世皇行宫等很多地方是不允许照相的，所以只好看看我的简单描述了。一句话，那简直是漂亮得一塌糊涂。另外，泰国的水果也是一大特色，那些最有名的水果我都尝到了，主要有榴莲、椰子、蛇皮果、杧果、山竹等。

7月3日（第一天），启程，约早10点从福大东门出发，3个小时的大巴，于1点左右到厦门。本来说是下午4点的飞机，因航空管制，飞机到5点才起飞，中间调时差，回调1小时。3个小时的航程，7点20分左右到曼谷，接受美女小姐献花并合影。这些都是收费项目，一般小费都是20泰铢，要照片的话应该是

100泰铢。晚上住PATRA酒店，要在该酒店住两晚，在曼谷共玩两天，芭提雅两天，再回曼谷一天，住一晚。第一天晚上到曼谷后，就是住酒店，用晚餐，休息。

7月4日（第二天），主要参观景点有湄南河、玉佛寺、大皇宫、国会大厦、五世皇行宫、桂河，竹筏上用餐、卡拉OK，上岸看尼姑浮泳，再回桂河，在桂河大桥旁留影。湄南河是在皇宫附近的一条河，穿过一个水上市场就可以到达湄南河的码头。河水湍急，河里有很多鱼。这种鱼有个特点，就是头顶上都有个小白点，人们会向河里投面包之类的食物，引来很多鱼抢食。河两岸有很多古建筑，也有一些现代建筑，比如说一家有名的皇家医院。据说，人妖就是在这里做手术的。导游说，在泰国，许多寺庙都有自己的学校、医院，寺庙里的和尚出来化缘，除了钱什么都要，如衣物、用品、食品。湄南河一侧的河道里有许多木房子，据说是为无力购买房子的穷人建造的，在泰国的公立医院30泰铢就可以看所有的病。玉佛寺里供奉着一个40多厘米高的玉佛，大家都是光着脚进去，跪在地上磕头，我忘记了脱帽子，还被一个工作人员提醒。出了玉佛寺就是大皇宫，这是泰国最有名的宫殿，是以前泰国国王办公的地方。国会大厦装饰得最金碧辉煌，各种各样精美绝伦的艺术品陈列其中，房顶和墙壁上也是金光灿灿，有许多壁画，记录了皇家往日的辉煌。对黄金柚木建筑——五世皇行宫的印象也颇深，那里有五世皇的许多照片和在国际交往当中的一些记录，比如照片、器物。据说，该建筑群大多用泰国出产的一种金柚木做成，几乎不用钉子。这种木头木质坚硬，防腐性好。涂上油后，即使浸入水中也多年不会腐朽。下午坐车去参观桂河，据说桂河是导游们起的一个名字，在中文当中没有对应的名字，叫作桂河是因为它有泰国小桂林之称。我们到达桂河的时候已经是傍晚，天很快就黑了。我们坐的这种船叫作竹筏，前面由一个动力船拖行。我们在竹筏上用晚餐，第一次喝泰国啤酒，说是有25度。上岸坐车去看了尼姑浮泳，就是一个尼姑在水池里摆出各种各样的姿势，不用划水，却不会沉入水中。后来又在桂河大桥边照相。据说，二战期间，日军为了修建这座桥，死了6万多人，估计大多是泰国人。晚上回曼谷住宿。

7月5日（第三天），就是在去芭提雅的路上。主要参观的景点有皇家珠宝中心、皮件中心、鳄鱼湖、锡攀水上市场、九世皇庙、蜡像馆、金三角风情园。珠宝中心和皮件中心就不用说了，我们这个团不会有很多人在那里买东西，东西是很好，各种珠宝琳琅满目。皮件中心主要是鳄鱼皮制产品，也有珍珠鱼皮和大象皮制产品。鳄鱼皮最贵，大象皮最便宜。导游说，大象皮产品不结实，一沾水就坏掉了。我在皮件中心得到了我在泰国唯一为我自己购买的东西，并且是免费的，那就是在地上捡到的一个真皮的腰带扣，够可怜了吧。在鳄鱼湖，乘船看鳄鱼，水里、岸上有很多小鳄鱼。骑大象走了一圈，照了相，还坐马车转了一圈。我们在水上市场倒没买什么东西，就是选择了两种小吃，其中一种是杧果糯米饭和鱼面，感觉味道不错。水面很大，许多很别致的木房子建在水面上，当地人在销售各种独具民族风格的产品。还有个印象较深的就是金三角风情园，里边是泰国皇家为久居金三角的中国国民党93师残留将士开辟的一个居留地，一年有30户来此循环居住。这里边弥漫着背井离乡、思念故土、有家难回的凄苦气氛。晚上我们一行数人去看了两场在国内难得一见的舞蹈表演。

7月6日（第四天），参观珊瑚岛，参加海上项目，吃海鲜，游泳，做泰式按摩，东方公主号看人妖表演和泰拳表演。珊瑚岛是一个海滩，小船在水面上航行时，我们可以透过清澈见底的海水看到水下的珊瑚。当我们到达一个平台时，上面有降落伞活动，贝贝参加了这个项目。海鲜是很好吃，量也足够，大家大都吃了三个大螃蟹，还有别的，有的叫不上名字。还在围起来的海边游泳，沙很细、很白、很干净，水很咸、很苦、很涩，很不好喝。然后去做了两个小时的泰式按摩，舒服！之后去东方公主号看人妖表演，有不少人跟人妖合影，照一次相要给小费20泰铢。尽管人妖长得是很漂亮，但我还是拒绝跟他们合影，尽量离他们远一些。这时候下着小雨，我们在一条被称作红灯区的街上前行，路上都是各种不同肤色，来自不同民族、不同国家的人，这时你才会感觉到是到了外国。导游说，路边的那些男男女女干什么的都有，要我们不要搭理他们。最后看了泰拳表演，尽管我觉得打得挺残忍的，可还是有人说有表演的成分，我想也许是吧。晚上仍回原酒店入住。

7月7日（第五天），吃早餐，离开芭提雅，参观四面佛寺、东芭民族文化村，看民族表演节目、大象表演，看猴子摘椰子，参观土产市场、毒蛇研究中心，中间还看到了七珍佛山。下午4点多到曼谷，到免税店购物，7点去看人妖歌舞表演。到了四面佛寺，在四面佛像前，大家都在祈求，有成功、婚姻、平安和事业四种愿望。然后去一个展厅里参观，里边塑有释迦牟尼的神像，还有个和尚在给一些人做佛事。猴子摘椰子很有意思，猴子在椰树上，用两个前爪旋转一个椰子，最后椰子刚好落入地面上农人的网袋里。后边是东芭民族文化村，看了歌舞表演和大象表演。像这种大型的大象表演，我还是第一次看到，主要有踢足球、投篮、骑车、列队等。一个表演节目一结束，大象都会到场地边上去向观众要香蕉吃。在返回曼谷的路上还去七珍佛山照相，那是一座被人工开凿的半壁山体，上面有一个大佛像，是用几百公斤金水画上去的，很漂亮、壮观。接着参观土产市场和毒蛇研究中心，我们在这两个地方都购买了一些东西，比如吃的东西和蛇药。当然，在免税店购物是全团人的向往，大家在那里待了两个小时，几乎每个人都在那里买了东西。到曼谷后先用餐，吃的是泰国烧烤，吃的还算可以，都吃饱了。接着我们去看了一场人妖歌舞表演，都是假唱，大概有十多个人妖，长相不错，表演的舞蹈也不错。晚上住曼谷另一家酒店。到了酒店，估计又是11点左右了，大家本想去附近的超市逛逛，看来是无法实现了，因为所有超市都关门了。

7月8日（第六天），回国。最后一天基本上是垃圾时间，就是睡觉睡到自然醒，9点多去吃早餐，回到房间收拾行李，看电视（《西游记》），用午餐，再回房间休息，10点50分集合，坐车去机场，等飞机。下午4点的飞机，大家伙又在机场免税店购物，这应该是最后一次了，其实也不一定，因为到了厦门机场还有免税店，即使在回福州的路上，还有人去逛停车区的小超市。坐上飞机后，在飞机上拍了几张照片，泰国的大片农场就在下面，天上飘着各种各样奇形怪状的浮云，在地面上投下一片片云影。有时候，当飞机从涡流层穿过时会产生轻微的颤抖和颠簸。7点20分左右，飞机顺利降落在厦门机场的跑道上。出海关，过安检，坐大巴，回福州，大约12点到达家里。这一天，没有看任何景点，也没有时间逛超市购物，因为泰国的超市大都在早上9点之后开门，晚上9点左右也都关门了。

美国之行——旧金山

2014年9月23—27日

  由硅谷高创会、美国营销管理协会主办，由中国市场学会、教育部中国教师发展基金会联合主办的中美教育创新峰会暨国际大学生营销大赛启动交流会定于2014年9月25—28日在美国硅谷圣塔·克拉拉会议中心召开，主题是创新与合作，宗旨是搭建中美教育行业的合作和共同发展的平台，促进中美教育产业的创新及应用，构建中美教育与投资高层次对话，交流和合作的高效平台。

刚收到通知时，没有及时准备以至于差点儿误了行程。原定于9月9日（周二）去广州办签证，结果因为派遣函的问题又将签证向后顺延了一周，推迟到了9月16日（周二）。其他材料都已准备齐全（其实，准备的大部分资料都没有用到），主要是福大这边需要提供一份派遣函。这份派遣函花了我将近10天的时间，以至于第一次安排的签证时间无法按时去，福大行政部门的办事效率简直把我逼疯了。9月12日终于拿到了福大的派遣函。周一坐飞机去广州办签证，周二早上去美国驻广州总领事馆，晓玲几乎没说一句话就过了，我的签证却出了问题。那个美国签证官像是在盘查犯人一样，先用汉语再用英语，又是问我博士期间的毕业论文，又是问我去美国的详细行程安排，参加什么会议，什么议题。最后要我提交两份材料，一个是个人简历，一个是在美国的详细行程。我感到很郁闷，回到宾馆后就赶紧准备这些材料，并发给了他们，当天返回福州。眼看着离出发的日期9月23日越来越近，签证还没有消息，很是着急。因为按规定像我这种情况要等4~6周后才能有结果。北京那边知道情况后，也通过会议主办方跟美国大使馆联系，让美国大使馆通过北京领事馆跟广州领事馆联系，结果有了转机，北京那边传来消息说已经办妥了，后来这两天就是焦急地等待护照寄到福州中信银行，最后在22日拿到了护照，这样才使得第二天的美国之行成为可能。看样子真是好事多磨啊，心急吃不了热豆腐。

23日，上午准备行李，10点左右黄老师开车送我们去福州南站，12点零3分发车，到达上海虹桥车站的时间是下午7点左右。坐地铁2号线到广兰站换乘去浦东国际机场，到川沙下车，找到一家旅馆住下。

24日，从川沙出发去上海浦东国际机场，9点到机场，休息，10点打票，过安检，11点20分左右登机，将近1点起飞。航班是美国联合航空的UA858，这表明对台风可能会导致延误起飞的担忧消除。飞机是那种大飞机，共60排，一排10个人，估计能坐600来人。机上乘务员都是上了岁数的中老年人，可称为空叔、空姨，其中有两个会说中文，并且说得还很流利。一路上他们倒茶、送水、送饭，机上一共吃了三顿饭，尽管吃的不是很合口味，但也不会忍饥挨饿。广播里不断播放一些中英文的通知，因为我们坐在47排，飞机噪声很大，根本听不清他们说了什么。空乘人员一路上忙个不停，也挺辛苦的，临下飞机我说的那句thank you是发自内心的。这种飞机座位空间很小，进出很不方便，又不停地吃东西，喝饮料，就要一直挤来挤去地上洗手间，以至于到后来坐在边上的那个女同胞都有些生气了。没办法，飞机上毕竟不同于广场，只好将就一下了。飞机飞得很稳，到达旧金山的时间是北京时间11点左右，美国时间是24日早上8点，过了安检，是9点零3分。晓玲在上海机场预购了一些化妆品，等回国时再结账取货。人家说，超过100毫升的液体是不允许带上飞机的，另外也不允许携带水果之类的。透过飞机的舷窗，除看到变幻莫测的云海之外，其他什么也看不到，可以说长途飞行是乏味的，令人生厌的。

24日早上（美国时间）9点左右出海关，在机场大厅里等待后到者，此时从上海和北京来的与会者已会合到一起，共17人，还有1人（李红）因在国内没拿到护照要第二天才能到。等人到齐后都快10点了，我们就坐车去参观旧金山市的一些景点。其实大家都累得、困得不行，都要求先回旅馆休息，明天再去参观。可导游说按行程安排就是先参观景点，再回宾馆。美国宾馆都是12点退房，3点之前为打扫卫生时间，3点之后才能入住。大家只能强忍着困顿依规而行了。旧金山位于美国西海岸，美国大陆最西边，共有人口800万，市区人口80多万，平时加上流动人口约有120万人。导游说，这边平均温度为20℃，不冷不热，几乎从来不下雨，所以一般没有蚊子。事实上并非如此，我们入住后的第二天早上醒来的时候就看到地面是湿的，肯定是昨晚下过雨了。可以肯定的是这边几乎不会下大雨。我们驱车游览了市政厅、金门大桥、花街、新的天主教堂等景区，还顺便穿过了旧金山最繁华的商业街。

旧金山只有市中心有几座高楼，这些高层建筑大都是政府办公楼或商业大厦。大多数的建筑物都不会越过三层，主要原因是美国地广人稀，不需要盖高层建筑；第二是如果是三层以上政府就要求加装电梯，这样就增加了成本，用电量增加，也增加了环境负担。所以像硅谷的苹果、谷歌、思科等世界级的大公司都是两层建筑，只不过房子比较多而已，最多的有四五十座双层建筑。旧金山的市政厅是一座欧式建筑。据说，在前些年的一次毁灭性的地震当中，旧金山包括市政厅在内的约四分之一的建筑被损毁，现在的市政厅是重新修建的。市政厅就是一幢独立的建筑，四周是没有围墙的，大门也算不上豪华。工作人员都在办公，游客和市民是可以随便出入的。只是在"9·11"事件后，进入市政厅要接受一次安检。我们去的时候看到工作人员进进出出，市长会议室里正在开会，市长办公室里也有人在办公。市政厅内有很多前任市长的雕塑。市政厅内部非常漂亮，看上去金碧辉煌。离市政厅不远的地方就是艺术宫，这也是一座经典的欧式建筑，看不到大门在哪里，只看到有一排排巨大的柱子。艺术宫旁有一个湖，湖内野鸭在自由地游荡，有的野鸭会飞到岸边来。美国的动物根本不怕人，人离它很近，它都不会飞走。路面上鸽子就在人群中穿行，松鼠也一点不怕人。

之后参观的是金门大桥。金门大桥有着光荣的历史，曾经是世界上第一座最长的斜拉式大桥，总长2789米。建桥的这个地方，风大水深，建桥难度很大。现在看上去，这座被油漆成赭红色的大桥依然宏伟壮观，很多游客在桥头拍照留念，也有人向桥的中间走。

旧金山是加利福尼亚州的科技、金融、旅游和农业中心，加利福尼亚州也是美国最富裕的州之一。

后来我们参观的地方还有花街和一座教堂。旧金山市区的街道都是纵横垂直交错的，这个地区都是丘陵状的，山也不会太高，但有的地方也会比较陡。花街就是这样一个地方，也是一条街道，不过坡度应该在35度到45度之间，他们把这条街修成S形，并在两边种上各种漂亮的花，使这里成为一道亮丽的风景。

据说旧金山有两座有名的天主教堂，一座老的，一座新的。我们去参观的那一个是新建的，外观设计很独特，里面显得庄严肃穆，有一排排的座位，有几个信徒在祷告。我们只好屏声静气，只管照相。

之后就是驱车从旧金山繁华的商业区穿行。导游说，都是那种销售高档名牌商品的店铺。我们没有在此停留，时间也不早了，我们就返回旅馆休息。我们住的这家旅馆并不在旧金山市，而是一个叫作奥克兰的城市，都在这个海湾边上，旅馆的名字叫作红狮旅馆。返回旅馆前我们还去附近的一家沃尔玛超市购物，说是当天晚上没有安排晚餐，要自己解决吃饭问题。这一天实在是太累了，等于是一天没睡觉，这就叫倒时差。其实，之后的两三天都觉得非常困，总觉得睡不够似的，当然也跟起早贪黑本来就缺觉有关。第一天就这样结束了，感觉还挺不错的，这就是异国他乡的感觉。

9月25日，上午旧金山湾区巡游，下午去Nappa酒庄品酒。从渔人码头出发（距离我们昨天参观的金门大桥不远），坐游船先向金门大桥方向开，耳机里有中文解说，介绍金门大桥的历史和现状。金门大桥渐渐清晰，接近金门大桥时，右转进入湾区。可以看到在远处有一个小岛，可能就是所谓的天使岛，有点远，看不大清楚。再往前就是魔鬼岛，是以前关押犯人的地方。尽管距离岸边不远，但这些犯人却终生不能上岸。据说有个犯人越狱了，就再也没有找到过他，不知道是葬身于大海之中，还是越狱成功后隐姓埋名度过余生。

我们总共在两个酒庄歇脚品酒。这个地方全是葡萄园，跟我们想象当中的不同，地面很平，葡萄树的高度一样，树间距一样，每行的行距也一样。看上去，葡萄粒位于中间的位置，上面是为数不多的叶子，下边是树干。葡萄粒不大，红色。人家说这种葡萄是专供酿酒用的，吃起来不会太好吃。我们都摘几粒尝尝，感觉味道还可以。我们感到这些葡萄园庄主都应当是很富有的，从他们庄园的规模、装修都可以看出来。我们喝了两次酒，一次是免费的，一次是花钱买的。酒很好喝。在其中一家我们欣赏到了庄主聘请的艺人的献唱。

9月26日，参观硅谷、加州大学伯克利分校、斯坦福大学、苹果公司总部和谷歌公司总部。伯克利分校校区很分散，学校并没有在中国大学看到的那种围墙，一个学院和另一个学院并不一定紧挨着。一个学校总要有一两个标志性的建筑物。有国内在此读书的学生做导游带我们在校内参观。在学校的一个出口，我们还看到一个文艺表演活动，很热闹。

斯坦福大学就不同于伯克利分校，面积很大，感觉比较集中，文化氛围很浓。我们去的时候刚好是学生在举行迎新活动。学生们都在一个地方摆摊设点，又是唱歌，又是跳舞，看样子，哪个国家、哪个民族的都有。这些孩子都很热情，乐意跟我们合影拍照。

因为有朋友在谷歌公司工作，我们就在朋友的带领下参观谷歌总部。当我们到达苹果总部时已经是下午5点多了，人家都关门下班了。我们就在外边有苹果标志的地方照相留念。正如前面所说，这个地方只有两层建筑，没有高楼大厦，也没看到有多少清洁工，只是看到警察还是令人生畏。

9月27日，去Santa babala硅谷会议中心参加会议。上午开会，下午分论坛讨论。开会跟中国一样，有人主持，然后是不同级别的领导分别上台发言，有人说得很少，有人长篇大论，有人侃侃而谈，有人绘声绘色，有人中规中矩，有人引人捧腹大笑。不过我基本上听不懂他们在说什么。美国诺贝尔奖获得者朱棣文作主旨发言，苹果公司合作创办人斯蒂文采访。下午分组讨论，跟斯坦福大学教授皮特赵座谈，晚上有晚宴，随便吃，只是每一次取菜都要排很长的队。

美国之行——洛杉矶

2014 年 9 月 28—29 日

9 月 28 日，自驾游。早上 7 点左右起床，租两部车，驱车赶往洛杉矶。沿美国太平洋西海岸往南走，一路上走走、停停、看看。看了几个有名的景点：一个庄园、一个海豹出没地、丹麦小镇。行程约七八百公里，来到洛杉矶。

9 月 29 日，到洛杉矶后参观的主要景点有好莱坞步行街、好莱坞全球剧场、星光大道、Dolby 剧院、好莱坞电影学院。重返旧金山，晚上 12 点左右下飞机，住在原红狮旅馆，休息的时候已经是晚上 1 点 30 分。第二天早上 5 点 15 分集合，坐飞机去纽约。

美国之行——纽约、波士顿、华盛顿

2014 年 9 月 30 日—10 月 5 日

9 月 30 日，早上 4 点 30 分起床，5 点 15 分出发去洛杉矶机场坐飞机飞赴纽约。没有吃早餐，7 点 40 分多起飞，到达纽约的时间是美国东部时间下午 4 点 20 分左右，飞行时间约为 5 个小时，加上 3 个小时的时差。纽约时间跟中国日夜刚好相差 12 小时。下飞机后先去饭店吃饭，中餐馆自助餐，吃得很舒服。这几天一直在吃西餐之类的，把胃都吃酸了。餐后看看时间还比较充裕，就去了 Maily 商店购物，9 点返回希来顿酒店休息，明天去纽约主要景区游玩。

10 月 1 日，早 7 点起床，8 点 30 分出发，主要参观了曼哈顿区、联合国总部、自由女神像、帝国大厦、时代广场、华尔街、华盛顿雕像、纽交所、旧市政厅、第五大道。

10 月 2 日，上午参观纽约大学，下午跟纽约大学工学院 Kaufman 教授座谈，见到了来自中国的张玉教授、陈教授。下午还参观了纽约市内有特色的建筑物，大都是私宅，很漂亮，所以只能在外边拍照，又参观了一座教堂，好像也不让拍照。临走的时候，我们乘坐的汽车还穿过了有名的唐人街，然后驱车前往波士顿。

到达波士顿的时间大约是晚上11点半，上上网，睡觉的时间应是凌晨1点了。

10月3日，早上7点30分起床，8点30分出发去哈佛大学和麻省理工学院参观。哈佛大学像北大，重文，麻省理工重理工。这两个校区都比较集中，特别是哈佛大学老式建筑较多，至少有两个堪称哈佛的校标式建筑物。今天刚好是哈佛的参观接待日，来哈佛参观的人很多，除了大量的中国游客也有不少外国游客。校方专门派出一个学生来给我们讲解，当然这个学生是美国人，我听不懂一个完整的句子，只能听出来一些单词。

从哈佛大学出来，坐上车，没走多远就到了麻省理工学院。麻省理工学院位于一条大道的两侧，正对门。我们来到主校区的教学楼里拍照留念，看到学生和老师进进出出，其中有不少的中国学生，好像还有一群来自中国的中学生来这里搞夏令营活动。

美国大学生上课大都是小班上课，我们从门缝里往教室里看，教室里只有二十来个学生，有的老师也很年轻。在好莱坞电影学院和纽约大学看到的情况都差不多。

说说美国的卫生间，所有的卫生间肯定都会有手纸。旅馆、学校、餐馆的卫生间叫restroom，飞机上的叫lavatory，旅馆的卫生间只可以用毛巾擦干手，其他地方的卫生间可以用擦手纸擦干手或用吹风机吹干手。卫生间全都是坐式马桶，很干净。在美国旅行，一个不小的麻烦就是找厕所。美国这边是没有什么公厕的，在美国旅行要上厕所就必须找到餐馆、加油站、政府机关、学校之类的地方才能找到厕所，私人住宅是不能随便进的。就是进上述有厕所的地方，也不要打听，不要问，进去直接找就可以了，找不到再出来，否则，那些服务员会不高兴的。

由于有导游带路，基本上不用问路，就是购物时会说几个常用的英语单词就能完成购物，复杂的话不会说，也听不懂。

10月4日，明天就要回国了，今天要参观的地方有华盛顿的一些景点。早上7点30分起床，8点30分出发。今天参观的景点主要有国家宪法中心、军事博物馆、美国国会山庄、华盛顿纪念馆、华盛顿雕像、白宫等。

10月5日，我们一大早就起来，在酒店里用早餐，然后去华盛顿机场坐飞往芝加哥的飞机，飞机是早上7点51分登机，8点零6分起飞，到达芝加哥机场的时间是9点零2分。我们没有在芝加哥停留，只在飞机上拍到了几张芝加哥的街道、交通和房屋什么的,还有几张照片是在芝加哥机场内拍摄的。大家在芝加哥机场稍作休息,兵分两路,去往北京的队友跟去上海的队友在这里分手。我们是往上海的,芝加哥到上海浦东机场的飞机是上午 10 点 15 分登机、10 点 30 分起飞,到上海的时间应该是第二天也就是 10 月 6 日的下午 1 点 40 分。当飞机将要降落的时候可以看到海面上有很多漂浮物,跟美国的海岸线一点都不一样。飞机降落后,晓玲去取她先前在机场免税商场购买的东西,我也在免税商场买了一些东西。然后就跟其他朋友分别,我们去动车站坐动车返回福州。

第四辑

故乡这般情

殷殷故乡情

2012年8月15—24日

从前年回老家到现在已经是第三个年头了，故乡是我魂牵梦绕却又怀几分忌惮的地方，这个中情由少有人知晓。被几位老同学的热情所召唤，被女儿的娇嗔所点燃，被一种对已故异姓兄弟的怀念所驱使，我终于回到了那个熟悉而又陌生的土地。

8月15日下午3点13分乘车由福州返回河南，16日下午5点零3分到偃师。晚上住杨庄大姐（贝贝大姨）家。大姐做的菜盒实在是好吃，还吃到了几乎不曾吃过的红薯面条。还有一种叫作"捻转儿"的东西，据说是用没有长熟还发绿的小麦做成的，外形像豆芽，用蒜汁拌过，味道和口感都不错。大姐家条件较以前改善了不少，住上了自建的两层楼房。房子装修得也非常漂亮，特别是晚上睡觉时根本不用开空调，不冷不热。本想去南蔡庄看看贝贝姥爷和姥姥，后经多方联络、咨询，怕惹老人家生气只好作罢。

17日上坟。上午先到西蔡庄，见到大哥、大嫂，稍坐。然后带上香、纸帛去给建通上香。坟头就在大渡槽尽头的一块地里，据说是二哥的地块，孤零零的一座坟头矗立在肃杀、空旷的玉米田里。我的心情开始沉重起来，我的兄弟竟然孤身一人独居在这无比荒凉、冷清的地方。旁边有一条深沟，往下几里外就是滚滚的黄河。无人陪他说话，跟他喝酒，听他说些幽默的话。望着他低矮的坟头，泪水一次次模糊了我的视线。烛光中我一次次呼唤着兄弟的名字，随着纸帛燃尽，纸灰飘扬，我把带回来的酒洒在了他的坟头，在深深的鞠躬里默默地祝愿兄弟在那边一切都好。

中午还在大姐家吃饭，饭后赶着去洛阳坐返回新乡的汽车。由偃师开往洛阳的汽车由南蔡庄经过，我努力地寻找我曾经熟悉的那一座座小院，搜寻也许再也看不到的面孔。听到那些熟悉的腔调，甚至听到"首阳山"三个字都如雷贯耳，振聋发聩。洛阳很快就到了，感觉途经的洛阳城区变化不是太大，只是觉得标示牌增多了不少。有好多年没来过洛阳了，路怎么走都不知道了。汽车到了洛阳汽车站，我在车站里打听了一下，说是长途汽车站就在旁边。刚进长途汽车站，就被一个捎客领到了去新乡的汽车旁。到后来，这个车实际是只到武陟，到了武陟后，就把我们转到了去新乡的汽车上。我本想坐那种走高速的大巴，这样可以早点到新乡。结果，根本不走高速，到新乡的时候已经是晚上 8 点多了，巧敏去新乡汽车站接的我。一路上，大巴在平坦、空阔的中原大地上穿行，就像一个可爱的儿童在母亲的怀抱里嬉戏、游玩。条条大路互相交织着，通向远方，真可谓大道直如发。环顾四周，一马平川，似乎一眼可以看到千里之外。美中不足的是天空始终灰蒙蒙的，又不像要下雨的样子，估计是空气污染比较严重的缘故。当大巴途经获嘉县境的时候，一股亲切感油然而生，我努力地在记忆中搜寻着熟悉的样子，事实上什么也想不起来。因为，这条路我走得还是太少，印象渐失了。只是感觉到跟前面的孟津、孟州、温县等相比，路还是显得窄了一些，看来获嘉县这几年发展还是慢了一些。

18 日，在家里休息，跟贝贝进市区吃烩面，饭后去人民公园游玩，逛商店，吃奶酪，后坐小区看房车返回。

19 日，贝贝去参加同学小孩满月宴请，我跟巧敏去买车票，中午还喝了胡辣汤。这几天天气炎热，出门不便，在家里休息也不是太好。晚上下了一场雨凉爽了许多。

20 日，跟军师联系，本计划 21 日去获嘉，22 日早上返回新乡，军师提议中午来新乡接我们，所以行程略作调整，决定下午就回获嘉。大概是中午 1 点多的时候，军师开车来接，还有一位 33 年没见过面的老同学聂绪杰随车前来。我们来到获嘉县城，住国泰酒店。在酒店里我们决定下午就去我大姐家探望，这样可以节约明天的时间。过了大呈就是孟庄，还是那段泥泞不堪的街道，还是那个电线杆，那将成为我记忆当中不可磨灭的一段链条。见到大姐，令我感到非常吃惊的是她已说不出话来，一只胳膊和一条腿不能动，只是脑子很清醒，姊妹几个轮流值班来侍候她。大姐看上去并不怎么见老，头发几乎全是黑的，跟以前相比瘦了许多。我给她留下了一些钱，就匆匆返回获嘉了，因为几个同学约好晚上 6 点半在国泰酒店吃饭。我感激大姐是因为她曾在我最困难的时候帮助过我，她离开家里，来到新乡，为我跟贝贝做饭，陪我度过了那段不堪回首的日子。

晚上就在国泰酒店吃饭，参加晚宴的有淑霞、军师、法孔、永雪、长春、秋生、绪杰、雪梅、美琴、翠荣，还有同村的一个同学的妹妹，加上我跟贝贝，应该是 13 个人。同学们对我跟贝贝都很照顾，没有让我们多喝酒，大家聊得也比以前多，特别是法孔的幽默和调侃使饭桌上充满了欢声笑语。饭后又去"同盟"唱歌，老同学们唱得都很好，我自叹不如。他们悠闲、舒适、安静的生活令我羡慕不已。大约12点钟，我们回到酒店休息。

21日8点多，先驱车去羊二庄我舅家看望我妗妗，见到了我表哥、表嫂。我妗妗依然像以前一样健康，感觉身体比以前还要好，一眼就认出了我跟贝贝。她是我的亲戚当中最亲的老人了。如有机会，什么时候回家我都会去看她，毕竟她是我仍健在的唯一的长辈了。从表哥家出来，就准备去我老家大新庄给我的父母上坟。途经中和镇的时候，买了纸帛之类的，军师他们还帮我买了鞭炮。到了小南庄，我们李家的坟早已淹没在浓密的青纱帐里，找了半天才找到入口。因为刚下过雨，地里很湿滑，贝贝的高跟鞋很快就变得更高了。在一人多高的玉米地里找了半天，基本确定了我父母的坟头。今天的我已经不再伤心地哭泣，只是像他们还在世一样，跟他们进行心与心的交流，那是多么的亲切、动人。在父母的坟头烧掉了所有的纸帛，我跟贝贝磕了头，算是说声来年再见。军师和绪杰放了鞭炮。我感受最深的是，军师和绪杰两个也钻进这浓密的玉米地里，帮我找坟头，放鞭炮，他们真是我的好同学，他们才是我最好的朋友。我想，在人的一生当中，婚丧嫁娶，红白喜事，是一个人最重要的时刻。这时候往往忙得一塌糊涂，如果这时候，有一些朋友伸出援助之手，帮你操办这些事情，你会备感轻松。尽管多年来我跟他们少有来往，而今天他们却同我泥里土里地穿行，我感觉到这是一种纯真的、朴实的、真正的友情。接着，他们把我们送到了我妹妹家——辛丰村。他们俩为了我们亲人间说话方便，一般都不在场，他们是多么善解人意、体贴入微！

中午在妹妹家吃饭，妹妹也是半身不遂，现在病情已经稳定了，基本上能自理。我妹夫和外甥准备了满满一桌子菜，我们一边吃饭，一边聊天，知道妹妹家里过得还可以，我就放心了。很快，绪杰来接我们了，我们刚好吃完饭，同学们安排下午陪我们进山游玩，这让我感到很吃惊，因为这是原来安排的行程之外的。获嘉县境内几乎没有什么旅游景点，我们今天要去的地方是在百里之外的辉县关山，这在以前是无法想象的，因为光交通就是个大问题，而现在他们大都有了车，这样出行就方便多了，百里的路程1个小时就到了。获嘉县城往北我以前是从来没有去过的，比如说，卫庄、照镜都只是听说过，到底在哪儿根本不知道。

辉县关山景区就在著名的八里沟景区旁边，据说山这边是关山，另一侧就是八里沟。当我们来到景区的时候，阵阵山风吹来，感受到的已经不再是凉意而是一股寒气。听军师讲，山的高度大概有1000多米，往里头走可通达山西境内。我们行进的路线基本上是坐景区中巴上去，然后再顺台阶下来，实际上我们还是爬了两段的台阶，最后还因为出来太晚了，景区车停开，我们还摸黑走了几公里的山间公路。上山的时候，先坐了两段的景区车，后来因为前方路段塌方，只好下车前行。军师对登山的路线很熟悉。先走了一段台阶，来到天柱峰下。在爬山途中看到了一些景点，比如路边有一条山缝，冷气袭人，据说到天气最热的时候，这个地方会像冰箱一样凉。后来还经过了两个一线天，一个较宽，一个较窄，里边也很凉。那个较窄的一线天，只能侧身而过。有些地方还要弯腰，不小心就会碰头。估计有20多分钟，我们就到了一个平台，天柱峰就矗立在我们眼前了。最令我高兴的是，这是我第一次跟老同学一块儿爬山，这是以前从来没有过的，我想以后也不可能经常发生。以前上学的时候，大家都还小，哪儿都没有去过。现在大家一起做些事情，感觉很特别，好像是一种历史的复归。

在路边，给贝贝买了一双布鞋，很舒服，之后就继续向上爬，大约有半个小时，我们就爬到了天柱峰旁边的公路上。这就是我们今天爬山的终点了，一是因为时间不早了，二是因为大家都觉得累了。毕竟这里边大都是些六字头的半大老头老婆。我们一共有六人，军师、法孔、淑霞、绪杰、贝贝和我。景色很漂亮，可以说处处是景，在哪个角度照相都很漂亮。我们一边休息一边照相，后来看看时间差不多了，就决定下山。先顺原路返回到那个平台上，再穿过那两个一线天，再后来就是顺着一条瀑布下行。水很清，路是有上有下，瀑布有好几段，各有特色。在快要离开瀑布的时候我们每人还吃了一碗凉粉，感觉不错。这时候天色已晚，山顶的轮廓很清晰，我们被群山环抱着，簇拥着。在还没有离开山谷之前，天就黑下来了，大家都累坏了。当我们到了停车场的时候，已经联系不到司机了，我们只好步行顺公路下山。估计走了1个小时，天色渐晚，公路依稀可辨，萤火虫在路边的草丛中盘旋，对我们来说又是一道亮丽的风景。终于来到了出口，大家松了口气。之后，就是返回的路程了，从辉县市市区边上经过，经过高速路，最后来到获嘉县城。大家又在街上一个小饭店里吃饭，有牛肉，还有蒸菜。之后回酒店休息，一夜无话。第二天吃过早餐后，军师把我们送到新乡住处。

23日，早上把巧敏和贝贝送上火车，贝贝24日中午就要登机飞往巴黎。上午军师来，在一家酒店开了个房间，中午还去吃了糊涂面条、胡辣汤之类，好吃不贵。下午法孔和秋生也赶来新乡陪我聊天。下午他们三个把我送上去上海的火车。24日上午将近10点的时候到上海，然后坐地铁到上海虹桥火车站，12点25分坐动车返回福州。到福州的时候是晚上7点30分，到家的时候差不多应该是9点了。这次故乡之行终于落下帷幕。

与福州相比，故乡的山更显得巍峨挺拔，故乡的水更甜更美。在这次匆忙而又短促的返乡之旅中，浓浓的亲情、甜蜜的友情、纯朴的乡情包围着我，滋润着我，熏陶着我，让我时时陶醉在幸福和愉快之中。珍惜吧，这个世界上真正令我们珍惜的东西也许不会太多，用心去栽培、用爱去呵护、用真情去哺育那一份份不朽的情谊吧。

重回河南

2012年10月15—23日

贝贝将要结束她四年的法国求学生涯，预订了10月16日到达北京的机票。这次回来肯定会带较多的东西，所以我上个学期就决定把我的课推到后半学期来上，以便去北京接她。15日去坐往上海的动车，本应该去福州南站坐车，我却鬼使神差地坐上了去福州站的K3路。等到了乌山路才突然发现坐错了方向，这时离开车的时间已经不远了。我急忙打的去福州南站，等到了南站后，那辆动车已经发车十几分钟了，没办法。正在着急之时，一个衣着破烂的小伙问我要去哪里，他可以把我带进车站。我半信半疑，刚好几分钟后有一趟发往南京的动车，途经上海，我就慌慌张张地跟着他买了一张到罗源的票，上了车，还给了人家30块钱。最后，这张从福州到上海的动车票算是作废了，但最重要的事没有耽误，那就是到上海后换另一列动车去北京。到上海后，从上海虹桥站坐地铁到上海站后，还剩下一点时间。抓紧时间去旁边的一家沙县小吃店里吃了点东西，就赶紧去坐车，等我到达候车室的时候，第一批检票已经结束了。列车车厢是那种卧铺改造的，底下是三个人的座位，上面是空的。一个女的去上铺，我就跟另外一个男的睡下铺，还算不错，虽说挤点，却也睡得安稳。一夜无话，于第二天早上7点平安到达北京南站。

16日早上到达北京南站后，迅即坐去往北京国际机场的机场大巴，到达机场2号航站楼的时候时间还早，贝贝乘坐的航班是9点40分左右到机场，实际上还晚点了三四十分钟。我先吃了两块泡面，接着就在出站口等。不知道是从什么时候开始的，下飞机出站的时候还要再验一下行李。你可以看到，行李一件件从那个黑洞洞的盖着黑帘子的洞口里滚出来，横七竖八地躺在地面上。那些刚下了飞机的游客慌忙从地上捡起自己的行李，匆匆忙忙地离开大厅，有的人还慌不择路，竟然走错了方向，显得有几分仓促和狼狈。

10点多接到了贝贝，在大厅里休息了一下，整理好衣物，就坐机场大巴去市里。我们到了北京西站，买好了回新乡的车票，就去车站旁的一家川菜馆吃饭。然后阳阳从中国传媒大学来见我们。他爸爸前两年英年早逝，他现在应该已经从巨大的打击中走了出来。姐弟俩聊得很开心。下午5点多的时候，阳阳返校，我们上了火车。等我们到达新乡火车站的时候已经是晚上11点多了，打的到阳光新城，总算平安回到了家里。

此后两天，开通了家里的网络，跟贝贝去市里闲逛，吃饭。19日回获嘉看望我大姐和妹妹。10月20日，正好是贝贝的生日。我们一块儿去市里吃了自助餐，因为有人过生日，菜金还额外地便宜了一些，大家都很高兴。

21日回大新庄，因为9月份刚回过老家，对老同学多有打扰，这次回家本来计划不去打扰他们了，可在从大新庄回新乡的路上，我不小心打开了QQ，淑霞突然问我，你在忙什么？我只好说了实话。接着军师也给我打来电话，将我狠狠地批评了一顿，并约好第二天，去获嘉见个面。

22日上午，平安开车来接我们父女俩去获嘉。这次参加聚会的有淑霞、军师、法孔、绪杰、子运、长春、雪梅、贝贝和我，吃的是火锅，后来又去唱歌，大家都喝得不少，抱在一起，又是哭又是笑。后来又去吃了饸饹条，因为已经是醉醺醺的了，我努力地品尝饸饹条的味道，还能吃得出来。后来子运把我们送到新乡，一路走得很稳，到小区门口的时候，下车就吐了。

23日去新乡市里退回福州的火车票，买去北京的高铁车票，晚上又跟军师和他的朋友陶经理一起吃饭。饭后我们就住在旅馆里，第二天一早就去坐火车。作别亲人朋友，独上京城，办完事后，下午坐飞机返回福州。到福州的时候已经是晚上11点多了。

北方的天空是灰蒙蒙的，北方的土地是黄褐色的，我可爱的家乡啊，你在我心中永远是那么可爱！

过年

2013年2月9日

在咱老家，一进腊月，离过年就近了，不管大人们有多么辛苦，小孩儿们却都在数着天儿地等待着过年。我记得，有说头的是从腊八开始的。腊月初八，家里都要吃腊八粥。印象当中，我们姊妹仨会尽量去找够那八种吃的，真难找啊，穷人家想找够八种吃的东西还真不容易。我记得能找到的可能有黄豆、黑豆、胡萝卜、蔓菁，家里一般都会有小麦面粉，还会有玉米面粉，有时候还能找到枣瓣、红薯片，如果能找到大米、小米，那就有替换的了。这些东西放在一起煮也不会有多好吃，可就是觉得能吃到腊八粥还是打心眼儿里感到高兴。

北方的冬天很冷，基本上没什么活干，大家都在家里待着，特别是接近年关的时候，家家户户都在准备着过年。过了腊八，稍微清静几天，一进入年二十三，这年味就一天比一天浓了。从二十三开始，每一天都是有说法的，就像是法定的一样，大家差不多都会按照传统去做每天的事情。从年二十三直到大年三十，一段顺口溜是这样说的：二十三祭灶关，二十四扫房子，二十五敲咚鼓，二十六去割肉，二十七去赶集，二十八蒸馍馍，二十九一胳扭，三十熰蹄（熰蹄就是在三十这天晚上要洗洗脚，第二天大年初一起五更的时候就可以穿新鞋子、新袜子了。不过偃师的说法是二十七杀个鸡儿，三十贴花门，好像后者更文明一点）。还别说，那时候，我们基本上就是按照这个传统的安排过的，哪一天该干什么，如果没干就会觉得好像做错了什么。比如说，二十四扫房子，如果这一天没扫房子的话，就会感到很遗憾，好像错过了一个绝佳的机会。

二十三这天，我父亲会让我去给家住村东头的我二姑送灶糖。差不多每年都去，灶糖好甜啊，我都会偷偷一点点掰着吃，等送到我二姑家的时候，剩下的就不多了。有的时候我走在路上，路边的大人还跟我开玩笑，看，掉了掉了，还真的吓了我一跳，我还真以为掉了呢。我二姑跟我家很亲，对我们姊妹仨特别关照，对我更是关爱有加。关于我二姑，以后再专门写吧。二十三还有一个重要的活动就是烙灶馍祭灶，灶馍只有十八个。大人说，十八干粮有数事，不能多也不能少。老灶爷的牌位两旁的对联一般都是这样写的：二十三日去，初一五更来；或写成：上天言好事，下界保平安。我父亲说，老灶爷会在二十三这天带着干粮去向老天爷汇报这一年的收成。到了三十，也就是除夕夜就要回来接受大家的香礼了。我对老灶爷能不能下界保平安这个事半信半疑，两只眼睛却直盯着那一摞十八个白生生的灶馍。因为像我们这样的家庭，一年到头吃不到多少顿白面馒头，看到白面灶馍就馋得直流口水。祭灶仪式一过，我们三个就把祭灶馍抢光了，老爹老娘能不能吃得上都不一定，更不管老灶爷是不是真的把这些干粮带走了没有。

东园载酒西园醉——故乡行

2013年7月30日—8月11日

　　弟弟家建了新房，要我回家看看，刚好是假期，就决定回去几天。我说要开车回去，大家都站出来反对，不是说累就是说有危险，也有的说成本太高不值得，但我主意已定，无法更改。大概是7月30日下午6点30分出发的，晓玲对我不放心，陪我一块儿回去。路上两人轮班开车，晚上走路，不会太热，可视野受限，也不会太快。跨越福建、江西、湖北、安徽、河南五省，1500多公里的路，以前从来没有走过，只能靠导航了。还好，中间没有出现大的失误，到新乡的时候是31日下午1点多。吃碗羊肉烩面，到小冀洗洗车，加加油，到大新庄的时候估计是下午三四点了。

　　依然同往年一样，尽量多地看看亲戚们，包括大姐、妹妹、弟弟。妹妹的病情比以前略有改善，她说话比以前清楚了很多，也会自己走，生活上基本能自理。家庭生活还可以，一对孙儿女绕于膝旁，其乐也融融。大姐却因血糖过低住在县中医院，人已瘦了几圈，饭量猛减，一堆人围在床边也没有办法。姐夫也已瘦成了干柴架，似乎一阵风就可将其吹倒。几个外甥女轮流值班，一个外甥不争气，还在闹离婚，哪有心思去母亲床边尽孝？弟弟家里新建了房子，只是跟邻居家发生了一点边界纠纷，看来问题也不是很大，我也想帮他们处理一下，可也很麻烦，始终找不到一个可行的解决方案。

　　同样，一个最大的收获是见到了不少的同学，在获嘉国泰见到的同学有的是去年见过面的，如小霞、军师、空军、小美、雪梅、小雪、长春、平安，也有两个是多年未见面的，如长兴、同洲。在大新庄见到了黎英、运喜、赵江山、李庆华、保保、福祥、东成、保军、拴牢、拴祥等人，最后还去后小召看望了麦全。找到了几个同学的联系方式，有张立新、段瑞琴、王新明，这里头有几个同学是三十多年没见过面了；还知道了在福州——我的身边还有几个获嘉老乡，大多是军师的战友，这也让我喜出望外。像我们这个年龄，恐怕不会有太多的人能再熬三十个年头了。这群人大多属兔，刚过五十，我也希望我的估计是太过悲观了，哈哈。

这次回家，见到了该见的人，说出了一直窝在心里的话，心里舒坦。

在大新庄期间，还有幸欣赏到获嘉著名画家安纪云用黄河泥和黄河污泥调制的颜料双手作画的过程，他受邀将携带280多幅作品参加在广西南宁举办的东盟十国博览会，其中有一幅百米长卷《黄河》。他的画作大多属印象派，他画的百米长卷《黄河》，当时还没有装裱，只有在照相机里或眯着眼看时，才能感觉到礁石林立、大河奔流的宏大场景。艺术就是艺术，要从一定的角度去欣赏，如果光用眼睛直直地看，你只会看到黑一片、黄一片、白一片，啥都不像。

弟弟这几年也着实不容易，两个人为了盖房子，都瘦下了几十斤的肉。我临走的时候，他们还送给我几床刚套好的新被子，都是用自家种的棉花做的，这让我激动万分。

这次故乡之行，每天都好像是在酒罐子中度过的，只要一出门就是喝酒，有时候一天要喝两场。有一次从运喜家喝酒出来，去送保军，两边一边一个架着他走，他腿一软瘫在了地上，把我也带倒在地上，刚好是大中午，但愿没人看见。回家的时候，弟媳妇说我满身是土，我却浑然不觉。淳朴的民风，老同学们的热情远超过那一阵阵的热浪，更像一扇扇的清凉吹进我的肺腑，遍洒在我的心田。

这次回家，烩面吃了，胡辣汤也喝了，饸饹条也吃了一碗，尽管没有县城的那么正宗，意思也有了。自己家包的包子、水饺，做的菜盒也都吃到了，烧饼也没少吃。没有吃到的有糖糕、菜角等。

10日早上7点出发，独自驾车返回福州，11日凌晨2点到家，历时19个小时。是有些累，可还是硬撑回来了。

回家，回家，回家，不管这个家是多么亲切还是略显陌生，不管它远在天边还是近在咫尺，家是温暖，是信赖，是思念的终点，是游子的梦，是生命的归宿。

回家，回家，回家……

跟随父亲的脚步：忆我的父亲之一

2014 年 6 月 13 日

父亲于 1993 年阴历二月初七因胃癌去世于家中，终年 70 岁。令我深感遗憾的是，他一辈子没有过上一天好日子。我北大研究生毕业了，本来可以好好照顾一下他了，他却罹患不治之症。那时候，我工资水平不高，就是我使上浑身解数，也没有办法将他从病魔手中夺回来。为给父亲治病，我到处借钱，还专门跑到北京同仁堂去给他买西黄丸。那时贝贝外公家也正要买房子，家里只有 500 块钱，巧敏想把这 500 元拿给她爸，我说，看病和买房哪个更重要？如果想给家里拿钱，你去借吧。结果，她是拗不过我，药，买了。这个时候，那句话就变成了真理：钱不是万能的，但没有钱是万万不能的。现在想起来，感到对不起巧敏，但当时那种情况我别无选择。

从父亲离世到现在虽然已经过去二十多年了，但我对他的思念却从未停止过，并且一天比一天强烈。我想我跟父亲的深厚感情来自我跟父亲长期的接触，也就是在我成长的最关键阶段——儿童时期，我基本上都跟父亲在一起。一般情况是他去哪儿，我也去哪儿。在我还没有上学的时候，他去地里干活，我就在旁边的地块拾柴、砍柴。等父亲下晌的时候，再把我拾的柴背回家。尽管父亲个头不是很高，但每天总能把像小山一样的柴火扛回家。那个时候往往是又累又饿的，我走路的力气都没有了，所以我敬佩父亲有劲儿。

每当父亲出差回家，不管他有没有带回家什么，我们姊妹三个都会一哄而上，去翻腾他的布袋，记忆当中每次都会有好东西吃，哪怕是一块干裂的炉馍。农忙的时候农村会晚上连续加班，早上回家的时候，父亲也总会把生产队里发的油烙馍带回来给我们吃。后来我长大了，也去参加这样的加班活动，最后都会有油烙馍或油条吃，我也会带回家给妈妈和弟弟、妹妹吃。我还记得有一次吃的是油条，可以随便吃，但不允许带走。大家都拼命地吃，有的人吃得拉肚子，有的人拿的油条吃不完了，又不允许剩下来，就藏在屁股底下，最后被队长发现了，遭到了一顿臭骂。

父亲爱我，疼我，小时候的我无法体会到，长大了以后我才慢慢想起来，有的也许永远也想不起来了。他的爱已经完全融入他高大的形象中，是细腻的、无形的。后来听我父亲说过，我二姑身边没男孩，想把我要过去，我父亲坚决不肯，可能我是他生的第一个男孩，也可能他真的不想失去我。我感谢他把我养育成人，终生地感谢。

后来我渐渐长大了，也许是到了该升初中的时候，我的一个姐姐曾向我父亲建议不要让我上学了，家里缺劳力，经济又困难，但父亲没有同意。他知道我学习很好，他说，只要他一直上，我就会一直供他。一个多么善良、有责任的父亲！特别是到了我高中快毕业的时候，学校要我们买高考资料，很多学生都没有买，可我还是硬着头皮买了不少的资料，大约有几十块钱吧。有的复习资料根本看不懂，好像还有外国人编的。父亲都是卖了粮食才给我攒的钱，现在想起来真是对不起他老人家。后来考上中专后，教材一批批借给了别人，而那些看不懂的复习资料都当成废品卖掉了。

我小时候，较多跟随父亲至少有两个客观原因：一是家里没地方住，我们家里五口人，只有一张床，后来不知过了多少年，才又添了一张小床。五口人根本挤不到一张床上，那张大床也只有一米多宽。冬天的时候没有褥子，我们就在床上铺很厚的草，也铺过草褥子，就是把很多稻草装进大大的布袋里，铺在床上，虚腾腾的，也挺暖和，跟现在的席梦思差不多，但成本却低多了。这样会经常有草掉下来，屋里会显得很脏，没办法，也只能这样了。因为这个原因我没办法在家里住。第二个原因是我父亲是生产队里的保管，每年收麦或收秋的时候都有大量的时间要去生产队的麦场上看场。一年下来，约有半年时间都不在家，这时候，父亲到哪里，我就会跟到哪里，反正家里也没有别的被褥和床。父亲看过麦场，喂过牲口，也做过粉条，哪次都少不了我。父亲喂牲口的那段日子，我感觉是非常幸福的一段日子。那时候，家里总是缺吃的，而父亲经常晚上给我煮碎粉条吃，估计那些碎粉条是以前生产队里做粉条时没人要剩下的，草屋不缺盐，因为几十头牲口总要吃盐的。粉条头放了盐，煮一煮很好吃。草屋也算是一个人们乐于聚集的地方。没有人的时候，你可以看到两侧呼哧呼哧喘着粗气，嘎嘣嘎嘣嚼着草料的牛、驴、骡们，也是一派生机盎然的景象。牲口嘴里呼出来的气味，与粪便味混杂在一起，我都习惯了。我在草屋昏暗的煤油灯下写作业，有时候还能帮父亲做些力所能及的事情，推独轮车就是那个时候学会的。上垫糠、出粪，我都干过，只是体力不支而已。

看麦场也是我一生当中最美好的回忆之一。麦收季节，收割过的小麦都被运到了打麦场上，堆积如山，以前的脱粒全靠牲口，后来才用上了拖拉机，现在大都使用联合收割机了。一般是早上运麦、晒麦，中午或下午碾麦，傍黑或晚上收场。我跟父亲看麦场的时候，晚上的蚊子还是挺多的，我又是一个招蚊子喜爱的人，但现在根本想不起来以前所受的罪了，在心里留下的只有美好的部分。夜里在黑咕隆咚的打麦场，仰望斜挂在头顶的银河，数着天上数不清的星星，听着大人们讲着一个个美丽动听的故事，悄然入梦。第二天早上被子都被露水打湿了，起床后就赶紧去上学，还好学校就在离麦场不远的地方，有没有洗脸就不得而知了。

收秋的时候，因为经常有雨，我们会躲在用玉米秆搭建的窝棚里，有时候也是为了防露水，还有个原因，就是秋凉来临，也能抵御风寒。收获棉花的时候，我们小朋友最喜欢的就是去捉棉花上的棉铃虫，然后集中起来，炒炒吃，还挺香。

夏天的时候，父亲总是戴着一顶草帽，身上穿着白色的粗布衣裤。冬天的时候经常穿着一身黑色的棉袄、棉裤，腰上还会打着毡带，头上勒着白羊肚毛巾。我记得，冬天当看到我冻得直流鼻涕，父亲就会把他的毡带或毛巾绑在我头上，那种感觉，好暖和，好温馨，好自豪。

跟随父亲的脚步：忆我的父亲之二

2014 年 6 月 30 日

父亲很疼我，这是我现在才悟出来的。印象当中，他很少打我。这可能至少有两个原因：一是我小的时候他打过我，我不记得了；二是等我长大的时候，他要打我，我都会迅速地跑开，他追不上也就算了。父亲说过，他曾经打过我两次，是比较重的，可我一点也不记得了。一次是我把妹妹给带丢了。我只比我妹妹大一岁，估计出事的时候，我超不过四五岁的样子。妹妹差点儿被人抱走，后来被熟人认出来，就抱回来了。我自然挨了一顿猛揍，现在想起来，那时候也一定很委屈，让一个四五岁的小孩儿带孩子，能不把自己搞丢就算不错了。后来的一次挨揍，就是我把父亲的记工本给撕了。记工本就是记录一个农民在生产队里工作量的一个小册子。我记得我十几岁的时候也有一个记工本，只不过我不可能每天都去干活，我的主要任务还是上学。不知道是哪一年，我把父亲的记工本撕了，他一年的工作量都无从计算，只能靠队长给他估计了，他肯定很生气。这件事情我都不记得，都是我在后来跟父亲交谈的时候他告诉我的。我在家里是老大，我觉得做老大真不容易，一旦跟妹妹、弟弟打架了，挨打、挨骂的肯定是我，都委屈死了，可没有办法。还有两次被父亲追着打的情形：一次是我用坷垃把邻居一个女孩的额头给砸破了，她妈妈追到我家里骂，忘记那次有没有被打到，反正是一晚上都躲在外边没敢回家。我父母亲到处找，我听见他们在叫我，我忍着哭声，就是不敢出来。还有一次就是上初中的时候，跟本村的一个叫小军的同学去外村偷桃子，回来的时候却被本村的大队干部抓住了，把我们俩关到了大队部，怎么解释都不行。后来他们通知我的父亲去大队部领人，那次应该挨了几巴掌，后来就跑掉了。我记得，当时生产队里正在一个空阔的场地上开会，父亲肯定觉得很丢面子，才会打我。我二姑家的一个表姐说过我父亲很娇惯我，现在想起来至少一半是正确的，因为我小时候还是很听父亲话的。我几岁的时候就跟他一块儿去砍柴、捡柴，无论是三伏盛夏还是数九隆冬。另外我也一直跟他在一起，感情是很深的。

　　我小的时候，因为我们姊妹三个都小，只有父母两个人劳动，劳力不足。那时候，农村收成又低，每年粮食都不够吃，我二姑家条件比我们好一些，她只有我表姐一个孩子，另外我表姐也大了，不缺劳力，会有一些节余，我二姑就会瞒着我姑父偷偷地拿一些粮食送到我家。每当想到这些事儿，我都会非常感激、怀念我的二姑。二姑去世的时候我刚好在卫辉上中专，我收到电报就连夜赶回家，到二姑家的时候，她已经咽气了，人被放在她家正屋的正中间，已经穿好了寿衣。我痛哭了一场，我知道我少了一个最疼我的人。过几天二姑下葬的时候，我看到父亲扶着棺材，放声痛哭，我也悲恸欲绝……

　　农村每到八月十五都要去走亲戚，送月饼，而到了腊月二十三这一天，都要去送灶糖，这些都是我的事，因为我是我们家的老大。我一路往东头走，街道两旁的人都会用异样的目光看着我，有的人认识我，很多人不认识我。有时候他们还会跟我开玩笑，在一边大叫：唉，唉，唉，你的灶糖掉地上了。我还以为是真的呢，结果一根不少，我才知道他们是在开玩笑。我去给二姑送月饼或灶糖的时候都会经过我们村支书的家门口。大家都很怕他,我自然也不例外。那个支书可是个老支书,干了几十年了,村里每次开大会的时候,他肯定会发言的,也会骂人。他平时总是板着个脸,我每次从他家门前过,都会把脸别过去,不敢正面看他。有时候索性从南边的河堤上绕过去,根本就不从他家门前过。有时候他也会问我是谁家的孩子,去谁家串亲戚。等我再大一点的时候,尽管还会怕他,但会壮着胆儿跟他打个招呼。等到我上了中专之后,再见到他,就会跟他说一会儿话,聊一会儿天。他儿子小名叫粪堆,比我大,都在卫辉上学,只不过我上的是新乡地区卫校,他上的是汲县师范,我还去他学校找过他玩。

我小时候还没有上学的时候,总是跟着父亲跑,因为爷爷奶奶过世早,我根本就没有见过爷爷奶奶,所以从小就是父母亲自带着。生产队里对我家还是很照顾的,为了让我父亲多挣点工分,就让我父亲从事更稳定的工作,这样就可以有稳定的收入。我知道有几年我父亲的工作就是推茅粪,城里类似的说法可能就是掏粪工吧。推茅粪就是用一辆架子车,车子上绑着一个旧耙子,耙齿朝上,这样车子上可挂六只桶。我父亲每天的工作就是到农户家里,把厕所里的茅粪弄出来,用车子推到地里。我记得推到菜园、麦地的机会更多些,其他的不记得了。不管刮风下雨,我都会坐在父亲的茅粪车上,就坐在耙子的中间,两手抓住两个耙齿,时间久了,也不觉得茅粪有多臭。再大一点还可以帮着父亲做点事情,比如说,扶扶车子,遇到上坡的时候帮他推推车,到地里的时候帮他刨茅粪坑,或者埋茅粪坑什么的。有一个姓曹的人,家是村东头的,也是另外一个生产队的推茅粪的,跟我父亲算是同行了。我们经常在路上见面,他们休息的时候,会聊聊天。他曾经问过我,你长大了以后准备怎么孝顺你的父亲?我想了想说,我会给我父亲买一群羊,让他去放羊。因为我觉得,如果一个人年老了,能领着一群羊,坐在田埂上,沐浴着和煦的阳光,在骀荡的微风里望着人来人往,肯定是老人家所期待的。尽管这个愿望最终未能实现,但我还是没有忘记这个承诺。令人啼笑皆非的是,等我上了中专之后,这个姓曹的还曾到我家提亲,说是要把村支书的女儿介绍给我,我父亲死活都不同意。父亲说,人家是支书,我们伺候不起大家闺秀啊。我回家的时候,父亲跟我说,我也不同意,我倒不是怕他爹是支书,我是觉得他那个大女儿长得太丑了,矮胖矮胖的。最后这件事也就不了了之。还有一次别人给我介绍对象,说是我小学时候的同学,叫白云。我想起来,她曾经是我的同桌,她有一个胳膊有点残疾，写作业的时候写着写着笔就掉地上了。家里人告诉我，人家家庭条件不错，如果我同意的话，他们可以帮我家盖一座五间的房子。听到这话儿，我都要哭了。我觉得我们可以得到别人的帮助，但不需要别人的施舍，咱人穷志不短。另外我还觉得她才小学毕业就不上学了，文化水平也太低了。

跟随父亲的脚步：忆我的父亲之三

2014 年 7 月 5 日

我 9 岁的时候跟父亲一块儿上煤窑拉煤那件事，让我记忆犹新，难以忘怀。记得当时应该是上小学三年级，听说父亲他们要去焦作拉煤，我和我堂弟福祥都很想跟着去。我父亲和他父亲都同意了，我们就向老师请了假，来回要三天时间。我们一行大概有 9 辆车，都是那种架子车，我们那里叫平车，一共有十来个人，基本上是每个人一辆车，都是人拉的，也没有牲口。出发的时候应该是晚上，因为是冬天，晚上都已经很冷了。一开始的时候，我俩肯定是坐车，躺在车厢里，盖上被子，很快就睡着了。当他们休息的时候，已经到了中和镇了，中和镇我以前是来过的，因为是晚上，什么都看不见，也辨不清方向了。大家从旁边的地里取些玉米秆，一边烤火，一边休息。总觉得夜很黑，伸手不见五指，似乎是除了我们燃起的火光，一切都沉浸在浓浓的夜色之中。过了中和就是羊二庄，是我姥姥家，我想我姥姥一家人应该都已经安睡了吧，我是多么想见到她们啊。每次去姥姥家，姥姥都会为我做好吃的。她家有一个石磨是我印象最深的，好像还能用。另外就是姥姥家的后院有几棵枣树，也是我最喜欢光顾的。如果是枣熟的季节，我会够很多枣吃，姥爷、舅舅是不会责备我的。

我们穿过夜色中的羊二庄，再往前就是小吴什么的，那些地方到现在我都叫不上名字，因为那些地方我到现在为止可能只去过一次，或仅仅是从那里经过，根本没有印象。后来就来到了柏油马路上，那应该是我第一次见到柏油马路，好光滑，好平坦，人几乎不用力气，车轮就会向前滚动。记得就在刚上柏油马路的地方有个村子叫卧龙岗，我父亲给我讲述了卧龙岗这个名字的来历。说是以前有一条龙从天上飞过，当这条龙经过这个村子的时候，云彩变得稀薄，龙就摔落于地，后来天气放晴，渐渐热了起来，龙奄奄一息，身体都要发臭了。当地老百姓拿来

18张席子，才把这条龙盖起来，他们在一旁烧香、磕头、祷告。结果，天突然阴了下来，大雨瓢泼而下，狂风大作，此时，那条龙猛然跃起，晃动着庞大的身躯，扶摇直上，飞上了天空，之后很快雨过天晴，好像什么事都没有发生过一样。当地老百姓为了纪念这一神迹，就把这个村子取名为卧龙岗。父亲给我讲述这个故事的时候，我还真以为是真的，我还觉得我为什么没有机会亲自看到真正的龙飞凤舞呢。

走了整整一天，到了修武县的大王镇。这时天已经黑了，大家决定在这里住一宿。我们住的那个旅馆，一晚上多少钱我是不知道的，但我记得很清楚，我们住的那个房间是大通铺，一个房间里并排一溜可以睡几十个人。地上铺着草苫，没有被褥，都是客人自带被褥，可能一晚上是一个人五毛钱。通常这样的旅馆叫作"骡马店"。房间里有个大火炉，可以自己做饭吃。我记得我们带了面粉和白菜。我父亲他们大都会做饭，还做得很好吃。给我印象更深的是，这个旅馆里住着一个侏儒乞丐，是一个老头子，看样子有六十出头了，个头跟我当时的个头差不了多少。他头上戴着个大毡帽，身上穿着大棉袍，像个大衣一样刚好把他罩住，带有一床短短的被褥。听掌柜的说他天天都住在这家旅馆里，哪个客人做饭都会给他饭吃，我们做好了饭，他也跟着我们吃饭。当时我就觉得当个乞丐也挺幸福的，不愁吃不愁穿的，还可以睡在这暖烘烘的旅馆里。而像我父亲一样的农民，天天都在拼命地劳作，有时候也照样吃不饱穿不暖。不记得旅馆有厕所，晚上大小便大家都是到院子里边的旮旯里解决。我记得我去院子里小便的时候，看到漆黑的大院里停放了很多大大小小的马车，牲口都在槽里吃草，还打着响鼻。满天的星斗在对着我眨眼，让我想起同一车队的村民张宝（小名）讲过的一个故事。我们老家把故事叫作云话，他是我们生产队里有名的故事大王。他讲故事绘声绘色，大家都愿意围在他身边听他讲故事。我记得他说过，有一次秦始皇微服私访，就住在像我们这样的骡马店里，当他晚上出来小便时，听到旁边的一个儒士看着天空嘴里嘟噜了一句，说紫微星离位了。秦始皇听了大惊失色，觉得这些儒士也太了不起了，他离开皇宫，儒士们都可以通过观天象看出来了，这还了得！他回宫以后就开始实施焚书坑儒的政策，焚烧各种书籍，坑杀文人儒士。我相信这应该只是一个传说吧。

不知道什么时候我们来到了一个个的煤窑区，都是那种小煤窑。我看到煤窑旁边堆积如山的煤矸石时就想，这么多的煤怎么都卖不出去呢？父亲告诉我，那不是煤，是那种不会燃烧的石头，没有人会买的。我们去的那家小煤窑可能是获嘉县小煤窑，是在异地生产的那种。我就站在煤井边上看，看到一桶桶的煤从井口里自动提上来，倾倒在井口的旁边，很湿，好像还淌着水。我看到有一个煤矿工人坐着同样的桶上来，他穿着破裤子，补丁摞补丁，都露出了屁股，人除了牙齿是白的，其他全是黑的。我们每辆车装1000斤煤，大约是10块钱，算了账之后，就开始返程。首先出那个小煤窑就是一个大问题，因为煤窑在一个大坑里边，需要五六个人合作，才能把一辆煤车推出来。就这样，我们花了很长时间才把九辆煤车全部推出来，以后每遇到陡坡都需要这样合作。我们正在柏油马路上前行的时候，突然有一辆车放炮了，我父亲他们就停下来，帮他修车。我跟父亲讲，让我自己拉一会儿吧，父亲担心我拉不动，也害怕一旦前栽，就可能折断车杆或压着人。我说没事，后来他同意了。我一个人拉着车子，大约走了一里多路。路边经过的人都感到非常吃惊，这么大一个小孩怎么会拉得动一车煤？我那时候才9岁。后来我们又来到那个旅馆休息，有几个当地的小姑娘手里提着大水壶在卖水，看上去她们跟我年龄差不多。她们用当地的土话不停地说着：白开水，白开水，一分钱一碗，一分钱一碗。现在想起来以前的东西真的很便宜，一大碗水才一分钱！我们出门前人人都做了很多的干粮，每个人都会准备一个布袋，里面装着这几天的干粮。我跟父亲带的是炉馍，是用掺了玉米面的小麦面粉做的，新出炉的吃着挺香，要是时间久了，就会很硬，如果不泡水的话，就很难嚼得动。那时候我们只带干粮，好像不带水，所以一路上要向路边的饭店什么的讨水喝，估计那时候我们都没有盛水的工具。

  回家的路上，在离我姥姥家还有一段路的地方，可能距卧龙岗不远，我跟父亲吃过干粮，忘记拿走布袋了，结果就没吃的了，这个责任主要在我。还好前方不远，就到我姥姥家了，我记得我们去姥姥家吃了饭才走的。一路上，我是在父亲的车子上绑一根绳子拉着走，实在走不动了，我跟福祥也会坐在各自父亲的煤车上，不过没有办法睡觉了，因为车子上装满了煤。估计一去大约有100里，来回有200里，要全靠双脚走过来，特别像我俩这样的年纪，还真有点够呛。最后我们成功了，顺利返回到家里。那年的冬天我们就有煤烧了，就不再受冻了。那也是我第一次出远门，一次难忘的长征。

跟随父亲的脚步：忆我的父亲之四

2014 年 7 月 7 日

　　人生最难忘的，除了生死离别，就是亲人的离合聚散了。自从我去卫辉上中专开始，跟家人就是聚少离多了。那时家里有了小骡车。我每次回学校，以及以后每次回单位上班，差不多都是父亲或弟弟赶着小骡车去亢村火车站或忠义火车站送我。为了赶上火车，父母总是早早起床，因为母亲的眼睛看不见，她只能烧火，而由父亲来和面、擀面条。每次出门都会吃上父母亲手为我做的甜面叶蘸蒜，那似乎是我们家里能做的最好的菜肴了。临走的时候父母还会特意为我装些咸菜、咸豆之类的。我记得我第一次去卫辉上学的时候，是第一次坐火车，非常紧张，因为以前火车里头长啥样，一点都不知道。上了火车往哪头走都搞不清楚，下车的时候慌里慌张地把一罐头瓶煮黄豆都落在了火车上。那一年也是我第一次盖新被褥，除了棉絮不是新的，被褥里表都是新的，并且被褥的面儿还是那种斜纹布的。那一年应该是 1979 年。随着父亲年岁增加，身体也变得大不如前。我一直以为父亲就像一个铁打的汉子一样，从没见他生过病。后来听我父亲讲，他年轻时在外地打工得过伤寒，差点儿要命回不了家，后来一个膝盖也生过疮，以至于以后阴天或干重活的时候都会膝盖痛。我在外边上学，回家的时候听村里人讲，父亲有几次在干活的时候晕倒在地上。那时候我刚开始学医，也搞不清楚是什么原因，现在想起来说不定就是血压过高或轻度脑血栓形成引起的。但那时候医疗条件差，父亲也不当回事儿，以至于后来得了脑血栓。

　　1986 年我有了女儿，我和巧敏都要上班，母亲眼睛又不好，孩子只好由父亲来带。父亲总是把贝贝带到大街上去玩。那时候贝贝刚刚学会说话，还说不大清楚，看到路边卖东西的就用她的小手指着要。父亲把她带到路边去玩耍，每天看着大街上的人来车往，到吃饭的时候就回家了。有一次父亲跟我讲，贝贝不高兴的时候总是说"背带"。我父亲听不懂她说什么，后来才知道她刚刚学会骂人，在骂她爷爷"笨蛋"呢！贝贝小时候有过两次因高烧而惊厥的情况，她妈妈刚好都不在家，都是我和父亲在家，看着女儿口吐白沫，两眼上吊，角弓反张，都把我和父亲吓死了。她发起烧来吃什么药都不管用，尽管我跟她妈妈都是护士，也不知道该怎么办才好，到底是捂着被子出点汗好，还是就那样晾着，有时候我们俩还为此争吵不休。那两次抽搐，我和父亲把女儿抱到医院里，路上就好过来了，打一针就好了。养儿养女真的很不容易啊！现在想起来都让我心惊肉跳。

有一次父亲在卫辉我家住的时候，突然觉得一条腿不听使唤了，我知道肯定是脑血管出了问题。医生说是脑血栓形成，输了半个月的低分子右旋糖酐就基本恢复正常了。还好发现得比较及时，如果发现得晚的话，就有可能出现半身不遂。

父亲念过几年私塾，尽管谈不上有什么学问，可还是识字的，他的毛笔字写得比我好。有一次我们爷俩还发生过一次争执。父亲推茅粪的时候要给每一家记上有几桶茅粪，那都要算工分的，我是负责记数的。生产队里有一个叫李法仪的，那个"仪"字我当时还没有学过，我就写成了"亿"字。父亲说我写错了，我说没错，就是这样写的，最后证明还是我错了。我也觉得父亲很会讲故事，他给我讲过的故事我大都记得，有的还能背下来。比如他曾经讲过一个小孩不爱学习受老师惩罚的故事，老师要砍掉他的手，两位师娘拦住了。原话是这样说的：手拿钢刀剁金条，二位师娘拦住了，井淘三遍吃甜水，人受调教武艺高。父亲在做人方面谨小慎微，从来都不惹人。他跟我说过，他信奉的做人原则是：屈死不告状，饿死不当贼。他平时就是这样做的。他是全村有名的老实人，受人欺负是常有的事。我记得我都上中专了，家里翻新房子，我家邻居不愿意，说新房子向外扩展了，其实从另外一侧看根本就没有扩展。我父亲只会求人，跟人家说好话，最后房子还是盖起来了。要实行联产承包责任制，生产队要撤销的时候，生产队的东西都被农民偷光了。我父亲是保管，他也没有办法，最后只有一杆大秤留在我们家里，那个秤一点用都没有，最后只有当锄把用了。生产队的人都劝我父亲，你拿呀，你再不拿，啥都没有了。但父亲不敢，他不干这样的事。所以，尽管他没有什么大本事，但他的口碑在村里还是非常好的。听我表哥说过，有一次新乡地委刘书记来到我们村，碰巧看到大冬天的我父亲跳进冰冷的水里挖河清淤，就拍着父亲的肩膀说，去哪里找这样的好群众！父亲平时话不多，但干活实在，为人正直善良。我想我的成长受他的影响很大。我们做不了什么惊天动地的大事情，我们至少可以做一个好人。

跟随父亲的脚步：忆我的父亲之五

2014 年 7 月 8 日

父亲跟我说过他年轻时候的一些事情。他应该是姊妹四个，除了两个姐妹，应该还有个弟弟，只可惜弟弟早夭，以至于他三代单传。父亲说我爷爷是个好木匠，房子的窗格和隔板都是刻花的。爷爷也是弟兄一个，他在堂兄弟里排行老七，人称七爷。可惜的是爷爷30多岁就去世了。爷爷去世后，家境就日渐衰落了。特别是后来日本侵略中国，对我家的影响是最直接的。我们村叫大新庄，以前叫河道营，据说曾经是黄河流经的地方，后来黄河向南改道了。在我们当地有个传说，是这样说的：一天清晨，当人们起床，走出家门，突然看见树梢上挂着很多杂草（水中生的一种草），人们说是黄河之水昨天晚上从村子上头飞过去了，黄河水不想淹当地人，所以就选择从人们的头顶上飞过去了。1942 年中原闹"四害"——兵灾、水灾、蝗灾和旱灾，许多地方是颗粒无收，饿死、病死的人数不胜数，河南人到处逃荒要饭。父亲说蝗虫飞起来遮天蔽日，蝗虫从一块地里经过，几分钟就把粮食吃个精光。除了大豆不吃，其他的都是一扫而光。人们在地的两头燃起大火驱赶蝗虫，但都没有用。我说，为什么人不把蝗虫收集起来炒炒吃？不也是美餐吗？父亲说也有人炒着吃，但一般来不及，人们也没有心思去收集蝗虫。

在兵荒马乱的战争年代，我们村附近是有名的土匪窝。人们真正体会到了亡国的感觉，到处都是土匪，到处都是死人。父亲说，我们家旁边有一座炮楼，不管哪一窝土匪来都会去攻占那个炮楼。有时候也有游击队，可老百姓都分不清是什么类型的队伍。我们家的房子跟邻居家的房子都被土匪打通了，这样便于土匪在房子里钻来钻去，不被炮楼上的敌人发现。我们家邻居的一条腿被炮楼上扔的手榴弹给炸断了。有一次父亲外出打工不在家，土匪在我村打了整整一个晚上，主要的战场就是我们李家祠堂。听父亲说，李家祠堂非常漂亮，修得跟寺庙一模一样。那天早上天一放亮，土匪都撤退了，人们起来去李家祠堂附近看热闹。我奶奶只顾抬头往前走，差点儿被脚下的死人绊了一跤，当她看到脚下的死人时魂儿都吓飞了。

还听说，有一次村里来了一伙土匪，人们说是好土匪，领头的个子不高，姓邓，人称老邓。他的队伍里有一个人强奸当地的妇女，被人举报了，尽管那个人再三求饶，最后还是被老邓毫不留情地拉出来枪毙在村东头的芦苇荡里。有一次老邓听见大街上有一个高个子的村民说老日怎么的怎么的，老邓一听就来了气，说，老乡，老乡，你说什么呀？那个人不明就里，还在一嘴一个老日的称呼日本人。老邓说，老乡，老乡，你过来，你低低头。那个人还不明白什么意思，就把脸凑了过去。老邓挥起巴掌就扇了那个人几个耳刮子：什么老日，老日，是小日本！听明白了吗？

父亲说过，他至少跟日本人打过两次交道。第一次是奶奶刚给他做了一件新衬衣，他把衬衣挂在地头的树上，在地里干活。这时候从获嘉县城方向窜过来一队日本兵，他们要我父亲给他们带路，我父亲哪敢不从，只好跟他们一块儿去了。走了很远很远，父亲实在不愿意跟他们走了，就花钱买了个西瓜，送给其中的一个什么人，最后我父亲就跑了。当他跑回家的时候，我奶奶给他做的那件新衬衣早已不翼而飞了。第二次是父亲去连云港打工，是给日本人挑水，父亲不小心，扬起的水担把人家的汽灯给打碎了，被打了几巴掌就算了事了。

解放新乡期间，父亲还当过支前民兵。父亲是抬担架的，大家看见天上国民党的飞机飞来了，到处扫射，把担架扔下都跑了，谁不怕死？都怕死。

还有一件值得记载的事情就是日本人火烧大新庄。据说是我们村上的土匪对日本人恨之入骨，他们把日本的军车烧了，还打死了几个日本兵。日本人恼羞成怒，扬言要捉住这几个土匪。就像在电影里看到的一样，他们包围了大新庄，把老百姓都集中起来训话，也有汉奸翻译。听父亲说，这些人好像不是纯种的日本人，他们说是高丽棒，就是韩国的雇佣兵。他们要大家交出火烧日本军车的人，并且还要赔偿多少多少大洋。他们说如果三天之内交不出人和钱就来烧大新庄。老百姓都不在意，不相信日本人会真的那样做。村上那些有钱的大地主都不用担心，他们给日本人送了礼，他们的房子是不会被烧的，一般的老百姓可就惨了。听邻村的人们讲，大新庄被烧了三天三夜，夜里从几十里远的地方望去，大新庄方向噼啪作响，一片通红，日本人还雇了一些小夫把村子房屋的砖都挖走了。我父亲还小，奶奶一个人一点东西也没有拿出来，他们娘俩躲在野地上，眼睁睁地看着自己的家被烧个精光。当大火过后，日本人走了，他们回到家里时，看到只有一个被烧断的残缺不全的半截缸了。这个半截缸我小时候是见过的，一直用来喂猪。

这一场大火，烧灭了所有人的希望，我家从此一贫如洗。所以我父亲说，尽管说穷没根，富没梢，但一个家庭的贫富也是有原因的。爷爷去世得早，再加上这场大火，家里还会有个什么呢？

家里房子没有了，奶奶就带着父亲住在野地的井房里。那时候土匪依然盛行，家里根本放不住东西，晚上睡觉的时候都要用一根大木头把门顶上。我们村上有个土匪叫李传必，我小时候也见过他。我父亲说，他手里拿着手枪，从井房旁边过，向我奶奶打听，刚才有一队土匪跑向哪个方向了，我奶奶告诉他后，他就走开了。到了晚上又有人敲门、推门，奶奶死活不敢开门，说，俺儿腿上害疮，起不来，你走吧。那个人无计可施，他推水车，喝了点水就走开了。那天晚上福祥他父亲就倒霉了，他父亲刚刚结婚不久，也在野地的另外一个井房里睡觉，因为睡得太死，人家把他身上盖的新被子抢走了都不知道。这叫过日子吗？

现在我们生活在和平年代，我们多么幸福啊！像我父亲所生活的那个亡国的年代，能有好日子过吗？人们吃糠咽菜，啃树皮，吃得大便都拉不出来，要用手抠或用锭尖剜。我们的先辈们经历了太多的苦难，所以我们一定要用鲜血和生命保卫我们的和平，决不允许悲惨的历史在中国重演。

回河南过春节之一

2015 年 3 月 16—17 日

腊月二十六早上 7 点多从福州家里出发，跟贝贝、小静三人驱车到老黄家小区门口的时候，大概是 8 点钟，随便吃点早餐就上路了。一直到安徽桐城之前，都是我和老黄替换着开车。在出福建前的最后一个服务区——建宁服务区用餐、加油。中间还走错了一段路，来回大约有 50 公里，但很快就发现并纠正了错误。出福建后进入江西，就开始下雨，一路上雨几乎没有停过，似乎我们经过哪里就把雨带到哪里，到了河南获嘉时却没下一滴雨。晚上八九点钟到达安徽桐城，出高速，送老黄回家，他家离高速出口并不远。吃饭，饭后接着赶路。前半程大约是 800 多公里，后半程大约是 700 多公里。前半程和后半程所耗费的时间差不多，大约都是 12 个小时。

夜间开车，天黑，路不熟，雾大，雨大，很多时候只能看到车前一点亮光，但进入后半夜，路上车辆比较少，基本可以放开速度开到限速 120 公里每小时。一路上，只看到一两起事故车辆，路上基本是安全的，这可能跟还没有到春节高速免费通行有关。

前半程不怎么困，即使困了也睡不着。进入河南，困了累了就到服务区休息一下，全程总共休息了不超过 1 个半小时，在周口东服务区睡着了一会儿，睡醒时大约是早上 5 点。路上让贝贝和小静轮流陪我说话，以避免打瞌睡。估计是到了开封或长垣时，天才蒙蒙亮，到新乡天才大亮，那个困劲才一扫而光。

从获嘉高速出口出来，进入获嘉县城，当时的时间是腊月二十七早上 7 点 40 分左右。饥肠辘辘的我们期望着能吃到饸饹条、菜角、糖糕、胡辣汤等可口的家乡饭菜，可令人遗憾的是，我们连一家烧饼和羊肉汤铺都没找到。分析原因：一是可能时间太早了，还没有开门；二是接近年关，人家都歇业关门了。带着一丝遗憾我们来到了老家大新庄，把车停在家门口，卸下行李，做饭，吃饭，睡觉。我回家的消息很快就在村子里传开了，我开始跟同学们取得联系，报个到，结果还是因为没有跟本村村长、老同学曹长兴打招呼，被人家"抓了把柄"。从同学那里得知今年春节他们想策划一个大规模的同学聚会——大新庄高中七九届（2015）同学联谊会。这是我们 1979 年高中毕业后 36 年来的第一次，我对此也很感兴趣，就参加了这次同学联谊会的筹备工作。

回河南过春节之二

2015 年 3 月 18—29 日

腊月二十八晚上，跟弟弟去南庄散步，来到了老同学汪友福家，见到了汪文战、汪玉林、铜宝，没有见到四辈。这些都是我 30 多年没见过的高中同学。遗憾的是，同学聚会的时候他们几个均未参加。

腊月二十九晚上跟传开在保保家喝酒。三十晚送贝贝去新乡。初一上午上坟，中午去空军家，后转至连庆家，再转到达俊家。一直都在喝酒，没吃什么东西。下午去获嘉参加同学联谊会筹备会。会长对这次同学聚会的计划已经成竹在胸了，方案、计划什么的写了两大本。在筹备会上，会长宣布了这次同学联谊会的性质、规模、原则、精神、资金筹集等，分成四个小组和一个办公室，这四个小组分别是主持策划组、会务组、接待组和联络组。我被临时分到策划组，跟军师一起负责主持策划。

初二到初四送贝贝去参加建通的三周年祭奠。伤心的泪不住地流，祭奠前一天，佩玲、阳阳、鹏鹏和我一块儿到坟上去了一趟，做一个仪式。我们先拔去坟头上和坟墓周围的枯草，焚香烧纸。夜幕低垂，萧瑟的风中，弟妹与亡灵的一段隔空告白，让人心痛得撕心裂肺。她说，你不要担心我和孩子，家里的老人由我来照料。她还抱怨说，你还有很多任务没有完成，上有老，下有小，就这样走了，太对不起人了。她还说，你就这样走了，连句话都没有留下，太狠心了……听到这些话，我深深地明白，建通的离世，最痛苦的就是一直陪伴在他身边的这个可怜的女人了。痴痴癫癫说胡话，疯疯狂狂看人生。人鬼两界难相通，哭死活人无人懂。逝者无法复生，愿生者健安。

初四晚上，全山来我家，之后，我们一块儿去饭店，跟大家继续商讨同学聚会的事，见到了聂保福、连彪、娄纪会、文战、同洲等同学。

中间忘记是哪一天又去过获嘉一趟，在空军家起草主持词。

初七上午备课，中午去传开家喝酒，三个人喝了两瓶汾酒，回到家里一直睡到第二天早上。

初八把车子送给小宾（去新丰的时候，刚好碰见我妹妹不小心摔倒，磕破了头，看样子问题不大，当晚，妹夫把她送往太山卫生院诊治，病情稳定。哎，一个苦命的人啊！），然后去获嘉安排活动现场。晚上我住在国泰宾馆。

初九早上起来，用过早餐，8点左右就有同学给我打电话，是刘全山。我到三楼会场的时候，国举也到了。很快大家蜂拥而至，会场里热闹了起来。同合、新明这两个从外地来的同学先后赶到，从农村来的同学也陆续赶到，大部分都认不出来了，只有极个别的经过仔细端详，再看看名单，才知道是谁。36年，岁月沧桑，太久了。范老师和李老师也来到了会场。这两位老人一个68岁，一个80多岁，如果不说话，怎么都认不出来。我跟老师坐在一桌，聊了很长时间，回忆大家记得或不记得的往事。每个人的回忆就像是一盆盆温暖的水，在这里汇聚，温暖着每一个曾经热烈却又冷静的心。同学们按桌子上安排好的名单就座。10点钟左右，大家基本到齐，共有70多位同学参加，跟预计的人数差不多。同学联谊会正式开始，由我和军师主持。会议议程有：舞蹈、同学代表发言、同学夫妻采访、赞助同学发言、下次赞助同学发言，后边是才艺展示，有豫剧选段、歌曲、诗朗诵。我的节目是诗歌朗诵。大家的发言都是经过认真准备的，除了我的发言没有带稿子，其他发言的同学和老师都带有稿子，都是精心准备的。这种精神难能可贵，不管是作家、县长、村官，还是农民兄弟，他们都积极准备，踊跃发言，就连会长的发言不知道都改过多少遍。感叹岁月蹉跎，人生短暂，回顾往日同学情谊和自己的成长经历，展望未来，衷心祝愿，发自肺腑，感人至深。

中午12点左右开始吃饭，我那天酒量不行，那种酒我喝不惯，酒杯一挨嘴就反胃，同学们对我非常照顾，没让我多喝。大概到了3点左右联谊会结束，大家都不想走，宣布了好几遍大家才缓缓地陆续离开。大家还有很多话没说，还有很多人没有想起来，没办法，相聚时难别亦难。

最后大家一起去看望了因伤在家养病未能出席同学聚会的聂绪俊同学。之后，大家相继分手。我们几个又到大新庄吃了顿饭，还是由芝运埋单，算是对筹委会成员这几天辛苦的一个答谢。又喝了一点酒，不过问题不大。跟东成回到了家里，聊了一会儿把他打发回家，我就去睡觉了。

初十早上用过早餐，准备行李，10点出发，老同学黎英开车来接我，车上有连彪，到获嘉，连彪下，军师上，吃饸饹条，正宗的。去新乡接上贝贝，由新乡上高速，去郑州。下午2点到郑州火车站西广场，和二位同学告别，还是哥们儿好。春秋和她老公来看我，还带着不到百天的儿子。小朋友一个多月就停奶了，现在靠牛奶喂养，小嘴一直在保持着吮吸的动作，真可爱！

接着排队上车，跟贝贝告别，我跟小静也上了车，明天到福州，后天就要上课，寒假就要结束了。

又是一段美好的回忆，我等待着通信录、合影照和视频光盘的到来，那是一份弥足珍贵的礼品。